GRAEME SIMSION

DAS ROSIE-RESULTAT

ROMAN

Aus dem australischen Englisch
von Annette Hahn

FISCHER Taschenbuch

Aus Verantwortung für die Umwelt hat sich der S. Fischer Verlag zu einer nachhaltigen Buchproduktion verpflichtet. Der bewusste Umgang mit unseren Ressourcen, der Schutz unseres Klimas und der Natur gehören zu unseren obersten Unternehmenszielen.

Gemeinsam mit unseren Partnern und Lieferanten setzen wir uns für eine klimaneutrale Buchproduktion ein, die den Erwerb von Klimazertifikaten zur Kompensation des CO_2-Ausstoßes einschließt.

Weitere Informationen finden Sie unter: www.klimaneutralerverlag.de

FSC
www.fsc.org
MIX
Papier aus verantwortungsvollen Quellen
FSC® C083411

2. Auflage: August 2021

Erschienen bei FISCHER Taschenbuch
Frankfurt am Main, September 2021

Die australische Originalausgabe erschien 2019
unter dem Titel »The Rosie Result«
beim Verlag The Text Publishing Company, Melbourne

Satz: Pinkuin Satz und Datentechnik, Berlin
Druck und Bindung: CPI books GmbH, Leck
Printed in Germany
ISBN 978-3-596-70460-6

Für die vielen Menschen mit Autismus
und deren Angehörige,
ohne deren Inspiration und Hilfe
es keine Rosie-Bücher gäbe.

Wir alle sind Sonderfälle.

Albert Camus

Kapitel 1

Ich stand einbeinig in der Küche beim Austern-Auslösen, als die Probleme begannen.

Als Naturwissenschaftler wusste ich um die menschliche Neigung, in allem, was einem geschieht, nicht vorhandene Muster erkennen zu wollen, sonst wäre ich vielleicht zu dem Schluss gelangt, ich würde von irgendeiner Gottheit für frevelhaften Stolz bestraft.

An jenem Nachmittag war ich beim Ausfüllen meines Leistungsbeurteilungsbogens mit folgender Frage konfrontiert worden: *Was betrachten Sie als Ihre größte(n) Stärke(n)?*

Die Fragestellung war ungenau, denn es fehlten Kontext und Vergleichsgrößen. »Fachkenntnis der Genetik« wäre die offensichtliche Antwort gewesen, aber dies war durch meinen Titel Professor für Genetik bereits impliziert. Allerdings waren meine Kenntnisse der genetischen Bedingungen für myxoides Liposarkom über kurz oder lang von nur noch geringer Relevanz, da mein diesbezügliches Forschungsprojekt bald endete. »Intelligenz und Objektivität« hätten angedeutet, dass ich andere Akademiker in dieser Hinsicht als unzureichend erachtete, was zwar stimmte, zu erwähnen aber taktlos gewesen wäre. Und Taktlosigkeit galt es meiner Erfahrung nach zu vermeiden.

Als Rosie nach Hause kam, suchte ich immer noch nach einer Antwort.

»Was machst du im Schlafanzug?«, wollte sie wissen.

»Ich bereite unser Abendessen zu. Und multitaske, indem ich dabei eine Problemlösung suche und einbeinige Kniebeugen mache.«

»Ich meine: *Warum* bist du im Schlafanzug?«

»Es gab einen minderschweren Kochunfall mit einer explodierenden Esskastanie. Ich wollte das Garen durch erhöhte Temperatur beschleunigen. Daher auch die Ölspritzer auf diversen Oberflächen.« Ich deutete zur Decke. »Meine Kleidung war ebenfalls betroffen. Um weiteren Zeitverlust zu vermeiden, wählte ich anstelle einer Zwischenlösung gleich mein Nachtgewand.«

»Du hast aber nicht vergessen, dass Dave und Sonia zum Essen kommen?«

»Natürlich nicht. Es ist der zweite Mittwoch im Monat – der Tag, an dem ich auch den Kopf meiner elektrischen Zahnbürste wechsle.«

Rosie imitierte meine Stimme – ein Zeichen, dass sie guter Laune war: »Gäste … Schlafanzug … keine passende Kombination.«

»Dave und Sonia kennen mich bereits im Schlafanzug. Auf unserer Reise nach Cape Canaveral …«

»Herrje, erinnere mich bloß nicht daran.«

»Falls noch Zeit zum Umziehen bleibt, würde ich diese lieber meinem Leistungsbeurteilungsbogen widmen.« Ich erläuterte das Problem.

»Schreib doch einfach, was du letztes Jahr geschrieben hast.«

»Letztes Jahr habe ich das Papier nicht ausgefüllt. Und vorletztes auch nicht. Und vorvor…«

»Du bist zwölf Jahre an der Columbia und musstest noch nie eine Leistungsbeurteilung abgeben?«

»Es gab immer Wichtigeres zu erledigen. Leider besteht David Borenstein in diesem Jahr darauf. Wenn der Bogen morgen nicht auf seinem Tisch liegt, hat er mit einer nicht näher definierten Sanktion gedroht.«

»Und jetzt hängst du an der Frage zu deinen Stärken fest?«

»Korrekt.«

»Schreib einfach ›Problemlösen‹. Eine gute Antwort, die sich in keinem Fall rächt. Wenn du nicht herausfindest, wie man Krebs heilt, wird keiner von denen sagen: ›Aber angeblich sind Sie doch gut im Problemlösen.‹«

»Hast du diese Frage eigentlich auch schon mal beantworten müssen?«

»Ach, ich weiß schon gar nicht mehr wie oft allein im letzten Monat.«

Rosies laufendes medizinisches Forschungsprojekt neigte sich ebenfalls dem Ende zu, und sie war auf der Suche nach einer Stelle mit mehr Verantwortung. Bei den meisten Ausschreibungen wurde jedoch auch klinische Arbeit erwartet. Und ihrer eigenen Einschätzung nach war sie zwar eine gute Wissenschaftlerin, aber eine miserable Ärztin. »Warum soll ich Zeit mit Zeug verschwenden, in dem ich nicht gut bin?«, argumentierte sie, und zwar mit derselben Logik, die ich angewandt hatte, um meine Leistungsbeurteilung nicht auszufüllen.

»Und was hast du geschrieben?«, fragte ich. »Problemlösen?«

»Normalerweise schreibe ich ›Teamfähigkeit‹, aber in deinem Fall …«

»… könnte sich das rächen.«

Rosie lachte. »Pass auf: Ich fülle deinen Bogen aus, und du hast Zeit, dir was Anständiges anzuziehen. Das nennt man Teamwork.« Offenbar bemerkte sie meinen Gesichtsausdruck.

»Wenn ich fertig bin, darfst du natürlich noch mal drüberschauen.«

Während ich die restlichen Austern öffnete, dachte ich über Rosies Vorschlag nach. Wie schön, dass meine Lebensgefährtin eine Eigenschaft an mir erkannte, auf die ich selbst nicht gekommen wäre. Ich war in der Tat gut im Problemlösen.

Ich analysierte und reagierte auf Situationen auf meine eigene Weise. Für manche mochte mein Ansatz wunderlich sein, ich betrachtete ihn jedoch als Vorteil. In den fünfundzwanzig Jahren meiner Berufslaufbahn hatte er mir dabei geholfen, die üblichen Hindernisse zu überwinden und hin und wieder Großes anzustoßen. Außerdem verschaffte er mir auch im Privatleben Vorteile.

Als ich mit zwanzig Informatik studierte, war ich sozial inkompetent, und zwar sogar gemessen an den anderen gleichaltrigen Studenten meiner Fachrichtung, und eine Freundin zu finden konnte ich vergessen.

Jetzt, mit einundfünfzig, hatte ich – vor allem dank meiner besonderen Problemlösetechniken – einen stimulierenden und gutbezahlten Job, war mit der schönsten Frau der Welt verheiratet (Rosie), die zu mir passte wie keine andere, sowie Vater eines fröhlichen und begabten zehnjährigen Sohnes (Hudson), der mittlerweile ebenfalls Anzeichen zeigte, beim Problemlösen innovative Wege zu beschreiten.

Ich hatte unter fünfundsechzig Kandidaten Rosies biologischen Vater identifiziert, das Kühlgeräteunternehmen meines Freundes Dave vor dem Bankrott gerettet und nach ausgiebiger Analyse der Kundenpräferenzen in der Bar, in der Rosie und ich stundenweise arbeiteten, einen Cocktail kreiert, der sogar einen Preis gewonnen hatte.

Mein Gesundheitszustand war ausgezeichnet, was unter anderem am regelmäßigen Kampfkunsttraining lag sowie einem individuellen Fitnessprogramm, das ich in andere Tätigkeiten integrierte. Zudem gab mir ein Männergesprächskreis, dem außer mir und Dave noch George angehörte, ein Ex-Musiker im Ruhestand, psychologische Unterstützung.

Im Verlauf unserer zwölfjährigen Ehe hatten wir auf kreative Weise zu einem Modus gefunden, der Rosies Bedürfnis nach Spontaneität befriedigte, ohne die Effizienz der Abläufe ungebührlich zu beeinträchtigen. Zwar hätte ich gern mehr Sex gehabt, aber hinsichtlich Alter und Beziehungsdauer lag unsere Frequenz über dem Durchschnitt und war definitiv höher als *vor* meiner Beziehung zu Rosie.

Der einzige signifikante Makel in meinem Leben war der Verlust der langjährigen Freundschaft zu meinem früheren Mentor Gene. Doch selbst damit hatte die Kurve meiner Zufriedenheit mit dem Leben einen Höhepunkt erreicht.

Ich widmete mich einer Auster, bei der ich bisher keine geeignete Öffnung für mein Austernmesser gefunden hatte. In der untersten Schublade befand sich allerlei Werkzeug einschließlich einer Zange. Damit konnte ich ohne weiteres ein Stück des Muschelrands abbrechen, um dort das Messer einzuführen. Ich gestattete mir einen Moment der Zufriedenheit. Don Tillman: weltbester Problemlöser.

Rosie kehrte mit meinem Laptop zurück. »Was soll ich bei *Bereiche, in denen ich mich weiterentwickeln möchte* eintragen? Ich hab mal ›Modebewusstsein‹ geschrieben …«

»Etwa wegen des Schlafanzugs? Aber ins Labor gehe ich nie im …«

»Don, das war nur Spaß. Allerdings wäre beim Thema Mode in der Tat noch Luft nach oben … Sind das Bergsteigersocken, die du da anhast?«

»Multifunktionssocken. Extrem warm.«

Gemäß der Gepflogenheit, Menschen beim Gespräch anzusehen, wandte ich meinen Kopf zu Rosie, die hinter mir stand. Gleichzeitig ging ich einbeinig in eine tiefe Kniebeuge, um mit der rechten Hand an die Werkzeugschublade zu gelangen. Dabei streckte ich das in der Luft befindliche Bein weit nach hinten, um das belastete Schienbein empfehlungsgemäß in möglichst vertikaler Stellung zu belassen. Die Auster und das Messer hielt ich in der linken Hand.

Als ich blind in die Schublade griff, fühlte ich etwas Klebriges. Im Nachhinein war die Sachlage einwandfrei nachvollziehbar. Rosie hatte Hudson gebeten, seine Frühstückssachen nach der Benutzung wegzuräumen. Dabei musste er den Ahornsirup versehentlich unverschlossen und auf der Seite liegend in der falschen Schublade verstaut haben.

Im Reflex zog ich meine Hand abrupt zurück. Als Folge davon verlor ich mein Gleichgewicht.

Meinen hochgereckten Fuß auf den Boden zu stellen, wäre die beste Lösung gewesen, aber ich wollte eine Übung nicht so unsportlich abbrechen. Und so griff ich nach einer anderen Schublade, die naturgemäß keinen festen Halt bot. Möglicherweise waren infolge der Esskastanienexplosion die Fliesen auch noch rutschiger als sonst. Jedenfalls stürzte ich zu Boden.

Rosie lachte auf. »So viel zu Multitasking«, sagte sie. »An dem könntest du auch noch arbeiten.« Dann: »Oh, Scheiße, du bist verletzt!«

Rosies Diagnose war korrekt. Das Austernmesser steckte in meiner Kniekehle. Sie kniete sich neben mich, um die Wunde zu begutachten.

»Nicht bewegen!« Hudson stand in der Tür, ebenfalls im Schlafanzug, wie immer mittwochs nach der Schule.

»Schon gut«, sagte Rosie. »Die Wirbelsäule ist unverletzt.«

»Woher willst du das wissen?«, fragte Hudson.

»Ich bin Ärztin, schon vergessen?«

Das Messer steckte ziemlich tief, und auf dem Boden bildete sich eine Blutlache.

»Wir müssen den Notarzt rufen«, sagte Hudson.

»Ausgezeichnete Idee«, sagte ich.

»Wo ist dein Handy?«, fragte Rosie.

»In meiner Gürteltasche. Ich liege drauf.«

»Nicht bewegen!«, rief Hudson erneut und stellte sich zwischen Rosie und mich.

»Können wir *dein* Handy benutzen?«, fragte ich Rosie.

»Hudson, schau in meine Handtasche.«

»Versprichst du, ihn nicht zu bewegen?«

»Versprochen. Hol mir das Handy.«

»Wahrscheinlich werden sie mich ins Krankenhaus bringen«, sagte ich. »Aber die Auster ist danach bestimmt so weit entspannt, dass sie auf konventionellem Weg geöffnet werden kann.«

»Jetzt vergiss mal das Essen, Don.«

»Du musst den Beurteilungsbogen abgeben. Morgen ist …«

Hudson kehrte mit Rosies Handy zurück. Sie tippte darauf herum und sagte: »Ich fass es nicht.« Ich nahm an, dass der Akku leer war.

Zum Glück klingelte es jetzt an der Tür. Dave und Sonia waren selbständiger Unternehmer respektive kompetente Buchhalterin. Somit war davon auszugehen, dass mindestens einer von ihnen ein funktionstüchtiges Mobiltelefon dabeihatte. Hudson betätigte den Türöffner.

Sonia reagierte erwartungsgemäß hysterisch, kritisch und praktisch. »Oh, mein Gott, war doch klar, dass das eines Tages so kommen musste. Nach der Arbeit sofort an den Herd, das kann nicht gutgehen. Kannst du dich bewegen?«

»Das Thema hatten wir schon«, sagte Rosie. »Ruf einfach den Notarzt.«

»Bin schon dabei«, sagte Dave. »Ist das in deinem Sinne, Don?«

»Korrekt.«

Rosie starrte wieder auf ihr Handy.

»Alles okay?«, wollte Sonia von ihr wissen. Angesichts der Situation eine seltsame Frage, fand ich.

»Ich habe die Stelle gekriegt.« Rosie wiederholte den Satz lauter und begann zu weinen. »Ich habe die Stelle gekriegt. Ich hätte nie im Leben gedacht, dass ich die kriege.«

»Welche Stelle?« Ich sah zu ihr hoch.

»Bei Judas.« Judas war Professor Simon Lefebvre, ein ehemaliger Kollege in Australien, der, bis er untreu wurde, einige Jahre lang mit unserer Freundin Claudia »zusammen« war.

»Judas kommt nach New York?«

»Nein, die Stelle ist in Melbourne. Ich wusste, dass du mir nicht zuhörst …«

Vermutlich hatte ich sehr wohl zugehört, die Details zu Personen und Orten dann aber zugunsten wichtiger Informationen vernachlässigt. Ich freute mich trotzdem für Rosie. Jetzt war mal sie mit ihrer Karriere an der Reihe, nachdem bisher sie die Hauptverantwortung für Hudsons Erziehung übernommen hatte. Und ich würde mir eine andere Stelle suchen.

»Ist das ein Problem?«, fragte Rosie.

»Natürlich nicht. Hervorragende Neuigkeit. Und ich brauche die Leistungsbeurteilung nicht mehr auszufüllen. Wir sollten darauf anstoßen. Jetzt gleich.«

Rosie schüttelte immer noch ungläubig den Kopf.

Ihr Erfolg machte den Schmerz in meiner Kniekehle mehr als wett. Die Lebenszufriedenheitskurve stieg wieder an. Es sollte das vorerst letzte Mal sein.

Im Türrahmen stand Hudson und fasste sich mit beiden Händen an den Kopf.

Vielleicht lag es an meiner ungewöhnlichen Perspektive vom Boden aus, kombiniert mit der Tatsache, dass Hudson seinen Schlafanzug anhatte, aber mir fiel plötzlich auf, wie groß er geworden war, und dabei sah er noch so jung aus. Dunkles, für seine Altersgruppe unüblich langes Haar und ein schwarzes Brillengestell – mein Alter Ego im Alter von zehn. Und er war auch genauso verzweifelt wie ich damals.

Es wurde still in der Küche, und alle sahen ihn an.

»Alles in Ordnung, Hudson?«, fragte Sonia.

»Nein. Ich will nicht nach Australien. Ich will auf keine andere Schule. Es soll alles so bleiben wie es ist.«

Kapitel 2

Im darauffolgenden Juni hatte sich unsere Lebenssituation radikal verändert. Unser Wohnsitz befand sich nun im »hippen« Melbourner Stadtteil Northcote, nur wenige Fahrradminuten von der Universität entfernt, mit Gartennutzung, Garage und ausreichend Platz für Hudsons Science-Fiction-Romansammlung, die sich von seinem Zimmer bis in den Flur erstreckte.

Meine Kniesehne heilte, Rosie arbeitete für Judas und ich als Professor für Genetik, und Hudson ging zur Schule. So weit hatte sich alles innerhalb der geplanten Möglichkeiten gut entwickelt.

Allerdings zeichneten sich folgende – hinsichtlich ihrer Gewichtung aufsteigend sortierte – fünf neue Probleme ab:

1. Krebsheilung.
In meinem neuen Job als Professor für Genetik arbeitete ich an einem Forschungsprojekt mit, in dem individualisierte Ansätze zur Krebsbehandlung ausgewertet wurden, die die genetische Veranlagung eines Patienten berücksichtigten. Es war potentiell wertvolle Arbeit, aber ich war unterqualifiziert. Den Projektleiter hatte mein Informatikdiplom beeindruckt, doch seit meinem Wechsel zur Genetik neunundzwanzig Jahre zuvor hatte sich im Bereich Informatik extrem viel getan. Mittlerweile hatte ich alle optionalen Aktivitäten inklusive Aikido und Karate eingestellt, um meine Wissenslücken zu schließen,

allerdings beanspruchte das Online-Studium viel Zeit und intellektuelle Ressourcen, die ich eigentlich für ernstere Probleme benötigte.

Nachdem ich den Posten übernommen hatte, stellte ich fest, dass sich mein alter Physikerkollege Laszlo Hevesi ebenfalls beworben hatte. Er wäre für die Stelle perfekt gewesen, hatte im Bewerbungsgespräch jedoch vorhersehbar schlecht abgeschnitten. »Teamfähigkeit« oder »Modebewusstsein« gehörten sicher nicht zu seinen Stärken. Aber interessiert es einen Krebskranken, wenn seine Therapie von einem Mann entdeckt wird, der mit Fahrradhelm und Schutzbrille am Computer sitzt?

Zudem gab es auch einen persönlichen Aspekt. Mein Vater litt unter bereits fortgeschrittenem Krebs, und meine Mutter war froh, dass wir nach Australien zurückkehrten. Ich legte ihr aber dar, dass mein Vater verstorben sein würde, wenn die Ergebnisse meiner Forschung vielleicht eines Tages in der klinischen Praxis umgesetzt würden – wenn nicht krankheits-, dann altersbedingt.

Möglicherweise würde sich das Inkompetenzproblem meines Jobs aber durch das zweite Problem von allein lösen.

2. Der Genetikvorlesungseklat.
Aufgrund eines Einschätzungsfehlers meinerseits bestand die Gefahr der Entlassung. Mir stand ein Disziplinarverfahren bevor, und die Vorbereitung meiner Verteidigung hatte bereits einhundertzwanzig Stunden beansprucht, die Unterbrechungen meines Nachtschlafs nicht eingerechnet.

Rosies Lösungsvorschlag war radikal. »Scheiß drauf. Im privaten Sektor kannst du das Doppelte verdienen. Noch dazu ohne Vorlesungen.« Sie drängte mich zu der Bewerbung bei einer kleinen Firma für Genomchirurgie.

»Das wird dir gefallen«, sagte sie. »Von so was redest du doch immer; da könntest du es auch *tun.*«

»Ich verfüge nicht über die nötigen Kenntnisse.«

»Dann erwirbst du sie. Du sitzt doch ohnehin jeden Abend da und lernst was Neues.«

Das Bewerbungsgespräch verlief unerwartet gut. Meine etwa vierzigjährige potentielle Arbeitgeberin, Dang Minh, deren Enthusiasmus fast schon an Manie grenzte, zeigte mir das Labor und erklärte, die Firma würde bald in neue Räumlichkeiten mit modernerer Ausstattung umziehen.

»Wir werden die Welt verbessern. Jeden Tag scheinbar aussichtslose Probleme lösen. Wie können Sie nicht hier arbeiten wollen?«

Ich machte mir Sorgen, außerhalb der akademischen Welt beruflich und zwischenmenschlich an Boden zu verlieren, lautete die Antwort. Aber immerhin hatte ich offenbar Optionen. Im Gegensatz zu meinem Freund Dave.

3. Das Dave-Desaster.
Auch Dave hatte sich am Knie verletzt und konnte seinen Beruf als Ingenieur für Kühlsysteme derzeit nicht ausführen. Aufgrund des US-amerikanischen Gesundheitssystems oder seines Versäumnisses, eine Versicherung abzuschließen, war er in finanziellen Schwierigkeiten. Sonia, die vor kurzem zum zweiten Mal Mutter geworden war, hatte vorzeitig ihre Arbeit wiederaufnehmen müssen. Das bedeutete, dass nun Dave für die Versorgung der Kinder zuständig war, womit er sich nicht glücklich fühlte. Rosie hatte dafür kein Verständnis. »Sag ihm ›Willkommen im jahrhundertealten Club der Frauen!‹«

Daves Gewicht, das ungesund hoch war (geschätzter BMI bei unserer Abreise aus New York: fünfunddreißig), erschwerte die Genesung zusätzlich. Bei unseren wöchentlichen Skype-

Gesprächen hatte ich ihm mehrfach nahegelegt, weniger zu essen und mehr Zeit in Rehabilitationsmaßnahmen zu investieren. Sein diesbezügliches Versagen schien auf ein mentales Problem hinzudeuten. Als Mitglied seines Männergesprächskreises musste ich eine Lösung finden.

4. Die Rosie-Kreuzigung.
Der Name dieses Problems war Rosies Idee, nach der berüchtigten Sexus-Plexus-Nexus-Trilogie von Henry Miller, die im Original allerdings »The Rosy Crucifixion« hieß, mit Y, weshalb mir die Verbindung nicht sofort klar gewesen war.

Rosie war eingestellt worden, um ein Forschungsprojekt zu Bipolaren Störungen zu leiten, das mit einer Pilotstudie beginnen sollte – der »Traumjob« und Anlass für unseren Wohnortwechsel. Nachdem Hudson jedoch wenige Monate nach unserem Umzug mit der schulischen Nachmittagsbetreuung seine Probleme hatte, reduzierte Rosie *im Einvernehmen mit ihrem Vorgesetzten Judas* ihre Stundenzahl, um Hudson an drei Nachmittagen pro Woche von der Schule abzuholen. Die übrigen zwei Tage übernahm Rosies Vater diesen Dienst.

Als dann der Förderantrag für das Hauptprojekt vorbereitet wurde, benutzte Judas Rosies Teilzeitstatus als Grund, um die Projektleitung jemand anderem zu übergeben.

»Er hat meinen Job gerade ohne jede Rücksprache an Stefan vergeben.«

»Du bist zurückgestuft worden?«

»Meine Festanstellung bleibt erhalten, aber ich bin aus der Projektleitung raus.«

»Also keine Verwaltungsarbeit mehr? Keine Förderausschüsse? Kein Sich-Herumschlagen mit Personalproblemen? All das, worüber du dich immer beschwert hast. Grandios! Wir sollten feiern!«

»Don, ich *will* die Projektleitung.«

»Dann sollten wir nach alternativen Möglichkeiten für Hudsons Nachmittagsbetreuung suchen, damit du wieder Vollzeit arbeiten kannst.«

»Nein. Hudson braucht nachmittags einen von uns. Und damit wären wir wieder beim Thema.« Ich war älter als Rosie und hatte immer in Vollzeit gearbeitet, deshalb lag mein Einkommen wesentlich höher. Wenn Rosie sich jetzt wieder um Hudson kümmerte, kam sie aus dem Teufelskreis nicht heraus.

Das Problem der Rosie-Kreuzigung stand nur deshalb an zweiter Stelle, weil ein noch wichtigerer Punkt im Glück unseres Kindes bestand.

5. Hudsons Eingewöhnungs- und Anpassungsproblem.
Hudsons Reaktion auf unseren Umzug war vorhersehbar gewesen. Genau wie ich, hatte auch er eine Aversion gegen Veränderungen. Es war ein rational nachvollziehbarer Widerstand gegen die Erfordernis, gut funktionierende Abläufe neu zu organisieren und zu optimieren. Auf Hudson wirkten Veränderungen – namentlich der Beginn von Kinderbetreuung, Vorschule und Schule – traumatisch.

Hudsons schulische Leistungen variierten. Mathe: exzellent; Sport: miserabel; Englisch: hervorragend; Handschrift: unlesbar; Naturwissenschaften: unterfordert; Kunst: eine Herausforderung. Zu Hause beschäftigte er sich fast ausschließlich mit Lesen.

In der Erwachsenenwelt ist die ungleichmäßige Ausprägung von Fähigkeiten vorteilhafter, als überall mittelmäßig zu sein. Ob eine Ärztin einen Ball mit einem Stock trifft oder den Weg in ihre Praxis ohne Beachtung der Straßennamen findet, spielt keine Rolle für die Ausübung ihres Berufs. In der Schule ist es dagegen ein Nachteil, etwas anderes als durchschnittlich zu sein – mit Ausnahme von Sport.

In Australien meldeten wir Hudson in einer Privatschule an, die gemäß meiner Tabellenkalkulation geringfügig besser abschnitt als die nächstgelegene staatliche Schule. Es war eine weiterführende Schule angeschlossen, sie warb mit einem besonderen Mathematikprogramm sowie damit, »Vielfalt zu begrüßen und zu fördern«.

Die Vielfalt schloss Mädchen mit ein – in Rosies Augen unabdingbar. »Ich will auf keinen Fall, dass er Frauen als eine andere Spezies betrachtet.«

Ich wies darauf hin, dass ich eine gemischte Schule besucht hatte und dennoch die Mehrheit aller Menschen als andersgeartete Spezies betrachtete.

»Das mag ja stimmen, aber zumindest hattest du die Chance, beide Geschlechter zu beobachten.«

Hudsons Schulbesuch in Australien hatte Anfang Oktober begonnen, im vierten Schulquartal des fünften Jahrgangs. Zunächst schien er die Wissensvermittlung zu genießen. Rosie machte sich Sorgen, weil er keine Freundschaften schloss, aber vermutlich nahm sie ihre eigenen sozialen Fähigkeiten als Maßstab. Hudson beschwerte sich lediglich über die Organisation des nachmittäglichen Freizeitprogramms – es wechselte von Tag zu Tag, ohne einsehbaren Stundenplan. Genau das führte schließlich zu Rosies Entscheidung, ihn mittags nach dem Unterricht abzuholen, und in der Folge zu den weiteren Ereignissen an ihrem Arbeitsplatz.

Doch acht Monate später, nachdem er die Hälfte seines letzten Grundschuljahres absolviert hatte, waren wir überzeugt, dass etwas nicht stimmte. Seine Zensuren hatten sich verschlechtert, und obwohl sein Zeugnis in der Gesamtbewertung vage blieb, las Rosie zwischen den Zeilen heraus, dass es ein Problem gab. Wir baten seinen Lehrer um ein Gespräch und wurden für den zwölften Tag des dritten Schulquartals einbestellt.

Laut Rosie hatte Hudson außerdem an mindestens drei Tagen Unwohlsein vorgetäuscht, um dem Unterricht fernzubleiben. Zu Hause hatte er auch einige Male wegen irgendeiner Kleinigkeit einen Wutanfall bekommen. Offenbar schlug er sich mit etwas herum. Ich wartete darauf, dass ich begreifen würde, was sich dahinter verbarg. Was immer es war – es hatte absolute Priorität.

Kapitel 3

An einem Freitagmorgen klingelte um 10.18 Uhr das Telefon. Rosie hatte unseren Sohn um 5.00 Uhr für eine dreitägige Skifreizeit zur Schule gebracht. Die Tage zuvor hatte er immer wieder davon geredet und schien sich darauf zu freuen.

Ich war zu Hause und bereitete mich gerade auf die Anhörung in meinem Disziplinarverfahren vor, die für den Nachmittag angesetzt war. Dazu rief ich mir noch einmal den Verlauf des ganzen Eklats ins Gedächtnis.

Der Eklat hatte sich in der letzten Vorlesung vor den Semesterferien ereignet. Ich hatte die vom Lehrplan vorgegebenen Inhalte bereits vierundzwanzig Minuten vor Vorlesungsende vermittelt und sah die Möglichkeit, die Empfehlung aus einem für mich obligatorischen Fortbildungsseminar für »fesselnderen« Unterrichtsstil umzusetzen, zu dem ich einmal verpflichtet worden war.

»Haben Sie noch irgendwelche Fragen?«, erkundigte ich mich. Kollektives Einatmen, Applaus, leise Gespräche. Normalerweise ermunterte diese Frage die Studenten nur, individuelle Überlegungen vorzubringen, die für den Kurs selbst selten von Belang waren. Ich verzichtete daher auf Rückfragen und konnte in jeder Vorlesung das Maximum an Informationen vermitteln.

Eine Studentin, Anfang zwanzig, hob die Hand.

»Professor Tillman, glauben Sie, dass Rassenzugehörigkeit genetisch bedingt oder ein rein soziales Konstrukt ist?« Sie warf ihrer Nachbarin einen kurzen Blick zu, vermutlich um sich zu vergewissern, dass sie die Frage korrekt formuliert hatte.

»Das ist ein interessantes Thema, das allerdings außerhalb unseres Kursrahmes liegt und für die Prüfung daher nicht relevant ist.« Ich ging davon aus, dass die Diskussion damit beendet war, doch zu meiner Überraschung waren auch die anderen Kursteilnehmer an der Beantwortung der Frage interessiert. Exzellent.

Einleitend setzte ich mich mit der Formulierung der Frage auseinander. »Glauben« sei ein Wort, das in der Wissenschaft, wenn überhaupt, nur sparsam eingesetzt werden sollte. Während ich darüber, nicht zum ersten Mal, referierte, kam mir ein, wie ich fand, ausgezeichneter Einfall.

In der Welt gehört Melbourne zu den Städten mit der größten ethnischen Vielfalt, und die im Vorlesungssaal anwesenden Studierenden spiegelten das wider. Viele von ihnen studierten Genetik mit dem Ziel, sich später für Medizin einzuschreiben, übrigens ein beliebtes Berufsfeld für Migranten und deren Nachkommen sowie Studierende aus Übersee.

Ich erklärte, die Teilnahme am nachfolgenden Experiment sei freiwillig, und wählte dann archetypisch ausgeprägte Beispiele für die »drei großen Rassen« aus, wie sie im späten neunzehnten Jahrhundert beschrieben wurden: eine große schlanke Frau aus Ghana namens Beatrice, die – wie ich wusste – Ärztin werden wollte; den einzigen Skandinavier im Raum, einen untersetzten Dänen, dessen Namen ich nicht kannte; sowie eine der zahlreichen chinesischen Studentinnen namens Hui. Sie war klein und zierlich und damit ein starker Kontrast zur hochgewachsenen Beatrice und dem stämmigen Dänen.

Negrid, mongolid und kaukasisch. Mir war bewusst, dass die Begriffe in der heutigen Zeit nicht akzeptabel waren. Das sagte ich auch laut, trotzdem wirkten die Studierenden schockiert. Offensichtlich lieferte ich gerade eine aussagekräftige Lektion über die Subjektivität und Evolution von Klassifizierungsschemata. Die Frau, die die interessante Frage gestellt hatte, schien die Szene mit ihrem Smartphone zu filmen.

Die drei Studierenden sahen einander an und lachten. Ich konnte nachvollziehen, warum Wissenschaftler in der Vergangenheit – fälschlicherweise – davon ausgegangen waren, dass sie eigene Subspezies des *Homo sapiens* darstellten.

Der zweite Teil des Experiments war dazu gedacht, genau diese Schlussfolgerung in Frage zu stellen. Ich dirigierte die drei Kandidaten an drei auseinanderliegende Punkte des Podiums und wandte mich an den Kurs.

»Stellen Sie sich die Bühne als zweidimensionales Koordinatensystem vor, mit Beatrice am Schnittpunkt Null – in Anlehnung daran, dass die menschliche Spezies in Afrika entstanden ist. Hui steht für die X-Achse und der männliche Student mit blasser Haut und blauen Augen die Y-Achse.«

»Ich heiße Arvid«, unterbrach der dänische Student. »Arvid, der Arier. Mein Großvater wäre stolz darauf, dass ich ausgewählt wurde, aber vielleicht ist das gar nicht so gut.« Es wurde getuschelt. Die Vertreter der Generation Y waren definitiv gefesselt.

»Ich fordere Sie nun auf, sich selbst Ihrem äußeren Erscheinungsbild gemäß in diesem Koordinatensystem zu positionieren«, fuhr ich fort und wies erneut darauf hin, dass die Teilnahme freiwillig sei.

Fast alle machten mit. Zu den Ausnahmen gehörten die Fragestellerin sowie ihre Freundin, ich vermutete, dass sie das Experiment so besser verfolgen konnten. Die anderen betraten die Bühne und begannen, sich einzuordnen und Plätze zu tauschen. Nach ein paar Minuten verließ Beatrice ihren Platz und kam zu mir.

»Professor Tillman, sind Sie sicher, dass das eine gute Idee ist?«

»Sehen Sie ein Problem?«

»Für mich nicht.« Sie lachte und deutete auf eine kleine Gruppe um Arvid, den Arier. »Es macht mich nur ganz fertig, die Typen da drüben streiten zu sehen, wer von ihnen der weißeste ist.« Auch die indischen und pakistanischen Studenten diskutierten lebhaft.

Als die Studierenden sich schließlich aufgeteilt hatten, begann ich mit der Auswertung und deutete auf das nun Offensichtliche hin: Wir hatten es nicht mit einzelnen Kategorien zu tun, sondern mit einem Spektrum, besser gesagt, multiplen Spektren. Im Anschluss daran wollte ich über Erklärungen für die rapide Entwicklung bestimmter nicht überlebensnotwendiger Körpermerkmale an bestimmten geographischen Orten referieren. Doch da klingelte mein Handy.

Während der Vorlesungen werden nur Anrufe von Rosies Arbeitsnummer durchgestellt, und die sollten unserer Absprache gemäß nur im Notfall stattfinden.

»Was, zum Teufel, ist da bei dir los?«, hörte ich Rosies Stimme.

»Ich halte eine Vorlesung. Gibt es einen Notfall?«

»*Du* bist der Notfall. Das läuft alles über Twitter. Was *machst* du da bloß?«

»Du bist auf Twitter? Während der Arbeitszeit?«

»Eine Freundin hat mich angerufen. Aus Columbia.«

»Du hast eine Freundin in Südamerika?«

»Aus *der* Columbia. Universität. Da hast du zehn Jahre lang gearbeitet …«

»Zwölf.«

»Das ist jetzt nicht …«

Zu meiner weiteren Verwirrung gab es eine zweite Unterbrechung. Drei Männer vom Sicherheitsdienst betraten den Hörsaal. Einer von ihnen kam auf mich zu, ließ sich meine Identität bestätigen und führte mich hinaus. Somit konnte ich das nachfolgende Geschehen nicht weiterverfolgen, doch anhand der anschließenden Benachrichtigung über das Disziplinarverfahren sowie eines Besuchs von Beatrice konnte ich den weiteren Hergang rekonstruieren.

Die Twitter-Kommentare bezichtigten mich als Verfechter eben jener Rassentheorien, die ich zu widerlegen versucht hatte, sowie auch der Diskriminierung, der Eugenik und der öffentlichen Demütigung.

Allen Kursteilnehmenden wurde psychologische Betreuung angeboten; es gab eine formelle Beschwerde. Die Verbreitung über soziale Medien zog drei Presseartikel nach sich, die die Fakten falsch darstellten und mein Verhalten als repräsentativ für ein generelles Übel bezeichneten. Das war mir neu: Ich war eher gewohnt, für untypisches als für typisches Verhalten kritisiert zu werden. Nur ein einziger Reporter kontaktierte mich persönlich, und sein Artikel erschien mir wahrheitsgemäß und ausgewogen. Unglücklicherweise war er ein – in Rosies Worten – »rechter Spinner«, und die Universität würde ihn aufgrund seiner Ansichten zu anderen, von dieser Sache unabhängigen Themen als fragwürdig einschätzen.

Meine Verteidigung umfasste zweiundsechzig Seiten, und Rosie bestand darauf, dass ich sie zusammenfasse.

»Das hier ist die Zusammenfassung.«

Sie schüttelte den Kopf. »Du erklärst darin, dass du einem wissenschaftlich gebildeten Publikum, dessen Teilnahme freiwillig war, auf kreative Weise eine wissenschaftliche Fragestellung nahebringen wolltest, und wärst du nicht unterbrochen worden, hätten deine Schlussfolgerungen nicht nur die derzeitige wissenschaftliche Meinung wiedergegeben, sondern auch progressive philosophische und politische Ansichten. Kann man das so sagen?«

»Unfassbar! Du bist ein Genie, wie du alles genau auf den Punkt bringst. Dieser eine Satz stimmt genau und entlastet mich.«

»Darauf würde ich nicht bauen. Bei solchen Dingen geht es nicht um Wissenschaftlichkeit.«

Zur Anhörung durfte ich einen »Fürsprecher« mitbringen. Die offensichtliche Wahl wäre ein Anwalt gewesen, doch dann bekam ich von unerwarteter Seite ein Alternativangebot – von der ehemaligen Dekanin der Fakultät für Naturwissenschaften, Professor Charlotte Lawrence, die mittlerweile eine andere Universität leitete.

Professor Lawrence und ich waren bei diversen Gelegenheiten »aneinandergeraten«, wie man so sagt, die Formulierung ist nicht wörtlich zu verstehen. Fast immer war es dabei um Konflikte zwischen persönlicher und wissenschaftlicher Integrität (vertreten von mir) und dem öffentlichen Image der Universität (vertreten von ihr) gegangen. Allerdings war sie eine Expertin, was die Verwaltung einer akademischen Institution anging, und besaß deshalb eine hohe Glaubwürdigkeit. Ich wunderte mich, dass sie etwas mit mir zu tun haben wollte.

Ihre Einschätzung der Situation entsprach Rosies: Der Universität werde es nicht nur um Wahrheitsfindung gehen.

»Was auch immer dabei herauskommt – sie werden Angst haben, dass jeder zukünftige Förderantrag mit Ihrem Namen darauf die falsche Art von Aufmerksamkeit mit sich bringt.« Professor Lawrence musste das nicht weiter ausführen. In der akademischen Welt geht nichts über die Gabe, die Fördermittel zu gewinnen.

Sie empfahl, ich solle persönliche Referenzen sammeln. »Und nicht nur von heterosexuellen weißen Männern.«

»Weshalb sind Geschlecht und sexuelle Orientierung relevant? Die Anschuldigung lautet ›Rassismus‹.«

»Don, lassen Sie uns jetzt nicht darüber diskutieren, sonst ändere ich meine Meinung bezüglich meiner Hilfestellung womöglich noch. Sie sind ein heterosexueller weißer Mann mittleren Alters, der die meiste Zeit seines Lebens an angesehenen Universitäten der westlichen Welt verbracht hat. Sie sind ein Musterbeispiel für Privilegierung.«

Wenige Tage später trafen wir uns erneut, und ich hatte keine guten Nachrichten. David Borenstein, mein früherer Dekan, hatte mir per E-Mail mitgeteilt, dass mir niemand von der Columbia Universität Referenzen ausstellen werde. *Sobald es um Rassismus geht, ist kein Platz für Feinheiten: Es wird von uns erwartet, dass wir so etwas unmissverständlich verurteilen. Wäre dies an der Columbia passiert, hätte ich trotz meiner langjährigen Bewunderung für Dich – sowohl im wissenschaftlichen wie auch persönlichen Bereich – keine andere Wahl gehabt, als das Arbeitsverhältnis zu kündigen.*

Angesichts von Davids E-Mail war ich umso verwunderter, dass Professor Lawrence sich für mich einsetzen wollte. Ihre Erklärung hatte auffallende Ähnlichkeit mit dem Zeitungsartikel, der meine Haltung unterstützt hatte, einschließlich der Begriffe »berufsmäßige Empörer«, »Industrie des kollektiven Aufschreis« und »Identitätspolitik«. Offenbar war auch sie eine »rechte Spinnerin«. Ich wies sie darauf hin.

»Don«, sagte sie, »wir kennen uns schon ziemlich lange. Sie sind nicht unbedingt sehr taktvoll und einfühlsam, aber Ihre Integrität und Ihren Anstand habe ich nie bezweifelt. Ich bin immer noch Naturwissenschaftlerin und Akademikerin, und ich will nicht, dass irgendein Akademiker Angst haben muss, seine Meinung in wissenschaftlichen Angelegenheiten frei zu äußern.«

Rosie staunte über Professor Lawrences Engagement.

»Ich schätze, bevor Charlotte all diese Nettigkeiten gesagt hat, hat sie dir bestimmt ihre Meinung gegeigt. Dich zusammengestaucht.«

»Ich bin mit beiden Redewendungen vertraut, aber nein, es gab keinen ›Anschiss‹.«

»Sie ist lesbisch, oder?«

»Vermutlich. Ihre Partnerin ist weiblich. Warum?«

»Weil ich eine Frau bin und mich mein ganzes Leben lang mit Diskriminierung und Vorbehalten herumschlagen muss, in der Zeitung oder im Fernsehen oder auf Plakaten, alles Kleinigkeiten, über die man sich nicht weiter aufregt, weil man sonst als kleinlich gilt, aber sie summieren sich. Sie nehmen dir täglich etwas von deiner Lebensfreude, und du kannst nichts dagegen tun. Jetzt, als Mutter, ist es schlimmer geworden – die Art, wie die Leute mit mir reden, wenn ich Hudson dabeihabe, und bei der Arbeit … nicht nur Judas, alle sehen das Muttersein als Teil meiner Identität, so wie sie es bei Stefan als Vater eines vierjährigen Kindes nicht tun. Ich denke mal, wenn ich lesbisch wäre, wäre die Diskriminierung noch viel schlimmer.«

»Ich habe nie behauptet, dass irgendeine Rasse über- oder unterlegen ist. Genau das war ja …«

»Don, du hörst nicht zu. Stell dir vor, du wärst einer deiner Studenten aus … egal … sagen wir: Indien. Oder mit Eltern aus Indien. Die Leute sehen deine Hautfarbe und fragen dich ohne jeden Zusammenhang: ›Wo kommst du her?‹. Du machst etwas gut – oder schlecht –, und sofort wird die Tatsache erwähnt, dass du aus Indien bist. Vielleicht rettest du als Arzt jemandem das Leben, und ihr oder ihm wäre es lieber, du wärst weiß. Und du spürst das.« Rosie hielt inne und lachte auf. »Na gut, *du* würdest das vielleicht nicht unbedingt spüren.«

»Willst du damit sagen, ich hätte Studenten Leid zugefügt, weil ich sie an etwas erinnert habe, das sie … sowieso schon ärgert?«

»Ich will sagen, dass du ihrem alltäglichen Ärger noch eins draufgesetzt hast. Sie gehen in einen Kurs, um etwas über die Huntington-Krankheit oder progressive Muskeldystrophie zu lernen, und plötzlich geht es um ihre Hautfarbe, und sie sollen sich danach einordnen. Stell dir vor, du wärst … Mir fällt jetzt grad kein Beispiel ein.«

Aber mir. Meine Grundschullehrerin hatte unser Schriftbild bewertet, indem sie uns zunächst in eine zufällige Reihenfolge gesetzt und dann immer jeweils zwei Nachbarn verglich. Bei jedem Vergleich rutschte ich einen Platz weiter nach hinten, bis ich schließlich unweigerlich am hinteren, »schlechten« Ende landete. Es war nervig und ärgerlich.

»Kein Beispiel nötig«, erwiderte ich.

»Don? Hier ist Neil Warren, Hudsons Klassenlehrer.«

»Gibt es ein Problem?« Mein erster Gedanke war, dass Hudson irgendetwas Wichtiges vergessen hatte. Die Schule hatte zwar eine Packliste ausgegeben, aber Rosie und Hudson waren sich in einigen Punkten uneinig gewesen. Hudson hatte den Inhalt seiner Kommodenschubladen in vier große Taschen gepackt, die Rosie dann auf eine reduzierte. Vielleicht hatte sie versehentlich das Falsche aussortiert.

»Ich fürchte, ja. Hudson hatte eine massive Krise … fast einen mentalen Zusammenbruch.« Ich war im ersten Moment irritiert, als ich das Wort »Bruch« im Kontext einer Skifreizeit hörte, aber dann wurde schnell klar, worum es ging: einen Ausraster. »Er mochte seine Skischuhe nicht. Also … jetzt geht es ihm wieder gut, aber er will nicht Ski fahren, und wir haben niemanden, der sich um ihn kümmern kann, wenn er nicht bei der Gruppe bleibt. Ich fürchte, Sie müssen ihn wieder abholen.«

Ich sprang sofort ins Auto. Der Genetikvorlesungseklat würde warten müssen.

Kapitel 4

Die Fahrzeit zum Skilager sollte laut Navigationsgerät drei Stunden und achtzehn Minuten dauern. Ich informierte Rosie per Textnachricht: *Hudson Krise. Fahre hin.*

In Ermangelung detaillierter Informationen war mein weiteres Vorgehen kaum zu planen. Mr Warrens Worte ließen viel Spielraum für Interpretation – von störrischer Verweigerung bis zu einem psychischen Kollaps war fast alles drin. So etwas hatte ich als Kind gelegentlich ebenfalls durchlitten, mit zunehmendem Alter dann eher selten – und in den dreizehn Jahren, vier Monaten und drei Tagen, seit ich Rosie kannte, nur ein einziges Mal. Hudson hatte derlei Episoden bereits einige Male zu Hause erlebt – in den letzten Monaten gehäuft –, was wir durch die »Auszeit-Methode« aber jedes Mal wieder gut in den Griff bekommen hatten.

Meine Aufgabe bestand vermutlich darin, Mr Warren zu versichern, dass eine Wiederholung in nächster Zeit unwahrscheinlich sei, sofern man die auslösenden Umstände geklärt hatte. Ich schätzte Hudsons Lehrer auf mein Alter – um die fünfzig. Infolge einer Gewohnheit, von der ich mich nur schwer lösen konnte, hatte ich auch seinen BMI geschätzt: etwa fünfundzwanzig. Beim Elternabend hatte er recht freundlich gewirkt, aber ich wusste aus eigener Erfahrung, dass die oberflächliche Einschätzung von Lehrern durch Eltern oftmals ungenau war.

Nachdem ich die Serpentinen zum Skiort bewältigt hatte, stellte ich den Wagen auf einem Parkplatz »nur für Notfälle« ab, übersah dabei aber leider einen im Schnee versteckten Poller. Der Schaden im Frontbereich des Porsche war nicht weiter der Rede wert. Das Auto war eine »Dauerleihgabe«, nachdem Phil, Rosies Vater, erkannt hatte, dass es vernünftiger war, einen neuen Toyota zu kaufen als an einem alten Fahrzeug mit unpraktischem Design festzuhalten. Professor Lawrence textete ich, dass ich wegen eines Notfalls nicht an der Anhörung im Disziplinarverfahren teilnehmen könne.

Unterdessen hatte Rosie eine Reihe von Sprach- und Textnachrichten geschickt, wo doch eine einzige Nachricht vollkommen ausgereicht hätte: *Was zum Teufel ist da los? Ist Hudson ok? Ruf mich SOFORT an.*

Rosie wollte das Gleiche wissen wie ich, was ich aber nicht eruieren konnte, weil ich zuerst sie anrufen musste.

»Bist du sicher, dass ich nicht lieber dazukommen sollte?«, fragte sie.

Da es in Gesprächen unhöflich ist zu sagen: »Siehe erste Antwort«, wiederholte ich: »Als Erstes muss ich die Situation klären.«

»Du hättest mich anrufen sollen. Was ist mit deinem Disziplinarverfahren? Oh Scheiße, Scheiße, *Scheiße!*«

»Die Anhörung wurde verschoben. Ich rufe wieder an, wenn ich mehr Informationen zur Hudson-Situation habe.«

Eine Mitarbeiterin der Skischule brachte mich zu Hudson, der auf einer Bank saß und *Der Marsianer* las. Ich konnte keinerlei Anzeichen einer Krise entdecken. Neben Hudson saß ein etwa gleichaltriges dünnes Mädchen mit weißen Haaren, das ich sofort als Albino einstufte. Sie trug eine Sonnenbrille und aß ein Snickers.

»Was ist passiert?«, fragte ich Hudson.

»Ich muss nach Hause fahren. Sie auch.« Er deutete auf seine Nachbarin, die nun ihre Kopfhörer aus den Ohren zog.

»Kam sie auch nicht mit den Skischuhen zurecht?«

Das Mädchen antwortete selbst. »Ich bin sehbehindert.« Das wunderte mich nicht: Albinismus geht mit hoher Lichtempfindlichkeit und eingeschränktem Sehvermögen einher.

»Als Mr Warren das gemerkt hat«, fügte Hudson hinzu, »hat er die Elternerlaubnis überprüft, und weil das da nicht draufstand, darf sie jetzt laut Gesetz nicht Ski fahren.«

»Ich bin neu in der Klasse«, sagte das Mädchen. »Ich bin nur mitgefahren, weil, ich wollte alle kennenlernen. Und jetzt muss ich nach Hause.«

»*Denn* ich wollte alle kennenlernen«, korrigierte Hudson. »Oder: *weil* ich alle kennenlernen *wollte.*« Mein Vater war ein strenger Kritiker des neumodischen Weil-Gebrauchs ohne Inversion. Hudson hatte ihn sich deshalb abgewöhnt und korrigierte mittlerweile auch andere.

»Sie konnten meine Eltern nicht erreichen, weil, mein Vater … denn mein Vater ist gerade in Thailand, und meine Mutter ist grad nicht im Laden. Übrigens heiße ich Blanche.«

Aufgrund der weißen Haare war der Name leicht zu merken.

»Und deine Mutter geht auch nicht ans Handy?«

»Sie hat keins. Wegen Krebs. Mein Vater auch nicht.«

Während ich noch überlegte, bei welchen Krebsformen von einer Handybenutzung abgeraten werden mochte – Mundhöhlen- oder Kehlkopfkrebs, möglicherweise ein Hirntumor? –, erläuterte Blanche: »Sie *hat* keinen Krebs, aber sie will auch keinen kriegen. Von den Strahlen.«

»Können wir sie mitnehmen?«, wollte Hudson wissen. »Wir müssen aber erst die Erlaubnis einholen, weil auf der Elternerlaubnis stehen muss, dass …«

Ich hatte immer noch keine relevante Information zur Grundsituation erhalten. Ich strich mit Zeigefinger und Daumen quer über meine Lippen: das Schweige-Signal. In unserer Kommunikation mit Hudson bedeutete es: *Hör auf zu reden, um wichtigen Input zu erhalten.*

»Erst einmal möchte ich wissen, worin genau das Problem besteht.«

»Das ist doch egal. Ich muss nach Hause, fertig.«

»Mr Warren hat etwas von Skischuhen erzählt. Vielleicht können wir das Problem lösen.«

Hudson sah schweigend zu Boden, was für gewöhnlich bedeutete, dass er schweigend zu Boden sehen wollte. Eine weitere Befragung würde sich als unproduktiv erweisen.

»Kann es sein, dass du irgendetwas falsch verstanden hast?«

»Auf keinen Fall, Dad. Ich habe nichts gemacht. *Die* müssen dafür sorgen, dass sie passende Schuhe haben!«

»Aber sie haben doch sicher Schuhe in allen möglichen Größen.«

Hudson erklärte, er habe verschiedene Größen probiert, aber alle Schuhe waren entweder so eng gewesen, dass es ihm weh tat, oder so weit, dass er damit die Ski nicht hätte kontrollieren können.

Der Mann beim Skiverleih habe etliche Schuhe verschiedener Marken angeschleppt sowie zusätzliche Socken und Einlagen, aber nichts habe geholfen. Dann sei der Geschäftsführer gekommen und habe erklärt, dass der Schuh fest sitzen *müsse.* Hudson war nicht zu überzeugen gewesen.

Blanche unterbrach ihn. »Alle gaben Hudson die Schuld«, sagte sie, »weil, alle hatten ihre Schuhe schon an und wollten endlich Ski fahren.«

Hudson war extrem schmerzempfindlich und hatte eine

Aversion gegen allerlei Formen des Körperkontakts, vor allem, wenn er sie nicht kontrollieren konnte. Als Kind hatte ich dasselbe Problem gehabt und war regelmäßig als »Weichei« gehänselt worden. Hätte mir jemand ungewohnt enge Schuhe an die Füße geschnallt, noch dazu unter Zeitdruck, hätte ich mich vermutlich auch verweigert.

Ich versuchte, mich selbst in Hudsons aktuelle Lage zu versetzen. Ich würde ebenfalls auf der Stelle nach Hause fahren wollen. Mein Vater wäre mit mir damals zum Skiverleih zurückgegangen und hätte schimpfend auf irgendwelchen Schuhen bestanden und mich am Ende »Heulsuse« genannt. Ich wollte es besser machen.

Ich fand die Angestellte, die vorübergehend auf Hudson und Blanche aufgepasst hatte, und erklärte das Problem.

»Reden Sie mal mit Lucy. Ich bin sicher, ihr fällt irgendetwas ein.«

Wir warteten an der verabredeten Stelle, und Lucy kam auf einem Snowboard angefahren. Ich schätzte ihr Alter wie auch ihren BMI auf zweiundzwanzig.

»Wir mögen also keine Skischuhe«, wandte sie sich an Hudson.

»*Ich* mag keine Skischuhe«, erwiderte er. »Alle haben irgendwo weh getan. Am Knöchel, am …«

»Genau. Geht mir genauso. Hast du ein Problem damit, in den Schnee zu fallen?« Sie veranschaulichte ihre Frage, indem sie sich in den Schnee fallen ließ. Mit Schwung. »Jetzt du.«

Hudson reagierte nicht, aber Blanche folgte Lucys Anweisung, warf sich in den weichen Schnee und stand lachend wieder auf. Wahrscheinlich fühlte Hudson sich nun unter Druck gesetzt. Langsam und vorsichtig ließ er sich fallen und wiederholte die Aktion noch zwei Male, jeweils etwas heftiger. Daraufhin ließ Blanche sich wieder fallen, mit noch mehr

Schwung, und Hudson wollte offenbar mithalten und warf sich mit voller Kraft in den Schnee.

»Ungefähr so sehr wird es weh tun, mehr nicht«, erklärte Lucy. »Also: Habt ihr Lust, snowboarden zu gehen?«

»Ich bin sehbehindert«, sagte Blanche.

»Bin ich schwarz oder weiß?«, wollte Lucy wissen.

Blanche lachte. »Weiß.«

»Dann gibt's kein Problem.«

Ich erklärte, dass ich nicht Blanches Vater sei und nicht über ihren Unterricht verfügen könne. Lucy informierte mich, dass der Preis für Snowboarden und Skifahren gleich sei. Und die Gebühr für Snowboards und Schuhe sei durch die nicht benutzte Skiausrüstung gedeckt. »Und Sie können auch mitmachen, wenn Sie wollen.«

»Snowboard fahren zu können wäre mir in keiner Weise von Nutzen«, entgegnete ich.

»Ich denk ja nur an die Kinder. Am Anfang ist jeder ein bisschen unkoordiniert, und wenn die Kids sehen, dass Sie auch hinfallen …«

»Ich erhole mich gerade von einer Operation meiner Kniesehne, und es wäre unvernünftig, sie über Gebühr zu belasten.«

Lucy nickte. »Also gut. Und zusätzlich vermeiden Sie, vor den Kindern blöd auszusehen.« Sie lachte, aber ich hatte das Gefühl, kritisiert worden zu sein.

»Wenn Blanche hinfällt und stirbt, könnten wir verklagt werden«, sagte Hudson. »Ihre Eltern haben keine Erlaubnis unterschrieben.«

Da hatte er vermutlich recht. Gerade in diesem Augenblick kam eine andere Mitarbeiterin der Skischule angelaufen und verkündete, Blanches Mutter sei am Festnetztelefon.

Blanche erklärte ihr die Situation und hielt mir dann den Hörer hin.

»Hallo«, sagte Blanches Mutter. »Tut mir leid, ich weiß nicht einmal Ihren Namen.«

»Keine Entschuldigung nötig. Wir sind uns nie begegnet, also erwarte ich auch nicht, dass Sie meinen Namen kennen.«

Sie schwieg einen Moment, dann sagte sie: »Ich bin Allannah. Wirklich zu dumm, dass ich auf der Einverständniserklärung die Frage zu irgendwelchen Einschränkungen überlesen habe. Ich möchte mich bei Ihnen bedanken. Es ist sehr nett, was Sie alles für uns tun.«

»Ich tue rein gar nichts. Was Sie beruhigen sollte. Ich habe das Problem an eine professionelle Kraft namens Lucy weitergeleitet. Skilehrer wird man nur nach einer harten gründlichen Ausbildung – sofern sie den Job also nicht auf betrügerische Weise errungen hat, sollte sie kompetent sein. Allerdings muss ich Sie bitten, mich von jeglicher Haftbarkeit zu entbinden für den Fall, dass Blanche sich beim Snowboarden verletzt oder stirbt.«

»Ähm … das ist jetzt rein hypothetisch, oder? Sie führen doch nichts im Schilde?«

»Korrekt.«

Sie lachte. »Na ja, die Lehrer kenne ich im Grunde genommen ebenso wenig wie Sie. Tut mir leid, das klang jetzt sicher unhöflich.«

»Überhaupt nicht.« Sie argumentierte rational.

»Ich frage nur ungern, aber könnten Sie Blanche wohl auch mit zurücknehmen? Wir wohnen in Thornbury.«

»Ich habe einen besseren Vorschlag. Wenn ich die Tagesaktivitäten zu Lucy outsource, könnte sie Hudson und Blanche abends wieder beim Lehrer abgeben. Dann würden die beiden an allen Klassenaktivitäten teilnehmen, die nichts mit Skifahren zu tun haben, und Blanche kommt ihrem Ziel näher, alle kennenzulernen.«

»Ist das Ihr Ernst? Das alles würden Sie für Blanche organisieren?«

»Der Mehraufwand ist unerheblich.«

»Was soll ich sagen? Vielen, vielen Dank, es tut mir so leid …«

»Keine Entschuldigung nötig. Blanche wird Hudson Gesellschaft leisten.«

»Tja, also nochmals vielen Dank. Sie sind wirklich nett. Und könnten Sie bitte noch sicherstellen, dass Blanche keinen Zucker isst?«

Es gab Komplikationen. Rosie war von meiner Lösung zwar beeindruckt, bestand aber darauf, dass ich bis zur Übergabe der Kinder an Mr Warren dabliebe. »Vielleicht ist er nicht ganz so begeistert wie du.«

Damit hatte Rosie recht, auch wenn der Mann zu Anfang freundlich war.

»Nennen Sie mich Neil. Also, eigentlich können Sie mich Rabbit nennen … ein alter Spitzname, der hängengeblieben ist. Erwähnen Sie ihn bitte nur nicht vor den Kindern. Also, hören Sie, ich bin Ihnen wirklich sehr dankbar, dass Sie den ganzen Weg gekommen sind und dann auch noch Blanche mitnehmen. Das ist hier wie einen Sack Flöhe hüten.«

»Flöhe?« Erst redete der Mann von Kaninchen, jetzt von Flöhen – vielleicht war er Hobby-Zoologe.

Rabbit lachte. »Purer Stress.«

Ich kannte die Redewendung mit den Flöhen nicht, und es schien mir ein sehr umständlicher Weg, etwas auszudrücken, das mit zwei Worten gesagt werden konnte. Ich fragte mich, wie effektiv der Mann mit Elfjährigen kommunizierte.

Seine Freundlichkeit verschwand, als ich ihm mitteilte, dass Hudson und Blanche bleiben würden. Es dauerte siebenundfünfzig Minuten, um all seine Einwände zu entkräften. Ich hatte mich bereits entschieden zu bleiben, um in den Intervallen zwischen wechselnden Zuständigkeiten und Unterrichtseinheiten die Aufsicht übernehmen zu können.

Für jedes seiner Argumente – den Mangel an Aufsichtspersonen, das gesetzliche Verbot, ungeplante und somit nicht durch die Einverständniserklärung der Eltern gebilligte Aktivitäten durchzuführen, die Notwendigkeit, Ausnahmen zu vermeiden – hatte ich eine Lösung parat.

Rabbit unterbrach: »Mein Gott, jetzt weiß ich, woher Hudson das hat.«

»Woher Hudson *was* hat?«

»Egal … Hören Sie, ich mache diese Skifreizeit seit dreizehn Jahren – in den Ferien, in meiner eigenen Urlaubszeit. Deshalb darf ich bestimmen, wie es läuft. Ich könnte Hudson nach Hause schicken. Blanche auch. Aber sie ist neu in der Klasse und außerdem behindert …«

Er brach ab und klopfte ein paarmal mit der flachen Hand auf den Tisch. »Aber ich weiß zu schätzen, was Sie für die Kinder tun und dass Sie sogar hierbleiben wollen. Sonst müsste ich Sie wirklich bitten, Ihren Sohn nach Hause zu fahren. Sie müssen nämlich wissen – und ich bitte Sie, das auch Ihrer Frau zu sagen –, dass das Problem nicht nur die Skischuhe sind.«

Kapitel 5

»Scheiße nochmal, was soll das denn jetzt heißen? ›Nicht nur die Skischuhe‹?«

Zurück in Northcote, hatte ich Rosie ausgiebig Bericht erstattet, aber keine Antwort auf ihre Frage. Die drei Tage im Schnee waren einigermaßen anstrengend gewesen. Eine Unterkunft zu finden hatte sich so früh in der Saison als unproblematisch erwiesen. Aber ich verbrachte viele Stunden in Handtücher gehüllt in einem Waschsalon, um immer wieder meinen einzigen Satz Klamotten zu waschen und zu trocknen. Die Zeit nutzte ich, um mein Aufbaustudium in Informatik fortzusetzen. Außerdem oblag mir die Beaufsichtigung von Hudson und Blanche, und Rabbit war wohl aufgrund seines Flöheproblems für keine weiteren Gespräche verfügbar gewesen.

»Die Kids machen sich gut«, sagte Lucy bei der ersten Übergabe. »Wir brauchen morgen noch ein paar Übungsstunden, dann können sie allein auf die Anfängerpisten, wenn Sie da ein Auge auf sie haben.«

Im Anschluss kam ein beunruhigender Anruf von Professor Lawrence.

»Don, die Verschiebung hat mir Zeit zum Nachdenken gegeben, und … Bitte verstehen Sie das nicht falsch, aber Sie sind schon ein ungewöhnlicher Mensch … Ich rede nicht vom Wissenschaftler, aber … Ich habe mich gefragt, ob Sie je bei einem Psychologen waren.«

»Wieso?«

»Ich denke mal, selbst ein Laie würde vermuten, dass Sie im Spektrum sind – dass Sie eine Autismus-Spektrum-Störung haben, meine ich. Wahrscheinlich bin ich nicht die Erste, die Sie darauf anspricht, oder?«

»Korrekt.«

Professor Lawrence schwieg einen Moment. »Sie stecken in Schwierigkeiten, weil man Ihnen unterstellt, Sie hätten Minderheiten diskriminiert. Dabei gehören Sie selbst …«

Ich brauchte einen Moment, um zu begreifen, worauf sie hinauswollte.

»Ich soll mich zum Asperger-Syndrom bekennen, schlagen Sie vor. Damit auch ich Mitglied einer Minderheit bin, die auf besondere Weise geschützt werden muss.«

»Ein Mensch mit einer speziellen Einschränkung – auf die sich dann Ihr Fehlverhalten zurückführen lässt. Sie würden allerdings eine offizielle Diagnose brauchen … falls Sie nicht schon eine haben.«

Zunächst empfand ich Erleichterung. Doch schon kurz nach dem Gespräch fühlte ich mich damit unwohl.

Mich wegen des Genetikvorlesungseklats auf das Asperger-Syndrom zu berufen, kam mir feige vor. Es würde ein schlechtes Licht auf andere Menschen mit Asperger-Syndrom werfen, die so etwas wie ich *nicht* getan hatten. Und trotz Professor Lawrences Ferndiagnose betrachtete ich selbst mich nicht als »im Spektrum«.

Einer meiner Lunch-Kollegen in New York hatte einmal den Vorschlag einer Diagnose gemacht, doch der anwesende Psychiater erklärte, ich sei auf eine Diagnose nicht angewiesen, da ich weder gesellschaftlich noch beruflich unter meiner Persönlichkeit leide. Das Kriterium »berufliches Leid« war mittlerweile gegeben, aber nur, weil mein Arbeitgeber seine

Einstellung mir gegenüber geändert hatte. Ich sah nicht ein, dass ich plötzlich ein Syndrom haben sollte, ohne mich selbst in irgendeiner Weise verändert zu haben.

Am nächsten Morgen rief ich Professor Lawrence zurück.

»Don, es ist 6.30 Uhr.«

»Das Gespräch kann einige Zeit beanspruchen, und ich habe im Anschluss eine nicht verschiebbare familiäre Verpflichtung.«

»Haben Sie sich Hilfe für Ihre familiäre Krise gesucht?«

»Natürlich. Professionelle Hilfe.« Lucy leistete ausgezeichnete Arbeit mit ihrem Snowboard-Unterricht, an dem sowohl Hudson als auch Blanche viel Spaß zu haben schienen.

»Dann schießen Sie mal los.«

»Sie schlagen vor, wir sollten angeben, dass ich aufgrund genetischer und möglichweise umgebungsbedingter Faktoren eine spezielle Gehirnkonfiguration …«

»Don, wir werden keinen Fachaufsatz über die Entstehung von Autismus abliefern müssen.«

»Was, wenn es sich um eine andere neurologische Variante handelt?«

»Zum Beispiel? Tut mir leid, ich verstehe nicht, worauf Sie hinauswollen.«

»Ich will darauf hinaus, dass die Gehirnkonfiguration jedes Menschen von genetischen und umweltbedingten Faktoren abhängt. Bestimmte Bezeichnungen haben wir nur für die Varianten, die relativ gut zuzuordnen sind und häufig vorkommen. Mein Verhalten in der Vorlesung war das Ergebnis meiner persönlichen Gehirnkonfiguration. Dabei ist es ganz egal, ob diese Konfiguration einen eigenen Namen hat oder nicht.«

»Don … Ich verstehe Sie ja, aber … damit führen Sie eine philosophische Debatte über den freien Willen. So etwas können Sie vielleicht in einer Sitzung besprechen, aber in der

Anhörung zu einem Disziplinarverfahren werden Sie damit nicht weit kommen. Sie würden die nur noch mehr davon überzeugen, dass Sie verrückt sind.«

»Und geht es nicht genau darum? Nicht schuldig aufgrund von Geistesstörung?«

»Aufgrund von Behinderung.«

»Ich betrachte mich nicht als behindert.«

Ich willigte ein, Professor Lawrence erneut anzurufen, falls ich meine Meinung ändern sollte.

Es ging um Hudsons Zeugnis. Auf Bitte der Schule hin war das Gespräch mit Rabbit Warren in die erste Woche des dritten Schulquartals vorverlegt worden. Und es gebe »noch etwas anderes«, die Schulleiterin sei ebenfalls anwesend.

Kurz zuvor unterzog Rosie unseren Sohn – ausdrücklich ohne meine Anwesenheit (»Er soll sich nicht vorkommen wie in einer Inquisition«) – einer Inquisition. Er war nicht in der Lage – oder willens –, brauchbare Informationen zu liefern. Rosie versicherte ihm, wir wollten nur sein Bestes, genau wie die Schule. Ersteres konnte ich bestätigen.

Während Rosie und ich den Korridor einer pädagogischen Einrichtung entlangmarschierten, um ein Gespräch zu führen, in dem es vermutlich um irgendeine Form von Fehlverhalten ging, fiel mir auf, dass Hudsons und mein Leben in sehr ähnlichen Bahnen verliefen.

Sieben Minuten nach Beginn des Gesprächs fügte Neil Warren (der trotz der Abwesenheit von Schülern *nicht* Rabbit genannt werden wollte) eine weitere – überraschende – Gemeinsamkeit hinzu.

»Ich hab schon einige Jungs wie Hudson erlebt. Die meisten sind später – manchmal auch schon vorher – als Autisten diagnostiziert worden.«

»Als Menschen *mit* Autismus«, sagte die Schulleiterin, die ich auf ungefähr Rosies Alter schätzte – zweiundvierzig. Sie wandte sich an Rosie und mich: »Wenn es um Krankheiten und Behinderungen geht, versuchen wir, sprachlich den Fokus darauf zu legen, dass ein Mensch eine Behinderung *hat* – und nicht diese Behinderung *ist*.«

Ich war nicht sicher, ob ich sie Ms Williams oder Bronwyn nennen sollte. Mein Bemühen, die Einschätzung ihres BMI zu unterdrücken, hatte wie üblich den gegenteiligen Effekt. Er lag bei etwa fünfunddreißig. Am Anfang hatte ich sie als freundlich und wohlmeinend empfunden, da sie das Ritual befolgte, vor einer schlechten Nachricht zunächst das Positive zu betonen.

»In den Naturwissenschaften ist Hudson sehr gut.«

»In New York war er Klassenbester in Biologie und Mathe«, sagte Rosie. »Einer der Gründe, weshalb wir uns für Ihre Schule entschieden haben, war das Fortgeschrittenenprogramm in Mathematik.«

»Nun«, meinte die Rektorin, »das gehört zu den Dingen, über die wir sprechen wollten. Er hat ein gutes Gefühl für Zahlen und ein ausgezeichnetes Gedächtnis, aber …« Sie deutete auf Neil.

»Er hat keine Lust zu arbeiten. Sieht gleich das Ergebnis und kann nicht erklären, wie er darauf gekommen ist. Diese Kinder machen sich am Anfang ganz gut, aber wenn es schwieriger wird und sie ein bestimmtes Verfahren einhalten müssen, fallen sie zurück. Bei Hudson geht es entweder auf seine Art oder gar nicht.«

»In seinem Zeugnis steht etwas von Referaten«, sagte Rosie.

»Er hat bestimmt genug Übung«, sagte Rabbit. »Und auch Selbstbewusstsein. Aber es geht immerzu um Raumfahrt. Flüge und Daten. Nicht unbedingt der Stoff, der Sechstklässler interessiert. Und er liest nicht gern …«

»*Er liest nicht gern?* Wie kommen Sie denn darauf?«

»Ich bin sein Lehrer. Wir nehmen gerade *Harry Potter* durch und ...«

Rosie lachte. »Er hasst *Harry Potter.*«

»Weil es um Zauberei geht«, ergänzte ich. »Hudson mag keine Bücher über Hokuspokus. Aber er liest Hard Science-Fiction. Und Sachbücher.« Hudson hatte ein einziges Sachbuch gelesen, das jedoch mehrere Male. Wir hatten es ihm auf einem Ausflug nach Cape Canaveral gekauft, und er kannte alle enthaltenen Fakten auswendig. Auch Rosie und ich waren mit diesen Fakten mittlerweile sehr vertraut.

»Vielen Dank für die Auskunft«, sagte die Schulleiterin. »Man sollte ein Kind natürlich nicht nur danach beurteilen, was es im Unterricht leistet. Und es ist wunderbar, dass er liest, aber wir wollen doch dazu beitragen, dass er seinen Horizont erweitert.«

Das war der Moment, in dem Neil Autismus erwähnte.

»Aber der Reihe nach«, sagte die Rektorin und warf Neil einen Blick zu, den ich als »verärgert« interpretierte. Sie hatte eine gute Nachricht geliefert, dann hatte Neil mit einer schlechten dazwischengefunkt. Und jetzt sah sie aus, als würde sie krampfhaft nach weiteren guten Nachrichten suchen, um das wieder wettzumachen. Doch dann entschied sie sich doch direkt für die schlechte.

»Der Grund, weshalb wir dieses Gespräch vorgezogen haben, ist die Beschwerde eines Elternpaars. Ich darf die beiden nicht namentlich nennen, aber aufgrund der Umstände wird wohl offensichtlich sein, um wen es sich handelt. Wie ich hörte, haben Sie einige Zeit mit der Tochter im Schnee verbracht.«

Rosie sah mich an, und in ihrem Blick erkannte ich Entsetzen. Auch ihr war es – vielleicht – zu spät eingefallen, dass es nicht unproblematisch war, als Mann mittleren Alters die

Verantwortung für ein deutlich minderjähriges Mädchen zu übernehmen.

Doch ausnahmsweise war die Realität weniger schlimm als meine Befürchtungen. Hudson hatte Blanche gefragt, welche Form des Albinismus sie habe, und sie darüber aufgeklärt, dass mindestens eine Variante möglicherweise mit einer reduzierten Lebenserwartung einhergehe. Daraufhin hatte Blanche ihre Eltern gefragt, die sich dann bei der Schule beschwert hatten.

»Ich weiß, Sie sind Wissenschaftler, Don, und ich kann verstehen, warum Sie mit Hudson über so ein Thema sprechen, aber er braucht gleichzeitig auch eine Anleitung für den taktvollen Umgang damit«, sagte die Schulleiterin.

»Das kann ich nur unterstreichen«, sagte Neil. »Aber so ist das nun mal bei Autismus. Ist ja nicht seine Schuld, das liegt an dieser … Störung.«

»Ich habe nicht mit ihm darüber gesprochen«, erklärte ich. »Wahrscheinlich hat er selbst recherchiert. Ich gehe davon aus, dass Blanche die problematischere Form von Albinismus hat, sonst hätten ihre Eltern sie beruhigen können, und es hätte keine Beschwerde gegeben.«

»Ich würde von nichts ausgehen«, sagte die Rektorin. »Blanche ist neu auf der Schule, und da sie sich anscheinend mit Hudson angefreundet hat und … Sie sind doch Ärztin, Rosie, oder?«

Rosie nickte.

»Nun ja«, meinte die Schulleiterin, »aus der Elternliste können Sie ja selbst ersehen, dass der Vater so was wie ein Naturheiler ist. Damit hat er die Schulmedizin sehr wahrscheinlich nicht zurate gezogen.«

»Wollen wir nun über die Asperger-Hypothese sprechen?«, wollte ich wissen.

»Autismus. Entschuldigung, wenn ich korrigiere, aber den Begriff ›Asperger‹ benutzen Psychiater heutzutage nicht mehr, und es ist wichtig, dass wir uns den neuesten Erkenntnissen anpassen«, sagte die Schulleiterin. »Was wir früher Asperger-Autismus nannten, fällt jetzt als milde Form in die Kategorie des Autismus-Störungsspektrums. Und Neil vermutet, dass Hudson davon betroffen ist.«

»Danke für das Update«, sagte Rosie, Doktor der Psychologie, Doktor der Medizin und Forschungsbeauftragte für psychische Störungen. »Ich bin wirklich froh, dass wir eine Schule gewählt haben, die Vielfalt schätzt und fördert. Falls es je ein Problem geben sollte – also, falls es etwas in Bezug auf Hudson gibt, wo wir Sie unterstützen können –, werden Sie uns sicher Bescheid geben.«

Sie machte Anstalten, sich zu erheben, aber Neil hatte offenbar schon etwas Konkretes im Kopf.

»Seine Sozialkompetenz ist nicht ausgereift. Er hat keine richtigen Freunde. Außer vielleicht Blanche, aber die kennt ihn ja noch nicht lange.«

Neil hielt inne, er suchte wohl nach weiteren Mängeln. »Er spielt auch gern den Besserwisser. Irgendjemand hat ihm mehr Grammatik beigebracht, als für sein Alter notwendig ist. Und im Hinblick auf das, was wir ›ungefilterte Aussagen‹ nennen, wenn wir über Au… äh, Menschen mit Autismus sprechen, würde ich Sie bitten, ihm zu sagen, dass es unangemessen ist, Lehrer zu korrigieren. Er spricht nun mal mit amerikanischem Akzent, aber leider auch viel zu laut, und so kommt eins zum anderen. Macht er das zu Hause auch?«

»Nein«, sagte ich, »aber Rosie und ich sprechen im Allgemeinen ohne grammatikalische Fehler.«

»Ach so«, sagte Rabbit und schwieg erneut. Dann sagte er: »Im Sport hat er Probleme, vor allem bei Teamsportarten. Er läuft wie ein … läuft ungelenk und kann keinen Ball fangen. Und der Anfall, den er auf der Skifreizeit hatte, war übrigens nicht sein erster. Zwei- oder dreimal schon habe ich ihn in den Auszeitraum schicken müssen …«

»Sie haben einen speziellen Raum für Auszeiten?« Eine exzellente Idee.

»Also, eigentlich ist es das Krankenzimmer, aber es dient auch als Auszeitraum.«

»Sieh mal einer an! Ist damit vielleicht eine besondere Botschaft verknüpft?«, erkundigte sich Rosie.

»Wie ich schon sagte, hatte er eine Reihe von … na ja, ich hab sie damals noch nicht als Ausraster gesehen, aber …«

»Aber jetzt, wo Sie ihn unter dem Aspekt ›Autismus‹ betrachten …«, meinte Rosie.

»Hören Sie«, sagte Neil. »Ich kenne mich da aus. Er war überfordert, und das passiert nun mal, wenn man … anders ist. Aber ich muss den Kindern beibringen, dass man nicht einfach durchdrehen darf, nur weil irgendjemand einen triezt. In diesem Alter müssen sie so was wie Widerstandskraft entwickeln.«

Das klang nach Abhärten, in meiner Kindheit ein Freibrief für Schikanen aller Art.

»Ich glaube, wir haben jetzt genug Stoff zum Nachdenken«, sagte Rosie. »Es sei denn, es gibt noch etwas Ernsteres. Seine schulischen Leistungen sind gut, er ist ein bisschen eigen, ein bisschen unreif im Sozialverhalten und wehrt sich, wenn er angegriffen wird …«

»Es *ist* ernster«, unterbrach Rabbit. »Wir sprechen zwar von ›sozialer Kompetenz‹, aber eigentlich geht es um ›Lebenskompetenz‹. Freundschaften entwickeln, in der Gruppe spielen, mit Ärger und Konflikten umgehen … Wissen, wann man den Mund halten sollte. Die Schuluniform …«

Hudson trug das ganze Jahr über bevorzugt die Sommeruniform mit kurzer Hose. Laut Schulordnung sollten Jungen der fünften und sechsten Klassen in der kalten Jahreszeit lange Hosen tragen, außer unter besonderen Umständen.

Hudson hatte argumentiert, wenn er der einzige Schüler sei, der auch im Winter kurze Hosen tragen wollte, sei das ein besonderer Umstand, der deshalb berücksichtigt werden sollte. Nach ausgiebigen Diskussionen hatte die Schule eingewilligt.

»Ich dachte, das hätten wir geklärt«, sagte Rosie.

»Ich sage ja auch nicht, dass er wieder lange Hosen tragen soll«, entgegnete Rabbit, »aber das ist eben noch so ein Zeichen, dass es ihm an Sozialkompetenz mangelt. Im nächsten Jahr …«

»Fazit ist«, unterbrach nun die Schulleiterin, »dass wir es für angebracht halten, wenn Sie ihn diagnostizieren lassen.«

»Sie wollen, dass er auf Autismus getestet wird?«, fragte Rosie nach.

Die Rektorin nickte. »Wir können Sie nicht zwingen, aber es wäre für alle besser, wenn wir wissen, womit wir es zu tun haben. Vor allem, wie Neil gerade sagen wollte, wegen der Versetzung auf die Highschool. Wenn es eine offizielle Diagnose gibt, können wir zum Beispiel Unterstützung für die jeweilige Lehrkraft beantragen.«

»Speziell für Hudson?«, wollte Rosie wissen.

»Nicht unbedingt. Aber es stünden zusätzliche Geldmittel bereit, und je mehr wir haben, desto mehr können wir für alle tun.«

Hudson als Vorwand, um Fördermittel zu beantragen. Unfassbar.

Kapitel 6

Nach dem Gespräch fuhren wir zu *Jarman's Gym*, das Rosies Vater gehörte. Hudson war das jüngste VIP-Mitglied, auch wenn er dort nur Hausaufgaben machte und las. Rosie fasste das Gespräch für Phil zusammen.

Phil war gegen eine offizielle Diagnose. Hudson sei ein guter Junge. Seine Eltern waren nun mal Eierköpfe, was erwarteten wir also? Lasst ihn so sein, wie er ist. Im Moment tut er sich eben ein bisschen schwer in der Schule, das wird sich sicher geben.

»Wie geht's dem alten Herrn?«, erkundigte er sich dann nach meinem Vater.

»Körperlich schlecht. Geistig gut. Er hat ein Buch über Beethoven gekauft und hört sich alles in chronologischer Reihenfolge an. Das ist sein letztes Projekt.«

»Dann hast du ihn besucht?«

»Diese Woche nicht.« Mein Elternhaus in Shepparton lag zwei Stunden und achtzehn Minuten Autofahrt entfernt, und ich musste mich gerade um viele Dinge kümmern. Seit unserem letzten Besuch waren einige Wochen vergangen.

Insbesondere mein Vater drängte darauf, mehr Zeit mit Hudson zu verbringen.

»Wer wird ihm das Fahrradfahren beibringen?« Das war eine berechtigte Frage, denn in New York hatte Hudson sich geweigert, es zu lernen. Wir hatten ihm zu Weihnachten ein

Fahrrad geschenkt, worauf er sagte: »Ich hab dem Weihnachtsmann extra geschrieben, dass ich Lego haben will. War ich etwa unartig?« Wir brachten das Fahrrad zurück, und Hudson wurde elf, ohne eine wichtige Lebenskompetenz zu erwerben.

Wir nutzten die Zeit des Abendessens, um über das Buch zu sprechen, das Hudson vor *Der Marsianer* gelesen hatte. Außerdem hatte ich zudem beschlossen, ein neues Element in unsere tägliche Mahlzeiten-Routine aufzunehmen. Hudson zeigte bald reges Interesse an dem Zahlenspiel, bei dem man der Reihe nach für jede natürliche Zahl eine einzigartige mathematische Eigenschaft finden musste.

Wir unterbrachen das Spiel bei fünfzehn (Produkt aus den ersten drei ungeraden natürlichen Zahlen) und gingen zum nächsten Thema über.

»Ich möchte dir empfehlen, deinen Lehrer nicht mit grammatikalischen Verbesserungen zu unterbrechen.«

»Oh. Mr Warren hat sich wohl beschwert.«

»Korrekt. Als ich zur Schule ging, war es verboten, den Lehrer zu unterbrechen. Ich schätze, das hat sich nicht geändert.«

»Wir sollen uns melden, wenn wir eine Frage haben. Vielleicht könnte ich es das nächste Mal als Frage formulieren: *Warum haben Sie den Dativ anstelle des Genitivs verwendet?*«

»Exzellente Idee. Vor allem, weil ich dir jetzt eine allzeit gültige Antwort darauf gebe: Weil ich einen Fehler gemacht habe. Das will niemand von sich sagen. Also brauchst du in Zukunft gar nicht erst zu fragen.«

Hudson hatte spontan kein Gegenargument parat und ging in sein Zimmer, um entweder eines zu formulieren oder um zu lesen.

»Gut gemacht«, sagte Rosie. »Manchmal, aber nur manchmal, reitet ihr exakt dieselbe Welle.«

Ich dachte immer noch an die Autismusgeschichte. Rosie offensichtlich auch.

»Wir müssen die Möglichkeit in Betracht ziehen, dass Rabbit etwas bemerkt hat, das uns entgangen ist«, sagte sie. »Aber bevor wir eine Diagnose stellen lassen, sollten wir überlegen, welche Konsequenzen es für Hudson hätte. Ich werde mal sehen, ob ich eine Selbsthilfegruppe oder so was finde.«

Möglicherweise konnte ich hier weiterhelfen. Bevor ich Rosie kennenlernte, hatte ich einmal einen Vortrag über die genetischen Aspekte des Asperger-Syndroms gehalten – vor einer Gruppe von »Leidtragenden« zwischen elf und zwölf Jahren. Die Einladung der Organisatorin zu einem gemeinsamen Mittagessen hatte ich damals allerdings ausschlagen müssen, weil ich mit meinem Ehefrau-Projekt beschäftigt war. Ihre Telefonnummer hatte ich jedoch immer noch. Ich rief sie am folgenden Morgen an.

»Julie Sykora.«

»Ich dachte, Sie hießen Reed.«

»Entschuldigung … Wer sind Sie?«

»Hier ist Don Tillman. Ich habe einmal einen Vortrag über die genetischen Aspekte des Asperger-Syndroms gehalten.«

Sie schwieg eine ganze Weile, dann sagte sie: »Mein Gott, ja, ich erinnere mich. Wie konnte ich das nur vergessen? Der Vortrag über das getötete Baby … die Kinder auf den Tischen, die ›Aspis vor // Aspis an die Macht!‹ skandierten. Das muss ungefähr … zehn Jahre her sein.«

»Dreizehn.«

»Sie wollten hinterher keinen Drink mehr nehmen, weil Sie Ihr Badezimmer putzen mussten.«

Seltsam, dass sie sich daran erinnerte! »Korrekt. Wären Sie jetzt zu einer Diskussion über Autismus bereit? Wir könnten zeitgleich einen Drink zu uns nehmen, wenn Sie möchten.«

»Sie wollen sich mit mir verabreden? Rufen Sie deshalb an?«

Die Konversation verlief eine Weile in gleichermaßen unstrukturierter Weise weiter, aber am Ende war geklärt, dass Julie inzwischen geheiratet hatte und wieder geschieden war; dass ich jetzt verheiratet und *nicht* geschieden war; dass ich nicht die Absicht hatte, Rosie zu verlassen; dass ich ihre Hilfe nicht für mich, sondern für Hudson brauchte; dass es keinen Sinn hätte, zusammen einen Drink zu nehmen (Julies Schlussfolgerung); und dass wir zur besseren Einschätzung des Autismus-Diagnose-Problems eine Selbsthilfegruppe besuchen sollten, die sie in der folgenden Woche leitete. Rosie und ich würden dort Betroffene kennenlernen und zwei Gastvorträge hören.

»Eine der Rednerinnen ist auch so was wie eine Aktivistin – Rechte für Autisten und so weiter. So was gibt es immer häufiger, und ich schätze, das ist auch in Ihrem Sinne, aber für Eltern mit schwierigen Kindern kann es ganz schön hart sein. Sie waren Ihrer Zeit eben damals voraus.«

Zeitgleich mit meinem Mittagessen im Universitätsclub recherchierte ich schon einmal zum Thema Autismusdiagnose.

»Dachte ich mir doch, dass ich dich hier finde.« Hinter mir stand Rosie.

»Absolut vorhersehbar. Hierher gehe ich donnerstags immer zum Mittagessen.«

»Die Schulleiterin hat wieder angerufen.«

»Gibt es noch mehr Probleme?«

»Vordergründig rief sie an, um zu erkunden, ob wir mit dem Gespräch zufrieden waren – sie meinte, Neil sei manchmal ja ein bisschen ruppig, aber weil es so schwer sei, männliche Lehrer zu kriegen, müssten wir da eben nachsichtig sein.

Merkst du, wie das läuft? Wenn Männer in der Mehrzahl sind, bestimmen sie, wo es langgeht; sind sie in der Minderzahl, kriegen sie eine Sonderbehandlung.«

»Darf ich widersprechen, oder stört das deine Berichterstattung?«

»Es stört. Außerdem hab ich sowieso recht, also besteht kein Grund zum Widerspruch. In Wirklichkeit wollte sie nur rauskriegen, ob wir zur Diagnose gehen. Ich hab gesagt, dass wir es uns überlegen.«

Sie deutete auf den Bildschirm meines Laptops, auf dem die Diagnosekriterien für Autismus aufgelistet waren. »Wie ich sehe, hast du dich geradewegs in die Psychiater-Bibel eingeloggt.«

»›Bibel‹ scheint mir ein unpassender Ausdruck für ein Dokument, das auf wissenschaftlich nachgewiesenen Fakten beruhen und regelmäßig überprüft werden sollte.«

Rosie lachte. »Jedenfalls ist es ein medizinisches Modell. Und nicht das einzige.«

»Korrekt. Und die Aussage der Schulleiterin war nicht korrekt. Der Begriff ›Asperger‹ wird immer noch benutzt.«

»Aber nicht mehr lange. Er wird immer mehr verschwinden, genau wie die Begriffe ›manisch-depressiv‹ oder ›Verkalkung‹.« Sie lachte. »Ich wusste, du würdest sofort danach recherchieren. Aber wie auch immer: Ich habe gerade mit einer ehemaligen Schulkameradin gesprochen, deren Sohn Autismus hat.«

»Professionell diagnostiziert?«

»Von einem Spezialisten. Anastasios – ihr Sohn – hatte es echt schwer, aber er bekam jede Menge Unterstützung, und jetzt geht es ihm viel besser. Er studiert und lebt in einer Beziehung.« Rosie machte das Stopp-Signal. »Das nur zur Information – lass uns das erst mal so stehen lassen. Und nächsten

Mittwoch ist dieser Vortragsabend zu Autismus. Da werden wir dann leider nicht ins Theater gehen können.«

»Steht schon in meinem Kalender. Ich habe die Karten an Laszlo und Gelegenheitsraucherin Frances weitergegeben. Darf ich den Abend trotzdem als einen Ausgehabend rechnen?«

Kapitel 7

Rosies Gespräch mit ihrer ehemaligen Schulfreundin lieferte wichtige Hintergrundinformationen und einen Ratschlag, wie man Hudson dazu brachte, sich »zu öffnen«.

»Wir sollten vor Hudson über unsere eigenen Erfahrungen aus der Schulzeit sprechen und auch ein paar negative einfügen«, erklärte Rosie.

»Negative Schulerfahrungen aufzulisten wird mir nicht schwerfallen.«

»Das soll kein Wettbewerb werden, und wir sollten auch kein *zu* schlechtes Bild entwerfen. Und wir sollten ihn nicht drängeln.«

Da Donnerstag war, gab es zum Abendessen panierten Plattfisch (Hundszunge), grünes Gemüse aus der Genehmigt-Liste (Erbsen) plus akzeptabler mehliger Beilage (Stampfkartoffeln mit achtundzwanzig Prozent Sellerie, dessen Anteil ich nach und nach erhöhte, um Hudson an den Geschmack zu gewöhnen). Rosie war Pescetarierin, und Hudson hegte gegenüber vielen Lebensmitteln eine Aversion. Es war eine stimulierende Herausforderung gewesen, Gerichte zusammenzustellen, die uns allen schmeckten.

Die Lösung bestand in der Wiedereinführung meines Standard-Mahlzeiten-Modells, das ich vor meiner Begegnung mit Rosie erfunden und lange praktiziert hatte. Jetzt ergänzte ich es mit ausreichend Variationen, damit es nicht zu sehr auffiel.

»Wie war's in der Schule?«, erkundigte sich Rosie nun bei Hudson.

»Gut.« Dieser Austausch gehörte noch nicht zu unserer Öffnungsübung, sondern war ein tägliches Ritual. »Ich bin mit dem *Marsianer* durch. Fünf Sterne. Darin geht's um einen Astronauten. Er heißt Mark Watney, und sein Raumschiff ist die Ares 3. Davor waren es die Ares 1 und …«

Während des Hauptgerichts setzten wir unser Zahlenspiel fort.

»Sechzehn«, sagte ich. »Der kleinste Potenzwert von vier – außer bei Exponent gleich eins, natürlich.«

Hudson dachte etwa zehn Sekunden lang nach. »Du darfst nicht ›außer‹ sagen, sonst könnte ich auch sagen: Siebenhundertneunundneunzig ist die kleinste Zahl außer eins, zwei, drei, vier, fünf, sechs, sieben …«

»Wir haben es verstanden«, sagte Rosie.

Hudsons Kritik war berechtigt und zeigte ein intuitives Verständnis für die vollständige Induktion. Ich modifizierte meine Antwort. »Der kleinste Potenzwert von vier bei einem Exponenten ungleich einer Kubikzahl.«

»Was ist eine Kubikzahl?«

Ich erklärte es ihm und gab die nächste Zahl an: »Siebzehn.«

Hudson schwieg eine Minute, während derer er auch mit dem Kauen aussetzte, und reckte anschließend beide Daumen. »Siebzehn ist die Summe aus den ersten vier Primzahlen.«

»Sehr gut«, sagte ich. »Jetzt ist Rosie dran: achtzehn.«

»So alt war ich, als ich mit der Schule fertig war.«

»Das zählt nicht«, sagte Hudson. »Das geht ja um dich. Es muss aber um Mathematik gehen.«

»Korrekt«, sagte ich. »Nicht akzeptiert.«

»Okay«, meinte Rosie. »Die kleinste Zahl, deren Quersumme außerdem der größte ihrer möglichen Teiler ist. Geht das?«

Hudson starrte sie an.

»Ich bin hier nicht nur die Frau, die den Abwasch macht«, sagte Rosie. »Hast du das Spiel in der Schule gespielt, Don?«

Ich nahm an, sie wollte als Antwort »ja« hören, aber in der Schule hatte es niemanden gegeben, mit dem ich es hätte spielen können. »Nein, ich habe es zu Hause gespielt. Mit meiner Schwester. Sie war älter als ich und wurde später Mathelehrerin, aber ich habe sie trotzdem immer geschlagen.«

»Du hast das schon gespielt!«, sagte Hudson. »Dann kennst du also alle Antworten. Du hast mir nie gesagt, dass du eine Schwester hast. Was ist mit ihr?«

»Sie ist tot«, antwortete ich.

»Woran ist sie gestorben?«

»Sie ist krank geworden«, sagte Rosie schnell.

»Also Aids«, sagte Hudson.

»Bitte?«, fragte Rosie.

»Wenn die Leute sagen, jemand wurde krank und ist gestorben, aber keinen Grund nennen, dann war es wahrscheinlich Aids. Mr Warrens Bruder ist an Aids gestorben, aber niemand darf darüber sprechen.«

»Das hast du aber gerade getan«, sagte ich.

»Was völlig in Ordnung ist«, meinte Rosie schnell. »Denn in der Familie können wir über solche Sachen reden.«

»Also, woran ist Dads Schwester gestorben?«

»An einer nicht diagnostizierten Eileiterschwangerschaft«, sagte ich.

Als ich in Hudsons Alter war, hätte das Wort »Schwangerschaft« jede weitere Frage unterbunden. Offenbar hatten sich die Zeiten nicht geändert.

Stattdessen wollte er wissen: »Wie war sie so?«

»Der beste Mensch der Welt – abgesehen von dir und Rosie, natürlich.« Einer plötzlichen Eingebung folgend, fügte ich hinzu: »In der Schule wurde sie nur ›Edna‹ genannt.«

»Wieso?«

»Weil das ein Alte-Leute-Name ist und sie altmodisch war und eine Brille trug.«

»Bei *Die Unglaublichen* gibt es auch eine Edna«, sagte Hudson. »Alt, aber okay.«

»Ich war heute mit einer alten Schulfreundin Kaffee trinken«, sagte Rosie. »Die haben sie damals Miss Piggy genannt.«

»Ganz schön gemein«, sagte Hudson. »War sie hässlich?«

»Dein Dad würde ›auf unkonventionelle Weise attraktiv‹ sagen, eine gute Formulierung, weil das, was die Leute für attraktiv halten, nicht überall dasselbe ist. In manchen Kulturen findet man Übergewichtige attraktiv.«

»Du meinst also, in manchen Kulturen wäre Ms Williams attraktiv? Das glaub ich nicht … Auf keinen Fall!«

»Darauf kannst *du* antworten, Don«, sagte Rosie.

»Attraktivität ist für die Arbeit einer Schulleiterin vollkommen irrelevant. Außerdem bist du als Elfjähriger nicht geeignet, um die Attraktivität von Frauen mittleren Alters zu beurteilen. Es ist unwahrscheinlich, dass du eure Schulleiterin als Freundin in Betracht ziehst.«

»Urgh«, sagte Hudson. »Igitt.«

»Wie wurdest du in der Schule genannt?«, wollte Rosie von mir wissen.

»Data«, sagte ich. »Wegen *Star Trek – Next Generation.*« Ich gab eine Kostprobe: *»Ich merke mir alle Fakten, mit denen ich konfrontiert werde, Sir.«* In meiner Erinnerung hörte ich, wie die Kinder lachten – mich wahrscheinlich *aus*lachten. Aber es war immer noch besser, als zu schweigen.

Hudson lachte ebenfalls, und Rosie nutzte seine gute und gelöste Stimmung aus.

»Was ist mit dir?«

»Bei uns sind Spitznamen verboten. Gilt als Mobbing.«

»Ich werde nicht petzen«, sagte Rosie. »Außer, du willst es.«

»Versprochen?«

»Versprochen.«

»Bazi«, sagte Hudson. »Alle nennen mich Bazi, außer Blanche, aber keiner scheint zu wissen, was das heißt. Ich glaube, irgendwas mit schwul. Darf ich auf mein Zimmer gehen, bitte?«

Wir gingen etwas eher zu dem Vortragsabend, weil ich Julie noch Rosie vorstellen wollte. Als Julie uns sah, kam sie direkt auf uns zu.

Bevor ich mich nach den genauen Vortragsthemen des Abends erkundigen konnte, fragte sie: »Haben Sie noch Kontakt zu Gene?«

»Nein. Wir sind nicht mehr befreundet.«

Der Bruch passierte in New York, wo Gene nach der Trennung von seiner Frau Claudia ein Sabbatical verbrachte. In jenem Jahr ging er eine Liaison mit einer US-amerikanischen Sozialarbeiterin ein, Lydia.

Die beiden hatten Rosie und mich zu Drinks eingeladen, aber Rosie sagte ab mit der Begründung, sie müsse Haare waschen. Haarewaschen war die regelmäßige Ausrede, um Gene zu meiden, den sie als »Sexistenschwein« bezeichnete.

»Na, dann verpasst sie jetzt den Champagner«, sagte Gene, als ich in die Wohnung kam. »Lydia und ich haben nämlich was zu feiern. Sag's ihm, Lydia.«

»Gene hat mich gefragt, ob ich mit ihm nach Australien gehe. Und ich habe ja gesagt.«

»Hast du schon ein Visum beantragt?«

»Ja«, sagte Gene, »aber das dürfte kein Problem sein, denn Lydia kommt als meine Partnerin mit – wir wollen heiraten.«

Die spontane Enttäuschung traf mich wie ein Schock. Ihre

Ankündigung raubte mir die letzte Hoffnung, dass zwei meiner besten Freunde, Claudia und Gene, sich wieder versöhnen könnten. Ich hatte Gene mehrfach unter vier – innerhalb unserer Männergruppe auch unter acht – Augen ermuntert, diese Möglichkeit noch einmal in Betracht zu ziehen. Lydia war eine überwiegend angenehme Person, aber Gene wirkte mit ihr auch nicht glücklicher, als er es mit Claudia gewesen war.

»Bist du sicher?«, fragte ich nach.

Gene lächelte. »Deshalb ist Don mein bester Freund. Keine Angst vor heiklen Fragen, und ich kann dir versichern, dass er die schon oft gestellt hat. Aber er hat mich nie ins Wanken bringen können.« Er hob sein Glas, um uns zuzuprosten.

»Ich nehme mal an, die Frage geht auch an mich«, folgerte Lydia fälschlicher-, aber durchaus passenderweise. »Ich muss gestehen, ich hatte zwischendurch so meine Zweifel. Gene hat in der Vergangenheit ein paar Fehler gemacht, aber wir haben keine Geheimnisse voreinander und fangen ganz neu an.«

»Keine Geheimnisse?«, sagte ich. »Unfassbar.«

»Er hat mir alles erzählt.«

»Auch das mit der Weltkarte?«

Lydia blickte zu Gene. Trotz meiner Schwierigkeiten, Gesichtsausdrücke zu deuten, begriff ich sofort, was dieser hier zu besagen hatte. »Welche …«, und nach einer ungewöhnlich langen Pause, »… Weltkarte?«, sagte sie.

Gene zögerte, und Lydia sah mich an. »Sag's mir, Don.«

»Ach … meine Güte!«, sagte Gene. »Du weißt doch, dass Claudia und ich eine offene Ehe führten. Ich hatte da so ein kleines Spiel … eine Auflistung aller Frauen, die ich … näher kennengelernt hatte. Nach Nationalität.«

»Du hast Stecknadeln in eine Landkarte gepiekt«, sagte Lydia. »Stimmt's? Und die hattest du irgendwo öffentlich aushängen. In deinem Büro. Hab ich recht?« Das war ein beeindruckender Beweis dafür, wie gut sie Gene kannte, und unter anderen Umständen hätte es ihre Verbindung stärken können. Doch ganz offensichtlich war Lydia nicht glücklich darüber.

In dieser Phase des Gesprächs war ich noch der Meinung, meinen Fauxpas wiedergutmachen zu können. In unserer Männerrunde hatte Gene gestanden, dass die Sache mit den vielen Frauen nur erfunden gewesen war.

»Er hat mit den Frauen aber keinen Sex gehabt«, sagte ich. »Er wollte nur angeben. In Wahrheit hat er nur mit fünf Frauen geschlafen, außer Claudia.« Ich sah ein, dass die Information überholt war. »Und außer dir, nehme ich an.«

»Das glaube ich nicht«, sagte Lydia.

Während ich ihre Antwort verarbeitete, die unangebracht und sogar aggressiv klang, kam mir schlagartig eine Erkenntnis. *Ich* glaubte es auch nicht. Ich hatte es beim ersten Mal geglaubt, weil ich gar nicht anders konnte, als einem Freund zu vertrauen. Aber Genes Behauptung war, wie ich jetzt einsah, angesichts der vielen gegenteiligen Hinweise lächerlich unwahrscheinlich: Warum sonst hätte er mit solchem Eifer nach Frauen fremder Nationalitäten suchen sollen, um seine Sammlung zu vervollständigen?

Gene war es nur darum gegangen, dass ich die geringere Anzahl seinem Sohn Carl mitteilte, was zu dem Zeitpunkt ein wichtiger Schritt zur Erhaltung der Vater-Sohn-Beziehung gewesen war. Plötzlich erkannte ich das wahre Motiv und war dermaßen schockiert, dass ich es laut ausposaunte.

»Du hast mich angelogen. Du hast mich manipuliert, um Carl zu überzeugen – weil du wusstest, dass er mir eher glaubt als dir.«

»Ja, Don«, sagte Lydia. »Er hat dich angelogen. Seinen besten Freund. Und wie es aussieht, haben ihm auch seine Kinder nicht vertraut. Und das tue ich auch nicht mehr.«

Den Champagner leerte Gene vermutlich allein, da ich die Wohnung zur selben Zeit verließ wie Lydia.

Das Ereignis veränderte mein Leben in zweierlei Hinsicht. Zum einen hatte ich seither keinen Kontakt mehr zu Gene. Und ich änderte meine Einstellung hinsichtlich Sozialkompetenz, die ich vorher als unwichtig und überbewertet abgetan hatte. In diesem Fall musste ich mir eingestehen, dass ich furchtbaren Schaden angerichtet hatte. Gene und Lydia hatten mich großzügig eingeladen, um einen besonderen Moment in ihrem Leben zu feiern. Und mir war nichts Besseres eingefallen, als ihre Beziehung zu zerstören und meinem besten Freund den Neuanfang zu verderben.

Früher hätte mich Hudsons verzögerter Erwerb sozialer Kompetenzen nicht weiter beunruhigt, aber mittlerweile begriff ich, dass dieses Defizit zu einem Verhalten führen konnte, für das er sich hinterher schämt – so wie ich mich für das Leid schämte, das ich einigen Studenten im Genetikvorlesungseklat zugefügt hatte.

Julie fragte nicht weiter nach Gene. Mittlerweile kamen immer mehr Gäste, hauptsächlich Erwachsene. Hudson war bei Phil untergebracht. Ich hatte gehofft, einige Kinder in seinem Alter kennenzulernen, um zwanglos vergleichen zu können.

»Diese Selbsthilfegruppe ist vor allem für Eltern und Betreuer«, sagte Julie. »Und es kommen ein paar Erwachsene, die selbst im Spektrum sind.«

Bevor Julie sich entschuldigte, um sich auf ihre Rolle als Gruppenleiterin vorzubereiten, überprüfte sie, ob ich ihren Namen in meiner Kontaktliste korrekt geändert hatte.

»Nach zwei Ehen habe ich entschieden, meinen Mädchennamen wieder anzunehmen«, sagte sie.

»Eine weise Entscheidung«, erwiderte ich. »Der bleibt gleich, egal, wie oft Sie noch heiraten werden.«

»Sykora«, sagte Rosie. »Wo kommt denn der Name her?«

»Ich bin in der ehemaligen Tschechoslowakei geboren«, sagte Julie. »Und komisch: Ich glaube, das war es, was Gene an mir am interessantesten fand.«

Kapitel 8

»Denk dran«, sagte Rosie, als wir uns Sitzplätze suchten, »wir sind nicht hier, um über die Diagnose oder Behandlung von Autismus zu reden, sondern um etwas über die Betroffenen und ihr Umfeld zu erfahren. Vielleicht erfahren wir etwas über Kinder wie Hudson. Oder darüber, ob diese Kinder von irgendwelchen Maßnahmen profitieren, die an ihnen oder für sie durchgeführt werden.«

»Du meinst also, ich soll nichts von uns erzählen? Was, wenn ich Fragen habe?«

»Wir halten uns einfach mal bedeckt«, sagte Rosie.

Es gab zwei Rednerinnen. Die eine war etwa vierzig, BMI um siebenundzwanzig, konservativ gekleidet. Die andere schätzte ich fünfzehn Jahre jünger mit einem BMI von achtzehn. Sie trug ein schwarzes T-Shirt mit dem Aufdruck *Auch wir Autisten zählen.*

Julie stellte die ältere Frau als Margot vor, Mutter eines Mädchens mit Autismus. Margot erklärte sich mit allen anwesenden Autismus-Eltern solidarisch, sie fühle mit ihnen und kenne die Herausforderungen und Opfer. Sie dankte Julie dafür, dass sie ihre Tochter nicht als »autistisch« bezeichnet hatte. »Sie ist ein Mädchen mit Autismus, aber heute mit sehr viel weniger als zu Beginn ihres Lebens.«

Margots Tochter, mittlerweile sechzehn, hatte im frühkindlichen Alter nicht die üblichen Fortschritte beim Spracherwerb gemacht und wurde vor ihrem dritten Geburtstag diagnostiziert. Nachdem Margot und ihr Partner über verschiedene Behandlungsmöglichkeiten recherchiert hatten, entschieden sie sich für eine intensive Betreuung durch professionelle Therapeuten. Was Margot sagte, klang rational und unverfänglich. Dann gab es eine Zwischenfrage. Von Rosie.

»Sie sprachen gerade von ›intensiver Betreuung‹. Wie viele Stunden pro Woche?«

»Etwa fünfundzwanzig.«

»Und das zusätzlich zu Schule und Hausaufgaben?«

»Ja. Seit sie zur Schule geht.«

»Und über welchen Zeitraum?«

»Bis heute. Und es gibt immer noch Fortschritte. Ich wollte gleich noch darüber sprechen, aber sie ist auf einer normalen Schule, sie hat Freunde. Ja, es ist ein Haufen Arbeit, für sie und für uns, aber wenn Sie …«

»Wie motivieren Sie eine Dreijährige? All diese Therapiearbeit zu leisten?«

»Das System, das wir anwenden – ich wollte gleich noch darüber sprechen –, basiert auf Belohnungen.«

Schwarzes T-Shirt lehnte sich zu ihrem Mikro vor. »Aber auch Strafen. Denken Sie daran, dass der Entzug einer Belohnung eine Strafe ist. Sie machen ABA, oder?«

»Applied Behaviour Analysis«, erklärte Julie die Abkürzung, »also ›Angewandte Verhaltensanalyse‹. Für alle, die neu hier sind: Psychologen betrachten es als das Nonplusultra für die Behandlung von Autismus. Aber wir schweifen …«

Schwarzes T-Shirt unterbrach. »Das kann ich nicht durchgehen lassen. Psychologen und Eltern lieben diese Therapieform. Natürlich, denn für sie ist sie ja auch gemacht – aber nicht für die Kinder, die wie Hündchen dressiert werden.«

Damit befanden wir uns mitten in Rosies Fachgebiet. Ihr

Forschungsprojekt untersuchte die unterschiedliche Wahrnehmung von Therapeuten und Patienten bezüglich des Behandlungserfolgs bei bipolaren Störungen.

»Auf welche Weise erhält man von den Kindern ein Feedback?«, wollte Rosie jetzt wissen. »Und wie empfindet Ihre Tochter selbst ihre Fortschritte?«

»Sie kriegt ihre Leckerli, wie will man das erkennen?«, meinte Schwarzes T-Shirt. »Sie wird darauf dressiert, ihr Leben lang Anerkennung durch andere zu bekommen. Fragen Sie sie mal, wie es ihr geht, wenn jemand dieses beschissene Belohnungssystem mal benutzt, um sie zu missbrauchen.«

Hervorragend. Rosies Fragen hatten den Vortrag über einen vermutlich nicht repräsentativen Einzelfall in eine kontroverse Diskussion verwandelt, in der zwei gegensätzliche Meinungen vertreten wurden. Leider fühlte sich Julie verpflichtet, Margot ihren vorbereiteten Vortrag zu Ende führen zu lassen, worin wir erfuhren, dass ihre Tochter beeindruckende Fortschritte im Spracherwerb gemacht und höhere soziale Akzeptanz erreicht hatte.

Schwarzes T-Shirt wurde als Liz vorgestellt, und sie sei lesbisch und autistisch.

»Ich bin genauso wenig ein Mensch mit Autismus wie ich ein Mensch mit Lesbianismus bin. Ich bin lesbisch. Ich bin autistisch. Wenn ich Schnupfen kriege, *habe* ich einen Schnupfen, ich bin ein Mensch mit Schnupfen, und ich will ihn loswerden. Und nehme gern auch Medikamente. Aber autistisch und lesbisch *bin* ich einfach, und ich bin nicht daran interessiert, dass mich irgendwer davon ›heilt‹, zu sein, wer ich bin. Wenn man mich zu einer Reparativtherapie zwingen würde – denn genau das ist ABA –, wäre das ein Missbrauch. Und wenn man ein Kind dazu zwingt, ist es Kindesmissbrauch.«

Liz zählte einige Dinge auf, die man Autisten gegenüber

nicht sagen solle (zum Beispiel: *Sie wirken ganz normal auf mich* oder *Was ist Ihre besondere Begabung?* oder *Wir sind doch alle irgendwo im Spektrum*), und erklärte die soziale Sicht auf Behinderung mit einem brillanten Beispiel: Wir sollten uns vorstellen, alle außer uns würden im Rollstuhl sitzen, und die Gesellschaft sei auf Rollstuhlfahrer ausgelegt. Dann würden wir uns überall den Kopf an niedrigen Türrahmen stoßen und in Restaurants um einen Stuhl bitten müssen.

Julie bat um Fragen. Die erste kam von einem etwa vierzigjährigen Mann: »Ich weiß, Sie haben gesagt, dass ich das nicht sagen soll, aber … Auf mich wirken Sie ganz normal.« Er lachte, Liz nicht. »Ich meine, Sie sind wahrscheinlich am hochfunktionalen Ende des Spektrums. Wie passt dann das, was Sie sagen, zu …«

Liz ließ ihn nicht ausreden. »Sehen Sie«, sagte sie. »Genau so läuft es. Ich bitte Sie, etwas nicht zu sagen – mit der Erklärung, dass es verletzend und beleidigend ist –, und Sie halten das für einen Witz und sagen es trotzdem. Deswegen sage ich jetzt etwas Verletzendes und Beleidigendes zu Ihnen: Verpiss dich, du Arschloch.«

Julie wollte eingreifen, aber Liz hob eine Hand, um sie aufzuhalten und fuhr fort.

»Sie haben ihn nicht zurechtgewiesen, als er mich beleidigt hat, also dürfen Sie mich jetzt auch nicht stoppen. Aber okay, vielleicht wollen auch ein paar andere wissen, ob das, was ich sage, für alle Autisten gilt, und ich sage ja. Ja, es gibt ein Spektrum, aber das ist multidimensional, und der Platz eines Menschen darauf ändert sich mit der Zeit. Manchmal wegen einer ›Behandlung‹.« Liz setzte die bekannte Technik der gefingerten Anführungszeichen ein.

»An manchen Tagen komme ich in bestimmten Bereichen gut zurecht und in anderen nicht, und am nächsten Tag ist es wieder anders. Aber ich bin immer autistisch. Es gehört zu meiner Identität, meinem Wesen, und die von uns, die darüber sprechen können, müssen es eben für die mittun, die es nicht können.«

»Vielleicht hat jemand auch eine Frage an Margot«, sagte Julie.

Rosie hatte unsere Vereinbarung, sich zurückzuhalten, mit ihren sechs Fragen bereits gebrochen, und so sah ich nicht ein, warum ich nicht auch etwas fragen sollte. Ich hob meine Hand, um Julie auf mich aufmerksam zu machen, aber Rosie zog sie wieder runter. Julie lächelte, doch Liz zeigte mit dem Finger auf mich.

»Die meisten von Ihnen haben wahrscheinlich nicht mitbekommen, was gerade passiert ist«, sagte sie. »Ein Mann hat seine Hand gehoben, und Julie hat Margot leicht angestupst. Auf den musst du aufpassen, *der könnte was Blödes sagen*, bedeutete das. Denn der ist … vielleicht … *autistisch.* Hab ich recht, Julie?«

Julies Erwiderung ergab keinen rechten Sinn. Liz fuhr fort: »Darauf hat die Frau neben ihm, die vorhin die Fragen gestellt hat, seine Hand wieder zurückgezogen. Haben Sie doch, oder?«

Ich rechnete damit, dass Rosie etwas Aggressives antworten würde, aber sie sagte ruhig: »Sie haben vollkommen recht. Und ich bitte um Entschuldigung.«

»Okay«, sagte Liz, »ich schätze mal, Sie sind neurotypisch, also das, was man gemeinhin als normal betrachtet. Julie ist es, und Margot auch. Wir Autisten tun uns mit nonverbaler Kommunikation schwer. Und gerade haben wir erlebt, wie Neurotypische ihre Geheimsprache einsetzen … Das haben sie gemacht, um vor einem von uns zu warnen. Um uns zum Schweigen zu bringen. Uns zu unterdrücken.«

Jetzt sah sie mich direkt an. »Was auch immer. Sie haben eine Frage?«

»Korrekt. Aber was Sie gesagt haben, war so beeindruckend, dass ich sie vergessen habe.« Die Zuhörer lachten, doch es klang wohlwollend. Mir fiel die Frage wieder ein.

»Die Frage war für Margot, worum Julie ja gebeten hatte.«

»Sie können auch Liz etwas fragen, wenn Sie das lieber möchten«, sagte Julie.

»Exzellent. Darf ich an jede der beiden eine Frage stellen?«

»Bitte sehr.«

»Margot, Sie sagten, Ihr Kind gehe auf eine normale Schule und habe Freunde. Ist sie dort gut integriert?«

»Vielen Dank«, sagte Margot. »Und ich habe nicht den Wunsch, Sie zum Schweigen zu bringen. Das ist eine gute Frage, und die Antwort ist schwierig. Ihre Freunde sind hauptsächlich Kinder wie sie, Kinder, die sie in ihrer Therapie kennengelernt hat. Das ist nicht ideal, und manchmal haben wir das Gefühl, dass die sie am Weiterkommen hindern, aber es ist immerhin ein Fortschritt gegenüber früher.«

»Den zweiten Teil haben Sie aber nicht beantwortet«, sagte Liz. »Den mit der Integration.«

»Ich war auch noch nicht fertig. Ich möchte hier über meine Erfahrungen berichten, weil ich die Hoffnung habe, dass sie anderen helfen. Also sage ich auch ganz ehrlich, dass sie es nicht leicht hat. Es ist viel, *viel* besser als früher, aber wir haben noch einen langen Weg vor uns, und in einem Alter, in dem sie eigentlich Spaß am Leben haben sollte und … schlägt sie sich mit Problemen herum. Mein Mann und ich fragen uns jeden Tag, ob wir das Richtige tun.«

Sie wandte sich an Liz: »Uns ist klar, dass das, was wir tun, traumatisch für sie ist; es könnte ihr schaden, auch das ist uns bewusst; vielleicht bringt sie sich deshalb eines Tages um, auch das wissen wir. Aber als sie drei Jahre alt war, dachten wir, dass es viel schlimmer für sie wäre, wenn sie niemals sprechen lernen würde oder für sich selbst zu sorgen. Wenn unsere Welt eine andere wäre, mag das sogar nicht weiter schlimm sein. Auch Sie sind autistisch. Aber trotzdem anders als unsere Tochter. Sie können nicht wissen, was das in ihrem Fall wirklich heißt. Sagen Sie also über sich selbst, was Sie wollen, aber stellen Sie sich hier bitte nicht hin, mit Ihrem Selbstvertrauen und all Ihren schlauen Worten, die meine Tochter in Ihrer perfekten Welt niemals gelernt hätte, und machen sich zu ihrer Fürsprecherin.«

Das Publikum applaudierte.

Ich ging davon aus, dass man meinen Wunsch nach einer Frage an Liz vergessen hat: Laut Zeitplan war die Veranstaltung beendet, und Veranstalter halten es normalerweise für wichtiger, mit Applaus zu enden als Tagesordnungspunkte einzuhalten.

Liz deutete wieder auf mich. »Sie hatten auch an mich eine Frage. Ich fände es schade, wenn die in Mitleidsbekundungen für Eltern untergeht, die mit autistischen Kindern belastet sind. Außerdem hätte ich eine Frage an alle, die eben applaudiert haben, als Margot sagte, ich dürfe nicht für andere Autisten sprechen: Wer spricht denn dann für sie? Jemand, der keine Erfahrung mit dem Anderssein hat?« Sie zeigte wieder auf mich. »Ihre Frage?«

»Würden Sie sagen, dass es eine klare Trennung zwischen autistisch und neurotypisch gibt?« Der zweite Begriff war mir neu. »Die Methoden zur Diagnose von Autismus scheinen ungenau; Sie sagten, es sei ein multidimensionales Spektrum, also scheint es mir zu einfach, es auf ein binäres System, autistisch versus neurotypisch, zu reduzieren.«

»Sie sind Wissenschaftler?«

»Korrekt.«

»Ich bin keine Wissenschaftlerin. Ich bin Aktivistin. Und für mich, für den Kampf, den ich führe, sind Sie entweder autistisch oder neurotypisch. Ihre Identität darf nicht durch irgendwelche Werte diktiert werden, die Sie auf einer Skala einnehmen, die von Neurotypischen definiert wurde – genauso wenig, wie man Messmethoden einsetzt, um zu entscheiden, ob Sie schwul oder indigen oder Anhänger eines bestimmten Cricketteams sind. Sie müssen entscheiden, wer Sie sind.«

»Puh«, meinte Rosie, als wir den Raum verließen. »Ich glaube, wir haben gerade mehr Drama erlebt als Laszlo und Frances im Theater. Tut mir leid, dass ich dich von deiner Frage abhalten wollte. Entschuldige.«

»Das war sehr vernünftig. Du wolltest mir helfen, unsere Vereinbarung von meiner Seite einzuhalten, auch nachdem du nicht widerstehen konntest, sie deinerseits zu brechen. Ich hätte dich zurückhalten sollen, aber ich war zu langsam, und deine Fragen waren ohnehin exzellent.«

»Was bedeutet das, was wir hier gehört haben, für uns und Hudson?«, fragte Rosie.

»Die ursprüngliche Frage lautete: Sollen wir ihn auf Autismus testen lassen? Eine Fehldiagnose würde unnötige Behandlungen und möglicherweise Diskriminierung nach sich ziehen. Genau betrachtet entsteht die gleiche Situation, wie wenn er autistisch ist. Lass uns das Problem analysieren, bevor wir eine Entscheidung treffen.«

»Da bin ich vollkommen deiner Meinung. Sollen wir noch was trinken gehen, bevor wir nach Hause fahren? Immerhin ist das ja eigentlich unser Ausgehabend.«

»Ich hatte die Zeit schon für mein Studium reserviert.«

»Und du könntest deine Eltern anrufen.«

»Nein, dein Vorschlag war gut. Wir gehen was trinken.«

Während wir ein Lokal ansteuerten, ging mir durch den Kopf, dass Liz als Fürsprecherin eigentlich die perfekte Wahl wäre, wenn ich bezüglich des Genetikvorlesungseklats auf Autismus plädieren würde.

Kapitel 9

»Ich habe gute Nachrichten«, sagte Professor Lawrence, die mich auf meinem Rückweg von der Arbeit anrief. »Jemand aus der Vorlesung hat für die Studentenzeitschrift einen Artikel geschrieben, den sie nicht veröffentlichen wollten. Die Frau hat sich beschwert und …«

»Wahrscheinlich ging der Artikel gegen mich?«

»Wohl kaum, sonst hätten sie ihn mit Handkuss genommen. Nein, der Titel lautete *Warum sind Schneeflocken immer weiß?* und kam von einer Nigerianerin.«

»Beatrice?«

»Ja, so hieß sie. Ausgerechnet! Wie es aussieht, hat sie was dagegen, dass eine Weiße – jedem ist klar, dass die Beschwerdeführerin die Studentin ist, die damals die Frage gestellt hat – quasi in ihrem Namen Anstoß nimmt. Sie ist, aus welchem Grund auch immer, auf Ihrer Seite. Das spaltet jetzt die Gemüter, und es wird schwierig, Sie einfach zu entlassen. Mittlerweile würde man die Autismus-Erklärung auch ohne Diagnose akzeptieren, Sie müssten sich als ›im Spektrum‹ identifizieren.«

Rosies Anruf aus der Schule war weniger positiv.

»Schon wieder ein Ausraster. Ich musste ihn abholen, und er sagt nichts dazu. Möchtest du …?«

»Du bist beim Ausfragen viel besser. Außerdem bin ich mit meinem Lernpensum im Rückstand.«

»Hier geht es nicht ums Ausfragen, es geht darum, dass er merkt: Sein Vater ist da, wenn er ihn braucht. Überleg mal, was du dir in seinem Alter gewünscht hättest.«

Die Antwort lautete: nicht von meinen Eltern über ein Ereignis in der Schule ausgefragt zu werden, das sie sowieso nicht verstehen.

Was hätte ich mir in Hudsons Alter von meinen Eltern gewünscht? Sie meldeten mich für einen Karatekurs an, das war eigentlich ihre einzige Hilfe. Aber es ging nicht darum, mir lebenslange Fitness und gute Koordination zu gewährleisten oder um ein Hobby für später, falls ich sonst kein Privatleben hätte. Ich sollte lernen, mich »zu wehren«, was angesichts der Dynamik auf dem Schulhof, in den Klassenzimmern und Gängen unrealistisch war.

Ich brauchte eine allgemeingültige Antwort, weil auf spezifische Ereignisse zugeschnittene Antworten – Ausrasten, Beschwerden seitens der Schule, die Entdeckung eines unausgepackten Pausenbrots – natürlich jeweils unterschiedlich ausfielen.

Ich hätte mir gewünscht, wie ein Erwachsener behandelt zu werden, also umfassend informiert, angehört und an allen mich betreffenden Diskussionen beteiligt zu werden.

»Du hast was getrunken. Das kann ich riechen. Es ist irrational, Alkohol zu trinken.« Die Aussprache des letzten Satzes erinnerte verdächtig an Data aus *Star Trek*. Aber er hatte recht. Ich hatte auf dem Heimweg zwei Pisco Sour zu mir genommen, um besser nachdenken zu können.

Hudson liebte es, mir Verhalten nachzuweisen, das er als irrational erachtete. Tatsächlich verhielt ich mich – gemäß eines traditionellen psychologischen Tricks – in manchen Dingen absichtlich genau konträr zu dem, was wir bei ihm fördern wollten. Hudsons Auflehnung gegen die Eltern würde in der Verweigerung von Alkohol bestehen.

»Korrekt«, erwiderte ich. »Aber auch für irrationales Verhalten gibt es meist eine rationale Erklärung, die auf dem Verständnis der menschlichen Psyche beruht. Hast du eine rationale Erklärung dafür, dass du dir nicht die Haare schneiden lassen willst?«

»Das war doch nur, als ich noch klein war.« Hudson deutete auf sein Haar, vielleicht aber auch auf sein Gehirn. »Kleine Kinder sind eben weniger rational.«

»Was ist mit heute? Die Schulleiterin sagte, du hättest für irgendeine nicht näher benannte Störung eine Auszeit bekommen, und als die dann wegen guten Verhaltens verkürzt wurde, seist du verärgert gewesen.« An dieser Stelle war der Ausdruck »Ausraster« verwendet worden.

»Ich war nicht irrational.«

»Ärger ist an sich irrational. Und es ist irrational, einen Akt der Großzügigkeit mit Feindseligkeit zu erwidern.«

»Das war nicht großzügig. Die Auszeit sollte den ganzen Tag dauern. Mr Warren kam, um nach mir zu sehen, und ich hatte alle meine Aufgaben erledigt, weil es in dem Raum still war und mich niemand geärgert hat. Also habe ich gelesen, was wir tun dürfen, wenn wir alles erledigt haben. Aber dann hat er gesagt, ich soll zurück ins Klassenzimmer gehen, und ich habe ihm gesagt, dass er damit sein Versprechen bricht.«

»Und das hat zu Ärger und Streit geführt?«

Hudson nickte. »Na ja, er hat nicht wörtlich gesagt: ›Ich verspreche das und das‹, also war es kein offizielles Versprechen, aber es war eine Abmachung. Am Ende durfte ich dann aber dortbleiben.«

»Kann es sein, dass du den Auszeitraum dem Klassenzimmer vorziehst?«

»Nicht immer. In der anderen sechsten Klasse ist ein Junge, der die ganze Zeit dort hinwill. Aber der ist echt komisch.«

»In welcher Hinsicht?«

»In jeder. Der hat Autismus.«

Rosie lachte, als ich Hudsons Erklärung wiedergab. »Von wegen, Hudson hat keine Sozialkompetenz. Er hat den Ausraster vorgespielt, damit er im Auszeitraum bleiben darf.«

»Wenn diese Hypothese stimmt, dann war es also gar kein Ausraster.«

»Es war seine Art und Weise, seinen Standpunkt klarzumachen, ohne dass Rabbit etwas dagegen sagen konnte.«

»Als Lehrer hat man es nicht leicht. So viel parallele Kommunikation.«

»Neil hätte dieses Problem nicht, wenn er den Auszeitraum nicht als Bestrafung einsetzen würde. Und was machen wir jetzt?«

»Ich empfehle Vergebung und folglich keine weiteren Maßnahmen. Hudsons Verhalten war unangemessen, aber es war eine komplexe Situation. Ich bezweifle, dass ich sie besser gelöst hätte als Rabbit.«

Als ich am folgenden Abend zu *Jarman's Gym* kam, stand vor dem Gebäude eine Frau (Alter: etwa zweiunddreißig; geschätzter BMI: einundzwanzig; auf unkonventionelle Weise attraktiv) mit einem etwa vierjährigen Jungen und schien auf etwas zu warten. Zusätzlich zur unfreiwillig erfolgenden Schätzung des BMI bestand mittlerweile auch die Gefahr, dass ich interessant aussehende Menschen auf mein Rassendiagramm positionierte. Diese Frau stand irgendwo zwischen Hui und Beatrice.

Zu meiner Überraschung sprach sie mich an. »Mr Tillman? Hudsons Vater?«

»Woher wussten Sie das?«

Sie lachte. »Sie und Hudson haben gewisse Ähnlichkeiten. Ich bin Blanches Mutter. Allannah.« Sie streckte ihre rechte Hand vor, und ich achtete beim Schütteln darauf, den leichten Druck zu erwidern, der bei Frauen zu erwarten war, und gleichzeitig den Gedanken zu unterdrücken, dass wir beim Händeschütteln der Übertragung von Viren Vorschub leisteten.

Sie lächelte. »Sie haben gerade etwas getan, das fast niemand tut. Also, eigentlich geht es um etwas, das Sie *nicht* getan haben.«

Ich blickte sie fragend an, und sie ergänzte: »Jeder, der Blanche kennt, sieht mich sonst mit einem Blick an, der besagt: ›Sie können unmöglich ihre Mutter sein.‹ Weil sie so hell ist.«

»Aber das ist lächerlich. Blanche ist ein Albino … ein Mensch mit Albinismus. Welchen Ausdruck bevorzugen Sie? Welchen Ausdruck bevorzugt Blanche?«

»Mensch mit Albinismus. Danke, dass Sie danach fragen. Aber ich wollte mich eigentlich nur persönlich für alles bedanken, was Sie auf der Klassenfahrt getan haben. Blanche hatte einen Riesenspaß.«

Natürlich kannte ich mittlerweile die formelhafte Antwort auf Danksagungen. »Kein Problem«, erwiderte ich und warf mit der rechten Hand eine Ladung Luft über meine Schulter.

»Nur keine falsche Bescheidenheit«, sagte sie. »Haben Sie gehört, dass die anderen Kinder alle neidisch waren und auch lieber Snowboard fahren wollten anstatt Ski? Wie es scheint, hatte der Lehrer alle Hände voll zu tun.«

»Als würde man einen Sack Flöhe hüten.«

Allannah lachte. »Genau so hat er es ausgedrückt. Gary – mein Mann – bietet Ihnen eine Aromatherapie oder Heilmassage an, wann immer Sie Zeit und Lust dazu haben. Als Dankeschön. Er war ziemlich sauer, dass man Blanche wegen ihres Augenproblems wieder nach Hause schicken wollte, obwohl die Schule davon wusste. Wir haben auch schon mit der Schulleiterin gesprochen.«

»Das ist gut. Man war in der Tat unzureichend darauf vorbereitet, auf vorhersehbare Ausnahmen adäquat zu reagieren.«

Wieder lachte Allannah, meiner Meinung nach eine seltsame Reaktion auf das ernste Problem ihrer Tochter. »Wussten Sie auch, dass Hudson mit Blanche über Genetik gesprochen hat?«

»Natürlich. Aufgrund Ihrer Beschwerde wurden wir zur Schulleiterin zitiert.«

»Oh. Das tut mir leid. Es war eigentlich nicht als ... Beschwerde gedacht. Gary fand nur, dass wir es erwähnen sollten. Blanche sagte, dass das Ihr Beruf ist. Genetik.«

»Korrekt. Im Moment suche ich ein Heilmittel gegen Krebs. Was sich als schwierig erweist.«

»Sie entsprechen so gar nicht meinem Bild des bösen Genies, das für übermächtige Pharmakonzerne arbeitet.«

»Ich arbeite nicht in der Pharmaindustrie. Ich bin Universitätsprofessor.«

»Oh, Entschuldigung. Wie ich schon sagte, das passt auch gar nicht zu Ihnen. Wenn Sie meinem Mann begegnen sollten, sagen Sie ihm bitte nichts von meiner Frage, aber ... diese verschiedenen Formen von Albinismus, von denen Hudson Blanche erzählt hat – kann man die irgendwie erkennen?«

»Ein einfacher Gentest ...«

»Gibt es auch einen anderen Weg? Ich meine etwas, das ich allein machen kann?«

»Wäre ein Gentest denn ein Problem?«

Allannah schwieg einige Sekunden. Dann sagte sie: »Wenn ich eine Probe beschaffe, kann man die dann einfach testen und mir Bescheid geben? Ohne dass Blanche davon etwas mitbekommt?«

»Ich kann Ihnen die Kontaktdaten eines Labors geben, aber ich empfehle den Besuch bei einem Spezialisten. Die Schulmedizin arbeitet weniger evidenzbasiert als sie sollte, aber man kann ihr trotzdem mehr vertrauen als den Alternativen zu ihr.«

»Danke, aber ich glaube, ›Vertrauen‹ ist hier das richtige Wort. Wir müssen entscheiden, wem wir im Hinblick auf unsere Kinder vertrauen. Und wir sind überzeugt, dass es noch andere Wege gibt. Gary ist Homöopath.«

Homöopath? Auf diesem Gebiet existiert null Evidenz – und es ist unrealistisch anzunehmen, dass sich das jemals ändert.

Allannah lachte. Offenbar hatte sie meinen Gesichtsausdruck gedeutet. »Ihr Blick spricht Bände. Blanche war eine Hausgeburt, und dass sie Albinismus hat, erfuhren wir erst, nachdem ihr Name schon feststand. Mein Mann ist ein sehr heller Typ, deshalb dachten wir …«

»Wird ihr Augenproblem behandelt?«

»Als sie geboren wurde, war sie so gut wie blind. Gary hat sie homöopathisch behandelt, und jetzt geht es ihr sehr viel besser. Ich bin ihre Mutter, ich habe es selbst gesehen. Ebenso meine Mutter. Seither hat sich ihr Sehvermögen stabilisiert, und ich denke einfach, was er macht, funktioniert. Meinem Kind geht's gut, und das ist alles, was zählt.«

»Man sollte keine voreiligen …«

»Ich kann auch gleich mit allem rausrücken. Wir sind gegen Impfungen. Wir sind schreckliche Menschen. *Impfgegner.*«

»Menschen, die gegen Impfungen sind.« Es hätte mich interessiert, welche Überlegungen sie zu dieser Haltung gebracht hatten, um sie dann über ihren Irrtum aufzuklären. Aber das Kind, das vermutlich Blanches Bruder war, zog seine Mutter am Ärmel.

»Ich geh jetzt mal lieber«, sagte sie. »Ich muss Blanche nach Hause bringen.«

»Blanche ist hier?«

»Das wussten Sie nicht? Die Kinder haben das unter sich ausgemacht, und Hudson hat seinen Großvater gefragt. Kaum zu glauben, plötzlich sind sie in einem Alter, in dem sie ihr Leben selbst in die Hand nehmen.«

Kapitel 10

Ich stand vor einem komplexen Problem, bei dem ich zu viele Informationen verarbeiten musste, die dennoch nicht ausreichten, um eine evidenzbasierte Entscheidung zu treffen. Das war typisch für Situationen, die die Interaktion von Menschen betrafen.

Zum Glück hatte ich Freunde, auf die ich zurückgreifen konnte: Menschen unterschiedlicher Herkunft, die mir wohlgesinnt waren und trotzdem ausreichend Abstand hatten, um nicht von Emotionen überwältigt zu werden. Sie hatten mir dabei geholfen, die perfekte Partnerin zu finden, mich auf die Vaterschaft vorzubereiten und meine Ehe zu retten.

Ich entwarf einen Zeitplan, um alle sechs zu kontaktieren.

Ich begann mit Claudia, Genes Exfrau, mit der ich ohnehin bereits ein Treffen vereinbart hatte. Trotz ihrer Trennung von Gene suchte ich immer noch gern ihren Rat und profitierte von ihrer Erfahrung als klinische Psychologin. Wir verabredeten uns zum Kaffee.

Gemäß dem informellen Rahmen des Gesprächs, begann ich mit Smalltalk.

»Bist du noch Single?«

»Ja. Und ich weiß, was du als Nächstes sagen willst. Die Antwort lautet: Vergiss es. Das liegt jetzt zwölf Jahre zurück, Don. Jeder von uns beiden geht seiner eigenen Wege.«

»Aber ohne Erfolg, was das Finden neuer Partner betrifft. Du willst doch einen neuen Partner, korrekt?«

»Das hat jetzt nicht oberste Priorität. Außerdem hatte ich dich so verstanden, dass *du* Rat suchst.«

»Ich dachte, ich könnte mich revanchieren, indem ich dir auch meinen Rat anbiete. Immerhin hatte ich mit Judas recht. Simon Lefebvre.«

»Was Simon angeht, lagen alle richtig. Aber Simon ist Vergangenheit, Gene und ich leben getrennt, Eugenie und Carl sind erwachsen. Alles bestens. Aber was ist mit dir und Rosie?«

Ich erklärte die Situation mit Hudson.

»So was höre ich häufig«, sagte Claudia. »Viele Lehrer sind oft ganz wunderbar in der Lage zu erkennen, was mit einem Kind los ist, und wir müssen ihnen zuhören und ihre Erfahrung und Beobachtungsgabe respektieren. Aber sie sind nicht qualifiziert, Autismus zu diagnostizieren, geschweige denn die ganze Bandbreite an Störungen, mit denen Autismus verwechselt werden kann.«

»Exzellenter Punkt.«

»Wenn ihr also eine Diagnose wollt, lasst dem Psychologen Spielraum und kommt nicht mit der Frage: ›Hat er Autismus, ja oder nein?‹«

»Natürlich. Als Konsequenz des vorher genannten Einwands.«

»Und noch was«, fuhr sie fort. »Ich weiß, du denkst gern auf Grundlage von Genetik, aber vergiss die Umwelt nicht. Hudson hat deine Gene, und er wächst mir dir als Vater auf, und … na ja, einige deiner … Verhaltensweisen … überschneiden sich möglicherweise mit den Kriterien für die Diagnose von Autismus.«

Ich hatte die Informationen erhalten, die ich brauchte.

»Nun trink doch erst mal deinen Kaffee«, sagte Claudia. »War Hudson für Rosie eigentlich anstrengend?«

»Ich gehe davon aus, dass alle Kinder anstrengend sind.«

»Mir fällt nur ein, dass du bei unserem letzten Treffen erwähnt hast, euer Sexualleben wäre so gut wie eingeschlafen, als Hudson vier oder fünf war.«

»Korrekt. Wir wollten ein weiteres Kind, und der weitaus häufigste Grund für Unfruchtbarkeit ist Sex in unzureichender Häufigkeit. Ich hatte Rosie mehrmals darauf hingewiesen.«

»Ich frage mich, ob das vielleicht der Grund war. Vielleicht wollte sie kein zweites Kind. Und so hatte sie auch die Chance, wieder zu arbeiten.«

»Gesagt hat sie das nie.«

»Menschen sagen nicht immer, warum sie etwas machen. Manchmal wissen sie es auch gar nicht. Deswegen habe ich ja Arbeit.«

Laszlo saß an seinem Schreibtisch. Ich suchte mir einen Sitzplatz und arbeitete an meinem Laptop, bis er seinen Gehörschutz abnahm und aufstand, um eine Pause zu machen. Unser Gespräch war kurz, fokussiert und direkt. Anders ist ein Gespräch mit Laszlo nicht möglich.

»Was ist mit der Schutzbrille passiert?«, fragte ich.

»Ein misslungenes Experiment. Sie funktioniert gut beim Fahrradfahren im Regen, nicht so gut am Computerbildschirm.«

»Bist du jemals auf Autismus getestet worden?«

»Deine Frage ist ungenau.«

»Wieso?«

»Ich bin auf das Asperger-Syndrom getestet worden, was damals noch nicht als Unterkategorie von Autismus galt.«

»Wie lautete das Ergebnis?«

»Positiv. Mit hohem Wahrscheinlichkeitsgrad.«

»Hatte die Diagnose positive oder negative Auswirkungen?«

»Positive. Wenn ich für irgendein Verhalten kritisiert werde, sage ich: ›Ich habe Asperger‹.« Er tippte sich an den Fahrradhelm. »Es muss noch nicht einmal eine Verbindung zwischen der Diagnose und dem Verhalten herstellbar sein. Sofort lässt man mich in Ruhe. Außer Frances. Sie sagt: ›Du bist kein Asperger, du bist Laszlo Hevesi.‹ Was stimmt, aber für mein Arbeitsumfeld ist Asperger eine gute Erklärung.«

»Hältst du es für eine gute Idee, einen Elfjährigen auf Autismus testen zu lassen?«

»Wenn er in Ruhe gelassen werden will, ja, möglicherweise. Wenn nicht – dazu habe ich keine Meinung. Wie läuft es mit der Krebsheilung?«

»Ich habe Probleme, die Software für die Datenanalyse zu lernen.«

»Sag Bescheid, wenn du Hilfe brauchst. Wissenschaftler müssen einander helfen.«

»Wieso rufst du mich um diese Uhrzeit an?«

Isaac Eslers Standardbegrüßung am Telefon ist ein Witz, der sich auf seinen Beruf als Psychiater bezieht, aber man kann seine Witze ebenso gut als ernstgemeinte Äußerungen behandeln.

»Ich rufe an, weil wir Probleme mit Hudson haben. Die Uhrzeit habe ich gewählt, weil wir jetzt beide wach sind.« In New York war es 19.30 Uhr.

»Tja, Don, du weißt, dass ich dir keinen professionellen Rat erteilen kann, nicht per Telefon, nicht, ohne Hudson zu sehen, und auch deswegen nicht, weil wir befreundet sind. Ich würde dir raten, jemanden vor Ort zu suchen, aber … leider trifft man auf sehr viel Inkompetenz. Am Ende pumpen sie ihn mit Medikamenten voll, nachdem er fünfzig Minuten von irgendeinem australischen Ärztejungspund in die Mangel genommen wurde, der Freud für einen Hobbit hält.«

Wie üblich, argumentierte Isaac sich aus seinen ethischen Vorbehalten hinaus, und wir unterhielten uns zwei Stunden und sieben Minuten lang. Seine Frau Judy brachte ihm das Abendessen ans Telefon. Was ihn vor allem interessierte, war Hudsons Beziehung zu Blanche.

»Wie wir wissen, halten Impfgegner an dem Vorwurf fest, es bestehe ein Zusammenhang zwischen der Mumps-Masern-Röteln-Impfung und dem Auftreten von Autismus, deshalb verdammen sie jegliche Impfung. Ich sage bewusst ›verdammen‹, weil dem Eifer dieser Menschen durchaus etwas Religiöses anhaftet. Wie alt sind die beiden jetzt?«

»Hudson ist elf.«

»Hm. Und was Hudson angeht – überlege mal, welche Parallelen es zu deinem Leben gibt.«

»Hm, zu meiner eigenen Schulzeit …« Dann fiel mir eine noch bessere Antwort ein: »Die Universität hat mir nahegelegt, mich ebenfalls testen zu lassen.«

Isaacs nächste Frage war vorhersehbar. »Denkst du, die beiden Sachen könnten in Zusammenhang stehen?«

»Definitiv nicht. Sie sind voneinander unabhängig. Die Schule hat keine Ahnung …«

»Hat der Lehrer dich vielleicht kennengelernt, als du gerade über deine eigene Diagnose nachgedacht hast? Und dann vorgeschlagen, dass Hudson sich diagnostizieren lässt?«

»Ich habe das dem Lehrer gegenüber nicht erwähnt.«

»Don, inzwischen solltest du wissen, dass auch das zählt, was nicht klar und deutlich kommuniziert wird.«

Da es schon spät war, kamen wir überein, dass ich nicht mehr mit Judy spreche. Auch nicht, um ihr die Vorteile des kabellosen Telefons zu unterbreiten.

Beim wöchentlichen Männergesprächskreis schnitt ich ebenfalls das Thema Hudson an. Die Bezeichnung Gesprächskreis ist etwas irreführend, denn George, Dave und ich trafen uns per Skype zur Videokonferenz, waren also alle zu Hause, und außerdem war es 7.00 Uhr in der Früh – zumindest in Melbourne, in New York war es Nachmittag.

»Die Schule bittet uns, Hudson auf Autismus testen zu lassen«, sagte ich, als Georges und Daves Avatare auf dem Bildschirm erschienen.

»Gleichfalls guten Morgen, Don«, sagte George. »Wie ist das Wetter, wie geht's Rosie, wie geht es deinem Dad? Und mir geht's auch gut, danke, hab höchstens ein bisschen Langeweile. Ich überlege, ob ich nach England zurückgehen soll. Oder nach Australien auswandern. Gute Schlagzeuger sind da grad Mangelware – zumindest der Musik nach zu urteilen, die ihr da drüben produziert. Was ist mit dir, Dave?«

»Keine Veränderung. Sonia will sich immer noch unbedingt zu einer Außenstelle versetzen lassen – befristet. Vorher kriegt sie keine Beförderung, aber das Letzte, was ich jetzt gebrauchen kann, ist ein Umzug. Fulvio hat Koliken und wacht nachts jede Stunde auf. Und meine Antidepressiva scheinen nicht zu wirken, außer, dass ich davon noch dicker werde. Aber jetzt erzähl mal, was mit Hudson los ist. Jede Ablenkung tut mir gut.«

»Na schön«, sagte George, »erst Hudson, aber wir sind noch nicht mit dir fertig.«

»Ich kann euch erzählen, was Sonia sagen würde«, sagte Dave.

»Exzellent«, meinte ich. »Das erspart mir einen weiteren Anruf.«

»Ich sag's mal ganz offen, damit du es verstehst. Sie findet, ihr arbeitet beide zu viel. Sie fand es gut, dass Rosie damals in

Teilzeit gegangen ist, aber dass du jetzt gleichzeitig arbeitest und studierst, gefällt ihr gar nicht. ›Dass Hudson Probleme hat, wundert mich nicht‹, würde sie sagen.«

»Da hast du's«, sagte George.

»Tut mir leid«, sagte Dave. »Ehrlicherweise muss ich hinzufügen, dass Sonia liebend gern mit dir und Rosie tauschen würde: Teilzeit arbeiten und sich dann um Zina und Fulvio kümmern, während ich Überstunden mache, um Geld fürs College zusammenzukriegen, und dann jedes Wochenende mit den Kindern mal spielen darf.«

»Was denkst *du* denn, Dave?«, fragte George. »Hast du mit Zina ähnliche Probleme?«

»Nicht, dass ich wüsste.«

George und ich schwiegen, während wir darauf warteten, dass Dave weitererzählte. Ihn zu unterbrechen, hätte den Verlust von Informationen zur Folge gehabt.

»Ich war immer schon ziemlich dick. Auch in der Schule. Und eines Tages nannte mich einer dieser Jungen ›Fettklops‹. Von da an hieß ich nur noch Fettklops. Bis zum Ende der Highschool. Ich wusste: Selbst wenn ich abnehme, bleibt der Name hängen. Und wenn ich heute versuche, auf einen Hamburger zu verzichten, denke ich manchmal noch: völlig schnurz! Was auch immer ich mache, ich bin und bleibe der Fettklops.«

»Hast du die Analogie verstanden, Don?«

»Natürlich.« Bei Analogien war ich weitaus besser als früher. »Fettleibigkeit steht für Autismus. Korrekt?«

»Korrekt«, sagte Dave. »Wenn man einen Hund schlagen will, findet sich immer ein Stock.«

»Welchen Hund?«

»Nur eine Redewendung. Der Hund war ich. Was ist mit dir, George?«

»Was Hänseleien betrifft ... Ich bin in London zur Schule gegangen, und da haben sie mich Fischkopf genannt, weil ich aus dem Norden kam. Ich war nicht stark genug, um mich zu wehren. Ich war nicht besonders gut in der Schule, nicht mal im Sport. Einer von diesen Mistkerlen, die mich schikaniert haben, hat mich einmal sogar ungestraft krankenhausreif geschlagen. Aber später hab ich dann Schlagzeug gespielt und bin Rockstar geworden, und da war's dann piepegal, was alle dachten. Die anderen haben ihr kleines Leben, und ich steh oben auf der Bühne und tue das, wovon die nur träumen können – der beste Job der Welt, mit so viel Frauen und Drogen, wie ich nur will ...«

»Dann ist dein Rat derselbe wie der von Phil?«, fragte ich nach. »In der Schule muss man einfach durchhalten, weil es später im Leben einfacher wird?«

Noch während ich sprach, erschien mir das als eine furchtbare Philosophie für einen Elfjährigen, der noch sechseinhalb Jahre Schule vor sich hatte. Prozentual auf sein Leben umgerechnet, war es das Gleiche, als müsste ich jetzt jede Menge Unglück hinnehmen, weil es mir mit einundachtzig besser gehen würde.

»Ja, wahrscheinlich«, meinte George. »Ich musste nur durch die Schule kommen. Aber eins sag ich dir: Wenn ich damals schon gewusst hätte, was ich heute weiß ...«

Daves Kommentar dazu hörte ich nicht mehr. Denn George hatte mir gerade den Schlüssel zur Lösung des Problems gegeben. Zur Lösung aller Probleme.

Kapitel 11

Wenn ich damals schon gewusst hätte, was ich heute weiß ... Als Student hatte ich im Bett oft wach gelegen und mir ausgemalt, was ich in der Schule hätte tun, wie ich hätte reagieren können. Dreißig Jahre später war mir aufgrund meiner Lebenserfahrung klar, dass diese Phantasien, wären sie Wirklichkeit gewesen, die Situation nur noch schlimmer gemacht hätten.

Hauptsächlich drehten sich meine Phantasien darum, dass ich bessere – unanfechtbare – Argumente gegen die Dinge geliefert hätte, die ich verabscheute: unvernünftige Regeln, Bevorzugung, Diskriminierung und dass ästhetische, religiöse und politische Haltungen als Fakten präsentiert wurden. Um dazuzugehören, wäre ich besser Kapitän der Cricketmannschaft geworden. Blair Lindley war Kapitän und Schulsprecher und wurde später Vermögensberater.

Ich hatte es dagegen nicht einmal zum Vertrauensschüler geschafft, obwohl ich Klassenbester war, und wurde Wissenschaftler auf der Suche nach einem Heilmittel gegen Krebs. Beide Karrieren waren aus unserer Schullaufbahn abzulesen gewesen, aber die Schule hatte schon damals klargestellt, welche davon den höheren Wert besaß.

Jetzt allerdings hatte ich die Chance, einige meiner Erfahrungen an Hudson weiterzugeben und ihm neununddreißig Jahre Durchboxen zu ersparen. So lange hatte es bei mir gedauert, bis ich das beste Leben der Welt führte.

Georges Erkenntnis war der Ausgangspunkt zur Lösung meiner fünf Probleme. Aber auch andere hatten ihren Teil beigetragen. Manche Aussage hatte ich auf meine Weise interpretiert.

Phil: *Halt die Psychologen raus.*

Claudia: *Von der Schule kannst du keine psychologische Expertise erwarten.*

Dave: *Lass nicht zu, dass Hudson etikettiert wird.*

Laszlo: *Ein Etikett führt sehr wahrscheinlich zu sozialer Isolation.*

»Rabbit« Warren: *Hudson braucht Lebenskompetenz.*

Mein Vater: *Wer wird ihm das Fahrradfahren beibringen?*

Isaac Esler: *Hudsons Leben zeigt Parallelen zu deinem eigenen.*

Allannah: *Sie und Hudson sind sich so ähnlich!*

Liz, die Aktivistin: *Stigmatisierte Menschen müssen einander helfen.*

Sonia: *Du musst mehr Zeit mit deinem Sohn verbringen.*

Margot, die Autismus-Mutter: *Fünfundzwanzig Stunden pro Woche. Wir haben alles getan, was nötig war.*

Und natürlich Rosie: *Willkommen im jahrhundertealten Club der Frauen!*

»Ich werde kündigen, um Hudson zur Vorbereitung auf die Highschool so viel Zeit wie möglich widmen zu können.«

»Du wirst was? Nein, Don, das können wir uns nicht leisten … Du kannst nicht …«

Da ich eine negative Reaktion vorhersah, hatte ich den Tag freigenommen, um Rosies mögliche Bedenken genau zu erwägen. Wir hatten zu Abend gegessen, und Hudson lag im Bett und las. Rosie schloss die Tür zum Flur, damit er nicht mithören konnte.

»Ich glaube, ich habe alle Gegenargumente bedacht«, sagte ich.

»Daran habe ich keine Sekunde gezweifelt …«

»Wobei ich mich auch irren kann. Ich schlage vor, dass wir uns Cocktails mixen, und bis der letzte Tropfen getrunken ist, garantiere ich, dass wir eine Einigung erzielt haben werden.«

»Wie willst du das garantieren?«

»Entweder habe ich all deine Einwände bis dahin entkräftet – oder eben nicht, woraufhin ich meinen Vorschlag zurückziehe.«

»Du hast also noch nichts in die Wege geleitet?«

»Natürlich nicht. Ich muss das doch erst mit dir besprechen.« Seit einem als Überraschung gedachten Wohnungswechsel in New York hatte ich viel gelernt.

»Also gut. Ich hätte gern das letzte Wort.«

Rosies Cocktailpräferenzen waren mir bekannt, deshalb war alles schon entsprechend vorbereitet.

Ich holte den Limettensaft aus dem Kühl- und Eiswürfel aus dem Gefrierschrank, stellte zwei Jigger, zwei Cocktailshaker und zwei Gläser auf den Tisch und anschließend unterschiedlich befüllte Marmeladengläser.

»Du hast die Limetten schon ausgepresst?«

»Korrekt. Und die Marmeladengläser sind beschriftet: Gin, Maraschino, grüner Chartreuse. Jeder von uns erhält einen Satz.«

»Oh, ein Mix-Wettstreit?«

Rosie war an derlei Experimente gewöhnt, auch wenn wir seit unserem Umzug keine mehr veranstaltet hatten. Wir machten uns einen Spaß daraus, im Hinblick auf das beste Mischverhältnis sowie auf Geschwindigkeit zu wetteifern. Bei Letzterem gewann meist Rosie.

Doch zum ersten Mal füllte heute Abend ich mein Glas als Erster. Und zwar ohne irgendein Malheur.

»Hey«, meinte Rosie. »Wenn der noch warm ist, gewinne aber ich.«

Ich schob ihr das Glas hin, und sie probierte.

»Hm, der ist tatsächlich kalt. Ich dachte, du hättest vielleicht nicht lang genug geschüttelt.« Sie trank noch einen Schluck. »Wow, der ist ja *richtig* gut.« Sie nippte an ihrem eigenen. »Und meiner schmeckt … bäh. Na ja, nur im Vergleich.«

»Irgendwelche Fragen?«

»Klar: Was hast du reingetan?«

»Ich meinte zum Hudson-Projekt. Das eine höhere Priorität hat als das Cocktail-Experiment.«

»Du willst also deinen Job kündigen, um Zeit mit Hudson zu verbringen?«

»Korrekt.«

»Du würdest ihn an all den Tagen von der Schule abholen, an denen ich ihn jetzt abhole?«

»Auch an Phils Tagen. Ich stünde jeden Tag zur Verfügung.«

»Dann könnte ich also wieder Vollzeit arbeiten …«

»Oder ist es zu spät, um die Projektleitung wieder zu übernehmen?«

»Stefan wird ganz schön sauer sein … Aber Hudson ist ja die meiste Zeit über in der Schule, also bräuchtest du doch eigentlich nur auf Teilzeit zu wechseln.«

»Mein derzeitiger Job erfordert mehr Einsatz als nur Vollzeit.«

»Denkst du immer noch über Laszlo nach?«

»Laszlo ist viel besser qualifiziert. Ich werde ihn für die Stelle empfehlen.«

»Ist das der Grund …«

»Ein positiver Nebeneffekt. Plus: Die Anhörung fällt weg.

Ich hätte mehr Zeit für Besuche bei meinem Vater. Vielleicht könnte ich auch das Kampfsporttraining wiederaufnehmen …«

»Don, das klingt ja wirklich ganz toll – und ich fände es wunderbar, wenn du mehr Zeit mit Hudson verbringen würdest und mit mir und mit deinen Eltern, aber … wir brauchen dein Gehalt.« Wir hatten den Großteil unserer Ersparnisse für den Hauskauf eingesetzt.

Rosie trank von ihrem Cocktail. »Natürlich könnten wir Hudson auch auf eine staatliche Schule schicken. Ich fand nur …«

»Nicht nötig. Das finanzielle Problem ist gelöst. Ich werde eine Bar eröffnen.«

Das kleine Unternehmen zu planen, mit dem ich wenigstens teilweise mein Universitätsgehalt ersetzen könnte, hatte den Großteil des Vormittags eingenommen. Meine ersten Erfahrungen im Mixen von Cocktails hatte ich auf der Feier zum dreißigsten Jubiläum eines medizinischen Abschlussjahrgangs gesammelt, auf der Rosie und ich gemeinsame Interessen entdeckt hatten, die letztlich zu unserer Eheschließung und zu Hudson geführt hatten. Am Ende jener Nacht hatte mir der Bar-Manager, ein freundlicher, kompetenter Mensch namens Amghad, eine Partnerschaft für weitere Cocktailmixprojekte angeboten. Er habe damit aber keine Eile, hatte er gesagt.

»Dacht ich's mir doch, dass Sie eines Tages anrufen«, sagte Amghad. »Na gut, ein bisschen früher hätte es schon sein dürfen … Wo haben Sie gesteckt?«

»Überwiegend in New York.«

»Macht Sinn. Jeder vernünftige Barkeeper landet da irgendwann. Dann muss ich Ihnen bestimmt nicht sagen, dass Cocktails wieder total in sind. Sie waren damals Ihrer Zeit voraus –

kannten alle Rezepte aus dem Effeff und konnten Cocktails nach individuellen Wünschen zaubern. Heute machen das alle, bieten mit Speckfett gewaschenen Bourbon und Riesen-Eiswürfel an …«

»Die Eiswürfel-Theorie ist wissenschaftlich nicht belegt.«

»Ich weiß, so was braucht man Ihnen nicht zu erzählen. Wahrscheinlich wissen Sie, dass ich jetzt ein paar Lokale besitze, aber wie ich schon sagte: Der Markt hat sich gewandelt. Ist ziemlich überfüllt. Grundsätzlich bin ich interessiert, aber es muss was Besonderes sein. Ein Killer-Konzept.«

Rosie nippte wieder an meinem Cocktail. »Ein paar Schichten in einer Cocktailbar zu arbeiten, ist ja schön und gut. Aber eine Bar zu *eröffnen*? Da tauschst du einen Vollzeitjob gegen einen anderen.«

»Aber mit anderen Arbeitszeiten. Während du arbeitest, könnte ich mich um Hudson kümmern: ihn zur Schule bringen, von der Schule abholen, das Essen notfalls im Voraus zubereiten. Ihn bei Schul- und Lebensfragen unterstützen. Ich werde weniger Stunden arbeiten, weil ich nicht mehr studieren muss. Und sobald die Bar ein Erfolg ist, kann ich meine Stunden reduzieren.«

»*Falls* sie ein Erfolg wird. Ich meine, eine Bar ist ein Geschäft, und …«

»Ich habe einen erfahrenen Geschäftspartner an der Hand und das notwendige Killer-Konzept entwickelt.«

»Und das wäre?«

»Schmeckt dir mein Cocktail?«

»Das ist der beste Last Word, den ich je getrunken habe. Schön stark. Nicht zu süß. Ich denke mal, du hast höherprozentigen Gin genommen?«

»Inkorrekt. Meine Zutaten waren dieselben wie deine, nur

dass sie im Eisschrank lagerten. Ihre Temperatur liegt am Gefrierpunkt, und somit ist das Eis nicht geschmolzen und der Cocktail nicht verwässert worden. Und er schmeckt weniger süß, weil die Geschmacksnerven durch die Kälte unempfindlicher sind.«

»Coole Idee – im wahrsten Sinne des Wortes. In einer Bar ist das aber ziemlich kompliziert.«

»Absolut machbar. Um den Effekt zu optimieren, sollten alle Spirituosen eben bis knapp über den Gefrierpunkt gekühlt sein, der aufgrund des unterschiedlichen Alkoholgehalts aber bei jedem Getränk anders ist. Also muss das Kühlsystem angepasst werden. Wozu man einen Kühlsystemexperten braucht.«

»Dave.

»Korrekt.«

»Kriegt er das von New York aus hin?«

»Nein. Er wird als Kühlsystemberater nach Melbourne kommen. Was ihm sowohl ein Einkommen wie auch einen neuen Lebensinhalt bringt, plus die Unterstützung seines engsten Freundes, um vor seiner Rückkehr nach New York mit einem Gewichtsreduktionsprogramm zu beginnen. Alle Probleme gelöst.«

Rosie leerte ihr Glas. »Du hast bestimmt noch einen Rest im Shaker gelassen, oder? Damit du eine Reserve hast, bis ich eingewilligt habe – korrrrekt?«

»Korrekt.«

»Du darfst einschenken. Vor unserer Hochzeit habe ich gefordert, dass ich permanente Verrücktheit erwarte, also würde ich uns beide enttäuschen, wenn ich jetzt dagegen wäre. Ein Genetikprofessor und eine klinische Psychologin eröffnen eine Cocktailbar und lassen einen Kältetechniker aus New York einfliegen. Na klar, was denn sonst?«

Ich verteilte den letzten Rest des Last Word auf unsere beiden Gläser. »Da ist noch genug Limettensaft für eine Margarita«, sagte ich.

»Weißt du, wie lange es her ist, seit wir das letzte Mal Cocktails gemixt haben?«, sagte Rosie. »Du warst mit deinem Job und dem Lernen so beschäftigt, du hattest keine Zeit für Hudson … zumindest nicht, bis die Autismusfrage aufkam. Ich dachte schon, wir hätten dich verloren.«

Sie leerte ihr Glas. »Vielleicht läuft diese Bar, vielleicht auch nicht, aber irgendetwas musste sich ändern. Du hast die richtige Entscheidung getroffen.«

Während ich für die noch übrigen fünfunddreißig Milliliter Limettensaft die entsprechenden Mengen an Tequila und Cointreau berechnete, klangen Rosies letzte Worte in mir nach. Denn das größte Problem hätte ich fast übersehen.

Kapitel 12

Als Erstes rief ich Professor Lawrence an.

»Ich bin froh, dass Sie mich anrufen, bevor Sie irgendetwas unternommen haben«, meinte sie. »Niemand sollte eine führende akademische Position wegwerfen, ohne dass …«

»Ich habe bereits …«

»Lassen Sie mich ausreden. Ich möchte, dass Sie sich beurlauben lassen. Ohne Gehalt – das wird den Lynchmob zufriedenstellen und Raum für Mitgefühl schaffen. Wenn Sie irgendwann zurückkommen wollen, ist die Angelegenheit so gut wie vergessen, und die Beschwerdeführerin hat dann hoffentlich andere Dinge im Sinn. Davon gehe ich fast aus, weil, das ist …«

»*Denn* das ist …«

»Ersparen Sie mir den Grammatikunterricht, Don.«

»Verzeihung. In den elf Jahren mit Hudson ist mir das zur Gewohnheit geworden.«

»Also gut, ich gehe davon aus, *denn* unter uns gesagt ist das nicht die einzige Sache, mit der sie sich herumschlägt.«

»Eine exzellente Lösung.«

»Ich rede heute Nachmittag mit dem Vorsitzenden des Disziplinarkomitees, aber Sie können davon ausgehen, dass Sie morgen nicht zur Arbeit kommen müssen.«

Ich erklärte Amghad mein Killer-Konzept, und er wirkte begeistert.

»Cocktail-Wissenschaft. So was gab es schon mal, aber die Sache mit der Kühlung könnte neu sein.«

»Ich habe auch schon einen möglichen Standort.«

Mein erster Gedanke war der Universitätsclub gewesen, aber dort wurde vor allem Wein ausgeschenkt. Und Professor Lawrence hielt es für keine gute Idee, dass ein in Ungnade gefallener Akademiker sich dort hinter die Bar stellte und mit Cocktailshakern jonglierte.

Ich beschrieb das Labor, das Dang Minh und ihr Forschungsteam demnächst verlassen würden. Es lag in einem relativ zentralen Stadtteil, aber mit wenig Konkurrenz von anderen Bars. Die Ausstattung passte zum Wissenschaftsthema, und möglicherweise konnten die Kühlsysteme übernommen und angepasst werden.

»Sie kennen diese Leute? Die derzeitigen Mieter?«, fragte Amghad.

»Wir haben uns zweimal getroffen. Man war äußerst zuvorkommend.«

»Dann reden am besten Sie mit denen. Ich kümmere mich dann später um das Finanzielle. Aber wie ich schon sagte, müssen noch einige Dinge bedacht werden.«

»Das Konzept beruht auf extrem speziellen Anforderungen an die Kühltechnik. Ich kenne einen Experten …«

»Und den würden Sie gerne einbinden?«

»Korrekt. Die Kosten …«

»Details. Damit befassen wir uns, wenn das Konzept steht.«

Als ich Dave über seine neue Aufgabe informierte, war er hundertprozentig dagegen.

»Was glaubst du, was Sonia sagen würde? Ich lasse sie mit dem Baby allein und reise um die halbe Welt, um mit meinem Freund abzuhängen? In einer Bar?«

»Es wäre nur für ein paar Wochen. Sonia könnte sich eine Weile freinehmen, denn du verdienst in der Zeit ja das Geld. Und wir könnten besprechen, was du als Nächstes machst. Arbeit zu haben ist für die Gesundheit enorm wichtig.«

»Mann, ich bin dir echt dankbar, und bei technischen Problemen hast du immer tolle Lösungen parat, aber hier geht es auch um Menschen. Ich kann kaum laufen. Wahrscheinlich werde ich nie mehr arbeiten. Wenn ich jetzt zu dir fliege, wäre es mit Sonia und mir endgültig aus. *Endgültig*. Du kennst Sonia nicht.«

Neun Minuten später rief Sonia an.

»O Gott, Don, ich weiß gar nicht, wie ich dir danken soll. Danke, danke, danke, *danke*!«

Es war offensichtlich, dass sie weinte. Sobald es um Gefühle ging, war das für Sonia nicht ungewöhnlich, egal, ob im Positiven oder Negativen, aber mir war nicht klar, wofür sie sich bedankte. Vielleicht hatte Dave richtig gelegen, und ich hatte ihr einen Vorwand geliefert, ihn zu verlassen. Ich bat um Erläuterung.

»Was denkst du wohl, wofür ich mich bedanke, Don. Dass du Dave Arbeit verschaffst, irgendeine! Wenn du ihn sehen könntest … Er hat so unglaublich zugenommen, und wir unternehmen gar nichts mehr gemeinsam. Aber jetzt haben wir etwas, worauf wir uns freuen können … das wir zusammen machen können: Ich wollte schon immer mal nach Australien.«

»Du kommst mit?«

»Aber ja! Meine Firma hat in Melbourne eine Niederlassung – eigentlich überall auf der Welt –, und sie drängen mich schon lange, mal ein paar Monate im Ausland zu verbringen, aber Dave hat das immer torpediert. Du darfst ihm das auf keinen Fall sagen, aber ich war kurz davor, mit den Kindern nach

Italien zu gehen. Du bist wahrscheinlich der einzige Mensch, der ihn überzeugen konnte. Du bist die Antwort auf meine Gebete, Don. Gibt es in Melbourne katholische Schulen?«

Meine Einschätzung, dass Minh auf der Schwelle zu klinischem Wahnsinn stand, bestätigte sich, als wir wegen der Vermietung der Räumlichkeiten telefonierten. Sie reagierte *ekstatisch.* Das Gebäude gehörte ihr, die Kühlsysteme hatte sie noch nicht verkauft. Sie war von meinen Plänen *begeistert.* Allerdings musste ich ihr Freigetränke für ihre Angestellten versprechen. Jeden Abend.

Ich war verblüfft und hatte Bedenken, ob so etwas überhaupt durchführbar oder legal war – oder vernünftig, als Leiterin eines Forschungsinstituts die Mitarbeitenden zum Trinken zu ermutigen.

Minh lachte. »Das war doch nur Spaß. Aber Sie sollen wissen, dass wir uns um unsere Leute kümmern. Vielleicht handle ich da was mit Ihrem Geschäftspartner aus. Vielleicht bekomme nur ich Freigetränke … und nur Mojitos. Ihr macht doch Mojitos, oder? Sonst wäre das meine Bedingung. Und wenn Ihnen irgendwann langweilig wird, wechseln Sie einfach zu uns – das könnte ich auch zur Bedingung machen.«

»Ich denke nicht …«

»Ganz ruhig … Bleiben Sie einfach cool. Oh, das wäre vielleicht ein guter Name. *Cool-Bar* … nein, *Kühlbar.*«

Ich hatte damit gerechnet, dass Diana, mein Boss, aufgrund meiner Inkompetenz in Informatik über meine Beurlaubung erleichtert wäre. Zu meiner Überraschung war sie das nicht.

»Don, Sie waren für das Projekt ein großer Gewinn. Wie schade, dass Sie eine andere Einschätzung haben. Ich dachte ursprünglich, Sie als Professor behalten den groben Überblick, bieten notfalls Unterstützung an, geben dem Ganzen etwas mehr Prestige, aber Sie haben sich bis in die kleinsten Details hineingearbeitet …«

»Das war die einzige Möglichkeit, das Projekt zu verstehen.«

»Tja, Sie haben all unsere Erwartungen übertroffen. Nur diese Rassismusgeschichte … Ich verstehe natürlich Ihre Entscheidung.«

Als meinen Nachfolger empfahl ich Laszlo und wies darauf hin, dass er wegen seines Bewerbungsgesprächs abgelehnt worden war – weshalb diese Gespräche von Forschern mittlerweile als unzuverlässige Eignungsprüfung klassifiziert worden waren. Nach einer halben Stunde beendete Diana das Gespräch, und ich ging davon aus, dass ich sie überzeugt hatte. Ich teilte Laszlo die gute Nachricht mit, aber er wollte sich nicht auf meine Einschätzung anderer Leute Absichten verlassen.

»Du und ich, Don, wir sind in so was nicht gut. Lass uns das lieber abwarten.«

Noch während wir uns unterhielten, rief Diana ihn an und gab ihm meinen Posten. Mein Antrag auf einjährige unbezahlte Beurlaubung war angenommen worden. Das Komitee dankte für mein Verständnis und meine Kooperationsbereitschaft und hoffte auf eine baldige zufriedenstellende Lösung für alle Parteien. Gemäß Professor Lawrence bedeutete das im Klartext, dass man überzeugt war, das Problem werde von allein verschwinden, wenn man es nur lang genug ignorierte.

Bisher hatte sich alles erfreulich schnell geklärt, und ich konnte mich dem nächsten Punkt meiner Liste widmen: dem Hudson-Projekt.

Kapitel 13

Am ersten Abend in meiner neuen Rolle als hauptberuflicher Vater hatte ich eine Aktionsliste für das Hudson-Projekt erstellen wollen, wurde jedoch von ungeplanten Ereignissen daran gehindert.

Zum einen musste das Abendessen verschoben werden, weil Rosie sich verspätete: *Wird nicht mehr lange dauern*, dann: *Hoffentlich bis sieben zu Hause*, dann: *Fangt schon mal ohne mich an.* Dass Hudson sich über die Verspätung ärgerte, war verständlich, zusätzlich musste er aber auch den Wechsel auf das Mittwochsessen verkraften. Er hatte das Standard-Mahlzeiten-Modell verinnerlicht und erwartete dessen strikte Befolgung.

Durch das Alkoholkühlungsexperiment hatte ich zusätzlichen Platz im Gefrierschrank benötigt und musste die aufgetaute Nudelsoße verwenden, die ich herausgenommen und nicht wieder zurückgestellt hatte. Diese Unbedachtheit war vermutlich eine Folge des Überkonsums von niedrigtemperiertem Alkohol gewesen.

»Jetzt hab ich nach dem Essen weniger Zeit zum Lesen«, klagte Hudson.

»Dafür hattest du vor dem Essen mehr Zeit. Genau die Menge an Zeit, die dir nach dem Essen fehlen wird.«

»Ich lese aber nicht zwischen Schulzeit und Essenszeit. Da mache ich Hausaufgaben.«

»Damit hättest du aber früher fertig sein müssen. Da du ja mehr Zeit zur Verfügung hattest.«

»Ich habe schon was von morgen erledigt. Es war *Hausaufgaben*zeit. Jetzt ist meine ganze Woche durcheinander.« Er schob den Teller beiseite. »Alles läuft falsch.«

Ich stimmte zu, jedoch ohne die Konsequenz, ebenfalls mein Essen zu verweigern.

»Fragst du eigentlich gar nicht: ›Wie war's in der Schule?‹«, fragte Hudson.

»Diese Frage stellt normalerweise deine Mutter, also würde es das Ritual verletzen, wenn ich es täte.«

»Frag schon. Mach mal was Normales.«

»Wie war's in der Schule?«

»Gut.«

»Wenn ein Terrorist eingedrungen wäre und jeden außer dir erschossen hätte, weil du dich durch die Fensterscheibe geworfen und ein Fluchtauto geklaut hättest – würdest du dann dasselbe antworten?«

Hudson lachte kurz auf. *Autisten verstehen keine Witze.* »Das hättest du bestimmt in den Nachrichten gehört. Außerdem kann ich nicht Auto fahren. Die Fensterscheiben sind außerdem aus superdickem Glas, und wenn nicht, hätte ich mich dabei verletzt, und das würdest du sehen.«

»Wie war dein Tag zwischen neun Uhr morgens und halb vier am Nachmittag?«, fragte ich, weil ich dachte, eine Abweichung vom Ritual könnte eine nicht-standardisierte Antwort auslösen.

»Gut.« Hudson spießte eine Orechietta auf die Gabel, die noch nicht mit Soße in Berührung gekommen war, und steckte sie sich in den Mund. »Also, eigentlich blöd. Wie jeden Tag.«

»Kannst du mehr Details liefern?«

»Ich hasse den Lehrer, ich hasse die anderen Schüler – außer einer Schülerin. Sie lassen mich nicht so rechnen, wie ich will, obwohl es *funktioniert …*«

»Was passt dir an Mr Warren nicht?«

»Alles.«

»Kannst du ein Beispiel nennen?«

»In der Pause dürfen wir nicht im Klassenzimmer bleiben. Darf ich aufstehen? Bitte?«

»Zuerst muss ich dir etwas mitteilen. Etwas Positives. Ab heute werde ich jeden Tag nach der Schule verfügbar sein, um dir dabei zu helfen, Probleme zu überwinden.«

»Wie? Was ist mit Mum? Was ist mit Grandpa?«

»Deine Mutter wird arbeiten. Ihre Stelle ist erweitert worden. Und Grandpa werden wir nicht mehr brauchen. Ich werde beide bei der Nachmittagsbetreuung ersetzen.«

»Nie fragt ihr mich vorher! Ihr ändert alles, ohne mich zu fragen! Wie damals, als wir von New York hierher ziehen mussten. An diesen scheißigen Scheißort!«

Hudson fegte sein Essen vom Tisch und begann zu schreien, erst ging es gegen mich, dann wurde es allgemeiner. Ich konnte nachempfinden, wie er sich fühlte: Zunächst geriet er außer Kontrolle, dann wurde er sich bewusst, dass dieses Handeln irrational war, fand aber keinen Ausweg mehr.

Welche Hilfe hätte ich mir damals von einem Erwachsenen gewünscht? Ich musste ihm einen Grund geben aufzuhören, was bedeutete, die Ursache des Problems, nämlich die Veränderungen bei seiner Betreuung, die ich in unnötig unflexibler Weise angekündigt hatte, zu beheben.

»Die Änderung ist verhandelbar«, versuchte ich ihn zu übertönen. Ich wiederholte meinen Satz. Hudson schrie etwas Unverständliches zurück, und ich schrie mein Mantra, und Hudsons Essen lag immer noch auf dem Boden verteilt, als Rosie in die Küche kam.

Hudsons Ärger schien etwas zu verfliegen. Rosie hielt eine Hand senkrecht nach oben und legte die andere horizontal darüber – das Signal für »Auszeit« –, und er rannte in sein Zimmer.

»Du meine Güte«, sagte Rosie. »Und das schon am ersten Tag.«

»Wenn du der Meinung bist, du und Hudson hattet einen schlechten Tag, dann hör dir gleich mal meinen an«, sagte Rosie, als wir uns zu frisch gekochten Nudeln und nochmals aufgewärmter Soße an den Tisch setzten.

Sie hatte mit Hudson gesprochen und berichtet, dass er zwar nicht mehr so verärgert, aber immer noch unglücklich sei.

»Ich nehme an, Judas hat sich nicht an die Abmachung gehalten, was bedeutet, dass du für die Nachmittagsbetreuung doch wieder zur Verfügung stehst …«

»Warte, bis du alles gehört hast. Also, erst einmal meinte er, es sei schon zu spät. Der Förderantrag für die Sponsoren muss bis Freitag raus – da bliebe angeblich nicht genug Zeit, noch etwas zu ändern. Ich sagte: Blödsinn, man müsse doch nur die Namen und Aufgabenbereiche vertauschen. Aber er hielt daran fest. Sagte, da könne ich mich jetzt so viel beschweren, wie ich wolle, er sei der Boss, und er bestimme, ob genug Zeit sei oder nicht.«

»Vollkommen irrational. Management-Positionen scheinen Irrationalität zu begünstigen, selbst bei Naturwissenschaftlern.«

»Aber«, fuhr Rosie fort, »der Antrag ist jetzt abgeschickt. Online. Ich habe die entsprechenden Namen und Aufgabenbereiche geändert. Dafür habe ich bis fünf Uhr gebraucht.«

»Hast du es ihm gesagt?«

»Ja. Hinterher. Da konnte er dann nichts mehr machen. Ich habe bewiesen, dass er unrecht hatte. Also hat er nach anderen Möglichkeiten gesucht, mich rauszudrängen. Und als ihm die Argumente ausgingen, weißt du, was er da gesagt hat?«

»Natürlich nicht.«

»Er sagte: ›Ich dachte, euer Sohn hat Probleme. Braucht er dich denn nicht zu Hause?‹ Als ob Hudson nur ein Elternteil hätte. Und du gar nicht zählen würdest, weil … na, du weißt schon. Du hast Hudson vor Augen, als ich reingekommen bin? So ging's mir auch. Fast.«

»Du bist ausgerastet?«

»Ich hatte mich unter Kontrolle, also nicht nach deiner Definition, nein.«

»Bist du gefeuert?«

»Nein, ich habe den Job. Zumindest steht mein Name auf dem Antrag. Die Förderung muss noch bewilligt werden. Aber …«

»Der Rest ist irrelevant. Unfassbar. Du solltest dich freuen.«

»Tu ich ja. Aber ich ärgere mich auch.« Sie lachte.

»Exzellent. Jetzt können wir uns um das Hudson-Problem kümmern.«

Laut Rosie war Hudson bereit, das Arrangement zu verhandeln. Hätte ich mich mit elf Jahren so verhalten wie Hudson, hätte mein Vater gesagt, ich hätte jedes Recht auf Mitsprache verloren. Vielleicht hatte er damit die Wiederholung eines solchen Verhaltens verhindern wollen.

Rosie meinte, wegen meiner neuen Rolle als Hauptbetreuer solle ich mit Hudson reden. »Wenn er mich unbedingt braucht, bin ich für ihn da«, fügte sie hinzu. Und dann: »Du darfst ihm aber nicht sagen, dass ich dann die Projektleitung verliere. Das wäre emotionale Erpressung.«

Nie im Leben wäre ich auf die Idee gekommen, auf dem

Fragebogen, der nie abgegeben wurde, unter die Rubrik »Ihre Stärken« zu schreiben: *Mit einem zu Recht verärgerten und emotional instabilen Elfjährigen verhandeln, dass er weniger Zeit mit seiner Mutter verbringt, ohne dabei zu enthüllen, dass sein Wunschergebnis zum Verlust ihres Jobs führen würde, für den sie ihren Wohnort ans andere Ende der Welt verlegt hat.*

Die Zeit, bevor ich Hudson am nächsten Tag von der Schule abholte, verbrachte ich fast ausschließlich mit der Ausarbeitung meines Gesprächsansatzes.

»Wo ist Mum?«, fragte er, als er in Phils Porsche stieg. »An der Tür ist eine lange Schramme.«

»Torpfosten«, sagte ich. »Die Tür ist noch funktionsfähig. Deine Mutter ist bei der Arbeit. Sie leistet wichtige Forschungsarbeit – und ist deshalb immer erst um 17.30 Uhr fertig, Montag bis inklusive Freitag.«

»Ihr seid also der Meinung, dass ihre Arbeit wichtiger ist als ich?«

»Wenn dadurch mindestens zwei Leben gerettet werden, was wahrscheinlich ist, dann ist ihre Arbeit objektiv betrachtet wichtiger. Aber dein Wohlergehen ist deiner Mutter und mir in hohem Maße wichtig, weil du unser Sohn bist. Zum Glück hast du zwei Elternteile, und ich kann einspringen. Ich kann alle Aufgaben erledigen, die sonst deine Mutter erledigt hat.«

Ich sah, dass Hudson nach einem Gegenargument suchte. Offenbar gelang es ihm nicht, denn er wechselte das Thema.

»Was für eine Arbeit macht sie denn? Es geht immer noch um psychische Gesundheit, richtig?«

»Ja, aber jetzt mit neuem Fokus.« Ich gab ihm einen kurzen Abriss über bipolare Störungen und den Unterschied zwischen klinischen und patientenorientierten Ergebnissen.

»Und die Medikamente sollen helfen, damit sie keinen Selbstmord begehen?«

»Das ist eine der möglichen Auswirkungen. Sie reduzieren Depressionen. Sie können aber auch manisches Verhalten minimieren: Sie machen die Patienten in allem langsamer, was die nicht immer gut finden. Was auch dazu führen kann, dass sie ihr Leben als weniger lebenswert betrachten.«

»Die Medikamente führen aber auch dazu, dass man sie besser kontrollieren kann, stimmt's?« Ich nahm an, das hatte er bei Rosie aufgeschnappt, aber er fuhr fort: »Dov nimmt Medikamente. Die haben ihn sozusagen zombiefiziert.«

»Wer ist Dov?«

»Der Typ mit Autismus in der Schule.«

Das Gespräch mit Hudson im Porsche führte zu mehreren Ergebnissen. Das erste war die Erkenntnis, dass der Porsche ein hervorragender Ort für Gespräche war: Es gab keine Möglichkeit zur Flucht, wenig Ablenkung, kaum Unterbrechungen und die Gewähr für geringen Augenkontakt, da ich beim Fahren auf die Straße achten musste.

Das zweite und wichtigere war, dass Hudson Rosies geänderte Arbeitszeiten akzeptierte, vorausgesetzt, er dürfe seinen neuen Wochenplan mitgestalten. Offensichtlich waren meine Argumente zur doppelt vorhandenen elterlichen Kompetenz sowie zur erwarteten Verbesserung – und möglichen Rettung – der Leben von Menschen mit bipolaren Störungen überzeugend gewesen.

Das dritte Ergebnis war mein Wunsch, mehr über Dov zu erfahren, den autistischen Jungen, der offenbar medikamentös behandelt wurde. Meine spontane Reaktion war Erleichterung darüber, dass wir Hudson nicht hatten untersuchen lassen: Welche Probleme auch immer er haben mochte, ich war mir sicher, dass diese nicht mit pharmazeutischen Mitteln zu lösen wären – was einem Psychiater mit abweichender Meinung gegenüber allerdings schwer zu vertreten gewesen wäre.

Das vierte Ergebnis war die Übereinkunft, meine Eltern zu besuchen – unter der Voraussetzung, dass der Hund eingesperrt würde.

Als meine Mutter am Sonntag zum verabredeten Standardtermin anrief, konnte ich ihr eine nicht-standardisierte Antwort auf ihre Frage geben, wann wir sie wieder besuchen würden. Sie freute sich sehr, verteidigte aber den Hund, der doch »nur ein Hündchen« sei, sich über Hudsons Besuch immer »so wahnsinnig« freue und »nur spielen« wolle. Hudson müsse sich an Tiere gewöhnen, sonst werde er aufwachsen wie ich: mit Angst vor Katzen. Die Äußerung war so nicht korrekt. Es besteht ein Unterschied zwischen »Angst vor etwas haben« und »nicht mögen« – auch wenn die Reaktion auf ein in den Schoß geworfenes unwilliges Tier in beiden Fällen gleich ausfallen mochte.

»Bind den blöden Hund einfach fest«, tönte mein Vater aus dem Hintergrund. »Und ich will Don gleich auch noch sprechen. Allein.« Ich hörte, wie er meiner Mutter den Hörer abnahm.

»Hallo, Dad, wie geht es dir?«

»*Du* bist doch der Krebsexperte. Ich sterbe. Und ich möchte, dass du etwas für mich tust – oder Rosie damit beauftragst.«

Kapitel 14

Rosie entschied sich gegen eine Teilnahme an dem Besuch bei meinen Eltern. Aufgrund der beengten Sitzmöglichkeiten im Fond des Porsche wäre die Fahrt für einen von uns extrem unkomfortabel verlaufen. Sie freute sich, dass ich die Hudson-Situation weiter deeskaliert hatte. »Ich glaube, die Tatsache, dass du mehr Zeit mit ihm verbringst und dich mit ihm auseinandersetzt, gibt ihm Sicherheit.«

Auf der Fahrt führte ich das Auseinandersetzen fort. »Hast du dir über den neuen Wochenplan Gedanken gemacht?«

»Ja.«

»Hast du spezielle Vorschläge?«

»Ja.«

»Welche?«

»Ich will an Schultagen um 5.20 Uhr aufstehen.«

»Warum?«

»Das ist eine gute Zeit, um mit George in New York zu telefonieren.«

»Du hast Kontakt zu George?«

»Natürlich. Er ist mein Freund. Eigentlich ist er auch dein Freund, aber er sagt, du rufst ihn nicht mehr an.«

Seit Dave seine Reise nach Melbourne plante, hatten er und ich direkt kommuniziert, und die abendliche Männergesprächsrunde war ausgesetzt worden.

»Worüber redet ihr?«

»Alles Mögliche. Er hat die Schule echt *gehasst.* Da war so ein Typ, der ihn immer verhauen hat. Einmal musste George sogar ins Krankenhaus. Aber als George berühmt wurde, hat ihn dieser Junge, der dann natürlich kein Junge mehr war, wegen Freikarten für ein Konzert angerufen, aber George hat ihm gesagt, er solle sich verp…, also sich nicht mehr melden.«

»Du willst doch sicher nicht jeden Schultagmorgen mit George reden. Es muss noch einen anderen Grund geben.«

»Ich lese.«

»Aber dann musst du früher ins Bett, um das auszugleichen.«

»Wahrscheinlich, ja.«

»Also: warum?«

»Wenn ich vor der Schule noch was Schönes machen kann, habe ich Lust aufzustehen.«

»Ich verstehe. Eine gute Idee.«

»Und ich will dienstags und donnerstags nach der Schule zu Grandpa. So wie jetzt.«

»Wird dir das nicht langweilig? Einfach nur im Fitnessstudio rumzusitzen?«

»Ich brauche die Zeit für meine Hausaufgaben. Man kann da gut lesen. Und ich sollte Grandpa regelmäßig sehen. Bevor er stirbt.«

»Aber ich will dir Sachen beibringen. Dir helfen, dass die Schule angenehmer für dich wird.«

»Wie denn?«

»Durch verbesserte Koordination. Freunde. Vermeidung von Hänseleien.«

»Was willst du damit sagen?«

»Mr Warren erwähnte, du seist wütend geworden, weil jemand dich …«, ich erinnerte mich an das Wort, »… getriezt habe.«

»Was ist triezen?«

»Ich habe keine Ahnung. Was auch immer es war, das dich wütend gemacht hat.«

»Da ist ein Junge, der immer mit meinem Haar rumspielt. Das nervt, aber … Hast du Mr Warren etwa gesagt, er solle was dagegen unternehmen?«

»Nein. Ich dachte, ich sollte das erst mit dir besprechen. Willst du, dass ich mit Mr Warren rede?«

»Definitiv nicht.«

»Möchtest du von mir einen Ratschlag, wie du damit umgehen sollst?«

»Du wirst mir sagen, ich solle ihn ignorieren, stimmt's?«

Genau das hätte meine Mutter gesagt: *Er macht das nur, weil du darauf reagierst. Ignorier ihn einfach.* Das funktionierte erfahrungsgemäß nicht.

Mein Vater hätte Gewalt empfohlen oder zumindest deren Androhung. *Konfrontier ihn auf dem Schulhof. Sag ihm, er soll aufhören, oder du haust ihn um. Groß genug bist du ja, und du weißt inzwischen auch, wie's geht.* Hätte ich eine derartige Drohung ausgesprochen und umgesetzt, wäre ich in enorme Schwierigkeiten geraten.

Aber das war alles hypothetisch. Ich hatte meinen Eltern nie erzählt, dass mich jemand schikanierte, weil ich ihre Antworten bereits kannte. Es war an der Zeit, mein Erwachsenenwissen an Hudson weiterzugeben.

»Wenn ihr eine gute Beziehung zueinander hättet, würde er die nicht zerstören wollen, indem er dich ärgert.«

»Ich soll mich also mit ihm anfreunden?«

»Korrekt. Damit trägst du auch zum zweiten Ziel bei, nämlich: deine Anzahl an Freunden zu erhöhen. Freundschaften entstehen größtenteils aus Zufall. Früher war ich der Meinung, ich sei nur mit sehr wenigen Menschen kompatibel. Tatsächlich sind die meisten Menschen auf die eine oder andere Weise interessant.«

»Für seine Freunde ist er wahrscheinlich interessant. Er ist der Klassenclown. Er findet das lustig, was er mit mir anstellt. Ich nicht. Also sind wir nicht ... kompatibel.«

In Shepparton besuchten wir die Eisenwarenhandlung der Familie, die jetzt von meinem Bruder geführt wurde. Wären meine Eltern nicht Besitzer des Gebäudes und des Lagerbestands gewesen und hätten sie Trevor nicht freie Kost und Logis geboten, wäre das Geschäft ökonomisch unrentabel gewesen. Als wir ankamen, war er mit einem Kunden beschäftigt, konnte uns aber trotzdem den Balkenfinder und den elektronischen Entfernungsmesser aushändigen, die ich vor dem Besuch bei meinen Eltern hatte holen wollen.

Mein Vater öffnete die Tür. Er sah *furchtbar* aus. Sein Gesicht war grau, und er hatte seit meinem letzten Besuch an Gewicht verloren. Ich war überrascht, dass er noch stehen konnte, und tatsächlich setzte er sich auch fast sofort wieder in den Sessel, der ihm gehörte, solange ich denken konnte.

»Sei so gut, und mach ein Feuer, Don«, sagte er. »Hier drinnen ist es eiskalt.«

Hudson und ich holten Kleinholz aus dem Schuppen, das ich mit etwas Papier in den Kaminofen warf. Mein Vater hatte ihn nach eingehender Recherche so gewählt und installiert, dass man keine Energie darauf verwenden musste, das Feuer ordentlich zu bauen.

»So macht man doch kein Feuer«, schalt mein Vater. »Hast du schon mal Feuer gemacht, Hudson?«

»Nein.«

»Tja, so macht man es jedenfalls nicht.«

Mein Vater erhob sich aus seinem Sessel und zeigte Hudson,

wie man es richtig machte. Ich setzte mich in den für mich reservierten Sessel und rief mir – mehrmals – ins Gedächtnis, dass das Feuermachen für Großvater und Enkel eine ausgezeichnete Möglichkeit war, ihre Bindung zu stärken. Und Hudson lernte zugleich etwas Sinnvolles. Eine Lebenskompetenz.

Als meine Mutter das Zimmer verließ, um uns einen Instantkaffee aufzugießen, fragte mein Vater, der immer noch mit dem Bau des Feuers beschäftigt war: »Und? Was hast du rausgefunden?«

»Die Chemotherapie fortzuführen wird deine Chance auf eine zwölfmonatige Überlebenschance um fünfundzwanzig Prozent erhöhen.«

»Fünfundzwanzig Prozent von Nix ist immer noch Nix.«

»Korrekt. In diesem Fall beträgt das Nix fünfzehn Prozent.«

»Du wirst sterben?«, fragte Hudson.

»Jeder stirbt. Ich bin sechsundachtzig, und ich habe Krebs, also wird es bei mir nicht mehr allzu lange dauern. Du solltest mich lieber noch mal besuchen kommen, bevor ich weg bin, für den Fall, dass ich dir noch irgendetwas beibringen muss, das ich bislang vergessen habe.«

Er wandte sich an mich. »Don, sag deiner Mutter, dass du deine Hausaufgaben gemacht hast und die Chemotherapie *null* bringt.«

»Dad hat aber gerade gesagt, sie bringt fünfundzwanzig Prozent«, sagte Hudson.

»Das stimmt«, sagte mein Vater, »aber das soll er deiner Großmutter nicht erzählen, sonst wird sie mich zwingen, damit weiterzumachen. Und das wünsche ich nicht mal meinem ärgsten Feind. Ich lege mich jetzt ins Bett und höre Beethoven.«

»Warum hast du Grandma angelogen?«, fragte Hudson, als wir zum zweiten Mal innerhalb einer Stunde an *Tillman's*

Hardware vorbeifuhren. »Wenn Grandpa die Medikamente nicht nehmen will, kann sie ihn doch nicht zwingen, oder? Dafür gibt es doch kein Gesetz.«

»Ich habe nicht gelogen. Ich habe nur berücksichtigt, dass Menschen wenig intuitives Verständnis für Wahrscheinlichkeitsrechnung und Statistik haben. Deine Großmutter würde sagen: ›Wir sollten jede Chance wahrnehmen, auch wenn sie noch so klein ist‹, ohne die negativen Aspekte in Betracht zu ziehen. Das wahrscheinlichste Ergebnis wird sein, dass Grandpa ohne besondere Vorteile länger leidet.«

»Warum ist Grandma immer so traurig?« *Autisten können die Gefühle anderer schlecht wahrnehmen.*

»Weil Grandpa krank ist.« Das war die logische Antwort, aber es war durchaus denkbar, dass meine Mutter seit sechzehn Jahren traurig war – seit dem Tod meiner Schwester. Mir war das bislang nicht aufgefallen.

Am nächsten Tag, Sonntag, fuhr ich zum Fahrradladen und kaufte Stützräder für mein Fahrrad, für das Hudson meiner Einschätzung nach jetzt groß genug war. In New York hatte er sich geweigert, Fahrradfahren zu lernen, und ich konnte sein Problem verstehen, sehr gut sogar. Meiner älteren Schwester und meinem jüngeren Bruder hatte mein Vater das Radfahren erfolgreich beigebracht, nur ich hatte es nicht gelernt, weil ich mehrmals gestürzt war und Angst vor weiteren Verletzungen hatte.

Ich *kannte* die Lösung, aber mein Vater wollte nicht, dass ich mit »Memmen«-Stützrädern gesehen wurde. So lernte ich das Radfahren erst viele Jahre später und war bis dahin von vielen Aktivitäten ausgeschlossen gewesen.

Hudson und ich hatten für sonntagnachmittags Sporteinheiten zur Förderung der Körperkompetenz verabredet, und ich bat ihn um Mithilfe beim Anbringen der Räder.

»Stützräder? Auf gar keinen Fall, Dad. Die sind für Babys.«

»Deine momentane Radfahrkompetenz entspricht der eines Babys.«

»Wenn mich jemand sieht ...«

»Den Peinlichkeitsfaktor habe ich berücksichtigt. Wir werden an einem abgelegenen Ort trainieren. Gib mir mal die Ratsche.«

Hudson sah sich suchend um, und mir wurde bewusst, dass er nicht wissen konnte, was eine Ratsche ist. Mir hatte die jahrelange Zwangsarbeit im familiären Eisenwarenladen ein enzyklopädisches Wissen über alle Werkzeuge und ihre Anwendung vermittelt. Ich holte die Ratsche aus ihrem Fach, demonstrierte ihren Gebrauch und erklärte die relativen Vorteile von Steck- und Ringschlüsselsystemen sowie Rollgabelschlüsseln.

Nachdem wir das erste Stützrad befestigt hatten, schlug ich vor, dass Hudson das zweite auf der anderen Seite allein anbrächte, aber weil er darauf nicht vorbereitet gewesen war, hatte er nicht ausreichend aufgepasst. Ich fixierte das zweite Rad also selbst und wies ihn an, diesmal aufmerksam zuzuschauen: Wir würden diese Arbeit häufiger bewältigen müssen, da das Rad immer wieder abwechselnd vom Trainingsmodus für Hudson in den Transportmodus für mich umgestellt werden müsste.

Anschließend fuhren wir in einen Park in entgegengesetzter Richtung der Schule.

»Sind wir hier weit genug weg?«, erkundigte ich mich.

Hudson nickte, wir luden das Fahrrad aus, er fuhr problemlos mit den Stützrädern. Wir kehrten nach Hause zurück, und Hudson nahm die Lektüre seines Buches wieder auf, alles innerhalb des vereinbarten Zeitfensters von einhundertzwanzig Minuten. Die Dinge liefen ausgezeichnet.

Kapitel 15

Das Fahrradfahren war ein guter Anfang für die Verbesserung der Koordination. Als Nächstes würden wir das Ballfangen in Angriff nehmen, das Lehrer Rabbit ausdrücklich erwähnt hatte. Ich war als Trainer hervorragend geeignet, weil ich diesbezüglich selbst schwere Defizite hatte überwinden müssen.

Im Umgang mit anderen war hingegen die Wahl der Kleidung ein wichtiger Faktor. Selbst bei einer Schuluniform gab es Gestaltungsmöglichkeiten, über die Hudson Bescheid wissen musste, wenn er nicht zum Klassenclown mutieren wollte. Diese Position war in Hudsons Klasse außerdem offenbar bereits besetzt.

Mathematik ist exzellentes Training für rationales Denken und demnach unbestreitbar die wichtigste Fertigkeit, die man im Leben braucht. An den Mathematikübungen, die ich bereits in unsere Mittagessenszeit eingebaut hatte, wollte ich also auf jeden Fall festhalten.

Was noch? Die Zeiten hatten sich geändert. Meine Kenntnisse zu BASIC oder Transistoren oder darüber, wie man eine kaputte Audiokassette reparierte, waren heute obsolet. Kraftfahrzeuge und Elektrogeräte waren für Amateurreparaturen mittlerweile zu komplex gebaut oder gar nicht erst auseinandernehmbar oder Reparaturen schlichtweg unökonomisch. Auch würde Hudson nie einen Stadtplan lesen oder eine Zigarette drehen müssen.

Ich sah mir erneut meine Notizen aus dem Gespräch mit Rabbit Warren an und fügte *Teamsportarten, Taktgefühl, Verhalten in der Gruppe* sowie *Umgang mit Ärger und Konflikten* hinzu.

Bis ich Hudson von der Schule abholen musste, hatte ich einen ersten recht ermutigenden Entwurf einer To-do-Liste erstellt. Hudson hatte allerdings eigene Pläne.

»Kann ich mit zu Blanche fahren, und du holst mich nachher wieder ab? Ihre Mum ist einverstanden.« Blanche stand neben ihm.

»Wir hatten neunzig Minuten für …«

»Das kann ich später machen, statt lesen. Warte.«

Er bedeutete mir, ein wenig von Blanche abzurücken, damit wir unter vier Augen reden könnten.

»Du hast gesagt, ›Freundschaften schließen‹ sei eines unserer Ziele. Genau das mache ich gerade. Also sollte das hier mehr zählen als irgendetwas anderes, das wir geplant hatten.«

»Blanche ist bereits deine Freundin.«

»Das darf nicht wahr sein!«

Ich konnte seine Reaktion verstehen. Es war ebenso wichtig, bestehende Freundschaften zu pflegen – und dabei Taktgefühl und Konfliktlösungsstrategien einzusetzen –, wie neue zu schließen. Ohnehin wollte ich Allannah etwas geben, wozu ich aber erst wieder nach Hause fahren müsste.

»Wie kommt ihr zu Blanche?«

»Sie fährt mit der Straßenbahn, weil ihre Mutter arbeiten muss. Kannst du mir deine Monatskarte leihen?«

»Ich bring euch hin.«

»Coole Karre«, sagte Blanche vom Rücksitz aus. »Kann man das Verdeck aufmachen?«

»Es ist Winter«, antwortete ich.

Hudson setzte den Mechanismus in Gang, der das Verdeck öffnete, so dass unsere Fahrt zu Blanche – via unser Haus – äußerst ungemütlich war.

Blanches Haus beherbergte einen Laden für Bio-Nahrung und eine Praxis für wissenschaftlich nicht fundierte Therapieformen: *Thornby Natural Living.* Allannah stand hinter der Ladentheke, und Blanches Bruder spielte auf dem Boden.

»Stör deinen Vater nicht«, sagte Allannah zu Blanche.

»Chill mal«, sagte Blanche, und sie und Hudson stapften die Treppe hoch.

»Ich habe die von Ihnen gewünschte Information und Ausrüstung dabei«, sagte ich zu Allannah.

Sie sah mich überrascht an, dann fragte sie: »Möchten Sie einen Tee? Oder Kaffee? Ich trinke Kräutertee, aber ich kann Ihnen einen Instantkaffee machen.«

»Kräutertee, bitte. Nach 15 Uhr nehme ich kein Koffein mehr zu mir.«

Während sie den Tee kochte, packte ich aus, was ich mitgebracht hatte.

»Wattestäbchen für die DNA-Probe plus Ziplock-Tüte. Sie reiben damit für einen Wangenabstrich über Blanches Mundschleimhaut. Tatsächlich wäre es besser, wenn sie es selbst macht.« Hudson hätte niemandem erlaubt, in seinem Mund eine Probe zu entnehmen.

»Dazu ein Brief, in dem die Art des gewünschten Tests spezifiziert wird, mit dem Hinweis, dass Sie sich von einem Genetiker, also mir, haben beraten lassen – Sie müssen nur noch unterschreiben und Ihren Namen sowie Kontakt- und Kreditkartendaten hinzufügen. Dann schicken Sie alles in diesem Umschlag an das Labor. Zur Erklärung der Ergebnisse liegt ein Hinweisbogen bei.«

»Sie haben sich da aber viel Mühe gemacht.«

»Es würde noch mehr Mühe machen, wenn Sie oder das Labor wegen unzureichender Hilfestellung Fehler machten.«

»Tja, also nochmals vielen Dank. Tut mir leid, aber … Sie heißen Don, oder? Blanche war sich nicht sicher.«

»Korrekt.«

»Möchten Sie warten, bis Hudson und Blanche fertig sind? In etwa einer Stunde sollte sie nämlich mit ihren Hausaufgaben anfangen.«

»Natürlich. Ich habe meinen Laptop dabei und kann mich irgendwo hinsetzen und arbeiten.«

»Haben Sie viel zu tun?«

»Eigentlich nein. Die Antwort kam prompt, weil ich in der Vergangenheit permanent überlastet war.«

»Und jetzt nicht mehr?«

Ich beschrieb meine Situation. Es dauerte die volle Stunde, und Allannah hörte ohne jede Unterbrechung zu.

Dann kamen Hudson und Blanche wieder nach unten. »Kann Hudson noch ein bisschen bleiben? Wir könnten die Hausaufgaben zusammen machen.«

Allannah sah zu mir, und ich nickte. Das Verhandeln nachmittäglicher Aktivitäten mit anderen Eltern war neu für mich, und meines Erachtens ging ich kompetent damit um. Die Extrazeit ließ sogar Nachbesserungen zu: »Haben Sie noch irgendwelche Fragen?«, erkundigte ich mich bei Allannah.

Sie lachte. »Wozu? Nein. Sie sind so … redegewandt. Genau wie Hudson. Oder besser: Hudson ist da wohl wie Sie. Blanche mag ihn wirklich gern. Er hat sie mit seinem Interesse für Naturwissenschaft und Raumfahrt angesteckt, und jetzt redet sie über nichts anderes mehr.«

»Bei unserem letzten Treffen hatten Sie erwähnt, weiter über das Thema ›Impfen‹ diskutieren zu wollen.«

»Hab ich das? Ach, vergessen Sie's – ich würde Sie wahrscheinlich nur nerven. Oder aufregen.«

»Eine gewisse Frustration ist immer möglich. Aber Sie scheinen ein rationaler Mensch zu sein. Rationale Menschen sollten mit ausreichend Information und Intelligenz zu ähnlichen Schlussfolgerungen gelangen. Aber die Naturwissenschaft ist ein so komplexes Feld, dass die meisten von uns sich auf fremde Autoritäten verlassen müssen. Die Theorie, dass Pharmakonzerne die Nebeneffekte vertuschen, um das Impfen anzutreiben, ist plausibel.«

»Kriegen Sie mit solchen Ansichten keinen Ärger?«

»Ich sagte, es sei plausibel, und nicht, dass ich es glaube. Auf jeden Fall sind die Nebeneffekte durch Impfen vernachlässigbar – verglichen mit den Auswirkungen von Masern, Windpocken, Tetanus oder Polio.«

»Aber Blanche wird nichts passieren, weil es diese … Herdenimmunität gibt, oder? Sie wird also sowieso nicht krank *und* ist vor den Nebenwirkungen sicher.«

Allannah musste mein Schweigen bemerkt haben. »Wenn Sie persönlich Impfen für sicher halten, verbietet Ihnen ja auch niemand, Ihr Kind impfen zu lassen. Aber … ich meine, es war doch nie vorgesehen, dass wir Menschen uns irgendwelches Zeug in den Körper spritzen lassen.«

»Von wem nicht vorgesehen? Meinen Sie eine höhere Instanz oder Gottheit? Sind Sie religiös?«

»Nicht im herkömmlichen Sinn … aber ich verstehe, was Sie meinen. Ich sollte Sie und Hudson jetzt besser fahren lassen. Und danke noch mal für die Laborsachen.«

»Besteht eine Möglichkeit, die Situation mit dem Klassenclown zu ändern?«, fragte ich Hudson, als er wieder im Porsche gefangen war. »Der immer mit deinen Haaren spielt?«

»Mr Warren hat ihn letztes Mal dabei erwischt und gesagt, er könne mich an einen anderen Tisch setzen. Ich habe gesagt, er solle lieber Jasper umsetzen – so heißt der Typ –, aber darauf meinte er, nein, er wolle *mich* umsetzen. Und ich wollte nicht umgesetzt werden.«

»Warum nicht?«

»Weil ich gern da sitze, wo ich sitze. Dann sagte Mr Warren, da es mich ja offenbar nicht *so sehr* störe, könne ich sitzen bleiben und Jasper auch. Ich habe gesagt, dass es mich *sehr* stört, dass ich aber wirklich sehr gern auf genau diesem Platz sitzen bleiben möchte.«

»Willst du, dass ich mit Mr Warren darüber rede?«

Ich kannte die Antwort bereits.

Ich rief Amghad an, um über das Mieten des Labors zu sprechen, aber er wollte mich lieber persönlich treffen und nannte ein Café, das weniger als einen Kilometer von unserer Wohnung entfernt lag. Der Besitzer räumte gerade auf, und Amghad bestellte zwei Bier.

»Wundern Sie sich, dass wir hier im Café Bier trinken?«

Ich nickte, obwohl Alkohol um 16.33 Uhr eindeutig besser war als Kaffee.

»Es hat seit einer halben Stunde geschlossen und wird bis morgen früh um sieben ungenutzt bleiben. Verschwendeter Raum, verschwendete Alkohollizenz. In ein paar Wochen wird sich das ändern, denn hier eröffne ich meine neueste Bar. Derselbe Name, dieselbe Einrichtung, aber ein paar Cocktails auf Kaffeebasis, um im Thema zu bleiben. Gutes Konzept?«

Ich nickte, obwohl es unwahrscheinlich war, dass ich das Angebot nutzen würde. Es gab in dieser Straße mehrere Bars, aber zu Hause mixten Rosie und ich qualitativ hochwertigere

Drinks, noch dazu in angenehmerer Umgebung und zu niedrigeren Preisen.

»Ich habe mir Ihre Idee durch den Kopf gehen lassen, Don. Und je mehr ich darüber nachdenke, desto mehr bin ich überzeugt, dass sie nicht funktionieren wird. Das mit der Cocktailwissenschaft ist passé. Wir brauchen mehr.«

»So was wie eine Bar in einem Café?«

»Das hier ist ein Selbstläufer. Der Raum stand zur Verfügung, die Straße ist gut frequentiert. Bei Ihnen ist das Labor im ersten Stockwerk und etwas abseits gelegen … Ich brauche ein knalligeres Konzept.«

»Das heißt, Sie ziehen Ihr Angebot zurück?«

»Ich will kein Geld verlieren und Sie bestimmt auch nicht. Ich habe mit der Vermieterin dieses Labors gesprochen. Pfiffige Frau. Sie sagte, sie hat versucht, Sie für das Labor anzuheuern. Und mir ein bisschen über Ihre sonstige Arbeit erzählt. Sie haben ganz schön was auf dem Kasten.«

»Ich arbeite tagsüber nicht mehr in meinem Beruf.«

»Dann suchen Sie sich was anderes, vielleicht was Ähnliches.«

»Leider kann ich tagsüber nicht mehr arbeiten. Wie viel Zeit habe ich, um ein neues Konzept zu entwickeln?«

»Ihre Freundin meinte, das Angebot zur Vermietung bleibt bis auf weiteres bestehen, aber wie ich schon sagte: Es muss etwas Besonderes sein.«

Ich hatte früh gelernt, dass es unklug war, Informationen vor Rosie geheim zu halten. Sobald sie Verrat auf die Spur kam, erhöhte sich ihr Stresspegel derart, dass nichts gewonnen war.

»Das Bar-Projekt scheint zum Scheitern verurteilt, Dave kommt am Dienstag mit der Erwartung, dass ich Arbeit für ihn habe, und Blanches Eltern sind immer noch Impfgegner.«

»Don, darf ich vielleicht erst mal meine Tasche absetzen? Habt ihr schon gegessen?«

»Du kannst deine Tasche jederzeit absetzen, dazu brauchst du doch nicht meine Erlaubnis. Wir haben vereinbart, dass wir auf dich warten. Ich habe dir die Information per SMS geschickt.«

»Tut mir leid, mein Akku war leer. Gib mir einfach zwei Min… zehn Minuten zum Umziehen, dann können wir beim Essen darüber reden. Ich habe den ganzen Tag versucht, die Genehmigung für die Einstellung einer Hilfskraft zu bekommen, damit ich entlastet werde. Und mittendrin fragt Judas, dieser blöde Arsch, ob ich mal eben Kaffee kochen könnte.«

»Ich gebe dir schnell noch eine kurze Zusammenfassung der Probleme, damit dein Unterbewusstsein bis zum Essen schon einmal Lösungen erarbeiten kann.«

»Ich habe alles mitgekriegt. Dein Konzept ist noch kein Killer, alles andere ergibt sich daraus. Außer das mit deiner neuen New-Age-Flamme … wie heißt sie noch gleich? Wenn du dich weiter damit befassen willst, meinetwegen, aber halt mich da raus.«

Während des Essens verbesserte sich Rosies Laune. Wir spielten jeden Abend das Mathespiel, und ich vermittelte hin und wieder Lektionen über soziale Kompetenzen, die Rosie weiter ergänzte.

Ich: Wenn dir jemand eine E-Mail mit Informationen schickt, solltest du darauf antworten, auch wenn eine Antwort rational betrachtet überflüssig ist.

Rosie: Du brauchst dann aber nur »danke« oder »angekommen« zu schreiben. War es das, was du meintest, Don?

Ich: Korrekt.

Hudson: Aber »angekommen« ist auch eine Information. Dann muss die andere Person wieder antworten, und dann …

Ich: Exzellenter Einwand. Normalerweise antworten sie dir aber auf deine eigentlich überflüssige Antwort nicht mehr, also gibt es nur die eine – deine – überflüssige Antwort.

Rosie: Wie könnt ihr bloß immer aus etwas so Simplem ein so komplexes Ding machen?

Ich: Das Gegenteil ist der Fall. Wir etablieren simple Regeln, um ungenaue und zu Missverständnissen führende, intuitive Reaktionen zu verhindern.

Hudson: Allerdings benutze ich E-Mails nur für die Schule. Meistens kriegt die ganze Klasse eine, und da wäre es eigentlich blöd, wenn jeder »angekommen« schreiben würde.

Rosie: Da hast du wahrscheinlich recht.

Hudson: Okay, dann ignoriere ich einfach, was Dad gesagt hat.

Rosie und ich warteten, bis Hudson – dank des neuen Wochenplans früher – im Bett war, um das Bar-Problem zu erörtern.

»Andere Leute – also Marketingexperten – brauchen Monate, um ein sogenanntes Killerkonzept zu entwickeln«, sagte Rosie, »und dann funktionieren die meistens noch nicht mal. Mach dich deswegen nicht fertig.«

»Möglicherweise habe ich mich für kompetenter als Marketingexperten gehalten.«

»Akademiker denken immer, sie könnten alles besser, bis sie es dann wirklich versuchen. Einschließlich, ein Bar-Konzept zu entwickeln.«

»Wenn ich kein Bar-Konzept entwickeln kann, kommen wir in ernsthafte Schwierigkeiten.«

Rosie lehnte sich zurück und sah zur Decke. »Ich kann ja wieder Teilzeit arbeiten. Die Projektleitung abgeben. Du kannst den Job bei dieser Genetikfirma annehmen oder dir was anderes suchen. Oder schauen, ob du deine alte Arbeit wiederkriegst.«

»Wir könnten Hudson auch auf eine öffentliche Schule schicken. Das hattest du selbst vorgeschlagen.«

»Ich weiß. Aber nach jeder Veränderung braucht er ewig, um sich zu akklimatisieren. Was auch immer in dieser Schule falsch läuft – wir haben keine Garantie, dass es in der nächsten besser wird. Und eigentlich fängt er ja gerade an, sich einzugewöhnen. Du hast ihm schon prima geholfen.«

Und genau damit sollte nun Schluss sein. Über Dave hatten wir noch gar nicht gesprochen.

Kapitel 16

Fünf Wochen und zwei Tage nach unserem ersten Telefongespräch zum Thema Cocktailbar landete Dave auf dem Flughafen von Melbourne, zusammen mit Sonia, Zina und dem kleinen Fulvio.

Ich hatte mit Phil das Auto getauscht. Er hatte den oberflächlichen Blechschaden bemerkt und sich negativ zu Rosies Fahrweise geäußert. Jetzt fuhr ich den viel praktischeren Toyota: Allradantrieb, sieben Sitze, zuverlässige Klimaanlage, Heizung und Soundsystem sowie weniger anfällig für Pannen.

Dave hatte deutlich zugenommen, ich schätzte seinen BMI auf fünfundvierzig: schwer adipös. Er stützte sich beim Gehen auf eine metallene Krücke, während Sonia den Gepäckwagen schob und Zina, ungefähr acht Wochen älter als Hudson, den Kinderwagen mit ihrem kleinen Bruder.

Ich vermied wohlweislich, Daves Aussehen direkt anzusprechen, und wies stattdessen indirekt auf das Problem hin. »Sei gegrüßt, Dave. Du solltest deine Ernährungsgewohnheiten umstellen und mit einem Trainingsprogramm beginnen. Sofort.« Sonia nickte energisch.

»Ja, ich habe es wirklich zu sehr schleifen lassen. Ich wollte es am Telefon nicht sagen, aber ich glaube, ich kann dir bei dem Barprojekt nicht helfen. Sonia wird arbeiten, und ich kümmere mich um die Kinder.«

»Die erste Trainingseinheit findet noch heute Abend statt. Das hilft auch, um sich vom Jetlag zu erholen.«

»Hör auf Don«, sagte Sonia. »Was er sagt, ist absolut vernünftig.«

Dank meines Schwiegervaters stand mir kostenlos ein gut ausgerüstetes Fitnessstudio zur Verfügung. Phil kannte Dave von seinen Besuchen in New York und wirkte von Daves Aussehen weniger schockiert, als ich erwartet hatte.

»Ich bin zwar kein Arzt, aber ich glaube, wenn du ein paar Kilos verlierst, brauchst du keine Krücke mehr. Also, ziemlich viele Kilos ... Was sagen die Ärzte denn?«

»Dasselbe. Mehr oder weniger.« Verschämt fügte Dave hinzu: »Ich esse eben gern.«

»Eigentlich siehst du aus, als würdest du im Moment gar nichts mehr gern machen. Das ist alles nur Gewohnheit, und die kann man aufgeben. Du brauchst nur eine Regel: kein Junkfood mehr.«

»Klar, das hilft bestimmt«, sagte Dave. »Aber es ist leichter gesagt als getan.«

»Lenk dich ab. Beschäftige dich. Arbeite. Während du dich anstrengst, kannst du nicht essen. Trinkst du Alkohol?«

Dave nickte.

»Das ist auch Junk – dieselbe Regel also. Wenn du abnehmen willst, verzichte auf Alkohol. Wenn du auf Alkohol verzichten willst, lenk dich ab.« Phil sah mich an.

Ich nutzte alle Fahrten im Auto, um Hudson weitere Tipps zum sozialen Verhalten zu geben. Aber das war gar nicht so einfach: Entweder war ein Ratschlag zu situationsspezifisch und daher für den Alltagsgebrauch ungeeignet oder zu allgemein und daher nicht leicht auf eine spezifische Situation übertragbar. *Wenn dir jemand sagt, der Hund sei gestorben, bekundet man dem Besitzer gegenüber angemessenerweise Beileid und erkundigt sich nach dem Befinden, nicht aber nach den genauen Todesumständen des Hundes.* Das war eine spezifische Situation, die aber vermutlich selten eintrat und sich nur schwer abstrahieren oder übertragen ließ. Die abstrahierte Variante, *wenn jemand einen Verlust erlitten hat, drück dein Beileid aus und erkundige dich, wie es ihm oder ihr geht*, führte vielleicht zu einer unangemessenen Reaktion auf die Aussage »Ich hab meinen Radiergummi verloren«.

Der Fahrradfahrunterricht war seit dem Abmontieren der Stützräder ausgesetzt. Ich war bereit für den nächsten Schritt, doch Hudson war anderer Meinung – und das zu Recht.

Ohne die Stützräder war auch seine Selbstsicherheit weg, und er stand vor dem üblichen Problem: Mit zunehmender Geschwindigkeit steigt zwar die Stabilität, aber auch die Angst vor dem Fallen. Er strampelte nicht schnell genug, stürzte und schürfte sich das Knie auf. Danach hatte er jedes Mal Ausreden parat, um sich vor dem Üben zu drücken. Ich war sehr enttäuscht. Mein Vater hatte offenbar recht damit gehabt, mir Stützräder zu verweigern.

Auch Amghad und Rosie hatten recht: Die beste Chance auf einen gutbezahlten Job wäre, bei Minh anzuheuern. Mir kam die Idee, dass sie mich auf Honorarbasis einstellen könnte, was mir erlauben würde, das Hudson-Projekt weiterzuführen.

Ich rief sie an, doch sie wollte nur über die Bar sprechen. »Ich *liebe* Ihre Idee. Ich wäre Ihre beste Kundin.«

»Meine schlechteste, wenn Sie nichts zahlen.«

»Aber ich hab viele Freunde. Sie müssen das durchziehen, Don. Wenn Ihr Geschäftspartner Ihnen abgesagt hat, könnte ich vielleicht einspringen.«

Das war ein großzügiges Angebot, aber ich vertraute

Amghads Einschätzung. Ich wollte nicht, dass Minh aufgrund meines schlechten Geschäftssinns Geld verlor.

Doch sie ließ sich nicht davon abbringen. »Treffen wir uns im alten Labor. Neunzehn Uhr. Wir können brainstormen. Und Sie können mir einen Mojito mixen.«

Ich brachte alle Zutaten für einen Mojito, Gläser und Dave mit. Minh war schon drinnen und hatte selbst Rum, Limettensaft, Minze, Zucker, Soda und Gläser dabei. Sie lachte, und ich stellte ihr Dave vor.

»Wo Sie schon mal hier sind«, sagte sie zu ihm, »können Sie ja mal erzählen, wie sich Dons Kühlprojekt technisch umsetzen ließe.«

Das Labor bestand aus zwei großen Räumen, und die Kühlgeräte standen noch an ihren angestammten Plätzen.

Ich beschrieb die Anforderungen für das Kühlkonzept. »Alle Spirituosen müssten knapp über ihrem Gefrierpunkt gelagert werden, der bis auf die hochprozentigen bei minus sechsundzwanzig Grad Celsius liegt, bei Likörweinen wie etwa Vermouth allerdings bei minus sieben. Prosecco und Champagner: minus fünf, könnten sich den Platz also mit den Likörweinen teilen. Tischwein wird mit den traditionell empfohlenen Temperaturen serviert. Nichtalkoholische Getränke gefrieren natürlich bei null Grad. Und für hochprozentige Spirituosen und Liköre, also ab etwa fünfundfünfzig Prozent, brauchen wir minus zweiunddreißig Grad.«

Dave ging zur größten Kühleinheit, studierte die Kontrollanzeige und drehte an einem Regler. »Minus fünfundzwanzig. Ich bin hier schon fertig. Wenig Arbeit für ein Flugticket nach Australien.«

Minh stellte ihren Rum in den Kühlschrank und lachte. »Sie gefallen mir. Zeit für Mojitos.«

Ich mixte zwei konventionelle Mojitos mit Eis, während wir

darauf warteten, dass der Rum herunterkühlte, und Dave fand in einem der anderen Kühlgeräte ein Bier.

»Sie brauchen also noch eine gute Idee für die Bar … ein neues Konzept?«, erkundigte sich Minh.

»Korrekt. Aber ich habe von Marketing keine Ahnung.«

»In was für Bars trinken Sie denn sonst gern? Wohin gehen Sie selbst?«

»Wir trinken zu Hause. Da ist es billiger und nicht so laut.«

»Vergessen Sie mal das Geld. Sie mögen also keine lauten Bars. Eine originelle Vorliebe. Normalerweise gehört zu Bars Lärm. Zu beliebten, zumindest.«

»Möglicherweise sind die unbeliebten Bars auch nur deswegen ruhig, weil sie unbeliebt sind«, sagte ich.

»Schwer zu sagen. Aber mit Absicht ruhig – das wäre mal was Neues.«

»Wir könnten ein Schild mit ›Ruhe bitte‹ aufhängen«, sagte Dave. »Und die Bar *The Library* nennen – die Bibliothek.«

»Erzählen Sie weiter«, forderte Minh.

»Das war doch nur Spaß«, meinte Dave. »In meiner perfekten Bar gäbe es ein paar gute Fassbiere und eine ganze Wand voller Bildschirme für Baseball-Übertragungen. Und einen Auszeitraum für Don.«

In New Yorker Kneipen hatte ich es sehr genossen, mit Dave und George Baseballspiele zu verfolgen, aber jedes Mal wurde mir die Reizüberflutung zu viel, und ich musste mich für eine Weile zurückziehen, für gewöhnlich auf die Straße.

»Wenn mehrere Spiele gleichzeitig laufen, wären Kopfhörer die beste Lösung, mit verschiedenen Kanälen«, sagte ich. »In Fitnesscentern ist das schon üblich. Außerdem reduzieren Kopfhörer ganz generell den Lärmpegel, so dass Auszeiten möglicherweise gar nicht nötig wären.«

»Weiter. Beschreiben Sie Ihre perfekte Bar, Don«, sagte Minh.

»Qualitativ hochwertige Cocktails.«

»Klar«, sagte Minh.

»Überhaupt nicht ›klar‹. Der Qualitätsstandard ist sehr unterschiedlich. Die Gäste zahlen für Premium-Spirituosen, aber dann verwendet der Barkeeper minderwertigen Fruchtsaft, oder der Cocktail wird nicht nach dem offiziellen Rezept gemixt oder ist nicht kalt genug oder verwässert.«

»Deshalb das spezielle Kühlsystem, richtig? Was noch?«

»Minimale Wartezeit. Am besten ohne langes Anstehen an der Bar, wo man unerwünschten Körperkontakt und unhöfliches Verhalten riskiert, während man die Aufmerksamkeit des Thekenpersonals erringen und darauf achten muss, dass sich niemand vordrängelt. Und in der Zwischenzeit hat man keinen Kontakt zu genau den Menschen, mit denen man sich eigentlich treffen wollte, dafür muss man alle ihre Drinks bezahlen.«

»Oh, da sagst du was!«, schaltete sich Dave wieder ein. »Ich gebe eine Runde aus, und das sind drei exklusive Margaritas, zwei Gläser Napa Valley Special Reserve, Jahrgang 1999 und unter Stickstoffatmosphäre gelagert, und ich selbst will nur ein Bier. Also, wer ein System erfindet, mit dem jeder für seine eigenen Drinks bezahlt, ohne dass man wie ein Geizkragen dasteht …«

»Wir brauchen also eine ruhige Bar …«

»Ohne Musik«, sagte ich.

»Die Gäste können ihre eigene Musik wählen. Oder keine. Per Kopfhörer, wie Sie schon sagten. Alle bestellen vom Tisch aus – am besten per App, jeder für sich –, und es läuft direkt über die Kreditkarte.«

»Da kann jeder eigentlich auch gleich für sich sitzen und per Facebook kommunizieren«, meinte Dave.

»Genau«, sagte Minh, »und ich schätze mal, eine Menge

Leute wollen genau das. Wir brauchen also auch gutes Wi-Fi. Einen Raum für Gesprächsfreudige, einen für Schweiger. Vielleicht sollte der Schweigeraum der größere sein. Was meinen Sie, Don?«

Ich dachte darüber nach. Eine effizient organisierte Bar mit hochqualitativen Drinks, in der man nicht die Aufmerksamkeit einer Servicekraft erringen oder irgendwelche gesellschaftlichen Rituale befolgen musste, um Getränke zu bestellen, die Rechnung zu erhalten, das Trinkgeld auszurechnen und das Wechselgeld nachzuzählen: keine direkte Kommunikation mit irgendjemandem, abgesehen von den eigenen Trinkkumpanen, sofern solche als Option gewählt wurden. Eine gute Auswahl an Unterhaltung und Information auf großen Bildschirmen, aber keine überflüssige Geräuschkulisse, Beleuchtung oder Dekoration. Die beste Bar der Welt.

»Möchten Sie Ihren Freund wieder ins Boot holen?«, fragte Minh.

Nachdem ich noch einen niedrigtemperierten Mojito mit Minhs Rum gemixt hatte, den sie für besser als den ersten erklärte (vermutlich wegen des qualitativ höherwertigen Rums oder irgendwelcher psychologischer Faktoren, da die extreme Kühlung bei Longdrinks kaum ins Gewicht fällt), ließ sie Dave und mich allein. Wir sollten später abschließen.

»Da die Arbeit mit der Kühlung trivial ist und du keinen anderen Job hast, schlage ich vor, dass du in der Bar mithilfst. Natürlich gegen Bezahlung. Ich kann dich ausbilden, und du erwirbst eine wertvolle dauerhafte Kompetenz.«

»Hey, Kumpel, ich weiß den Versuch wirklich zu schätzen, aber ich kümmere mich den ganzen Tag um den Kleinen, dann muss ich Zina von der Schule abholen, ihr was zu essen kochen und dafür sorgen, dass sie ihre Hausaufgaben macht.

Alles, was ich abends noch will, sind ein Burger, ein Bier und Schlaf.«

»Ein Burger? Und wer kocht bei euch?«

»Wir sind noch in der Eingewöhnungsphase. Ich kaufe das Essen fertig zubereitet.«

»Warst du im Fitnesscenter?«

»Ich kenne die Wege hier noch nicht so gut.«

»Aber …«

»Okay, ich will nicht ins Studio. Meine Batterien sind total leer, da geht nichts mehr.«

»Du bist in einer Gewohnheitsschleife gefangen. Mangelnde Stimulation führt zu Niedergeschlagenheit und Gewichtszunahme, was wiederum zu …«

»Don, wie ich schon sagte …«

Es gab eine ganz sichere Methode, Dave zu motivieren. Sie war zwar brutal, schien mir jedoch der einzige Ausweg.

»Wenn du den Teufelskreis nicht durchbrichst und dich weiter so gehenlässt, besteht die Gefahr, dass Sonia sich von dir trennt.«

Dave leerte sein Bier. »Ja, ich schätze, genau das wird wohl passieren.«

Kapitel 17

Hudson und ich fuhren wieder nach Shepparton, und diesmal kam Rosie mit. Mein Vater lag im Bett. Er hatte die Chemotherapie abgebrochen, was bedeutete, dass er nicht mehr gegen den Krebs ankämpfte, sondern bald daran sterben würde.

Als wir ankamen, schlief er, und meine Mutter kochte uns Tee.

»Wirst du ihm einen Finger abschneiden oder so was, wenn er gestorben ist?«, wollte Hudson wissen.

»*Hudson*«, zischte Rosie, doch meine Mutter lächelte.

»Warum sollte ich so etwas tun?«

»Wegen der DNA. Damit wir ihn klonen können. Und dann hätten wir ihn wieder.«

»Allerdings als Baby«, sagte ich.

»Das wäre schon krass«, sagte Hudson. »Wenn Grandpa als Baby wiederkäme und wir ihn aufwachsen sehen würden …«

»Schluss jetzt. Alle beide«, sagte Rosie.

»Ist schon gut«, meinte meine Mutter. »Ich hatte drei von der Sorte.«

»Hast du von Dads Schwester irgendetwas abgeschnitten?«, erkundigte sich Hudson.

Meine Mutter stand auf und ging in die Küche.

Rosie war sichtlich verärgert. »Ich hatte dich gebeten, aufzuhören. Aber du hast weitergemacht. Und jetzt ist deine Grandma traurig.«

Hudson brach in Tränen aus, und meine Mutter kam zurück und nahm ihn in den Arm, was ihn noch mehr verstörte.

»Dank der modernen Wissenschaft habe ich keine Schmerzen«, sagte mein Vater. »Wie geht es mit dem Fahrradfahren voran?«, wollte er von Hudson wissen, dem es nach einer Auszeit im Garten wieder besser ging.

»Schlecht.«

»Stützräder?«

»M-hm. Wenn die dran sind, ist es leicht.«

»Sag deinem Vater, das mit den Stützrädern kann er vergessen.« Ich befand mich im selben Raum und hörte mit, also ergab »sag deinem Vater« keinen Sinn. Ich vermutete, dass seine kognitiven Fähigkeiten nachgelassen hatten. »Dein Vater wollte immer Stützräder haben, aber frag ihn mal, wie er es dann am Ende gelernt hat.«

Obwohl ich irgendwann Fahrradfahren gelernt hatte, wusste ich darauf keine Antwort. Ich konnte mich zwar ans Üben erinnern, aber nicht an irgendeinen entscheidenden Durchbruch, der das Sturzproblem gelöst hätte.

»Wenn er sich bis zu eurem nächsten Besuch nicht daran erinnert hat, erzähl ich's dir. Aber lasst euch nicht mehr allzu lange Zeit.« Er deutete auf mich. »Wenn du das nächste Mal kommst, bring mir eine CD von Beethovens Neunter mit – Opus 125. Die Karl-Böhm-Version von 1980. Kannst du dir das merken?«

Ich sah auf sein CD-Regal. »Ich dachte, Mum hätte dir alles von Beethoven besorgt.«

»Sie hat die Karajan-Version gekauft. Das 1977er Box-Set. Ich würde gern noch eine andere Fassung hören. Aber sag deiner Mutter nichts, sonst ist sie traurig.«

»Ich kann sie downloaden«, bot Hudson an.

»Danke, aber für Sachen, die ich nicht in der Hand halten kann, bin ich schon zu alt.« Er zeigte mit dem Finger auf mich. »Wartet nicht zu lange.«

Ich überlegte eine ganze Weile, wie ich Fahrradfahren gelernt hatte, und fand es beunruhigend, dass ich die Erinnerung daran offenbar verloren oder verdrängt hatte. Schließlich bat ich Claudia um Hilfe.

»Warum beunruhigt dich das?«, wollte sie wissen. »Wie alt warst du, als du Radfahren gelernt hast?«

»Elf. Kurz nachdem ich auf die Highschool kam. Daran erinnere ich mich so genau, weil ich zu Beginn des Schuljahres noch zu Fuß gehen musste.«

»Vor vierzig Jahren also. Aus der Zeit hast du sicher noch eine Menge anderer Dinge vergessen.«

»Erstens habe ich ein gutes Gedächtnis. Zweitens ist Fahrradfahren eine markante Leistung, und ich erinnere mich an den ungefähren Zeitpunkt. Drittens weiß ich noch, dass ich es mit acht Jahren *nicht* gelernt habe, weil ich immer wieder hingefallen bin.«

»Trotzdem: Warum beunruhigt es dich?«

»Ich muss es Hudson beibringen und will mich erinnern, mit welcher Methode ich es geschafft habe, weil er die gleichen Probleme hat wie ich.«

»Du kannst aber nicht davon ausgehen, dass deine Technik von damals auch bei ihm …« Sie lachte. »Na ja, wahrscheinlich schon. Vielleicht hast du's eben einfach vergessen. Nicht alles hat einen tiefenpsychologischen Grund. Aber du denkst, es hätte einen, stimmt's?«

»Vielleicht.«

»Tja, ich könnte dich zu einem Hypnotiseur schicken oder sagen, dass es dir, weil du in dir danach bohrst, irgendwann von selbst einfallen wird. Aber es gibt auch einen ganz einfachen Weg. Und dass du *den* nicht einschlägst, hat mit Sicherheit tiefenpsychologische Gründe.«

»Du sprichst in Rätseln.«

»Frag deinen Vater.«

Ich hatte nicht vorgehabt, das Schwimmfest der Schule zu besuchen. Hudson hatte ein Attest, das ihn vom Schwimmunterricht befreite, da er in Panik verfiel, sobald sein Kopf unter Wasser geriet. Möglicherweise war dies erblich bedingt: Auch ich empfand eine starke Abneigung gegen das Untertauchen, und Rosie entsprach ebenfalls nicht dem Stereotyp der Australierin, die sich begeistert Augen, Nase und Ohren von Meerwasser durchspülen lässt.

Aber Hudson hatte uns beide eingeladen. Rosie hatte wichtige Termine bei der Arbeit, also fuhr ich allein ins Aqua-Center, das die Schule für dieses Ereignis gemietet hatte. Es überraschte mich, auch Phil dort zu entdecken.

»Schulsport – kann man nur unterstützen«, sagte er. »Und Hudson hat mir erzählt, dass sie auch was für ihn gefunden haben.«

Natürlich. Zweifellos bestand Bedarf an Aufsichtspersonen, Schiedsrichtern und Schriftführern für die Ergebnislisten – Aufgaben, die die Fähigkeit zukünftiger Naturwissenschaftler im Organisieren, Beobachten und Dokumentieren erforderten. Es war wichtig, dass Eltern neben den sportlichen auch intellektuelle Herausforderungen unterstützten.

Phil und ich unterhielten uns, während die jüngeren Kinder ihre Wettkämpfe absolvierten. Hudson hielt eine Weile lang ein Seil, das als Ziellinie für diejenigen galt, die nicht die vollen fünfzig Meter schwimmen mussten.

Dann kamen die Jahrgangsstufen fünf und sechs an die

Reihe. Ein Junge nahm an auffallend vielen der Wettkämpfe teil und gewann sie alle. Er gehörte zum Team Blaues Haus in der Schule, und ein männlicher Erwachsener hinter uns unterstützte das Team mit einem für Kindersport unangemessenen Enthusiasmus. Blanche war ebenfalls im Team Blaues Haus; sie kam beim Rückenschwimmen als Vorletzte ans Ziel, erntete jedoch lauten Applaus, vermutlich wegen ihrer – nicht schwimmrelevanten – Behinderung.

»Jetzt pass auf«, sagte Phil und zog eine Videokamera aus der Tasche. Die Lagenstaffel stand an, in der jeder der vier Schwimmer einer Staffel eine andere Schwimmtechnik benutzte. »Der Knackpunkt ist die Butterfly-Lage, denn in dieser Technik halten die meisten Grundschulkinder keine fünfzig Meter durch. Wenn das Blaue Haus ihren Helden da einsetzt, werden sie wohl gewinnen, aber ich wette, sie nehmen ihn für den Freistil-Part.«

Es war aufschlussreich, von einem Experten die mögliche Taktik erklärt zu bekommen. Das Grüne Team marschierte ein, und ich entdeckte einen hochgewachsenen Jungen mit unverwechselbarem wippenden Gang. Hudson trug Badehose und Schwimmbrille, wie ein Olympiaschwimmer. Das lange Haar hatte er unter eine Schwimmkappe gestopft. Ich war perplex.

Jeweils zwei Schwimmer aus jedem der vier Teams gingen an das hintere Ende des Beckens. Hudson blieb am vorderen Ende, wo sich der andere Schwimmer seines Teams für das Rückenkraulen ins Wasser gleiten ließ.

»Dachte ich mir«, sagte Phil und deutete auf den Champion des Teams Blaues Haus, der ans andere Ende ging. »Der große Junge wird die letzte Lage schwimmen, den Freistil.«

Ich sah zu Hudson. Jemand rief seinen Namen, und er winkte unbeholfen. Dann wurde sein Name skandiert, dann gelacht. Man lachte ihn aus.

Das Rennen begann, und als die ersten Schwimmer von der zweiten Lage, den Brustschwimmern, abgelöst wurden, gab es bereits einen beachtlichen Abstand zwischen dem ersten und dem letzten, der aus Hudsons Team stammte.

Der Schwimmer neben Hudson, aus dem Blauen Haus, konnte als erster mit der dritten Lage starten, und es wurde schnell klar, dass er den Butterfly-Stil nicht kompetent ausführen konnte. Der zweite hatte dasselbe Problem, dann auch der dritte. Phil hatte recht gehabt: Diese Technik war für Grundschüler eindeutig zu schwierig. Die Schule hatte zu Hudsons Gunsten eine kluge Entscheidung getroffen. Da keiner der Schüler Butterfly beherrschte, konnte er teilnehmen, ohne sich zu blamieren. Allerdings hatte er Angst vor Wasser.

Hudsons Teamkollege erreichte den Rand, Hudson sprang kopfüber ins Becken – unfassbarerweise tauchte er *komplett unter Wasser* – und schwamm dann plötzlich lehrbuchgemäß Butterfly, effektiv, mit perfekt synchronisierten Armbewegungen, perfekt abgestimmtem Luftholen und scheinbarer Leichtigkeit, während sich die anderen Schwimmer vorwärtskämpften.

Phil jubelte laut, als Hudson einen nach dem anderen überholte und die Führung übernahm. Die übrigen Zuschauer fielen ein und riefen ebenfalls seinen Namen, jetzt allerdings mit positivem Unterton.

Viele Jahre lang hatte ich Sportereignisse nicht weiter beachtet, bis Dave mein Interesse an Baseball weckte und ich nach und nach die Fähigkeit entwickelte, mich emotional am Ausgang eines Wettbewerbs, der keine direkten Auswirkungen auf mein Leben hatte, zu beteiligen. Offensichtlich war dies auf ein Schulschwimmfest übertragbar. Denn auch ich jubelte. Es war kaum zu fassen, dass der Mensch, für den ich jubelte, mein eigener Sohn war. *Autisten haben oft motorische Probleme.*

Der große Junge wartete auf seinen Einsatz, hüpfte auf der Stelle und schrie seinen Teamkameraden an, der gerade zwischendurch Wasser trat, um sich zu erholen. Hudson schwamm jetzt merklich langsamer, erreichte den Beckenrand aber immer noch mit deutlichem Vorsprung. Als der Champion endlich ins Wasser springen durfte, hatte der letzte Schwimmer für das Grüne Haus bereits die halbe Strecke geschafft.

Der Blaue holte ihn auch fast noch ein. Er war ein exzellenter Schwimmer und gab sich alle Mühe, aber Phils taktische Einschätzung war korrekt gewesen. Hudsons Teamkollege gewann mit einem Vorsprung von ungefähr zwei Metern.

»Scheiße«, schrie der Fan des Blauen Hauses hinter uns. Das schien mir eine unangemessene Äußerung für einen Schwimmwettbewerb der Grundschule, aber ich hatte anderes zu verarbeiten. Wie hatte Hudson es schaffen können, nicht nur seine Angst vor Wasser zu überwinden, sondern auch noch einen schwierigen Schwimmstil so gut zu beherrschen? Auch musste er seine Badehose hin und wieder zum Waschen gegeben haben. Hatte Rosie mir etwas verheimlicht? Wenn ja, warum war sie nicht hier?

Ich beobachtete, wie Hudsons Team sich jubelnd in die Arme fiel, während Hudson auf Abstand ging.

»Mit dem stimmt doch was nicht«, sagte der Fan hinter uns, vermutlich zu seinem Nachbarn.

Ich spürte den Drang, etwas zu erwidern, aber zum Glück hatte der Nachbar eine passende Antwort parat. »Mit seinem Schwimmen ist jedenfalls alles in Ordnung.«

Es gab einen weiteren Wettkampf – hundert Meter Freistil der Mädchen –, ehe für das entsprechende Rennen der Jungen, das gleichzeitig der letzte Programmpunkt des Tages war, der Champion wieder auftauchte. Er trat vor und bekam eine Runde Applaus. Dann erschien Hudson und bekam noch mehr Applaus, dazu anerkennende Pfiffe und Jubelrufe. Er war etwas größer als der andere Junge, aber nicht annähernd so muskulös.

»Zeit der Abrechnung«, zischte die Stimme hinter uns.

»Jetzt entspann dich mal«, knurrte Phil, und ich hörte, wie der andere laut vernehmbar ausatmete, doch dann begann das Rennen. Nach seinem Startsprung tauchte der große Junge ein Stück vor Hudson wieder aus dem Wasser auf und baute seine Führung schnell aus.

»Wart's ab«, sagte Phil. »Der Champ ist schon viele Rennen geschwommen, und die Lagenstaffel hat ihn ziemlich ausgelaugt. Hudson lässt ihm gerade so viel Chance, dass er angestachelt ist, es mit aller Kraft zu versuchen.«

»Absichtlich? Du meinst, Hudson schwimmt langsamer, damit der andere denkt, er könnte gewinnen?«

»Sagen wir einfach, dass Hudson seine Kräfte intelligent einteilt«, meinte Phil.

Bei der Wende lag der Champion immer noch vorn, wurde aber schon deutlich langsamer. Hudson holte auf. Die Aufholgeschwindigkeit gegen die noch verbleibende Distanz abzuschätzen war mir gerade zu anstrengend, also schloss ich mich lieber den anderen Zuschauern an, die aufgestanden waren und nun klatschten und die Jungen anfeuerten und aufschrien, als beide gleichzeitig – *fast* gleichzeitig – am Beckenrand anschlugen. Die zwei Schiedsrichter, beides Kinder, verließen ihre Posten an beiden Seiten der Ziellinie, trafen sich in der Mitte, beratschlagten kurz und rissen dann Hudsons Hand in die Höhe, als hätte er einen Boxkampf gewonnen.

»Schwachsinn«, kam die Stimme von hinten.

Phil drehte sich um, aber ich wollte mich ganz bewusst nicht einmischen. Bei Sportveranstaltungen neigten manche

Leute zu extrem leidenschaftlichen Reaktionen, und es war besser, eine Konfrontation zu vermeiden.

»Immer mit der Ruhe«, sagte Phil. »Das ist doch nur ein Grundschulwettkampf.«

»Haben Sie je Sport gemacht?«

»Ja, habe ich.«

»Ich war professioneller Kickboxer«, sagte der Fan des Blauen Hauses.

»Und ich hab für Richmond als Halbmittelstürmer American Rules Football gespielt. Aber was spielt das für eine Rolle?«

»Wenn Sie sich mit Sport auskennen würden, würden Sie wissen, dass der Spinner da nicht gewonnen hat. Sie haben ihm den Sieg geschenkt.«

»Dann haben Sie da eben Ihre eigene Meinung. Aber nennen Sie fremde Kinder nicht einfach Spinner.«

»Ich sage, was ich will.«

»Tun Sie das, Kumpel. Aber dann müssen Sie mit sich selbst reden. Wir haben einen Sieger, dem wir gratulieren wollen.«

Phil setzte sich umgehend in Bewegung, und ich folgte ihm. Er begann zu lachen. »Der hat gehofft, dass ich auf ihn losgehe. Damit es von Hudsons Sieg ablenkt, wenn sein Dad und sein Coach von der Polizei abtransportiert werden.«

Phil legte mir seinen Arm um die Schultern, und ich war zu sehr mit dem Verarbeiten seiner Aussage beschäftigt, um mich ihm zu entwinden.

»Du bist sein Coach? Aber er hasst Wasser.«

»Du hasst Wasser. Du bist genauso schlimm wie Rosie. Was hatte er da schon für eine Chance? Wir haben im Studio eine Schwimmlehrerin – ist dir überhaupt aufgefallen, dass wir ein Schwimmbecken haben? Jedenfalls kann die toll mit Kindern. Auch mit Erwachsenen, die schwimmen lernen wollen, falls du Interesse hast.«

Phil zog seinen Arm wieder weg. »Hudson trainiert jedes Mal, wenn er da ist. Er kann zwar gut reden, aber er kann auch Geheimnisse bewahren. Unser VIP-Mitglied …« Phil schmunzelte. »Er kriegt sogar seine Badesachen gewaschen.«

»Dann kann er also schwimmen?«

»Du hast es ja gesehen. Er ist nicht so gut wie der Junge, den er geschlagen hat, aber dafür gibt's ja einen Coach. Der große Junge hat sich zu sehr verausgabt. Hudson hat zwei von zwei Rennen gewonnen und alle verblüfft.«

Kapitel 18

Nach dem Schwimmfest kam Phil zum Abendessen noch zu uns und spielte Rosie seine Videoaufnahmen vor, die wir zu dritt kommentierten. Hudson war mit den Ergebnissen, die auf Phils Ratschlägen beruhten, extrem zufrieden. Die Atmosphäre glich der in einer New Yorker Sportsbar nach einem Sieg der Yankees, nur auf eine kleinere Anzahl Personen umgerechnet.

Dieser Gedanke brachte mich dazu, Dave ebenfalls einzuladen, und auch ihm spielten wir die Videos vor.

»Wer ist der große Junge?«, wollte Dave wissen.

»Das ist Blake«, sagte Hudson. »Der ist eigentlich ganz okay. Aber hinterher hat er geweint, weil er jeden Morgen um halb fünf aufsteht, um zu trainieren, und sein Dad erwartet, dass er alles gewinnt.«

»Wusstest du, wie nahe er an dir dran ist?«

»Ich konnte ihn sehen, aber da konnte ich nicht mehr schneller schwimmen.«

»Du hast deine Augen im Wasser aufgemacht?«, fragte ich.

»Dafür ist die Schwimmbrille doch da. Aber wenn es sein muss, kann ich auch ohne Brille unter Wasser sehen.«

»Wir sind sehr, sehr stolz auf dich«, sagte Rosie.

Ich hob erneut mein Glas, was mir angemessen schien. »Bester Grundschulschwimmer der Welt!«

Hudson lachte. »Du bist ja noch viel begeisterter als damals in New York, als ich den Mathewettbewerb gewonnen hab. Das passt gar nicht zu dir.«

Als Hudson im Bett war, erzählte Phil die Geschichte mit dem Fan des Blauen Hauses. »Ich stand hinterher noch am Kiosk in der Schlange, und er kam rüber und sagte: ›Ich wusste ja nicht, dass der Junge zu Ihnen gehört. Alles cool.‹ Blödmann.«

»Ihr wisst ja, was ich von Gewalt halte«, sagte Rosie, »aber irgendwie tut es mir in diesem Fall sogar leid, dass der Typ euch nicht angegriffen hat. Da hätte er sich nämlich die Falschen ausgesucht.«

Rosies Vertrauen ehrte mich, aber die Stimme dieses Mannes hatte mich an eine bestimmte Kategorie Kampfsportler erinnert, die nicht in das Schema der besonnenen, Konflikte meidenden Anhänger passte. Ich hätte ihn nicht zwangsläufig besiegt. Außerdem war ich aus der Übung. Vor dem Schlafengehen fügte ich die Wiederaufnahme von Trainingsstunden in Karate und Aikido in meinen Wochenplan ein.

Bei unserem nächsten Besuch in Shepparton nahm mein Vater, der immer weiter abbaute, Hudson beiseite und erklärte ihm unter vier Augen seine Theorie des Radfahrenlernens. Hudson erzählte sie mir weiter, allerdings erst, nachdem wir wieder zu Hause waren. Zu meiner Überraschung entpuppte sich die empfohlene Vorgehensweise als vollkommen unterschiedlich zu der, die mein Vater bei mir angewandt hatte.

»Meine Füße müssen beide den Boden berühren können«, sagte Hudson.

»So tief kann man den Sattel aber nicht runterstellen.«

»Dann musst du ein kleineres Fahrrad kaufen. Oder ausleihen.«

Das Fahrradgeschäft konnte uns ein Secondhand-Fahrrad

ausleihen, allerdings fehlte ihm die Mittelstange – es war ein Mädchenfahrrad.

»Perfekt zum Lernen«, sagte der Mann im Fahrradladen.

»Grandpa meinte auch, ein Mädchenfahrrad sei okay«, sagte Hudson. »Eigentlich sogar besser.«

Unfassbar.

Wir verstauten es hinten in Phils Toyota und fuhren in den Park.

Der von meinem Vater empfohlene Ansatz war, dass Hudson auf dem Sattel sitzend zunächst nur gehen sollte. Sobald er darin sicher war, sollte er sich immer wieder mit beiden Füßen abstemmen und durch den Schwung das Rad zum Rollen bringen. Dabei würde er über kurze Strecken beide Füße in der Luft halten und üben können, Balance zu halten. Während ich den schlaksigen Körper meines Sohnes auf dem Mädchenfahrrad beobachtete, kehrte meine Erinnerung zurück.

Genauso brachte meine Schwester mir das Fahrradfahren bei, nachdem wir etliche Meilen von unserem Haus weggefahren waren, damit niemand sehen könnte, dass ich auf einem Mädchenfahrrad saß – für mich eine noch größere Schmach als die Benutzung von Stützrädern.

Das Barprojekt ging voran. Anstelle von Miete hatte Minh eine prozentuale Beteiligung am Gewinn ausgehandelt, und ich würde anfangs mit geringerer Bezahlung arbeiten, um meinen Anteil abzustottern. Amghad war von dem Konzept, das Minh ihm persönlich erläutert hatte, begeistert, und der Antrag auf eine Alkohollizenz war eingereicht.

Nach eingehender Überlegung einigten wir uns beim Barnamen auf Daves Vorschlag: *The Library*, die Bibliothek. Ein netter Gag war, dass unsere zukünftigen Kunden »Ich geh mal eben in die Bibliothek« sagen könnten, aber ich hoffte auch, dass das Lokal ein Gefühl von Geborgenheit und Ruhe vermitteln würde.

Gemäß der gesellschaftlichen Konvention, nach der Besuche erwidert wurden, brachte Hudson eines Tages Blanche nach der Schule als Gast mit nach Hause. Mich interessierte, inwiefern seine Schwimmerfolge seinen sozialen Status beeinflusst hatten. Allerdings hegte ich keine großen Hoffnungen: Meine damaligen Erfolge in der Kampfkunst hatten wenig dazu beigetragen, mein Ansehen zu verbessern.

Ich stellte die Frage in Blanches Anwesenheit, in der Hoffnung, eine unabhängige Meinung zu erhalten. »Hat sich nach dem Schwimmerfolg dein sozialer Status in der Klasse verändert?«

Blanche lachte. »Die waren alle ganz schön geplättet – aber … na ja …«

»Irgendwelche Fortschritte mit dem Klassenclown?« Vielleicht hätte ich *das* nicht vor Blanche fragen sollen. Aber Hudson schien es nichts auszumachen.

»Ich habe getan, was du gesagt hast, und ihn gefragt, ob er mein Freund sein will. Hat nicht funktioniert.«

Ich sah ein, dass mein Rat unzureichend gewesen war. Obgleich soziale Medien auf dem Konzept beruhten, an andere – sogar fremde – Menschen Freundschaftsanfragen zu stellen, war dies im wahren Leben aus unerfindlichen Gründen nicht angebracht.

Ein lauter Knall beendete schlagartig unser Gespräch: Eine Taube war gegen die Terrassentür geflogen und lag nun am Boden. Ich sah genauer nach und stellte fest, dass die Kollision tödlich verlaufen war.

Als ich mit einer Schaufel zurückkehrte, hockte Blanche neben dem Vogel und betrachtete ihn voller Interesse.

»Dad seziert Tiere – also, Mäuse«, sagte Hudson. Diese Aussage hatte einmal der Wahrheit entsprochen, aber es war lange her, seit ich diese Arbeit eigenhändig vorgenommen hatte.

Ich erwartete, dass Blanche »igitt« sagte oder auf andere Weise Abneigung und Ekel äußerte, doch sie sagte: »Könnten Sie die hier sezieren? Damit wir reingucken können?«

»Igitt«, sagte Hudson.

»Für eine Sektion müssen Tiere entsprechend vorbereitet werden«, sagte ich. »Und es gibt spezielle klinische Instrumente, die ich nicht zu Hause habe. Außerdem …«

»Geht das wirklich nicht?«, fragte Blanche.

»Warum interessiert dich das so?«

»Vielleicht bin ich irgendwann blind, deshalb möchte ich vorher so viele Sachen sehen wie möglich.«

Das Argument überzeugte, doch bevor wir anfangen konnten, galt es, auf Hudsons Reaktion einzugehen. Die meisten Menschen empfinden Sezieren als unangenehm, aber es ist wichtig, auch unangenehme Aufgaben erledigen zu können. Windeln zu wechseln, Erbrochenes aufzuwischen und Verwandte zu umarmen sind essentielle *Lebenskompetenzen.*

Für mich (wie offenbar auch für Hudson) gehörte der Kontakt mit Tieren, ob nun tot oder lebendig, in die Kategorie der unangenehmen Aufgaben, aber ich hatte das Problem in dem Maße überwunden, dass ich beruflich wie auch sozial damit umgehen konnte. Hudson sollte das ebenso lernen.

»Wie hat deine Schwimmlehrerin es geschafft, dass du deine Angst vorm Untertauchen überwunden hast?«, fragte ich ihn.

»Ganz einfach. Zuerst sollte ich mir immer Wasser ins Gesicht spritzen, dann nur meine Nase eintauchen, dann mein Gesicht, dann …«

Ich ließ ihn zu Ende erklären, kannte aber das Prinzip der – kontrollierten – schrittweisen Intensitätssteigerung. Wir hatten diese Technik bei Hudson nicht ausprobiert, weil mein Vater sie bei mir versucht hatte und gescheitert war. Möglicherweise hatte Hudson aber nur eine ganz natürliche Abneigung gegen das Eintauchen gezeigt und keine ererbte Phobie.

Ich brauchte nur wenige Minuten, um in der Küche meinen Laptop als Kamera zu installieren. Hudson konfigurierte seinen eigenen Rechner in seinem Zimmer als Monitor. Ich zog ein Paar der OP-Handschuhe an, die ich auch für die Hausarbeit benutzte und begann mit dem Sezieren mittels einer Rasierklinge, einem frisch geschliffenen Küchenmesser und einiger Schüsseln.

Es war viele Jahre her, seit ich zuletzt einen Vogel seziert hatte. Ich nutzte die Gelegenheit, um Ähnlichkeiten und Unterschiede zur menschlichen Anatomie aufzuzeigen. Hudson beobachtete uns ein paar Minuten aus sicherer Distanz über den Bildschirm, dann kam er in die Küche, blieb jedoch mit einigem Abstand stehen und wollte selbst nicht sezieren. Blanche dagegen schien extrem interessiert.

»Tauben sind ziemlich intelligent, oder?«, meinte sie, als ich das Gehirn mit einem Löffel extrahierte. »Also, im Vergleich zu anderen Vögeln, meine ich.«

»Das kommt darauf an, wie du Intelligenz definierst. Tauben können gut lernen, wenn sie durch Belohnung motiviert werden, aber Seemöwen beispielsweise haben von allein herausgefunden, dass sie, wenn sie über einem Feld dem Pflug folgen, die aufgestöberten Insekten fressen können. Beide können im städtischen Umfeld überleben, aber keine der beiden Spezies hat gelernt, Fensterscheiben zu erkennen und zu meiden.«

Nachdem wir fertig waren und ich auch das Säubern und Desinfizieren von Händen und Hilfsmitteln demonstriert hatte, lobte ich Blanche für ihren Enthusiasmus.

»Gibt es auch blinde Wissenschaftler?«, wollte sie wissen.

»Natürlich. Einige Aufgaben erfordern Sehfähigkeit, aber fast alles davon kann delegiert werden. Manchmal kann Blindheit übrigens durch Wissenschaft verhindert werden.«

Als Blanche gegangen war, reagierte Hudson verärgert. »Du hast ihr gesagt, dass Wissenschaft Blindheit verhindern kann. Das *weiß* sie, aber ihre Eltern wollen nicht mit ihr zum Arzt gehen. Es gibt dazu ein Gesetz, nur greift die Polizei erst ein, wenn sie praktisch schon stirbt.«

»Woher weißt du das?«

»Na, aus dem Internet. Und ein Lehrer an ihrer alten Schule hat es versucht. Weshalb sie dann ja die Schule wechseln musste. Es gibt nur einen Weg: Du musst ihre Mutter überzeugen. Sie ist doch deine Freundin.«

Ich wollte mich bemühen.

Drei Dinge auf Hudsons Lebenskompetenzenliste waren relativ unkompliziert, aber von unverhältnismäßig hoher Relevanz: Begrüßungen, Ballfangen und sexuelle Aufklärung.

Ich hatte mir einmal ein Buch von Eric Berne gekauft: *Was sagen Sie, nachdem Sie »Guten Tag« gesagt haben?* Der Titel war irreführend, weil es um etwas ganz anderes ging, aber selbst wenn er gestimmt hätte, wäre das Thema für mich bereits zu fortgeschritten gewesen. Ich kam noch nicht einmal mit dem Einstieg zurecht, da Menschen ein Gespräch normalerweise nicht mit »Guten Tag« begannen.

Ich selbst hatte mich irgendwann bewusst für die verschrobene Formulierung »Sei gegrüßt!« entschieden, die auf jeden Fall zu meinem Status als Klassenclown sowie zu meinem Spitznamen des *Star-Trek*-Charakters Data passte. Rückblickend betrachtet, hätte wohl ein einfaches »Hi, xy« zur Begrüßung wie auch zur Antwort auf eine Begrüßung gepasst.

Aber was vor vierzig Jahren in einer Dorfschule funktioniert hätte, musste nicht zwangsläufig auch heute funktionieren. Ich rief Claudia zu Hause an.

»Claudia Barrow.«

»Sei gegrüßt.«

Sie lachte. »Wer dran ist, brauche ich jetzt nicht mehr zu fragen.«

»Zufällig ist dies genau das Thema, zu dem ich eine Auskunft brauche. Kann ich mit Eugenie sprechen?«

Claudias und Genes Tochter studierte Ingenieurwissenschaft. Claudia reichte ihr den Hörer, während ich noch dabei war, auf die Vorteile eines Haushalts mit *beiden* Eltern hinzuweisen.

»Hey, Don. Ich glaube, das letzte Mal, als ich mit dir gesprochen habe, war ich ungefähr neun. Und Rosie war schwanger … Weißt du noch, dass du mir damals durch eine echt schwere Zeit geholfen hast?«

»Nein.«

»In der Schule. Sie haben mich Analysis genannt. Und du hast mir etwas gesagt, das geholfen hat.«

»Was denn?«

»Weiß ich nicht mehr genau. Irgend so was wie, dass andere Kinder neidisch darauf sind, wenn man schlau ist. Ich glaube, es lag in erster Linie daran, dass *du* es gesagt hast und nicht meine Eltern. Wahrscheinlich haben sie genau dasselbe gesagt, aber wer hört schon auf seine Eltern? Wie auch immer – jetzt kann ich dir endlich mal danke sagen. Also: danke.«

»Exzellent. Aber das Kind, mit dem Rosie damals schwanger war, ist jetzt elf Jahre alt und heißt Hudson, und ich muss wissen, wie er am besten andere Leute begrüßt.«

Ich erklärte das Problem, und wir einigten uns auf »Hey, Eugenie« (beziehungsweise der Name des jeweils Angesprochenen) mit dem optionalen Heben einer Hand, als wollte man sich mit High Five abklatschen, aber ohne den Schwung, und möglicherweise lieber gar nicht, wenn Hudson sich damit nicht wohl fühle. Er solle aufpassen, nicht zu enthusiastisch zu klingen, auch wenn er sich außerordentlich darüber freue, die Person zu sehen. Die Begrüßung sei auch für Lehrer okay, dann aber mit weniger Handbewegung und leiserer Stimme.

»Und wann lerne ich Hudson mal kennen? Er klingt cool.«

»Sein Problem ist das genaue Gegenteil. Mangel an Coolness.«

»Mangel an Coolness kann aber auch ziemlich cool sein.«

Kapitel 19

Hudson konnte mittlerweile Fahrrad fahren, und Rosie bestand darauf, dass ich meinen Vater anrief und mich für seine Hilfe bedankte.

»Dann freut er sich.«

»Er wird nur knurren und etwas Kritisches sagen.«

»Warten wir's ab.«

Ich rief ihn im Lautsprechermodus an, so dass Rosie mithören konnte, und dankte ihm für seine Hilfe.

Er knurrte. »Irgendjemand musste ihm ja sagen, wie es geht. Keine Ahnung, wer das dann machen soll, wenn ich nicht mehr da bin.«

»Na, siehst du«, meinte Rosie. »Hab ich doch gesagt, dass er sich freut.«

Der zweite Punkt auf meiner Kleiner-Aufwand-große-Wirkung-Liste war Ballfangen. Als ich acht war, hatten mich meine Eltern zum Beitritt bei unserem örtlichen Pfadfinder-Verband gezwungen. Der einzige attraktive Aspekt war, dass man Abzeichen sammeln konnte, aber vorher musste man den »Bronzenen Bumerang« erwerben, für den eine vorgeschriebene Anzahl von Aufgaben zu erfüllen waren. Dazu gehörte auch, einen Ball aus einer bestimmten Entfernung mit festgelegter Erfolgsrate zu fangen.

Nach *Monaten* der Vorbereitung absolvierte ich die Prüfung, deren Bestehen ich um *einen einzigen* Fang verpasste. Der Gruppenführer bestand darauf, dass ich bis zum Wiederholen des Tests die vorgeschriebenen vier Wochen warten müsse, und in der Zeit konnte ich meine Eltern überzeugen, die Pfadfindertreffen durch Aikido-Training zu ersetzen. Das Ballfangtraining führte ich trotzdem fort und freute mich – unabhängig von irgendwelchen äußeren Anforderungen – über meine schrittweisen Erfolge.

So konnte ich zu Rosie »Wirf mir mal die Schlüssel rüber« sagen und diese dann mit einer Hand aus der Luft fangen, als hätte ich das – wie der Rest der Menschheit – schon immer gekonnt. Dasselbe Erfolgserlebnis wollte ich Hudson vermitteln.

Ich versuchte, das Thema subtil und indirekt anzusprechen.

»Na, Lust auf eine Runde Ballwerfen?«

»Du denkst, ich kann nicht fangen, oder?«, entgegnete Hudson. »Und willst es mir beibringen, stimmt's?«

Ich hätte mich nicht um ein beiläufiges Erwähnen bemühen müssen. Hudson und ich kommunizierten einfacher auf eine direkte Art und Weise.

»Das ist eine essentielle Lebenskompetenz.«

»Was passiert, wenn ich es nie lerne?«

»In vielen Ballsportarten ist das Fangen eine Grundvoraussetzung. Du könntest diese Sportarten dann nicht ausüben.«

»Okay. Wenn sie mich in der Zeit kein Buch lesen lassen, kann ich Punkte zählen oder so etwas. Oder die Teams zusammenstellen. Darin bin ich gut.«

»Sport wurde erfunden, damit wir Dinge üben, die in kritischen Situationen vielleicht einmal hilfreich sein könnten. Menschen sind erstaunlich gut im Werfen. Wozu könnte das gut sein?«

»Zum Jagen? Um Tiere mit Steinen zu töten? Ich muss aber keine …«

»Korrekt. Tiere haben so viel Angst vor dieser Fähigkeit des Menschen, dass du, wenn dich ein Hund bedroht, möglicherweise nur so tun musst, als würdest du einen Stein aufheben, um ihn zu verscheuchen. Auch, wenn da keiner liegt.«

»Wirklich?«

»Denkst du, ich mache Witze?«

»Nein, Dad.« Hudson lachte. Lag da etwa ein versteckter Witz in unserem Gespräch?

»Okay, können wir machen.«

»Ich glaube, auf dem Dach liegt ein Tennisball«, sagte Hudson. »Die Kinder von nebenan haben danach gefragt, aber Mum hat sie nicht raufklettern lassen.«

Ich holte die mittelgroße Teleskopleiter und das Dachhaken-Set aus dem Schuppen und entfernte die Verpackung mit dem *Tillman's-Hardware*-Schriftzug. »Weißt du, wie man eine Leiter sicher benutzt?«

Hudson wusste es nicht. Als wir die Sicherheitseinweisung für die Leiter und die Dachbegehung absolviert, die Dachhaken befestigt, das Dach bestiegen, die Dachrinne gesäubert, eine gelockerte Dachpfanne zurückgeschoben und den Ball gefunden hatten, waren nur noch drei Minuten der veranschlagten Hudson-Projekt-Zeit übrig.

»Wie es aussieht, müssen wir wohl ein andermal trainieren«, meinte Hudson.

»Wir haben noch Zeit für einen ersten Überblick. Um die Basiskompetenz zu ermitteln.«

Rabbit hatte recht gehabt. So, wie Hudson dastand, war seine Fangrate mit Sicherheit gering und damit schon auf dem Pausenhof ein Problem. Er hielt die Arme weit auseinander und den Mund geöffnet. Mir war die Haltung sofort vertraut – und auch die Reaktion, die ich selbst als Kind im Garten unseres Hauses erfahren hatte.

»Willst du den Ball mit dem Mund fangen?«, rief ich. Hudson klappte den Mund zu und wartete auf weitere Instruktionen. Nichts an ihm deutete auf ein Gefühl der Demütigung hin.

»Entschuldige bitte«, sagte ich. »Ob dein Mund offen ist oder nicht, hat keinerlei Einfluss auf das Fangergebnis. Ich habe früher auch so dagestanden, deshalb habe ich es wiedererkannt und einen Witz gemacht.«

»Einen Dad-Witz.«

»Einen *Grandad*-Witz.«

Ich ging zu Hudson und zeigte ihm, dass er die Hände dicht zusammen halten musste, dann warf ich den Ball aus etwa dreißig Zentimetern Entfernung. Er fing ihn auf.

»Genug für heute. Einhundert Prozent Erfolgsrate. Als Nächstes erhöhen wir den Abstand. Ganz allmählich.«

Das Thema sexuelle Aufklärung packte ich als Nächstes an. In Schul- und auch späteren Zeiten hatte ich am eigenen Leib erfahren müssen, dass Unwissenheit auf diesem Gebiet zu erheblichen gesellschaftlichen Nachteilen führte.

Als Teenager hatte ich die relevanten Fakten zwar mitgeteilt bekommen – hauptsächlich von anderen Kindern und häufig in Witze verpackt –, sie aber nie richtig verstanden. Befangenheit, Scham und Ekel waren die Folge gewesen.

Rückblickend lag das Problem wohl lediglich an einer Informationsüberlastung: Der Vorgang des Geschlechtsverkehrs war in Verbindung mit nackten älteren Menschen beiderlei Geschlechts, mit der Entwicklung des Fötus, der nachfolgenden Geburt sowie hoch kontroversen moralischen Aspekten der Erwachsenenwelt präsentiert worden, und das mit einem äußerst verwirrenden Spezialvokabular.

Hätte ich mir beim Erlernen des Einmaleins Fotos von nackten Erwachsenen ansehen müssen, unterbrochen von Vorträgen über Empfängnisverhütung und den schlimmen Folgen ihrer Vernachlässigung, zudem gehalten von einer Person, die sich mit dieser Aufgabe selbst für mich sichtbar unwohl fühlte, hätte ich das Multiplizieren wahrscheinlich nie gelernt.

Die brauchbarste Lektion über Fortpflanzung erhielt ich auf dem Pausenhof der Highschool, als zwei Hunde sich paarten, bis ein Lehrer sie mit einem Eimer Wasser trennte. Vermutlich hatten viele von uns die ganzen Lehrfilme über sich ergehen lassen, ohne »es« zu verstehen, aber die Hunde demonstrierten anschaulich die grundlegenden Fakten, wobei natürlich weder die Frage der beiderseitigen Einwilligung noch der Geschlechtsidentität oder sexuellen Orientierung näher beleuchtet wurden, die heutzutage vermutlich weitere verwirrende Aspekte des Biologieunterrichts darstellten. Hudson würde solche Feinheiten nicht verstehen, wenn er nicht wusste, worauf sie sich bezogen – es war, als würde man Verkehrssicherheit an einem Ort unterrichten, an dem es weder Fahrzeuge noch Straßen gab.

Mit Hilfe der modernen Technik konnte ich das Hundeereignis effizient nachstellen. Aus mehreren Internetvideos schnitt ich eine Filmcollage kopulierender Tiere zusammen, von Australischen Witwenspinnen bis hin zu Tasmanischen Teufeln. Zuerst wollte ich aber Rosies Meinung einholen und spielte ihr den Film am Abend vor. Hudsons überarbeiteter Wochenplan – er ging früher zu Bett, um die frühere Aufstehzeit zu kompensieren – erlaubte uns mehr Zeit für abendliche Gespräche.

Rosie stimmte zu, dass das Video »als Ausgangspunkt ebenso gut funktioniert wie irgendetwas anderes«. Ich lud es auf einen Datenstick, den ich Hudson am nächsten Tag vor dem Schulweg überreichte.

»Sich paarende Tiere: interessant und lustig.«

»Du willst, dass ich das angucke?«

»Korrekt.«

»Dabei soll ich bestimmt was lernen. Was?«

»Sexuelle Aufklärung. Aber ohne peinliche nackte Erwachsene.«

Er schob den Stick ohne weiteren Kommentar in die Tasche.

Die drei Kleiner-Aufwand-große-Wirkung-Initiativen führten zu gemischten Ergebnissen. Im Ballfangen erreichte Hudson kein solches Ausmaß an Fertigkeit, um bei sportlichen Wettkämpfen einen effektiven Beitrag zu leisten. Immerhin hatte er gelernt, wie man im Stile professioneller Fänger, die ja auch mal Fehler machten, einen Ball *nicht* fängt.

Die richtige Form der Begrüßung hatte ich Hudson gar nicht erst vermittelt. Sie war zwar wichtig, aber nach einiger Überlegung entschied ich mich dagegen. Bei meinen Eltern hätte ich dieses Thema als seltsam empfunden

Das Aufklärungsvideo bestätigte, dass sexuelle Themen in der Schule noch genauso heikel waren wie zu meiner Kindheit.

»Da keine Menschen darin vorkommen, ist es keine Pornographie«, erklärte ich Rabbit und der Schulleiterin, nachdem ich in ihr Büro zitiert worden war. Entgegen meinem Protest hatte Rosie sich freigenommen, um mich zu begleiten. (»Ich bin sicher, dass du allein zurechtkommst, aber wenn es um Hudson geht, wäre ich einfach gern dabei.«)

»Na ja …«, begann Rabbit.

Die Rektorin unterbrach: »Sie haben natürlich recht. Und Sie haben einen Weg gefunden, wie man dieses für viele Eltern wohl schwierige Gespräch einleiten kann. Aber uns wäre lieber gewesen, Hudson hätte den Film nicht in die Schule mitgebracht.«

»Hat er andere Kinder verstört?«

»›Verstört‹ ist wohl nicht das richtige Wort«, sagte Rabbit, »und es geht auch eher um die Eltern. Bislang gab's keine Beschwerden, aber wir haben ein paar spezielle Kandidaten … Vielfältig eben, wie wir ja immer betonen.«

Aha: Blanches Vater und der Blauhaus-Fan.

»Um ehrlich zu sein«, fuhr die Schulleiterin fort, »machen wir uns keine großen Sorgen, aber für den Fall, dass sich doch jemand beschwert, müssen wir vorbereitet sein. Ich bin sicher, die Kinder können das alles selbst im Internet oder sogar im Fernsehen finden. Wie der Eisbär seinen …«

»Penisknochen.«

»… bricht – danke! –, könnte einigen der Highschool-Jungs zu denken geben. Aber wir müssen leider auf das zurückkommen, was wir bereits besprochen haben. Jedes Mal, wenn Hudson etwas Ungewöhnliches macht …«

»Bestärkt es Sie in Ihrer Vermutung, dass er Autist ist«, ergänzte Rosie.

»*Autismus hat*«, korrigierte die Schulleiterin.

Rosie atmete hörbar ein, und ich brachte uns lieber mit Nachdruck zum eigentlichen Thema zurück.

»Anlass dieses Gesprächs war das Paarungsvideo, und bevor wir uns anderen Themen zuwenden, sollten wir erst diesbezüglich eine Lösung finden«, sagte ich.

Rabbit lachte. »Tut mir leid, aber es ist zu offensichtlich. Sie und Hudson …«

Rosie beendete den Satz für ihn: »… sind zwei verschiedene Menschen, und wir sind hier, um über einen von ihnen zu sprechen, richtig? Ich kann mich erinnern, dass wir uns letztes Mal über Probleme im Sportunterricht unterhalten haben. Die ebenfalls zu dem Verdacht beitrugen, dass er *Autismus haben* könnte. Gibt es in diesem Bereich Fortschritte?«

»Nun ja, seine Leistung beim Schwimmfest hat uns definitiv überrascht«, sagte Rabbit. »Aber Schwimmen ist doch eher ein Individualsport. Hudson besitzt keinen Teamgeist. Ich würde sagen, es fällt ihm schwer, sich in andere hineinzuversetzen.«

»Sie meinen, es fehle ihm an *Empathie*?«, hakte Rosie nach.

»Ja, das ist wohl das richtige Wort, und ich denke, wir alle wissen, dass das als typisch für Autismus gilt.«

»Also«, meldete sich die Rektorin wieder zu Wort, »haben Sie noch einmal über einen Test nachgedacht?«

»Ja«, sagte Rosie, »und im Moment lautet die Antwort nein. Ist das für die Schule in Ordnung?«

»Nun, wir können nur Ratschläge erteilen«, antwortete die Schulleiterin. »Es sei denn, die Sache eskaliert. Ich muss allerdings sagen, falls er gewalttätig wird … und wir hoffen natürlich, dass das nie passiert … aber dann können wir ohne Diagnose … Also, wenn das passiert, ändert sich natürlich alles.«

»Ich bin sicher, das gilt für jedes Kind«, sagte Rosie.

»Natürlich.«

»Und ich gehe davon aus, dass Sie bei verbalem Missbrauch gleichermaßen besorgt wären.«

»Nun ja, wie ich schon sagte …«

»Ich erwähne das nur, weil Hudson einen ziemlich ungewöhnlichen Spitznamen verpasst bekommen hat. ›Bazi‹. Möglicherweise eine Anspielung auf das afghanische Bacha Bazi? Und welche Bedenken und Einwände Sie auch immer hegen mögen – ich bin sicher, so etwas hat Hudson nicht verdient.«

»Nein«, sagte die Schulleiterin. »Sicher nicht. Ich werde der Sache nachgehen. Und es tut mir leid, dass diese Gespräche inzwischen regelmäßiger stattfinden, als uns allen lieb ist.«

»Eines hab ich ja mittlerweile gelernt«, sagte Rabbit, »und bitte, verstehen Sie mich nicht falsch, aber in jeder Klasse kann ich ziemlich schnell die drei oder vier Kinder ausmachen, die den Großteil meiner Zeit beanspruchen werden. Nicht, dass das schlecht wäre …«

»Das Paretoprinzip«, sagte ich. »Die sogenannte Achtzig-zu-zwanzig-Regel, die auf alle normal verteilten Phänomene angewandt und somit erwartet werden kann. An der Universität habe ich dieselbe Erfahrung gemacht. Schon in der ersten Vorlesung erkenne ich die kleine Gruppe, die außerordentlich viel Zeit und Unterstützung bei allen Aufgaben und Bewertungen brauchen wird.«

»Na, in der Grundschule ist das schon ein bisschen anders«, sagte Rabbit.

»Ich glaube nicht, dass Don das kleinreden wollte, Neil«, sagte Rosie. »Er wollte nur sein Mitgefühl äußern.«

Kapitel 20

»Bist du sicher, dass du nichts übersehen hast? Gewürzten Cranberrysaft oder … Anspitzer?«

»Keiner der Cocktails auf der vorgeschlagenen Liste beinhaltet Cranberrysaft, gewürzt oder ungewürzt. Und was die Anspit…«

»Das war ein Witz«, sagte Amghad. »Das ist die ausführlichste Inventaranforderung, die ich je bekommen habe. Die könnte ich eigentlich genau so an die Ausstattungsfirma weitergeben. Allerdings werde ich erst eine Zusammenfassung schreiben, damit sie wegen der Länge nicht denken, sie müssten das Dubai Hilton neu ausstatten.«

»Bist du mit dem Design zufrieden?«

Amghad wedelte mit der Hand, um auf das leere Labor zu deuten. »Vielleicht ein bisschen nüchtern, aber wenn's nicht funktioniert, können wir das ja noch ändern. Unisex-Toiletten: ebenso. Mit Schalldämmung kenne ich mich nicht aus, aber es scheint, als hättest du deine Hausaufgaben gemacht.«

»Hast du die Spezifikationen für die App gelesen?«

»Für das Bestellsystem? Also … das ganze Computerzeug überlasse ich dir.«

Allannah holte Blanche jetzt immer von der Schule ab, nachdem es in der Straßenbahn wegen Blanches Sehbehinderung einen Zwischenfall mit nachfolgendem verbalem Missbrauch seitens eines anderen Passagiers gegeben hatte. Zweimal pro Woche kam eines der Kinder beim jeweils anderen zu Besuch. Allannah *bedankte* sich bei mir für das Tierpaarungsvideo. Sie hatte es bislang als schwierig empfunden, das Thema anzusprechen – und, *genau wie beabsichtigt*, hatte das Video Hintergrundinformationen geliefert und Blanche inspiriert, ihrer Mutter von sich aus die entscheidenden Fragen zu stellen.

Allannah hatte den Film selbst nicht gesehen, also brachte ich meinen Laptop mit, und wir schauten ihn uns in ihrem Laden an.

»Ich schätze, als Naturwissenschaftler fühlt man sich bei solchen Dingen nicht so unbeholfen«, sagte sie, während wir eine Bonobo-Orgie verfolgten.

»Ich fühle mich in Gesprächen mit Kindern immer etwas unbeholfen«, erwiderte ich in Erinnerung daran, dass ich Hudson das Begrüßungsritual nicht vermittelt hatte. Ich erklärte Allannah das Problem.

»Überlassen Sie das ruhig mir«, sagte sie. »Und Blanche. Ich finde, an der richtigen Begrüßung zu arbeiten, ist ein kleiner Preis für Ihre wunderbare Hilfe bei der Aufklärung. Und ich kann mir vorstellen, dass Blanche davon genauso profitiert wie Hudson. In manchen Dingen ist sie auch ein bisschen unsicher, aber mir kam nie die Idee, dass ich ihr da helfen könnte.«

Als Rosie abends nach Hause kam, spazierte Hudson aus seinem Zimmer, hob die Hand und sagte: »Hey.« Später, nachdem er zu Bett gegangen war, meinte sie: »Heute wirkte er ja ziemlich gutgelaunt. Ich glaube, er fühlt sich mit sich selbst ein bisschen wohler.«

Es schien mir der ideale Zeitpunkt, um die Fortschritte des Projekts zu evaluieren. Rosie erfuhr den neuesten Stand meiner Bemühungen bezüglich Fahrradfahren, Ballfangen und sexueller Aufklärung, auch wenn der Erfolg des letztgenannten Punktes noch nicht feststand.

»Auf jeden Fall hat es dazu geführt, dass Blanche mit ihrer Mutter gesprochen hat.«

»Ich wusste nicht, dass Blanches Mutter auch zu deinem Projekt gehört.«

Ich hörte Kritik heraus und erklärte, Blanche habe im Gegenzug beim Begrüßungsritual geholfen, das, nach Rosies eigenen Angaben, bei Hudson zu verbesserter Laune und gesteigertem inneren Wohlbefinden geführt hatte.

»Dass du auch daran arbeiten wolltest, hast du mir gar nicht gesagt.«

»Es war mir etwas unangenehm.«

Rosie lachte. »Na ja, ihr zwei könnt gern auch ein paar Geheimnisse haben. Solange das alles ist, was du mir verheimlichst.«

Für meinen nächsten Besuch bei Allannah hatte ich weiteres Informationsmaterial über Impfungen vorbereitet, aber als wir ankamen, holte Blanche einen Schuhkarton und fragte, ob sie stattdessen zu uns kommen könne. Wie sich herausstellte, lag in der Schachtel eine große tote Ratte, deren Verwesungsprozess zum Glück noch nicht eingesetzt hatte.

»Können wir die sezieren?«, fragte Blanche. »Die ist erst seit gestern tot. Ich habe sie nicht berührt – nur mit einem Küchentuch in die Schachtel gelegt und in den Kühlschrank gestellt.«

»Wo hast du die her?«, erkundigte ich mich.

»Aus dem Keller. Da haben wir einen ganzen Haufen leere Schachteln.«

»Korrekt. Aber meine Frage war ungenau. Ich wollte wissen, woher die Ratte stammt, nicht der Schuhkarton.«

»Dad hat eine Falle aufgestellt. Um unsere Quinoa zu schützen. Mein Dad sagt, dass alle Tiere eine Seele haben, also ist es auch nicht schlimmer, eine Ratte zu töten als einen Käfer oder eine Kuh.«

Trotz mehrfacher Besuche bei Blanche hatte ich ihren Homöopathen-Vater noch nie getroffen. Aufgrund seines Berufs hielt ich ihn eigentlich für einen Blödmann, aber ich hatte auch gelernt, dass Menschen mit irrationalen Überzeugungen in anderen Bereichen durchaus vernünftig und verlässlich sein konnten. Die Tiere-Seele-Logik war nach dem Austausch von »Seele« durch »zentrales Nervensystem« durchaus plausibel.

»Dann seid ihr keine Vegetarier?«

»Doch, aber wegen der Gesundheit. Allerdings essen wir auch Fisch. Manchmal. Natürlich keinen Wal.«

»Wale sind ja auch keine Fische«, sagte Hudson. »Aber man würde eine Menge Essen für nur eine Seele kriegen.«

Ich sezierte die Ratte. Unter meiner Anleitung übernahm Blanche einige der Aufgaben selbst, während Hudson ihre Lupe hielt.

»Hervorragende Arbeit«, sagte ich zu Blanche, als wir im Anschluss unsere Hände desinfizierten. »Du solltest definitiv in Erwägung ziehen, Naturwissenschaft zu studieren. Würdest du gern ein Video sehen, in dem ein größeres Tier seziert wird?«

»Blanche muss jetzt nach Hause«, sagte Hudson.

Rosie staunte über Blanches anhaltendes Interesse an Sektionen.

»Ein eigenartiges Kind«, meinte sie. »In vielerlei Hinsicht.«

»Aber sie ist Hudsons beste Freundin.«

Rosie lachte. »Vielleicht hängt beides ja zusammen.«

Zum nächsten Besuch bei meinen Eltern in Phils Toyota kam Rosie mit.

Der Zustand meines Vaters schien mir unverändert, aber meine Mutter informierte mich, dass er laut Aussage des Arztes »dem Ende immer näher komme«.

Wir gingen zu dritt in sein Zimmer, doch mein Vater schickte Rosie und mich vor die Tür.

Wenige Minuten später kam Hudson wieder heraus.

»Worüber habt ihr gesprochen?«, fragte Rosie.

»Über alles Mögliche. Außerdem wollte er wissen, ob du die CD mitgebracht hast. Ich glaube, du kriegst mächtig Ärger, wenn du sie vergessen hast.«

Ich hatte die Aufnahme gekauft. Zwischen meinem Vater und mir gab es selten Missverständnisse hinsichtlich Aufträgen mit konkreten Vorgaben.

»Guck mal ins Regal«, sagte mein Vater leise und deutete auf die CD-Sammlung.

»Wozu?«

»Die Neunte. In der Karajan-Version. Ist nicht mehr da. Es ist die letzte Sinfonie, die er geschrieben hat, und deine Mutter hat sie rausgenommen, weil sie sich einbildet, dass ich, wenn ich alles gehört habe, den Löffel abgebe. Alles andere von Beethoven habe ich mittlerweile gehört – zumindest alles, was überliefert ist, und einiges davon mehrmals –, nur die Neunte fehlt mir noch. Leg sie ein, und wir schauen mal, was passiert.«

»Soll ich Mum Bescheid sagen?«

»Nein. Nicht jetzt.« Er hob die Hand und deutete nochmals auf die Beethoven-Sammlung. »Tot mit sechsundfünfzig. Und vorher all das! Weißt du, wie er gestorben ist?«

»Nein.« Das war eine Information, die mir in keiner Weise nützlich schien, aber jetzt hätte sie offenbar dazu dienen können, meinen Vater zu beeindrucken.

»Als er auf dem Sterbebett lag, gab es plötzlich einen Blitz und einen Donnerschlag, und er fuhr hoch und saß mit einem Mal kerzengerade. Und in genau dem Moment ist er gestorben. Laut einer Biographie. Auch wenn man nicht alles glauben darf.«

Schweigend lauschten mein Vater und ich die eine Stunde und neunzehn Minuten der Aufnahme. Der Choralteil klang vertraut und schien mir das passende Vorspiel für einen beethovenartigen Tod. Als das Display im CD-Player das Ende der Musik anzeigte, lebte mein Vater noch.

»So viel zu Aberglauben«, sagte er. »Du kannst deiner Mutter sagen, sie hat sich geirrt. Sie sollte wissen, dass ich ein Projekt immer zu Ende bringe. Und jetzt leg bitte von den Klaviersonaten Opus 27, Nummer 2 ein. Kein besonders komplexes Stück, aber ich höre klassische Musik ja auch erst seit einigen Monaten. Hätte ich mehr Zeit gehabt, hätte ich mir noch Mozart vorgenommen. Er soll so ziemlich dasselbe Niveau haben.«

Ich fand die CD – die *Mondscheinsonate* – und zeigte sie ihm, damit er die Richtigkeit bestätigte.

»Leg sie ein, und mach mir einen Cocktail.«

»Du willst einen Cocktail?«

»Muss ich alles zweimal sagen? Du bist ein berühmter New Yorker Barmixer und hast mir noch nie einen Cocktail gemixt. Mach das Beste aus dem, was du in der Küche findest. Mach auch einen für dich und Rosie und deine Mutter. Cocktails … Wer hätte gedacht, dass dir so was liegt?« Er gab mir die CD. »Ich hab mir ja immer Sorgen um dich gemacht, aber am Ende hast du mich wirklich überrascht.«

Ich legte die *Mondscheinsonate* ein und mixte mit Rosie zusammen Boston Sours, was bei der beschränkten Zutatenauswahl die beste Option war. Nachdem wir Sirup gemacht,

Zitronen ausgepresst, Eier getrennt, Whisky hinzugefügt und alles geschüttelt hatten, spielte die Musik noch immer, aber mein Vater war tot.

Auf der Fahrt zurück nach Melbourne – viel später als geplant, da wir noch Verwandte informieren, den Abtransport des Leichnams organisieren und meine Mutter emotional hatten unterstützen müssen –, schlug Rosie vor, dass wir irgendwo in der Stadt anhalten und Pizza essen sollten.

»Es war vereinbart, dass wir zu Hause essen«, sagte Hudson.

»Wir mussten weg«, sagte Rosie. »Deine Großmutter wollte nichts essen, und wir konnten sie ja schlecht bitten, für uns zu kochen. Jetzt bin ich am Verhungern.«

Essen war definitiv notwendig. Wir hatten nur Tee und die Cocktails getrunken – zum Glück war mein Bruder Trevor rechtzeitig gekommen, um den Boston Sour meines Vaters zu übernehmen.

»Ihr habt aber gesagt, dass wir zu Hause essen«, quengelte Hudson. »Ich habe mich den ganzen Tag darauf gefreut.«

Sonntag war der einzige Tag, an dem ich zwei verschiedene Essen kochte: Roten Schnapper – oder einen ähnlichen Fisch – für Rosie und Fleisch für Hudson und mich. Im Kühlschrank war ein Hühnchen, dessen Überreste am Montag und Mittwoch noch für Sandwiches reichen würden. Eine Planänderung brachte alles durcheinander, aber in diesem Fall hatte Rosie recht.

»Leider bleibt nicht ausreichend Zeit, um nach Hause zu fahren und zu kochen, ohne Schlafmangel und wahrscheinlich auch Verdauungsprobleme zu riskieren.«

Wir hatten vor einer Pizzeria angehalten, und Rosie machte Anstalten, aus dem Auto zu steigen. »Und morgen ist Schule«, fügte sie hinzu.

»Ich bin spät aufgestanden. Dann kann ich auch spät ins Bett gehen.«

»Dein Dad und ich müssen etwas essen. Wir bestellen jetzt Pizza. Du magst Pizza doch auch.«

»Nicht am Sonntag. Ich kann morgen früh das Lesen ausfallen lassen und später aufstehen.«

»Wenn du deinen Plan für morgen ändern kannst, kannst du ihn auch für heute Abend ändern.«

»Das war ein total doofer Tag. Grandpa ist gestorben. Ich will nach Hause und Hühnchen essen.«

»Das war für uns alle ein doofer Tag. Für Grandma, für …«

Entweder würde diese Diskussion endlos weitergeführt, oder Rosie würde irgendwann nachgeben. Hudson, so viel war klar, würde seine Meinung nicht ändern. Plötzlich merkte ich, dass ich Worte sprach, die seit langer Zeit in meinem Gehirn abgespeichert gewesen waren.

»Es reicht. Deine Mutter und ich gehen jetzt in das Lokal und essen Pizza. Du kannst entweder im Wagen sitzen bleiben, oder du kommst mit rein, und da kannst du essen oder es sein lassen. Wenn du zu Hause noch etwas aus dem Kühlschrank willst, kannst du das auch gern noch haben. Aber wir lassen uns nicht von deinem Verhalten terrorisieren.«

Rosie sah mich verblüfft an.

Ich stieg aus dem Wagen und ging ins Restaurant. Rosie folgte, und Hudson blieb im Auto sitzen. Rosie bestellte eine kleine Pizza und brachte sie ihm. Ich weiß nicht mehr, ob er sie gegessen hat oder nicht: Auf der Rückfahrt schlief er, und Rosie schwieg, während ich fuhr. Ich erinnerte mich an Zeiten, in denen ich genauso unflexibel gewesen war wie Hudson, unfreiwillig gefangen in einer unvernünftigen und sinnlosen Haltung. Offensichtlich hatte ich mich daran erinnert, wie mein Vater damit umgegangen war. Am Tag seines Todes signalisierte mir mein Unterbewusstsein, dass etwas von ihm überlebt hatte.

Kapitel 21

Es ist eine anerkannte und durch Untersuchungen gestützte Tatsache, dass Menschen nicht gern vor einem Publikum sprechen, und zwar aus Angst, Fehler zu machen, die andere vielleicht bemerken. Selbst im akademischen Bereich und mit einem mir wohlvertrauten Stoff hatte ich diesbezüglich immer wieder Probleme gehabt.

Bei gesellschaftlichen Ereignissen ist es sogar noch schlimmer. Ich hatte alles versucht, um meine Mutter zu überzeugen, dass jemand anders die Trauerrede für meinen Vater halten solle, aber sie hatte ein schlagendes Gegenargument geliefert: »Na, dann muss ich wohl deinen Onkel Frank fragen.«

An meinem einundzwanzigsten Geburtstag hatte Onkel Frank eine als humorig getarnte, aber äußerst beleidigende Rede gehalten und war offenkundig noch am Leben. Er musste mittlerweile mindestens fünfundachtzig sein. Über meinen Vater gab es nichts Lustiges zu sagen, und so würde er möglicherweise die Gelegenheit nutzen, um Witze über mich zu reißen.

Mir blieben vier Tage, um meine Rede vorzubereiten, für diese Zeit legte ich das Hudson-Projekt und die Entwicklung unserer Bar-App auf Eis. Letztere hatte bis zum Tod meines Vaters fast die gesamte freie Zeit in meinem Wochenplan eingenommen. Ich hatte kein Gefühl, das man »Trauer« nennen könnte, doch war ich von Erinnerungen an meine Kindheit und an die letzten Momente mit meinem Vater erfüllt und konnte mich auf nichts anderes konzentrieren.

»Wir alle trauern auf unterschiedliche Weise«, sagte Rosie. »Und du bist wahrscheinlich so … verstandesorientiert. Falls das einen Sinn ergibt.«

Das tat es. »Das macht den Entwurf einer Trauerrede nicht gerade einfacher.«

»Ach, Don, du musst doch nur ein paar Worte sagen, vielleicht ein paar Geschichten erzählen. Du machst dich da viel zu sehr verrückt.« Es war 4.58 Uhr, und Rosie war wach geworden, als ich aufgestanden war, um einen Einfall zu notieren.

Sie setzte sich hin. »Hudson muss sowieso in zwanzig Minuten aufstehen.«

Wir kochten Kaffee, und Rosie holte Stift und Papier.

»Die beste Geschichte über deinen Dad?«

»Er hat nichts Bemerkenswertes gemacht.«

»Was ist mit der schalldichten Wiege, die er für Hudson gebaut hatte? Das ist doch eine tolle Geschichte. Sie zeigt, dass er großzügig war und schlau und ein bisschen verschroben.«

»Du denkst, mein Vater war verschroben?«

»So verschroben, wie der Papst katholisch ist! Was ist mit der Art und Weise, wie er die ganzen Schrauben und Muttern in eurem Laden sortiert hat?«

»Damit habe *ich* angefangen. Vor vierzig Jahren.«

»Dann ist das auch eine tolle Geschichte. Was ist mit Beethoven und dass er gestorben ist, als er das letzte Werk gehört hatte? Damit musst du auf jeden Fall enden.«

»Das werden alle Anwesenden aber schon wissen.«

»Du sollst sie ja auch nicht über Neues informieren, sondern an Bekanntes erinnern. Wie wäre es noch mit irgendetwas, das er dir beigebracht hat?«

»Er fand es frustrierend, mir etwas beizubringen. Er sagte immer: ›Mit all deinem Wissen‹ – weil ich in der Schule gute Noten hatte –, ›wieso kannst du da dieses oder jenes nicht?‹ Ich war körperlich in so vielem inkompetent, was in einer Eisenwarenhandlung schon ziemlich nervig war.«

»Echt jetzt? Dein Dad hat erwartet, dass du aufgrund deiner Intelligenz auch in praktischen Dingen gut bist?«

»Nicht unbedingt. Aber er war der Meinung, ich hätte keinen gesunden Menschenverstand. Und wahrscheinlich hatte er recht. Ich habe unglaublich dumme Dinge getan.«

»Aber Dad hat nicht lockergelassen. Das ist doch was Positives, das du über ihn sagen kannst. Vielleicht hast du ja irgendeine selbstironische Geschichte parat, wo du was verbockst und dein Vater dir beibringt …«

»Da solltest du Onkel Frank fragen. Er hat sicher unzählige Beispiele …«

»Hey, nun sei nicht beleidigt. Ohne deinen Dad wärst du nicht der, der du bist. Und du bist okay, so wie du bist. Besser als okay. Du solltest ihm dankbar sein. Ich bin es auf jeden Fall.«

»Als ich sechs war, spielten alle anderen Kinder mit Lego und Metallbaukästen. Aber mein Vater stellte für mich das denkbar beste Konstruktionsset zusammen: aus handelsüblichen Metallwaren.«

Rosies Vorschlag für den Beginn meiner Trauerrede funktionierte. Am Anfang klang meine Stimme leicht brüchig, was mich überraschte und auch verunsicherte, doch nach einer Weile hatte ich sie unter Kontrolle. Der Bürgersaal von Shepparton war fast bis auf den letzten Platz gefüllt: Mein Vater war im Ort gut bekannt gewesen und hatte bis vor Kurzem sogar noch im Geschäft ausgeholfen. Überraschenderweise waren auch einige Leute angereist, die meinen Vater nur selten oder nie gesehen hatten: Phil, Claudia (»Ich vertrete die gesamte Familie Barrow«), Dave und Sonia, Laszlo und Gelegenheitsraucherin Frances, und – zu meinem großen Erstaunen – auch Amghad und Minh sowie Simon Lefebvre. Judas. »Jetzt sieht er wenigstens, dass ich mir den Tag für etwas anderes freinehme als für Hudson«, sagte Rosie.

Das Konstruktionsset war, wie ich mich jetzt erinnerte, hin und wieder von zwei anderen Jungen mitgenutzt worden, so dass mein Vater mir indirekt auch gesellschaftliche Interaktion ermöglicht hatte. Mein persönliches Interesse hatte mehr dem Sammeln und Ordnen der Komponenten gegolten – die an Geburtstagen und zu Weihnachten jeweils weiter ergänzt wurden – als dem Zusammenbauen.

Ich beendete die Rede mit dem Bericht über das Beethoven-Projekt und setzte mich wieder auf meinen Platz zwischen Rosie und meiner Mutter, die verständlicherweise weinte. Mein erstes Gefühl war Erleichterung: Offenbar hatte ich meine Aufgabe in akzeptabler Weise bewältigt.

Dann: Katastrophe. Der Bestatter verkündete, dass ein weiterer Angehöriger noch »ein paar Worte« sprechen wolle. Ich hatte ihn seit Jahren nicht gesehen, und er war so alt und geschwächt, dass er im Rollstuhl sitzen musste. Mit Hilfe seiner Tochter – meiner Cousine Lynda – stemmte er sich auf die Füße und wandte sich an das Publikum.

Hudson lehnte sich über Rosie zu mir. »Wer ist das?«

»Dein Großonkel Frank«, antwortete ich. »Grandmas Bruder. Er ist sehr alt und hat Alzheimer. Was er sagt, brauchst du nicht weiter zu beachten.«

»Jim war kein besonders leutseliger Mensch«, begann Onkel Frank, und erstaunlicherweise lachten alle. Vielleicht wollten sie einem alten Mann gegenüber nur freundlich sein.

»Meine Familie hatte so ihre Zweifel, als Adele ihre Heiratsabsicht kundtat. Wir hielten ihren Auserwählten für einen ziemlich verschrobenen Vogel. Und wie sich herausstellte, hatten wir vollkommen recht.« Mehr Gelächter. »Er wollte partout nicht den Freimaurern beitreten. Ich sagte: ›Du musst nur glauben, dass es einen übergeordneten Großen Baumeister gibt, und hin und wieder gern mit deinen Menschenbrüdern etwas trinken und bequatschen wollen‹, und er sagte: ›Daraus wird nichts, Franklin.‹ Ich hab ihn immer wieder mal getriezt, natürlich nur im Spaß, aber er hat mich immer ernst genommen. Hat mich korrigiert, wenn ich meine Sätze falsch zusammengebaut hab. Aber als wir das Gebäude für die Freimaurerloge planten, hat er alles gespendet, was wir brauchten, und war jede freie Minute da, um sicherzustellen, dass wir keinen Mist bauten. Jim konnte es nur schwer ertragen, wenn irgendjemand Mist baute.«

Onkel Frank hielt inne und wischte sich mit einem Taschentuch über die Augen. Meine Mutter, die mit den anderen über seine vorigen Kommentare gelacht hatte, weinte wieder.

»Ein paar von euch wissen, dass ich vor vielen Jahren selbst kurz davor war, Mist zu bauen, und es war Jim, der mich wieder zur Räson brachte. Er hatte einen ganz klaren Sinn dafür, was richtig ist und was falsch. Und wenn ich es bis dahin noch nicht gemerkt hatte, so war mir spätestens ab dem Zeitpunkt klar, dass meine Schwester weiter und tiefer gesehen hatte als wir alle.

Jim konnte es auch nicht haben, wenn seine Kinder Mist bauten. Ich bin sicher, dass sie es ihm nicht immer nur gedankt haben, aber sie alle, selbst Michelle, die wir viel zu früh verloren haben, hatten ihre … Probleme, ihre ganz speziellen Herausforderungen … und er wollte auf keinen Fall zulassen, dass sie in die Welt rausgehen und herumgeschubst werden, so wie es ihm passiert war. Aber das ist eine andere Geschichte.«

Lynda zog ihn am Arm, aber er fuhr fort: »Ich weiß, wie stolz er auf Trevor war, weil er das Geschäft am Laufen hielt, und auf Don, der gerade eine so wunderbare Rede gehalten hat. Und auf Hudson. Er hat seinen Enkel sehr geliebt. Und …«

Onkel Frank sprach immer langsamer. Jetzt sah er sich um, und es war offensichtlich, dass er den Faden verloren hatte.

»Ich bin Jim unglaublich dankbar, weil, er hat so viel für Merle und mich getan, und …«

»*Denn* er hat so viel für Merle und mich getan«, erklang Hudsons Stimme laut und klar durch den ganzen Saal, und als ich ihn ansah, konnte ich erkennen, dass er sich jetzt schon schämte.

Aber dann lachten und applaudierten alle, und Lynda nutzte die Gelegenheit, um Onkel Frank wieder in den Rollstuhl zu verfrachten. Hudson und ich waren vermutlich die einzigen, die nicht lachten.

Ich war überrascht, als ich merkte, dass ich weinte. Onkel Frank hatte recht gehabt: Meinem Vater war es außerordentlich wichtig gewesen, mir beizubringen, was ich für die Schule und für mein Erwachsenenleben brauchte. Und ich hatte es ihm nicht gedankt.

Kapitel 22

Das anschließende Kaffeetrinken fand im Haus meiner Eltern statt. Judas gratulierte mir zu meiner Rede und ermunterte mich, wieder zu arbeiten.

»Stell dich dem Komitee. Bring diese Afrikanerin dazu, dich zu unterstützen. Die werden es mit ihr nicht aufnehmen wollen, du hast die Geschichte vom Hals und tust uns allen einen großen Gefallen.« Er lachte.

»Ich kümmere mich tagsüber um unseren Sohn. Würde ich wieder arbeiten, würde Rosie wieder in Teilzeit gehen müssen. Dein Ratschlag spricht also gegen deine eigenen Interessen.«

Judas lachte wieder. »Tja, so bin ich: denke immer nur an andere. Aber was soll ich sagen? Ich sehe doch, dass Rosie mit ihrer Work-Life-Balance zu kämpfen hat. Wenn sie also zu gegebener Zeit …«

»Ich dachte, das Projekt läuft plangemäß. Und die erste Studie hat interessante Ergebnisse erzielt.«

»Das stimmt natürlich. Aber es muss schwer für sie sein, genug Zeit dafür zu finden.«

Nachdem wir meine Mutter überzeugen konnten, dass Hudson mit dem Hund am Bett nicht besser schlafen würde, übernachtete unser Sohn allein im ehemaligen Zimmer meiner Schwester. Rosie hatte befürchtet, die Änderungen seiner gewohnten Routine könnten ihn stören, aber ich hatte ihm vorher alles genau erklärt und dabei betont, dass er zwei Tage nicht zur Schule gehen könne.

Es war noch etwas Scotch übrig, und mein Bruder Trevor schlug vor, dass Rosie und ich noch einmal Sours mixten. Der Whisky war eine Billigmarke, die ich für *The Library* nie in Erwägung gezogen hätte. Aber mit Zitronen aus dem Garten und Rosies Cocktailexpertise wurde das Ergebnis ebenso gut wie die Version mit *Yellow Spot Irish Whiskey.*

Meine Mutter wollte, dass wir Geschichten über meinen Vater erzählten, wobei sie den Großteil selbst beisteuerte.

»Weißt du noch, wie du den kleinen behinderten Jungen das Karateturnier hast gewinnen lassen? Dein Vater war so stolz auf dich.«

Es war mir unbegreiflich, wie sie in eine so kurze Aussage so viele Fehler einbauen konnte. Es war Aikido gewesen, nicht Karate, und handelte sich um einen einzigen Kampf ganz am Anfang, also mitnichten um das ganze Turnier. Der Junge war weder außergewöhnlich klein noch behindert gewesen, nur etwas seltsam. Und was meine Mutter nicht wusste: Ich war ihm gegenüber vorher einmal sehr gemein gewesen. Ich hatte ihn in der Schule absichtlich zum Stolpern gebracht, als ich ihn mit ein paar anderen Kindern zusammen ärgerte – eine Aktion, wie ich sie bis dahin sonst nur als Opfer am eigenen Leib erfahren hatte.

Ich war dabei nicht erwischt worden, aber meine selbstauferlegte Strafe war weitaus größer, als mir die Schule je verordnet hätte. Wochenlang hatten mich mein Verhalten und was es über meinen Charakter aussagte, gequält. Als die Eltern den Jungen aus demselben Grund in den Selbstverteidigungskurs einschrieben wie meine Eltern mich, half ich ihm und legte mir einen Wiedergutmachungsplan zurecht.

Von all diesen Details konnte meine Mutter nichts wissen,

aber sie hatte auch einen ganz *entscheidenden* Fakt falsch in Erinnerung.

»Dad war nicht stolz auf mich. Er hat mich getadelt, weil ich verloren habe.«

»Nein, Donald, hat er nicht. Das hätte er nie getan, und außerdem erinnere ich mich ganz genau.«

»Ich erinnere mich auch ganz genau. Er hat es mir immer wieder unter die Nase gerieben …«

Meine Mutter lachte. »Du hast alles immer so wörtlich genommen. Er hat genau mitbekommen, was du getan hast, und er war sehr stolz auf dich. Immer. Auf euch alle.«

Trevor hustete. »Ist noch etwas von dem heilenden Kaltgetränk da?«

Ich füllte ihm den Rest aus dem Shaker nach. Trevor trank fast alles in einem Zug leer und stellte das Glas fest auf den Tisch. »Tja, ihr Lieben, ich habe mir geschworen, dass ich es an genau diesem Tag sage und dass das jetzt niemanden verärgert. Aber ich bin fast fünfzig und finde, ihr solltet endlich wissen, dass ich schwul bin.«

Unfassbar. Das passte zu der Tatsache, dass er noch nie eine Freundin gehabt hatte – allerdings meines Wissens nach auch noch nie einen Freund. Früher hatte er gelästert, *ich* sei wohl schwul, und das auf eine Weise, als sei es etwas Negatives.

Meine Mutter lachte. »Natürlich bist du schwul, Trevor. Dein Vater und ich wussten das schon lange.«

Trevors Reaktion interpretierte ich als verblüfft. Es dauerte einige Sekunden, bis er wieder etwas sagte. »Und warum habt ihr nichts …«

»Du wolltest offenbar nicht darüber sprechen. Und wir dachten, es wäre dir vielleicht nicht recht, wenn wir es wissen. Aber dein Vater hatte damit kein Problem. Solange du es nicht offen zur Schau getragen hast, jedenfalls.«

Nachdem ich meine Rede vor Publikum gehalten hatte, hoffte ich auf besseren Schlaf. Trevors Enthüllung stellte für mich zwar eine Überraschung dar, würde jedoch keinen weiteren Einfluss auf mein Leben haben. Aber ich musste das Hudson-Projekt neu evaluieren.

Die Parallelen zu meiner eigenen Kindheit waren überdeutlich. Mein Vater hatte vermutlich angenommen, ich sei ihm für seine Hilfe dankbar gewesen, aber hinter meiner Kooperation hatte stets der Wunsch nach Anerkennung gestanden. Ich konnte mir vorstellen, dass Hudson es ebenso empfand und dass der Pizza-Zwischenfall eine zugrundeliegende Unzufriedenheit mit mir offenbart hatte. Mit meiner Analyse war ich sehr zufrieden, mit dem Ergebnis jedoch nicht.

Am Morgen sagte Rosie: »Hattest du heute irgendwas geplant, das du Hudson beibringen wolltest?«

»Nein, normalerweise wäre er ja in der Schule. Daher gibt es keinen Plan.«

»Gut. Wir sollten etwas unternehmen, das ihm Spaß macht.«

»Exzellente Idee.«

Hudson Antwort kam unverzüglich. »Liegt Clunes auf dem Nachhauseweg?«

»Warum Clunes?«

»Das ist die Hauptstadt der Secondhand-Buchläden. Aber ihr hättet mich vorher informieren können, dann hätte ich ein paar Bücher zum Verkaufen eingepackt.«

Ich überprüfte es auf dem Navigationsgerät. »Wir könnten vorher nach Hause fahren und deine Bücher holen.«

»Was?«, sagte Rosie. »Wir fahren doch nicht von Shepparton nach Hause und dann nach Clunes und wieder zurück. Das ist ein meilenweiter Umweg.«

»Kilometerweit … und zwar einhundertvierzig von Northcote aus. Ich kann mit Hudson allein fahren, und du könntest ein paar extra Arbeitsstunden einlegen.«

Wir erreichten Clunes um 15.12 Uhr. Auf dem Weg erzählte Hudson detailliert von den Büchern, nach denen er auf der Suche war. In seinem Alter hatte ich ausschließlich Sachbücher gelesen und war von der Schule gedrängt worden, meine Lektüre auszuweiten. Hudsons Fokus lag auf einem anderen Genre, aber die Schulleiterin hatte eine ähnliche Empfehlung ausgesprochen.

Wir suchten die einzelnen Buchhandlungen auf. Hudson unterhielt sich ausführlich und kompetent mit den Verkäuferinnen und Verkäufern, fragte nach speziellen Titeln, verkaufte die mitgebrachten Bücher und erwarb andere.

Im letzten Buchladen bot ich Hudson an, ihm ein beliebiges Buch zu schenken, das nichts mit Raumfahrt zu tun habe. Er unterhielt sich kurz mit dem Eigentümer und entschied sich für einen großen Bildband über Mode im zwanzigsten Jahrhundert. Eine kuriose Wahl.

Ich sagte weiter nichts dazu und kaufte das Buch.

»Das Problem besteht in dem Konflikt, dass ich einerseits Hudsons Lebenskompetenz fördern und andererseits eine positive Vater-Sohn-Beziehung bewahren möchte«, erklärte ich Rosie am selben Abend.

Rosie war nicht überzeugt. »Wenn du damit meinst, dass er ein bisschen rebellisch ist … nun ja, er ist elf, er steht kurz vor der Pubertät, er muss immer noch den Wegzug aus New York verkraften, er hat ein paar Probleme in der Schule, sein Großvater ist gerade gestorben, er ist dabei, eine Beziehung zu Phil aufzubauen … Es könnte alles sein.«

»Ich stimme dir zu. Aber ich glaube, es liegt an mir.«

Ich hatte weiter über meine Gefühle zu meinem Vater nachgedacht, der versucht hatte, mich in eine Richtung zu formen, die er für wünschenswert hielt. Rückblickend betrachtet, hatte er im Großen und Ganzen recht gehabt, aber emotional – also irrational – besehen, hatte es mir widerstrebt. Wenn es Hudson genauso ging, wäre es Zeitverschwendung, ihn von der Sinnhaftigkeit der von mir vermittelten Fähigkeiten überzeugen zu wollen. Meiner Erfahrung nach, die ich nur widerstrebend und im Verlauf vieler Jahre erworben hatte, kamen rationale Argumente nur selten gegen irrationale Widerstände an.

»Was ist mit Schwimmen?«, fragte Rosie. »Da hat er eine riesige psychische Hürde überwunden. Und mit dem Fahrradfahren geht es doch auch voran, oder?«

Rosie hatte recht. Hudson war lernfähig. Doch blitzartig überkam mich eine Erkenntnis. »Das Schwimmen hat Phil ihm beigebracht. Oder die Schwimmlehrerin im Fitnesscenter. Snowboarden hat er von Lucy gelernt. Mein Vater hat ihm die Tipps fürs Fahrradfahren gegeben. Blanche fürs Begrüßen.«

»Sag ich doch. Er hat eine Menge gelernt.«

»Ja, aber von anderen. Das Problem bin ich. Weil ich sein Vater bin.«

Rosie lachte. »Da hast du wohl recht. Zu einem gewissen Grad, zumindest. Isaac würde dir einen Vortrag über ödipale Eifersucht halten. Wahrscheinlich gibt es genau deswegen Schulen.«

»Und Großeltern«, fügte ich hinzu.

Aber Schule und Großeltern waren in unserem Fall nachweislich unzureichend. Die Lösung lag auf der Hand: Ich musste das Hudson-Projekt outsourcen.

Kapitel 23

Das Outsourcen des Hudson-Projekts löste zwei Probleme auf einmal: meine mangelnde Sachkenntnis in manchen Bereichen und mein Zeitproblem, weil ich die Bestell-App für *The Library* programmieren musste, mit der ich durch den Tod meines Vaters in Rückstand geraten war.

Nach einigem Nachdenken entschied ich mich für drei multitalentierte Mentoren.

»Hast du auch Hudson gefragt?«, wollte Rosie wissen, noch ehe ich auch nur einen Namen genannt hatte.

»Ich dachte, ich bespreche das zuerst mit dir.« Gute Antwort. Aber tatsächlich erwartete ich von Hudson keine Einwände. Sein Wochenplan würde davon nicht beeinträchtigt werden.

»Phil kümmert sich um motorische Fertigkeiten und Fitness«, begann ich.

»Gut. Aber ich hoffe, du willst nicht Gene einspannen, damit er ihm was über Beziehungen zum anderen Geschlecht beibringt.«

»Selbstverständlich nicht. Aber seine beiden Kinder habe ich erwogen. Eugenie für Mathematik und Sozialkompetenz und Carl für das äußere Erscheinungsbild.«

»Carl ist schwul, oder?«

»Korrekt. Schwule Männer sind für guten Geschmack hinsichtlich Stil und Umgangsformen bekannt, selbst unter Heterosexuellen.«

»Hoppla, Klischeealarm.«

»Ich habe Carl auch deshalb ausgewählt, weil er ein Bekleidungsgeschäft für Herren führt.«

»Warum hast du das nicht gleich gesagt?«

»Das hätte ich, aber du wolltest über seine sexuelle Orientierung sprechen.«

»Klingt trotzdem wie ein neuer Fernsehratgeber: *Schwule machen Schule*, oder so …«

»Du gehst davon aus, dass Hudson heterosexuell ist. Falls nicht, kann Carl als positives Rollenmodell dienen, alternativ zu Trevor, der sein ganzes Leben eine Lüge gelebt hat.« Den Bildband über Mode hatte ich nicht erwähnt.

»Und es klingt auch ein bisschen nach *The Italian Job*«, fügte Rosie hinzu. »Ich hoffe, du hast nicht vor, dem gesamten Team eine hochtrabende Motivationsrede zu halten, ehe du sie auf Hudson loslässt.«

Das hatte ich zwar nicht geplant, aber es klang nach einer guten Idee – abgesehen davon, dass Rosie sie gerade abgeschmettert hatte.

Hudson sah schnell ein, dass Mathematiknachhilfe eine gute Idee war. Er hatte sich an gute Noten gewöhnt gehabt und war frustriert, dass es in diesem Fach plötzlich nicht mehr so erfolgreich lief.

»Einem Grundschüler habe ich bisher noch keine Nachhilfe gegeben, aber wir schauen mal, wie es läuft«, sagte Eugenie, als ich sie anrief. »Und was das Soziale angeht … Jemanden wie mich hätte ich damals gut gebrauchen können, also leiste ich hier gerne Vorschub.«

Auf Rosies Rat hin sagte ich Hudson nichts von Phils erweiterter Rolle als Sportcoach, sondern bat lediglich Phil selbst um Hilfestellung bei diesem Punkt auf meiner Liste. Den Kategorien Schwimmen und Allgemeine Fitness fügte ich noch American Rules Football hinzu. Immerhin war Phil in dieser Sportart ein Experte.

»Er ist Schulchampion im Hundertmeterschwimmen, was willst du noch?«, fragte Phil. »Als ich damals für Richmond spielte, liefen die Mädchen mit meiner Spielernummer auf ihren T-Shirts rum, und es hat keine interessiert, ob ich noch Flohhüpfen oder sonst was kann.«

Phils Aussage ergab keinen Sinn. Sein Erfolg rührte vom Football, worauf ich ihn hinwies.

»Wenn er seine Jugend damit verbringen will, einen Ball hin und her zu treten, damit er mal zwei Saisons in der obersten Liga spielen kann, um danach mehr Geld für Knieoperationen und Zahnarztrechnungen auszugeben, als er je damit verdient hat – gerne. Aber frag ihn erst mal selbst.«

»Er muss ja nicht gut sein«, erwiderte ich. »Nur nicht peinlich.«

»Peinlich – für wen?«

Das war eine gute Frage. Es war nicht ersichtlich, dass Hudson sein Mangel an Football-Kenntnissen peinlich war oder dass er sich überhaupt Gedanken darum machte. Trotzdem.

Der Besuch in Carls Herrenausstattungsgeschäft war interessant – in erster Linie, weil Hudson zunächst null Interesse daran hatte. Rosie bot an, ihn zu überreden.

»Dad will dir was zum Anziehen kaufen. Neue Sachen. Du darfst selbst entscheiden, solange es nicht zu teuer ist und okay aussieht.«

»Ich hasse Klamottenkaufen. Ich hab genug zum Anziehen. Kleidung ist mir egal.«

»Aber was ist mit dem Buch? Über Mode?« Ich hatte dazu

eigentlich noch nichts sagen wollen, aber Hudsons Aussage widersprach seinem Kauf, die Frage war mir herausgeplatzt.

»Ich habe es verkauft. Du hast gesagt, ich könnte mir irgendein Buch aussuchen, also habe ich das teuerste genommen.«

Ich verwarf die Idee, Hudson Kleidung zu kaufen – am Ende versteigerte er sie hinterher bei ebay!

»Wir haben ein Zeitfenster von neunzig Minuten in deinem Wochenplan. Ich schlage vor, dass wir Carl einfach besuchen. Du kannst dir anhören, was er zu sagen hat, und dann entscheiden, ob du sein Wissen nutzen willst oder nicht.«

Carls Geschäft befand sich in der Innenstadt. Ihn selbst wiederzuerkennen war nicht allzu schwierig. Ich hatte ihn fünf Jahre zuvor bei seinem Besuch in New York gesehen, und zudem war er die einzige Person im Laden.

Er trat hinter der Theke vor, und wir begrüßten uns auf die traditionelle Weise, die sich in seinen Kindertagen etabliert hatte: Er versuchte, mich zu boxen, ich blockte ab, bog ihm den Arm auf den Rücken und brachte ihn zu Boden. Es war das erste Mal, dass Hudson eine Demonstration meiner Kampfkunst erlebte. Ein Mann, der uns durch die Eingangstür beobachtet hatte, entfernte sich eilig.

Ich ließ Carl wieder aufstehen, und er sah uns an. »Herrjemine«, sagte er. »Ich komme mir vor wie ein Zahnarzt, weil ich am liebsten sagen würde: Warum habt ihr so lange mit eurem Besuch gewartet?«

Hudson trug seine Schuluniform. Es schien mir unangemessen, dass Carl einen Elfjährigen auf diese Weise kritisierte, vor allem, wo wir nun doch hier waren, um seine Hilfe in Anspruch zu nehmen. Dann deutete er auf mich – speziell dorthin, wo mein T-Shirt in meine Hose gestopft war.

»Wir sind gekommen, um Hudson beraten zu lassen«, sagte ich.

»Ja, aber so, wie du gerade aussiehst, kann ich dich hier nicht rauslassen. Das wäre geschäftsschädigend. Eine Zeitlang bist du doch recht schnieke rumgelaufen. Wer zieht dich denn jetzt an? Und was sind das für abgewetzte Treter? Alte Laufschuhe?«

Hudson begann zu lachen *(Autisten verstehen keine Witze)*, und ich begriff, dass Carl mit Absicht übertrieb, um einerseits einen komödiantischen Effekt zu erzielen und andererseits den Druck von Hudson zu nehmen, indem er die Aufmerksamkeit auf mich lenkte. Gut gemacht.

Ich sagte, ich sei in New York mit Rosie einkaufen gewesen und habe dort von ihr als akzeptabel befundene Kleidung erworben. Danach hatte ich die gewählten Hemden, Hosen, Pullover, Schuhe, Unterhosen und Socken mehrfach und in verschiedenen Farben nachgekauft. Die meisten waren indes irgendwann abgetragen oder seit unserer Ankunft in Australien eingelaufen, vermutlich wegen der veränderten Waschbedingungen. Als ich den Bestand wieder aufstocken wollte, konnte ich keine identische Ware finden.

»Tja, das nennt man Mode«, sagte Carl. »Also wäre mal wieder Zeit für ein Update, aber ehrlich gesagt, ist das, was ich hier habe, nicht wirklich dein Stil. Aber wir könnten ein kleines Spiel machen.«

Er ernannte Hudson zu seinem Assistenten, der ihm bei der Auswahl und Begutachtung von Kleidungsstücken half, die ich anprobierte – ein ermüdender und enervierender Prozess, vor allem, da einige der gewählten Sachen ganz offensichtlich ungeeignet waren.

»Hast du keine anderen Kunden?«, erkundigte ich mich.

Carl wies mit Hand durch das leere Geschäft: Wir waren allein im Verkaufsraum.

»Und wie verdienst du dein Geld?«

»Wir haben eine Auswahl treuer Kunden, die gute Qualität zu schätzen wissen. So, Hudson, ich glaube, bei der Jeans sind wir uns einig … dann die drei Hemden, die T-Shirts und die schwarze Strickjacke. Und der Gürtel.«

Er drehte sich zu ihm um. »Möchtest du den Rat eines mit Blick für Haute Couture geschulten Experten?«

»Klar.«

Erstaunlich. Nicht, dass Hudson das Wort »Haute Couture« kannte, sondern dass er Rat annehmen wollte!

»Den Rucksack trägt man nur an einem Schulterriemen, nicht an beiden. Und er muss weiter runterhängen.«

»Dann kann man aber schlechter gehen.«

»Da muss man sich eben entscheiden. Mode ist nicht immer bequem. Wenn du dich optisch angleichen willst, wähle einen Durchschnittslook und versuch nicht, cool zu wirken. Trag lange Hosen, sobald du darfst, die Haare erheblich kürzer, die Krawatte ein bisschen lockerer. Vielleicht solltest du auch Strümpfe anziehen.«

Mir war bislang nicht aufgefallen, dass Hudson keine Strümpfe trug.

»Und wenn ich cool wirken will?«

»Dann musst du deinen eigenen Look finden. Das Ohne-Socken-Ding könnte schon mal ein Anfang sein. Am Ende musst du immer du selbst bleiben, aber es hilft einem weiter, wenn man weiß, wie andere einen wahrnehmen.«

Kapitel 24

»Don!« Eugenie wollte mich umarmen, und als ich zurückwich, sagte sie: »Komm schon, du hast mich früher sogar auf den Schultern rumgetragen.«

Ich hatte mich im Universitätsclub mit ihr verabredet, weil dort eher älteres Lehrpersonal anzutreffen war, zwischen dem sie auffallen würde. Meine Strategie war jedoch unnötig gewesen, da sie mich schon draußen erkannte und auf mich und Hudson zustrebte.

»Und du musst Hudson sein. Entspann dich, ich werde dich nicht umarmen.«

»Dann bist du wohl Analysis.«

»So darfst du mich erst nennen, wenn du … In welcher Klasse bist du jetzt?«

»In der sechsten.«

»Wenn du lineare Gleichungssysteme lösen kannst. Bis dahin bin ich Ms Barrow.« Sie lachte. »Nein, du kannst mich Eugenie nennen, wenn du weißt, was neun mal sieben ist.«

»Dreiundsechzig.«

»Zweihundertdreiundvierzig durch drei?«

»Einundachtzig.«

»Prima. Sechzehntausendsiebenhundertsiebenundsechzig durch zweihundertdreiundvierzig?«

»Ähm … zu schwer.«

»Zu schwer für jeden, der kein Mathefreak ist.«

Ich wollte das Ergebnis nennen, aber Eugenie zeigte mir das Stoppsignal.

»Bei deinen Kopfrechenkünsten sollte man meinen, dass du Klassenbester bist.«

»So läuft das bei uns nicht. Wir müssen unsere Rechenwege aufzeigen.«

»Schon mal ein Computerprogramm geschrieben?«

»Hm … nein.«

»Willst du's lernen?«

»Schätze, schon.«

»Man lernt dabei, alles Schritt für Schritt zu machen. Außerdem ist es generell gut, so was zu können. Ist das okay für dich, Don?«

Ich nickte, auch wenn es mir seltsam vorkam, dass Hudson von jemand anderem als mir das Programmieren lernen sollte. Die App für *The Library* zu entwickeln war gerade meine Hauptbeschäftigung.

»So«, sagte Eugenie, »dann lass mich jetzt mal kurz mit deinem Vater sprechen, damit wir das Finanzielle regeln können.«

Wie sich zeigte, war es tatsächlich eine gute Idee gewesen, Eugenie anzuheuern. Sie hatte sofort auf eine Gepflogenheit hingewiesen, die ich übersehen hatte.

Hudson traf sich immer noch mit Blanche. Wenn er sie zu Hause besuchte, blieb ich dort und unterhielt mich mit Allannah über Naturwissenschaft. Die meisten Menschen vertrauen persönlicher Erfahrung instinktiv mehr als wissenschaftlicher Erkenntnis, und Allannahs Haltung resultierte aus dem scheinbaren Erfolg ihres Mannes bei der Behandlung von Blanche und anderen Patienten.

Allerdings kümmerten sie sich weiterhin nicht um ihre Sehbehinderung.

»Wie lange dauert es noch, bis du Blanches Mutter dazu bringst, dass sie wegen ihrer Augen zum Arzt gehen darf?«

»Wahrscheinlich ewig. Diese Entscheidung haben ihre Eltern gemeinsam getroffen, und ich bezweifle, dass ich einen Homöopathen überzeugen kann.«

»Ich habe einen Plan. Wir sagen, dass wir nach der Schule zu uns gehen, aber stattdessen bringst du uns zu einem Augenarzt.« *Autisten können nicht betrügen.*

»Hast du das mit Blanche besprochen?«

»Natürlich. So sind wir ja überhaupt erst auf die Idee gekommen.«

»Wahrscheinlich ist es illegal, ein Kind ohne die Erlaubnis seiner Eltern zum Arzt zu bringen.«

»Wir haben das recherchiert. Auch wenn man dich erwischt, kommst du wahrscheinlich nicht ins Gefängnis. Wir könnten sie ja auch einfach nur hinfahren, und reingehen tut sie dann allein.«

»Rational betrachtet, scheint das eine gute Lösung. Aber was Menschen betrifft, sind rationale Lösungen nicht immer die besten. Wir sollten deine Mutter fragen.«

Rosie war bei Hudsons und Blanches Plan skeptisch, auch dann, als wir ihr das minimale legale Risiko darlegten.

»Ich verstehe euch ja. Und ich bezweifle ebenfalls, dass sie uns anklagen, weil wir ein Kind mit gesundheitlichen Problemen zum Arzt bringen, wenn es selbst das möchte und ich Ärztin bin. Aber wir ignorieren damit den Wunsch ihrer Eltern, den sie sehr deutlich gemacht haben.«

»Was ist mit Blanches Wünschen?«, fragte Hudson. »Sie will nicht blind werden. Wenn *ihr* sie nicht zum Arzt bringt, mache ich das.«

»Nun mal langsam«, sagte Rosie. »Wir fänden es aber nicht gut, wenn du so was machst, ohne es mit uns zu bespr…«

»Aber das *tue* ich doch gerade.«

»Außerdem würden die wenigsten Ärzte einen Termin mit einer Elfjährigen wahrnehmen, wenn die Eltern nicht dabei sind. Und sie braucht eine Überweisung. Wenn wir das also machen, müsste ich das organisieren.«

»Das heißt, du hilfst uns?«

»Hudson ...«

»Was ist falsch daran, wenn ein Augenarzt sie untersucht?«, fragte ich.

Rosie sah mich an und zog die Augenbrauen hoch.

»Don, wie würdest du dich fühlen, wenn jemand ohne deine Erlaubnis mit Hudson zum Arzt ginge? Einem Arzt, der zwar angesehen ist, dessen Methoden du aber nicht schätzt?«

Rosie hatte recht. Ich würde nicht wollen, dass irgendjemand ohne mein Wissen Hudson zu einem Arzt brächte, um ihn auf Autismus testen zu lassen. Aber was, wenn es mit Hudsons Einverständnis geschähe?

»Mum, *Blanche will nicht blind werden, und sie hat sonst niemanden, der ihr hilft.*«

Am Ende blieb dies nach wie vor das schlagkräftigste Argument.

Rosie nutzte ihre Beziehungen, um eine Augenärztin ausfindig zu machen, die auf Probleme in Verbindung mit Albinismus spezialisiert war.

»Sie schien nicht sonderlich beunruhigt«, sagte Rosie. »Und sie *hat* Blanche bereits untersucht, vor fünf Jahren. Anscheinend hatte die damalige Schule sie dem Jugendamt gemeldet, das daraufhin eingegriffen hat. Die Eltern waren nicht gerade begeistert – sie wollte, dass wir das wissen.«

Wir vereinbarten einen Termin für einen Donnerstagnachmittag. Hudson und Blanche zogen ihre Schuluniformen aus und neutrale Kleidung an, ich setzte eine Beanie-Mütze zur Verkleidung auf, und wir parkten einen halben Kilometer von der Praxis entfernt.

Als Blanche zurückkehrte, schien sie froh über das Ergebnis. Extrem froh sogar.

»Ich werde nicht blind«, sagte sie. »Niemals.«

»Und wenn dir jemand die Augen aussticht?«, fragte Hudson. »Oder du zu lange in die Sonne guckst?«

»Na gut, ich meinte: von meinem Albinismus. Wenn man klein ist, kann es eine Weile lang besser werden, aber dann bleibt es für immer gleich.«

Garys homöopathische Behandlung hatte demnach nur das bewirkt, was die Wissenschaft ohnehin postulierte.

»Kann die Ärztin es denn besser machen?«, wollte Hudson wissen.

»Nein. Aber so wie es jetzt ist, bin ich es ja gewohnt.« Sie lächelte: das breiteste Lächeln der Welt. »So bin ich nun mal.«

An einem Samstag meldete sich Dave mit einer unerwarteten Bitte. »Ich schätze mal, du hast keine Säge, oder?«

»Deine Einschätzung ist falsch. Welche Art von Säge meinst du?«

»Wenn ich wählen könnte, dann eine Kreissäge mit einem Zwanzig-Zentimenter-Blatt, aber …«

»Habe ich. Sie ist an eine Werkbank montiert, aber man kann sie abmontieren.«

Dave wollte für Fulvio ein paar Holzklötze sägen.

»Ich habe Phils Toyota. Wir können Material holen und die Säge zu dir bringen.«

»Du solltest Hudson mitnehmen. Männersache.«

»Du solltest Zina mitnehmen. Menschensache.«

»Das wird sie nicht interessieren. Sie ist ein mädchenhaftes Mädchen.«

Hudson zeigte ebenfalls kein Interesse, er las gerade ein Buch.

Dave und ich fuhren zum Baumarkt, und Dave war überrascht, dass ich ihn bei der Holzauswahl beraten konnte. Obwohl er mich seit dreizehn Jahren kannte! Noch überraschter war er, als wir in den Schuppen gingen, um die Säge zu holen.

»Meine Fresse, Don! Das ist die beste Heimwerkstatt, die ich je gesehen habe. Und alles so sauber und aufgeräumt!«

»Mangels Nutzung.« Ich hatte nach und nach alle möglichen Handwerkerutensilien aus dem Familienunternehmen angehäuft, aber kaum Zeit gehabt, damit zu arbeiten.

»Du hast eine Drehbank. Noch dazu eine ziemlich gute. Ähm, meinst du, ich könnte die Klötze hier sägen? Es wird nur ein oder zwei Stunden dauern.«

»Hast du Schnittpläne?«

»Ich wollte einfach ein paar Klötze machen. In unterschiedlichen Größen. Und vielleicht irgendwas, womit sie zusammenhalten.«

»Wir brauchen zusätzlichen Input. Von jemandem, der der Zielperson altersmäßig näher ist. Ich hole Hudson.«

Dave sägte an jenem Nachmittag keinen Millimeter, aber zu dritt kamen wir mit dem Entwurf eines Bauklotz-Sets für Fulvio schon sehr weit. Hudson und ich führten unsere Unterhaltung darüber beim Abendessen fort, und später fragte er, ob er Dave noch anrufen dürfe.

Am folgenden Tag kam Dave erneut zu Besuch, und wir fertigten Prototypen der Klötze und Zapfen. Ich lobte sein handwerkliches Geschick.

»Als ich in Hudsons Alter war, wollte ich Schreiner werden.

Am liebsten Kunsttischler. Aber mein Vater meinte, das sei ein aussterbendes Gewerbe.«

Er drechselte einen Zapfen. »Gute Therapie. Da bleiben die Hände beschäftigt.«

»Das mit den Zapfen gefällt mir doch nicht«, sagte Hudson. »Da hat man Lücken zwischen den Klötzen. Und für ein kleines Kind ist das Zusammenbauen zu schwer. Könntest du nicht irgendwie eine Rille machen, damit sie nicht rutschen, und dann können wir sie einfach so stapeln?«

Dave schaltete die Fräse ein und versah unseren Prototypen mit zwei Rillen.

Hudson besah sich die Sache. »Die müssen für alle Größen von Klötzen gleich sein. Wie alt ist Fulvio?«

»Sechs Monate. Es wird noch ein bisschen dauern, bis er was damit anfangen kann.«

Ich war mit der Bestell-App für die Bar fertig und ließ Hudson sie testen. »Zehn Dollar, wenn du sie knackst.«

»Du meinst, wenn sie etwas macht, das sie nicht soll?«

»Oder wenn sie etwas *nicht* macht, *das* sie soll.«

»Glaubst du, ich schaffe das? Sie zu knacken?«

»Nein.«

»Da könntest du mir ja auch hundert Dollar anbieten. Denn dann strenge ich mich richtig an, und das wäre doch gut für dich, oder?«

»Zwanzig Dollar.«

Ich erklärte Hudson die App, und nach sechsunddreißig Minuten hatte er sich die zwanzig Dollar verdient.

»Anscheinend ist sie doch leichter zu knacken, als ich gedacht hatte«, sagte ich. »In Zukunft bekommst du zwei Dollar pro gefundenem Fehler.«

Als die App so weit gediehen war, dass wir sie vor Ort testen konnten, waren auch die Räumlichkeiten fertig eingerichtet, das Kühlsystem angepasst, die Bar eingebaut und mit ausreichend Getränkevorrat bestückt worden. Und Hudson hatte sich weitere achtzehn Dollar verdient.

Unser Test-Team bestand aus mir, Hudson, Blanche, die zum Abendessen bei uns bleiben durfte, sowie Laszlo, den ich wegen seines Aspergersyndroms eingeladen hatte. Bekanntermaßen waren Aspies als Testpersonen gut geeignet.

Rosie, Minh und Amghad arbeiteten hinter der Theke und gesellten sich anschließend zu uns, um die Leistung der App zu begutachten.

»Sie hat meine Margarita-Bestellung akzeptiert«, sagte Blanche. »Dabei hatte ich eingegeben, dass ich auf Orangen allergisch bin.«

Hudson tippte etwas in seinen Laptop und sagte: »In einer Margarita ist kein Orangensaft.«

»Nein, aber Cointreau«, erwiderte Blanche und deutete auf ihr Tablet.

»Ich habe ein Fernsehprogramm eingegeben, aber es gibt keine Fernseher«, sagte Laszlo. »Diesen Fehler zu berichtigen, wird teuer.«

»Die Fernseher sind noch nicht installiert«, sagte ich. »In einiger Zeit werden alle Wände mit Bildschirmen bestückt sein.«

»Damit wollte ich erst einmal warten«, sagte Amghad. »Mir schien, dass die zukünftigen Gäste nicht gerade große Sportfans sein werden.«

»Exzellenter Punkt«, sagte ich. »Da ich die Bar entworfen habe, ist es wahrscheinlich, dass sie Menschen wie mich anzieht. Mein Interesse für Baseball ist eine Anomalie, die aus meiner Freundschaft mit Dave resultiert.«

»Vielleicht könnte man wissenschaftliche Programme anbieten«, schlug Rosie vor.

»Und *Star Trek*«, sagte Hudson. »Die Originalserie auf einem Bildschirm, die Nachfolger wechselweise auf einem anderen. Auch *Star Wars*, aber nur die guten, und *Kampfstern Galactica* …«

»Hey«, sagte Minh, »das gefällt mir. Eine Wand nur mit Science-Fiction.«

»Die Bar heißt aber *The Library*«, sagte Hudson. »Sollten wir dann nicht auch Bücher hinstellen?«

»Billiger als Bildschirme«, sagte Amghad.

»Ihr könnt meine mieten«, sagte Hudson.

»*Ausleihen*«, korrigierte Rosie.

»Und wissenschaftliche Fachbücher«, ergänzte ich. »Nicht jeder liest Science-Fiction.«

Amghad und Minh räumten auf, und ich bestellte Pizza. Dann erzählte Hudson uns von einem Buch, das er gerade las, und hielt plötzlich inne. »Was ist ein Rechenschieber?«, wollte er wissen.

Ein Rechenschieber? Die waren schon nicht mehr in Gebrauch, als ich alt genug war, einen Taschenrechner zu bedienen. Ich kannte sie nur aus demselben Kontext wie Hudson: aus Science-Fiction-Romanen.

»Wann wurde das Buch geschrieben?«, fragte ich nach.

»Letztes Jahrhundert. In den Sechzigern.«

»Ist schon komisch«, sagte Rosie, »da haben sie den ersten Flug zum Mond vorbereitet, noch bevor ich geboren wurde. Phil dachte, eines Tages würde er mal hinfliegen, und wenn nicht er, dann ich. Und jetzt ist Hudson da, und …«

»In der Raumfahrt gab es kaum größere Entwicklungen«, sagte ich, »aber bei Computern hat man unfassbare Fortschritte gemacht.«

»Und auf dem Gebiet der Genetik«, sagte Blanche.

»Korrekt. Als ich studierte, war die Vorstellung, genetische

Anomalien an lebenden Menschen zu korrigieren, einfach absurd. Und heute …«

»Ich will definitiv Genetikerin werden«, verkündete Blanche.

»Es ist nur die *bemannte* Raumfahrt, bei der es wenig Entwicklung gegeben hat«, sagte Hudson.

Kapitel 25

Hudson mache sehr gute Fortschritte im Programmieren, berichtete Eugenie, und die Library-App sei eine gute Fallstudie. Allerdings habe Hudson keine außergewöhnlichen mathematischen Fähigkeiten.

»Er ist gut, aber kein Genie.«

»In New York war er Klassenbester«, sagte ich.

»Das glaube ich dir. Ich hab ja auch nur gesagt, er ist kein Genie. Und ich glaube, das will er auch nicht sein.«

»Hast du, was deinen zukünftigen Beruf betrifft, irgendwelche Präferenzen?«, fragte ich Hudson auf der Heimfahrt.

»Was soll ich denn werden, wenn es nach dir geht?«, fragte er zurück.

Das war eine seltsame Frage, und ich griff auf den alten Psychiatertrick zurück. »Was glaubst du, was sollst du denn meiner Meinung nach werden? Und warum fragst du das?«

»Du klingst wie ein Psychoheini. Ich glaube, du willst, dass ich Genetiker werde. Wie Blanche.«

»Das ist der beste Job der Welt. Jedenfalls meiner Meinung nach, deshalb habe ich ihn ja gewählt.«

»Aber jetzt arbeitest du nicht als Genetiker. Bist du deshalb weniger glücklich?«

»Tatsächlich war das Projekt, an dem ich gearbeitet habe, nicht sehr stimulierend.« Das wurde mir erst klar, als die Worte aus meinem Mund kamen. »Genom-Chirurgie wäre viel interessanter, aber es ist schwierig, den Fachbereich zu wechseln.«

Dave war geradezu versessen darauf, Holzklötze zu sägen. Nachdem er das Design mit Hudson verfeinert hatte, brachten wir alle Werkzeuge in seine Wohnung. Die mittlerweile dort lagernde Materialmenge war deutlich höher, als zur Herstellung eines Holzklotzsets für eine einzige Person nötig gewesen wäre.

Seine erste Erklärung klang wenig überzeugend. »Wenn ich mal nicht mehr da bin, weil Sonia genug von mir hat oder ich einen Herzinfarkt oder Schlaganfall bekomme, hat Fulvio etwas, das ihn an mich erinnert.«

»Die Intensität der Erinnerung ist aber nicht proportional zur Menge an Bauklötzen. Du solltest jetzt aufhören.«

»Warum?«

»Du investierst Zeit, die du für etwas anderes nutzen könntest, das Material kostet viel Geld, und irgendwann wirst du all die Klötze irgendwo lagern müssen.«

»Verstehe. Aber ich esse kein Junkfood mehr.« Dave zeigte auf seinen Gürtel, den er deutlich enger geschnallt hatte, also musste er abgenommen haben. Es war mir nur nicht aufgefallen, weil er immer noch fett war. Krankhaft adipös. Allerdings weniger adipös als vorher.

»Du könntest die Bauklötze verkaufen«, sagte ich.

»Hudson arbeitet daran.«

An einem Mittwoch fuhr ich wieder zu Allannahs Laden. Sobald Hudson und Blanche nach oben verschwunden waren, zog sie einen geöffneten Briefumschlag aus einer Schublade und reichte ihn mir. Es war der Laborbericht, den ich zu Blanches DNA angefordert hatte. Das Ergebnis war eindeutig, dennoch wirkte Allannah verunsichert.

»Steht da das, was ich glaube, das da steht?«, fragte sie.

»Das weiß ich nicht«, erwiderte ich. »Ich weiß nicht, was Sie glauben, das da steht.«

»Aber Sie verstehen, was da steht?«

»Korrekt.«

»Don, bitte sagen Sie es mir einfach. Klar und verständlich. Was steht da?«

»Blanche hat nicht die Form von Albinismus, die mit verminderter Lebensdauer einhergeht.«

»Das heißt, sie wird nicht jung sterben? Richtig?«

Natürlich boten die Ergebnisse keinen Schutz vor Autounfällen, Drogen-Überdosen oder, in Blanches Fall, Masern, Keuchhusten, Tetanus oder Polio, aber ich nahm an, dass Allannah dies klar war.

»Das sind auf jeden Fall gute Nachrichten.«

Allannah fiel mir in die Arme. Mir ist Körperkontakt unangenehm, selbst bei Freunden, und unerwarteter Körperkontakt ganz besonders. Das konnte sie zwar nicht wissen, aber wir geben einer Person ja auch nicht einfach Erdnüsse zu essen, ohne vorher nachzufragen, ob sie eine Allergie hat. Bei sozialen Gepflogenheiten mit einem bestimmten Standard an Sensibilität vorzugehen wäre wirklich eine große Hilfe.

Ich fuhr zurück und warf dabei einen Ständer mit Vitaminpräparaten um.

»Oh, tut mir leid«, sagte Allannah. »Ich war nur so …«

Sie wurde von einer männlichen Stimme unterbrochen, die vom oberen Treppenabsatz aus nach unten schallte. »Allannah. Ich brauche dich hier oben. Sofort.« Der Klang der Stimme passte nicht zu meinem inneren Bild von Gary als einem einfühlsamen, sanften Homöopathen.

Allannah zeigte auf eine Säule, an der eine Überwachungskamera montiert war. »Sie sagen besser Hudson Bescheid und gehen«, sagte sie. »Ich komme schon klar.«

Erst als ich das Gespräch später in Gedanken wiederholte, fiel mir auf, was ihr letzter Satz implizierte: dass ich an ihrem Klarkommen zweifeln könnte. In jenem Moment war ich aber ganz von meiner Reaktion auf ihren Mann gefangen. Obwohl er nur wenig gesagt hatte, verspürte ich einen bestimmten Reflex, so wie damals beim Schwimmfest, als der Blauhaus-Fan Hudson kritisiert hatte. Ich brauche eine Weile, um zu erkennen, dass es sich um ein- und dieselbe Stimme handelte.

Meine Erkenntnis teilte ich umgehend Rosie mit, jedoch unter Auslassung unnötiger Details. Sie war nicht glücklich.

»Dieser Typ … Glaubst du denn, dass Hudson da sicher ist?«

»Ich bin nicht gut darin, Menschen einzuschätzen. Gefährliche Personen wirken nach außen oft freundlich, und vermutlich sind viele unfreundlich wirkende Personen nicht gefährlich. Auf dem Schwimmfest hat er sich bei Phil entschuldigt. Blanche ist Hudsons einzige Freundin …«

»Ich weiß.« Rosie klang genervt.

»Ich empfehle, dass wir Hudson nach seinen Erfahrungen befragen.«

»Und unser Urteilsvermögen als Erwachsene einbeziehen.«

»Wie sind Blanches Eltern denn so?«, fragte Rosie beim nächsten Frühstück.

»Frag Dad. Der redet doch die ganze Zeit mit ihrer Mum.«

»Ach so.« Rosie sah mich an. »Dann hätte ich ja alles über sie erfahren können, ohne Hudson zu behelligen.«

»Korrekt.«

»Und wie ist sie?«

»Schlank, attraktiv, mit einer Reihe antiwissenschaftlicher Ansichten, die ich zu ändern versuche.«

»Ich wollte eigentlich nicht wissen, wie sie aussieht, aber … Und der Vater? Ist der auch schlank und attraktiv?«

»Ich habe ihn nie gesehen.«

»Der ist fast immer in seinem Zimmer«, sagte Hudson. »Manchmal kommt er natürlich raus. Er ist nicht schlank, eher ein bisschen dick. Ich kann nicht beurteilen, ob er attraktiv ist, aber ich glaube nicht. Er hat wenig Haare.«

»Ist er nett?«, wollte Rosie wissen.

»Er ist okay. Beim ersten Mal war er ein bisschen komisch und hat die ganze Zeit vom Schwimmfest gesprochen. Aber dann hat er mir gratuliert.«

Auf der Grundlage des derzeitigen Kenntnisstands und unter Berücksichtigung der relativen Risiken und Nutzen entschied ich, dass Hudson Blanche weiterhin besuchen könne. Rosie entschied aufgrund derselben Informationen, dass wir auf mögliche Warnsignale für Probleme achten und das Gespräch mit den Eltern suchen sollten, falls Hudson einmal länger dortbleiben oder an Ausflügen teilnehmen wollte, bei denen auch Blanches Vaters anwesend war.

Ich traf Allannah, als ich Hudson am nächsten Tag von der Schule abholte.

»Vielleicht sollten Sie während Hudsons Besuchen nicht mehr dableiben.«

»Hatte Ihr Mann etwas dagegen, dass Sie … mich berührt haben?«

»Er war nicht gerade erfreut. Das wären wahrscheinlich die wenigsten Ehemänner. Auch Ihnen schien es unangenehm zu sein. Bitte entschuldigen Sie.«

»Keine Entschuldigung nötig. Ich war überrascht. Ich bin

meistens überrascht, wenn mich jemand spontan umarmt, also bitte ich Sie, in Zukunft davon abzusehen.«

»Aber nicht, weil Sie mich nicht leiden können?«

»Es ist offensichtlich, dass ich Sie leiden kann. Sonst hätte ich schon früh eine Entschuldigung gesucht, um Konversation zu vermeiden.«

Sie lächelte. »Aber ich darf Sie auch jetzt nicht umarmen, um mich bei Ihnen zu bedanken? Jetzt, wo Sie vorbereitet wären?«

»Nicht nötig. Ihre Dankesbotschaft hat mich erreicht. Haben Sie es Blanche gesagt? Die Diagnose?«

»Ja, auf dem Weg zur Schule. Sie hat sich wahnsinnig gefreut, aber ich bin sicher, sie wird sich noch selbst bei Ihnen bedanken.«

»Was ist mit Ihrem Mann? Freut er sich auch? In mancher Hinsicht muss er der Wissenschaft ja vertrauen, sonst würde er auch nicht darauf vertrauen, dass die Überwachungskamera akkurate Bilder übermittelt.«

Allannah lachte. »Das ist Technik und nicht Schulmedizin. Wir sind ja keine Amish.«

»Aber Sie vertrauen den Testergebnissen? Von Blanches Gentest?«

»Ja. Und nochmals vielen Dank. Aber Gary wäre ausgeflippt, wenn ich ihm davon erzählt hätte.«

»Er ist anscheinend sehr anfällig dafür, sich aufzuregen.«

»Nur, wenn es darum geht, seine Familie zu beschützen. Ich musste mir übrigens eine Ausrede einfallen lassen, warum ich Sie umarmt habe, also habe ich gesagt, dass Sie noch mal Vater werden. Ich hoffe, das ist nicht zu abgedreht.«

»Das war sehr clever.«

»Finden Sie?« Sie lachte. »Und … wenn ich immer zehn Minuten früher hier bin, um Blanche abzuholen, und Sie auch, dann könnten wir immer noch reden.«

Kapitel 26

»Verbreite es per E-Mail und in den Social Media. Lad alle deine Freunde ein«, sagte Amghad. »Wir liegen abseits der üblichen Routen, also werden die Leute kaum zufällig an uns vorbeilaufen.« Er wollte am Eröffnungsabend eine gut gefüllte Bar, um bei den zwei eingeladenen Journalisten den Eindruck zu erwecken, wir wären bekannt und beliebt.

Ich brauchte keine Social Media, um die Gesamtheit meiner Melbourner Freunde einzuladen. Ich informierte Carl (keine Zeit, muss arbeiten) und Eugenie (sorry, das hättest du früher sagen müssen). Claudia war auf einer Konferenz in Sydney. Dave und Sonia mussten an einer Veranstaltung von Zinas Schule teilnehmen. Phil würde auf Hudson aufpassen. Womit nur noch Laszlo blieb. Er erklärte sich bereit zu kommen, obwohl er dieselben Einwände gegen überfüllte Bars hatte wie ich.

Die Bar öffnete um 18.30 Uhr, und ein Mitglied der Presse, eine Journalistin namens Sylvie, traf exakt um diese Uhrzeit ein. Das Personal, bestehend aus Amghad, Rosie, Minh sowie drei Aushilfen, war deutlich in der Überzahl.

»Können Sie mir eine Margarita machen?«, wandte Sylvie sich an mich.

»Natürlich. Aber ich empfehle Ihnen, die App zu benutzen.«

Amghad schüttelte den Kopf. Der erste Drink der Bar wurde also auf konventionelle Weise bestellt, ohne unser wichtigstes Unterscheidungskriterium.

»Salz?«, erkundigte ich mich.

»Nein, danke. Und danke, dass Sie fragen.«

Ich zog den Tequila aus der Minus-fünfundzwanzig-Grad-Kühlung und nahm Limettensaft und Wasser aus dem Kühlschrank.

»Schon im Voraus gepresst?« Sylvie zog die Augenbrauen hoch.

»Korrekt. Vor vier Stunden, da das enzymbedingte Nachbittern ein komplexeres Aroma begünstigt.«

»Tja, wir werden sehen.«

Ich goss die Zutaten in den Shaker.

»Cointreau aus Blutorangen?«, fragte Sylvie.

»Zu achtzehn Prozent im Likör enthalten. Aber wenn Sie die konventionelle Art bevorzugen …«

»Machen Sie nur. Eine Margarita nach Art des Hauses ist immer mein Bezugswert.«

»Exzellenter Ansatz für eine Evaluierung.«

»Was ist das?« Sylvie deutete auf die Wasserflasche.

»Wasser.«

»Sie wollen meinen Bezugsdrink verwässern? Vor meinen Augen?«

»Korrekt. Ich füge die optimale Menge hinzu. Konventionelle Margaritas werden durch schmelzendes Eis verwässert, aber der Grad der Verwässerung hängt von Temperatur, Menge und Größe des Eises ab sowie von der Dauer und Intensität des Schüttelns. Daher unkontrolliert. Bei mir ist das Verwässern genau kontrolliert – und wenn der Drink zu stark oder zu schwach ist, können wir nachjustieren und Ihre Präferenz in unserer Datenbank abspeichern.«

Ich reichte Rosie den Shaker.

»Kein Eis?«, fragte Sylvie.

»Korrekt.«

Rosie schüttelte, um Alkohol und Zitronensaft zu mischen, und goss den Drink ins Glas.

Wir alle beobachteten Sylvie beim Probieren.

»Verdammte Hacke«, sagte sie. »Entschuldigung, aber das schmeckt überhaupt nicht, wie erwartet.«

»Die Margarita schmeckt Ihnen nicht? Ich kann …«

»Sie ist exzellent. Welchen Tequila verwenden Sie?«

»Das ist gewöhnlicher weißer Tequila aus einhundert Prozent Agave. Der Geschmack wird eher durch die Zitrusfrüchte beeinflusst. Es ist billiger, qualitativ hochwertige echte Limetten zu kaufen, als einen teuren Tequila.«

»Tja, Sie haben mich überzeugt. Jetzt hätte ich gern einen Negroni und genaue Auskunft über diese Universitätsgeschichte. Falls Sie die geben möchten.«

Ich erzählte ihr alles. Anschließend machte sie ein Foto von uns allen an der Theke, Rosie vor mir, Minh und Amghad rechts und links daneben.

»Legen Sie mal die Arme um die beiden«, sagte Sylvie. Ich kam ihrer Bitte nach. Ich wollte keine schlechte Kritik riskieren, nur weil mir zuwider war, das zu tun, was für andere im Allgemeinen kein Problem darstellte.

Nachdem die Journalistin gegangen war, sah Amghad sich in der Bar um. Immer noch keine Gäste. »Ich weiß nicht. Sie mochte die Drinks zwar, und das will was heißen, aber …«

»Entspann dich«, sagte Minh. »Wir wussten von Anfang an, dass sich das hier erst rumsprechen muss. Gib der Sache Zeit.«

»Ich kann mich nicht erinnern, dich je so gestresst gesehen zu haben«, sagte Rosie.

»Ich war nicht gestresst«, erwiderte ich.

»Wie lautet Sylvies BMI?«

Ich hatte keine Ahnung.

Ein einzelner Gast betrat die Bar. Der Kleidung nach zu urteilen, dachte ich einen Moment lang, es müsse sich um einen Obdachlosen handeln. Dann erkannte ich Laszlo.

»Laszlo ist hier«, sagte Laszlo. »Und er hat zwei Freunde mitgebracht.« Er öffnete die Tür erneut für eine Frau sowie seine Partnerin, Gelegenheitsraucherin Frances. Laszlo gab ihr ein Zeichen, und sie sagte: »Ich bin hier. Und ich habe zwei Freunde mitgebracht.« Sie schob die Tür auf und bat einen Mann und eine Frau in die Bar.

Auf diese Weise betraten immer mehr Menschen unser Lokal, die Laszlo offenkundig nach dem Schneeballsystem einbestellt hatte.

Ich erschrak. »Ich hoffe, du hast die Anzahl der Terme bei dieser geometrischen Folge begrenzt.«

»Natürlich. Die Gesamtpersonenzahl beträgt einhundertsiebenundzwanzig.«

So viele Menschen auf einen Schlag waren tatsächlich ein Belastungstest, zumal unser System auf sitzende Gäste ausgerichtet war. Amghad löste das Problem durch tablettweise Drinks auf Kosten des Hauses.

Laszlos Freunde und Freundesfreunde und Freundesfreundesfreunde tranken, redeten, durchstöberten die Bücherregale und sahen *Star Trek*. Dann kamen ein paar Mitarbeiter aus Minhs Firma. Es war lauter, als ich gehofft hatte, aber trotzdem erheblich leiser als in einer typischen Bar, vor allem, wenn man die Anzahl der Gäste bedachte.

Ich ging zu Laszlo, der gerade seinen Drink leerte. »Ausgezeichneter Limettensaft.«

»Du trinkst Limettensaft?«

»Ich habe Asperger«, sagte er. »Also trinke ich Fruchtsaft. Aber ich bin auch Ungar. Also trinke ich ihn mit Wodka.«

»Bestell dir noch einen. Geht aufs Haus.«

»Nein. Du führst ein Unternehmen, und deinem Wunsch gemäß leiste ich einen kleinen Beitrag.«

Brendan, der zweite Journalist, traf um 21.13 Uhr ein. Er war Mitte fünfzig und übergewichtig – mit einem BMI von etwa zweiunddreißig.

Diesmal bemühte ich mich, die Vorteile der Online-Bestellung zu propagieren. Brendan gab die ersten Daten ein, litt aber anscheinend unter Konzentrationsschwäche.

»Ich habe keine Zeit, die allgemeinen Geschäftsbedingungen zu lesen«, sagte er.

»Tippen Sie einfach auf OK«, sagte Rosie.

»Allergien?«, fragte Brendan. »Was soll das denn?«

»Haben Sie welche?«, fragte ich.

»Keine, die mich am Trinken hindern.«

»Dann wählen Sie ›keine‹. Und dann geben Sie Ihre Kreditkartendaten ein.«

»Vergessen Sie's. Machen Sie mir einfach einen *Old Fashioned.* Geht das so, oder brauchen Sie noch meine Schuhgröße?«

Amghad nickte heftig und schüttelte dann den Kopf.

Ich mixte Brendan einen *Old Fashioned* und danach, während ich das Design der Bar und die Vorteile der App erklärte, einen zweiten. Mit seinem dritten Cocktail mischte er sich unter die Menge und begann ein längeres Gespräch mit Laszlo. Danach kehrte er an die Theke zurück und bestellte noch »einen für unterwegs«. Er war der letzte Gast, der die Bar verließ – um 22.34 Uhr.

»Älteres Publikum, früher Schluss«, sagte Amghad. »Wir haben uns gut gehalten.«

»Jede Werbung ist gute Werbung«, meinte Amghad. So gesehen waren die zwei Artikel, die Sylvie und Brendan veröffentlichten, gute Werbung. Ansonsten hätte ich sie als »schlechte Werbung« kategorisiert.

Sylvies Artikel erschien acht Tage später in der Zeitung, die meine Position im Universitätsstreit unterstützt hatte. Sie vertrat die Auffassung, dass »der klügste Mann von Melbourne« seine Fähigkeiten einsetze, um »die wahrscheinlich weltbeste Margarita zu mixen«, doch sollte ich meine Talente vielleicht besser in der Krebsforschung einsetzen.

Professor Lawrence rief an. Sie hoffe, die Bar laufe gut, denn der Zeitungsartikel habe »Öl ins Feuer gegossen«. Nun ja: Die Bar lief nicht gut. Ich konnte sie sogar allein führen. An den meisten Abenden hatten wir nur zwei Gäste – ein männliches Paar in den Zwanzigern, das Bücher las und nichtalkoholische Getränke konsumierte.

Brendans Artikel erschien eine Woche später in einer Online-»Lifestyle«-Zeitschrift. Er war durch und durch negativ, mit möglicher Ausnahme eines »speziellen« *Old Fashioned*, und die Überschrift lautete: *Wo man trinkt, wenn man nicht alle Tassen im Schrank hat.*

Erst bei der zweiten Lektüre verstand ich, was Brendan damit ausdrücken wollte: Er betrachtete Menschen mit einer Vorliebe für Science-Fiction in reizarmer Umgebung als »Nerds«, »im Spektrum« und als »die Sorte von Strebern, die in der Schule immer alle Hausaufgaben gemacht hatten«. Alle diese Vokabeln, sogar die letzte, waren negativ gemeint. Offenbar ordnete er Minh und mich dieser Kategorie zu, obwohl er mit Minh kaum ein Wort gewechselt hatte.

Amghad hielt mich davon ab, ihn zur Rede zu stellen und eine Richtigstellung zu verlangen.

Nachdem ich eine extra Trainingsstunde eingelegt hatte und mein Ärger langsam nachließ, erkannte ich, dass er unter anderem auf einem Missverständnis beruhte. Ich war davon ausgegangen, dass vor allem die Sorte von Leuten, gegen die sich Brendans Spott richtete, zur Klientel meiner Bar gehören würde.

Kapitel 27

Minh machte mich auf den »Tweet Storm« zu Brendans Artikel aufmerksam. Eine Twitter-Userin unter dem Nutzernamen @TazzaTheGeek forderte, Brendan müsse gefeuert werden. Der Tweet war extrem oft geteilt und von Sci-Fi-Fans sowie bekennenden Autisten kommentiert worden. Zwischen beiden Gruppen schien es eine große Schnittmenge zu geben.

TazzaTheGeek schlug vor, Autisten sollten ihre Solidarität bekunden, indem sie *The Library* besuchen. Amghad hielt Werbung in den Sozialen Medien allerdings für nicht effektiv, und damit erwartete ich keine weiteren Folgen.

Am selben Abend um 20.06 Uhr rief ich Rosie an. »Du musst sofort kommen. Wir haben Gäste. Siebenunddreißig.«

»Sag Minh Bescheid.«

»Sie ist schon auf dem Weg. Es ist unfassbar aufregend.«

»Jemand muss auf Hudson aufpassen.«

»Bring ihn mit. Plus Buch, plus Schlafsack.«

Rosie brachte nicht nur Hudson, sondern auch Dave mit.

Rosie setzte Hudson an den Bestellbildschirm.

Sehr bald zeichnete sich ein Problem ab. Eine signifikante Menge an Gästen war nicht fähig, die App zu benutzen.

»Ich weiß nicht, welche Temperatur und welchen Verdünnungsgrad ich möchte. Können Sie mir nicht einfach einen ganz normalen Cosmopolitan machen?«, fragte eine Frau in einem grauen Trainingsanzug.

»Kein Problem«, antwortete Rosie, bevor ich protestieren konnte.

»Könnte es sein, dass wir wegen der App Kundschaft verlieren?«, fragte sie, während sie den Drink mixte.

»Es ist unser besonderes Merkmal.«

»Was ist mit der Einrichtung …«

»Wir haben sie eingehend auf Benutzerfreundlichkeit getestet.«

»Du, Hudson, Blanche und …«

»Laszlo. Exquisite Testpersonen.«

Rosie lachte. »Aber nicht gerade die Durchschnittsbarbesucher.«

Hudson hatte uns gehört. »Habt ihr einen Markierstift?«

»Ja.«

»Wo?«

»Oberste Schublade links.«

Er holte einen roten Markierstift. »Schreib *App-Hilfe* auf meine Stirn.«

»Don …«, begann Rosie, aber ich schrieb bereits.

Etwa eine Stunde später deutete Rosie auf Hudson, der bei den Bücherregalen stand und sich angeregt mit einem Mann unterhielt: Alter um die vierzig, geschätzter BMI von zweiunddreißig.

»Er redet schon viel zu lange mit dem Typen, finde ich.«

»Dasselbe dachte ich auch gerade«, sagte Dave.

»Wieso? Stimmt mit ihm etwas nicht?«

»Ist einfach ein bisschen beunruhigend, falls du weißt, was ich meine«, sagte Dave.

Der Gast trug eine Halbglatze und das restliche Haar überdurchschnittlich lang, dazu Bart und Brille, ein Heavy-Metal-Shirt, Jogginghose und Laufschuhe. Carl hatte mich dafür kritisiert, Laufschuhe zu normalen Hosen zu tragen, aber heute Abend war die Kombination offenbar sehr beliebt.

»Ein dem Stereotyp entsprechender Science-Fiction-Fan. Oder Naturwissenschaftler«, sagte ich.

»Oder ein Gestörter«, meinte Dave. »Ich sage nicht, dass er das ist, aber er sieht so aus, wie man sich einen Gestörten vorstellt. Und er hängt mit einem Elfjährigen ab.«

Bevor wir einschreiten konnten, ging einer unserer beiden Stammgäste, ein großer, schlanker Mann mit Brille, langen Haaren und Ziegenbart zu Hudson. Der andere, kleiner und mit dunklen Locken, gesellte sich dazu, und der ältere Gast entfernte sich.

Kurz darauf kam der große Mann an die Theke und wandte sich an Rosie.

»Entschuldigung, aber Sie sind Hudsons Mutter, oder? Rosie?«

Rosie bestätigte es.

»Ich bin Merlin. Ich dachte, Sie machen sich vielleicht Sorgen, dass wir mit Hudson reden. Irgendein Typ hat lange mit ihm gequatscht, und das fanden wir ein bisschen unheimlich, also sind wir dazwischengegangen. Aber dann dachte ich, Sie könnten dasselbe von uns denken.«

»Danke, dass Sie Bescheid sagen. Hudson ist erst elf.«

»Das wissen wir. Aber immerhin sind seine Eltern wenigstens in der Nähe. Übrigens glaube ich, dass Sie die Mutter meines Freundes kennen. Katerina.«

Rosie schien sich sehr zu freuen, sie lächelte. »Ah! Sagen Sie Anast… Tazza doch bitte, dass … er auch herkommen soll. Ich habe ihn nicht mehr gesehen, seit er acht war.«

»Er ist ein bisschen schüchtern. Ich wollte auch nur Bescheid geben, mit wem Hudson da spricht.«

Rosie erklärte ihre Verbindung. Katerina war die Schulkameradin mit dem autistischen Sohn, dem es jetzt »gutging«. Ich erkannte den Namen wieder: TazzaTheGeek hatte gefordert, dass Journalist Brendan gefeuert werde, und so den bisher erfolgreichsten Abend der Bar initiiert.

Es war gut, dass Hudson einen Schlafsack dabeihatte. Bevor er sich in Minhs ehemaligem Büro schlafen legte, sagte er: »Kann ich morgen wieder mitkommen? Ich kann spät ins Bett gehen und zur alten, späteren Zeit aufstehen. Wir müssen die App überarbeiten.«

»Du kannst die App zu Hause umschreiben«, sagte ich.

»Pfff«, meinte Hudson. »Ich muss aber rausfinden, was die Leute wollen. Ohne Auskunft der User kann man eine Software nicht verbessern.«

Ich erklärte ihm, dass kein Grund bestehe, die App zu verbessern, wenn der Anstieg der Gästezahl nur ein vorübergehendes Phänomen bliebe.

»Wenn wir die App nicht umschreiben, bleibt das … Fenumen auf jeden Fall vorübergehend.«

Die verbesserte Gästelage war kein vorübergehendes Phänomen: Brendans Artikel hatte eine Menge Leute mobilisiert, die nun regelmäßig kamen und die Bar auch ihren Freunden empfahlen.

»Die Arbeit hier macht mir ja nichts aus, wenn sie für uns ist«, sagte Rosie eines Abends, als sie Gläser in die Spülmaschine räumte. »Aber heute waren ein paar Leute von der Stiftung für Seelische Gesundheit da, und weißt du, was Judas zu mir sagte, während Stefan den Projektor aufbaute?«

»Er hat dich gebeten, Kaffee zu holen.«

»Hab ich das etwa schon erzählt?«

»Einen ähnlichen Vorfall gab es bereits, und die Geschichte ist immer ein exzellenter Prophet der Zukunft.«

»Tja, genau das hat er gemacht. ›Rosie? Vielleicht ein Becher Kaffee für jeden?‹«

Mir schien das eine sinnvolle Aufgabenverteilung in Anbetracht dessen, dass Stefan beschäftigt war und Judas vermutlich die Gäste unterhielt, damit sie das Projekt finanzierten, aber ich hütete mich, darauf hinzuweisen. »Vollkommen unvernünftig«, sagte ich also. »Wie hast du reagiert?«

»Ich sagte: ›Danke, Simon, das ist eine hervorragende Idee.‹ Die zwei Frauen von der Stiftung kriegten das mit, und sobald er rausgegangen war, um Kaffee zu holen, brachen sie in schallendes Gelächter aus. Er muss das gehört haben, hat aber nichts gesagt. Ich gehe übrigens davon aus, dass ich für meine Arbeit hier bezahlt werde, oder?«

»Natürlich. Deine Stunden werden später zum Abbezahlen unseres Anteils verrechnet.« Ich hatte Rosies Arbeit bislang eigentlich als Unterstützung für mich persönlich betrachtet. Als ich dies Amghad und Minh gegenüber erwähnte, bestanden sie auf eine Rückdatierung ihres Arbeitszeitguthabens. Und kritisierten mich dafür, dass ich das Thema nicht schon früher ins Spiel gebracht hatte.

Kapitel 28

Eine Woche später rief die Schulleiterin an. Sie wolle mich sehen, ich solle alleine kommen. Es sei ein »sehr unangenehmes Thema«, das sie lieber nicht am Telefon besprechen wolle.

Rosie bestand darauf, mitzukommen. »Wenn die mich nicht dabeihaben wollen, sollte ich erst recht mitgehen.«

Rabbit war nicht anwesend, nur die Schulleiterin.

»Professor Tillman, Dr. Jarman«, sagte sie. »Wir alle machen mal Fehler, und ich fürchte, in diesem Fall ist ein sehr schwerwiegender begangen worden.«

»Eine Autismusdiagnose?«, fragte ich.

»Nein, darum geht es diesmal nicht. Wissen Sie noch, dass Sie uns sagten, man hätte Hudson einen unglücklichen Spitznamen gegeben?«

»Bazi?«, sagte Rosie. »Meinen Sie den?«

»Ich fürchte, so lautet der Spitzname gar nicht. Sie sind keine Juden, oder?«

Ich schüttelte den Kopf.

»Na, das ist ja immerhin schon etwas. Die Kinder nennen ihn Nazi, und wir müssen natürlich alles nur Erdenkliche tun, um das zu unterbinden. Aber …«

»Kinder sind eben Kinder«, meinte Rosie. »Aber warum Nazi? Sie werden uns hoffentlich nicht erzählen, dass er irgendetwas Furchtbares gemacht hat.«

»Nein. Nur das, was er immer macht. Anscheinend hat

er Mr Warren wieder einmal korrigiert, und Mr Warren hat, ohne weiter nachzudenken, den Begriff ›Grammatik-Nazi‹ vor sich hin gebrummt.«

»Kein Filter«, sagte ich, ohne weiter nachzudenken.

Die Rektorin sah mich eine Weile an, dann fuhr sie fort: »Die Kinder haben es aufgeschnappt und übernommen, nur ohne den Grammatik-Teil. Mr Warren ist das sehr unangenehm, und er bereut es zutiefst. Aber …«

»Wie haben Sie es herausgefunden?«, fragte Rosie.

»Sie hatten mich gebeten, etwas wegen seines Spitznamens zu unternehmen. Ich weiß, welche Kinder ich fragen muss, um eine ehrliche Antwort zu bekommen. Und Mr Warren hat sofort gestanden, als ich ihn damit konfrontierte.«

Informanten. Geständnisse. Nazis. Die Schule hatte sich seit meiner Kindheit nicht verändert.

»Wenn Sie darauf bestehen – und ich könnte durchaus verstehen, wenn Sie das täten –, müssten wir ein Disziplinarverfahren einleiten. Im heutigen politischen Klima müssten wir Mr Warren vielleicht sogar vom Dienst suspendieren. Es täte mir aber ausgesprochen leid, wenn …«

»Unfassbar«, sagte ich. »Aber es erinnert mich an mei …«

Rosie gab mir das Stopp-Signal. »Könnten Don und ich kurz allein sprechen?«

Die Schulleiterin wirkte nicht glücklich. Wir gingen vor die Tür.

»Du wolltest denen das doch nicht durchgehen lassen, oder?«, wollte Rosie wissen. »Nur, weil du …«

»Du meinst den Genetikvorlesungseklat? Korrekt. Er …«

»Deshalb wollten sie dich hier auch alleine haben. Mr Liebenswert. Mr Mitgefühl. Mr Männliche Solidarität.«

»Möglich. Aber …«

»Findest du es okay, wenn sie Hudson Nazi nennen?«

»Abgeleitet von Grammatik-Nazi. Das habe ich schon häufiger gehört. Mein Vater war auch einer. In einer Seinfeld-Folge gibt es einen Suppen-Nazi.«

»Don, du bist wegen so einer Sache gefeuert – na gut: suspendiert – worden. Ich sage nicht, dass Neil dasselbe blühen muss, aber wir sollten da schon noch etwas Druck ausüben.«

Rosie schlug vor, dass wir uns einen Kaffee holen und etwas Zeit nehmen sollten. »Lass sie ruhig ein bisschen schmoren.«

Bei unserer Rückkehr sah es nicht so als, als hätte die Schulleiterin geschmort. Sie ging vor ihrem Büro auf und ab, da sie vermutlich über irgendein Problem nachdachte.

»Danke, dass Sie wiedergekommen sind«, sagte sie. »Ich möchte noch einmal betonen, dass mir diese Sache ganz furchtbar leid tut.«

»Uns auch«, erwiderte Rosie. »Wie Sie vielleicht wissen, hat Don nach einem weitaus harmloseren Zwischenfall an der Universität – mit Erwachsenen, keinen Schulkindern – entschieden, dass es das Beste wäre, von der Bildfläche zu verschwinden.«

»Ja, das wissen wir ... Ich dachte, dann versteht er vielleicht, dass wir alle einmal Fehler machen ...«

»Korrekt«, sagte ich. »Rabbit hat etwas ganz und gar Unangemessenes gesagt. Wir sollten die Möglichkeit in Betracht ziehen, dass er autistisch ist.«

Ich sah, dass Rosie ein Lachen nur mühsam unterdrückte.

»Wir sollten wieder in mein Büro gehen«, sagte die Rektorin.

Sie bedeutete uns, auf zwei Sesseln in der Ecke Platz zu nehmen anstatt vor ihrem Schreibtisch. »Ich verstehe, worauf Sie hinauswollen«, sagte sie. »Und es ist durchaus möglich, dass Neil Ihren Sohn Hudson vorschnell in eine Schublade gesteckt hat ...«

»Man nennt ein Kind Nazi, seine Klassenkameraden übernehmen das. Dann geht man hin und erklärt, das Kind sei bei den anderen nicht beliebt und schlägt psychiatrische Maßnahmen vor«, fasste Rosie zusammen.

»Also, diese Reihenfolge stimmt nicht ganz … Wie wollen wir nun weiter verfahren?«

»Wir sind mitten im dritten Schulquartal«, sagte ich, wie von Rosie instruiert. »Um Unruhe zu vermeiden, könnten wir weitere Maßnahmen vielleicht bis zum Ende des Schuljahres verschieben und beobachten, wie es von jetzt an weitergeht.«

»Wegen des Spitznamens werden wir alles in unserer Macht Stehende tun. Nichtsdestoweniger müssen wir Hudson in eine Parallelklasse versetzen.«

»Warum?«, wollte ich wissen. »Er mag keine Veränderungen.«

»Das verstehe ich ja, aber … nun ja … Veränderungen sind Teil des Lebens, nicht wahr? Wenn Sie sich am Ende des Schuljahres zu einer offiziellen Beschwerde entschließen sollten, müssen wir nachweisen können, dass wir zumindest versucht haben, Gegenmaßnahmen zu ergreifen. Wir können Hudson nicht bei einem Lehrer lassen, der ihn nachweislich diskriminiert hat.«

»Nein, das sieht nicht gut aus«, sagte ich.

»Scheiße«, sagte Rosie, als wir draußen waren. »Weißt du, warum sie ihn die Klasse wechseln lassen? Sie will vermeiden, dass Hudsons Lehrer uns etwas schuldet.«

»Was deiner Meinung nach positiv gewesen wäre.«

»Korrekt.«

»Ihr habt denen von meinem Spitznamen erzählt. Ihr habt versprochen, ihr würdet es nicht tun, und dann habt ihr es doch getan, und jetzt muss ich die Klasse wechseln!«

Das war eine exzellente Zusammenfassung unserer Handlungen. Und es war genau das, wofür ich meine Eltern gehasst hätte und was ich bei Hudson hatte vermeiden wollen. Ich freute mich schon darauf, Rosies Erklärung für ihr Verhalten zu hören.

»Erklär du das, Don«, sagte Rosie. »Du warst auch dabei.«

Ich versuchte, mich an die Gespräche zu erinnern. Es fiel mir schwer, aber an eine wichtige Sache erinnerte ich mich.

»Wir haben versucht, in deinem Interesse zu handeln. Die Enthüllung deines Spitznamens diente einem höheren Ziel.«

»Was meinst du damit?«

Rosie und ich sahen einander an.

»Ihr redet *andauernd* mit denen. Das weiß ich doch. Worüber redet ihr die ganze Zeit?«

Rosie und ich tauschten erneut Blicke.

»Mr Warren denkt, mit mir stimmt was nicht, oder? Weil ich Cricket nicht mag und Harry Potter, und weil ich kurze Hosen trage und mit einem Mädchen befreundet bin. Und weil ich Dinge weiß, die er nicht weiß. Und …« Hudson stand auf. »Deshalb lasst ihr mich auch all diese Sachen lernen. Ihr wollt, dass ich mich ändere.«

»Wir wollen, dass dir die Schule leichter fällt«, sagte ich.

»Ihr könnt mich so, wie ich bin, nicht leiden. Sonst würdet ihr mich nicht ändern wollen.«

»Wir haben dich beide sehr lieb«, sagt Rosie. »Dein Vater versucht nur, dir etwas beizubringen, so wie alle Väter das tun. Sein Vater hat ihn Karate lernen lassen, als er sieben war. Zuerst mochte er es nicht, aber jetzt … Du freust dich doch, dass du jetzt Rad fahren kannst, oder etwa nicht?«

»Ich will nicht darüber reden«, sagte Hudson. »Ich fühle mich krank. Ich glaube, ich kann morgen nicht zur Schule gehen.«

»Das musste ja irgendwann passieren«, sagte Rosie, als

Hudson in seinem Zimmer verschwunden war. »Was willst du jetzt machen?«

»Ich muss jetzt arbeiten.«

Bei der Änderung meines Wochenplans hatte ich nicht bedacht, dass Hudsons abendlicher Wechsel von mir zu Rosie längere Gespräche erfordern könnte. Ich musste um Punkt 18.00 Uhr in der Bar sein. Wann immer Rosie ihre Arbeit früher verlassen wollte, war ein Kommentar von Judas fällig.

»Er sagt dann: ›Kein Problem, Rosie, wir wissen ja, dass du dich um Hudson kümmern musst. Was auch immer du gerade tust, hat sicher Zeit bis morgen‹«, sagte Rosie.

»Das klingt doch sehr zuvorkommend.«

»Ist aber nicht so gemeint. Wenn Stefan mal früher gehen will, fragt kein Mensch, warum, und es stellt auch niemand irgendwelche Vermutungen an. Ich dagegen bin Mutter – also ist das automatisch der Grund.«

Allerdings könnten Rosie und ich uns in der Bar unterhalten, denn das Fernbestellsystem minimierte mögliche Unterbrechungen durch Gäste. Ich schlug vor, dass sie mitkommen solle.

»Und was ist mit Hudson? Vielleicht ist er tatsächlich krank. Und ich wollte heute Abend kochen.« Zwei der Standardmahlzeiten hatten sich als zum Wiederaufwärmen ungeeignet erwiesen.

»Apropos«, fuhr Rosie fort, »da ist noch etwas, das du deinem Sohn beibringen könntest. Wenn ich sage: ›Ich gehe Wäsche aufhängen, sieh du bitte nach dem Reis‹, dann bedeutet das nicht: ›Sieh dir an, wie alles Reiswasser verkocht und der Reis anbrennt, bis am Ende der Rauchmelder anschlägt.‹«

»Offenbar warst du zu lange weg.«

»Er hätte doch nur den Herd ausschalten müssen. Selbst *du* hättest das hingekriegt.«

»Ja, weil ich mittlerweile ein erfahrener Koch und erheblich älter bin. Ich werde es ihm morgen erklären, um eine Wiederholung zu verhindern«, sagte ich. »Zumindest eine Wiederholung dieses speziellen Szenarios.«

»Mach dir keine Mühe. Ich glaube, er hat es verstanden.«

»Aber du hast mich doch gebeten …«

»Ich hatte gehofft, du könntest ihm dazu ein allgemeines Prinzip vermitteln. Aber ich versteh schon … das wird nicht funktionieren.«

»Eine gute Entscheidung. Das momentane Problem hat auch deutlich Vorrang. Was gemäß unserer vereinbarten Arbeitsteilung zu meinem Verantwortungsbereich gehört.«

»Und das bedeutet?«

»Dass ich morgen mit ihm reden werde. Anstatt Schule.«

Kapitel 29

Rosie informierte die Schulleiterin, dass Hudson nicht zur Schule kommen werde, weil die Nazi-Angelegenheit besprochen und er sich auf den Klassenwechsel einstellen müsse.

»Ich glaube, Bronwyn hat ein bisschen Angst vor mir«, sagte Rosie.

»Ich nehme an, du bist nicht wirklich krank, sondern brauchst Zeit zum Nachdenken und um dich von den Ereignissen zu erholen«, sagte ich, nachdem Rosie zur Arbeit aufgebrochen war.

Hudson dachte einen Augenblick nach, dann nickte er. »Das stimmt.«

»Erwachsene machen so was auch. Sie melden sich einen Tag krank, ohne nachweisbar krank zu sein, einfach, um ihre geistige Gesundheit zu erhalten. Das System bietet da nicht genug Optionen. Aber wir müssen jetzt eine dauerhafte Lösung finden.«

»Ich will nicht in eine andere Klasse.«

»Als Erstes müssen wir entscheiden, ob das dein endgültiges Urteil ist oder verhandelbar. Wenn es verhandelbar ist, bleiben mehr Möglichkeiten für innovative Lösungen.«

Ich machte mir einen Kaffee, während Hudson meinen Vorschlag überdachte.

»Verhandelbar«, sagte er dann.

»Exzellent. Zum Problemlösen muss man die Situation zuerst analysieren und dann Ziele festlegen. Wir dürfen Fragen stellen und Informationen austauschen, aber noch keine Lösungen formulieren. Danach folgt eine Auszeit, in der das Unterbewusstsein an dem Problem arbeitet, während wir etwas ganz anderes machen. Da wir insgesamt nur einen Tag Zeit haben, würde ich dafür drei bis vier Stunden veranschlagen. Danach arbeiten wir gemeinsam an einer Lösung.«

»Wenn wir das Problem bis Mittag gelöst haben, können wir dann zum Bücherkaufen nach Clunes fahren?«

»Das wird nicht funktionieren, denn die Auszeit ist wichtig, um die bestmögliche Lösung zu finden.«

»Und wenn wir während der Auszeit nach Clunes fahren und Bücher kaufen?«

»Brillante Idee.«

Wir machten uns umgehend auf den Weg. Der Plan lautete folgendermaßen: Situationsanalyse auf der Hinfahrt; Auszeit beim Büchertauschen; Lösungssuche auf der Rückfahrt. Ein zusätzlicher Bonus bestand darin, dass unser Unterbewusstsein Clunes bereits mit Entspannung und Erholung nach einer schwierigen Situation gleichsetzte.

»Mr Warren denkt, dass du nicht ausreichend Sozialkompetenz hast, um auf der Highschool zurechtzukommen.«

»Da werden dieselben Kinder sein wie jetzt. Wir kommen alle zusammen in die nächste Stufe.«

Die nächsten siebenundfünfzig Minuten schwieg er, außer dass er hin und wieder Angaben auf Straßenschildern oder Reklametafeln laut vorlas – etwas, das ich ebenfalls machte, wenn ich allein im Auto saß. Ich nutzte die Zeit zum Nachdenken und erkannte, dass Hudson sich weigerte, als von Natur aus unzulänglich eingestuft zu werden, und sei es nur in einigen wenigen Bereichen. Es wäre passender gewesen, seine Situation mit »schlecht vorbereitet« zu beschreiben.

»Hast du mal irgendein Science-Fiction-Buch gelesen, in dem ein Mensch vollkommen unvorbereitet ins All fliegen muss?«, fragte ich ihn.

»Jede Menge. Manchmal ist es ein Kind.«

»Manchmal haben sie aber auch Zeit, um ein paar Dinge zu lernen und zu trainieren, und das gehört dann mit zur Geschichte. Korrekt?«

»Manchmal, ja.«

»Kannst du ein Beispiel nennen?«

»Ja.« Hudson schwieg, dann lachte er. »Das ist so ein typischer Satz von dir. Das machst du extra, oder?«

»Korrekt.«

»Ein paar Bücher von Robert Heinlein«, sagte Hudson. »Er hat viele Jugendbücher geschrieben, zum Beispiel … *Von Stern zu Stern.*«

»*Raumjäger* ist besser, aber *Von Stern zu Stern* ist tatsächlich ein passendes Beispiel«, sagte ich.

»Du hast gesagt, du liest keine Science-Fiction.«

»Das tue ich jetzt auch nicht mehr. Aber ich *habe* mal viel gelesen – in einer Zeit, in der ich sehr unglücklich war.«

»Damit du dir vorstellen konntest, du wärst jemand anders?«

»Korrekt.«

»Warum warst du unglücklich?«

»Ich hatte keine Freunde. Aber der Punkt ist: Der Junge, der per Telepathie mit seinem Zwillingsbruder kommuniziert, muss ohne jede Vorbereitung ins All reisen. Die Zeit reicht nur, um ihm die allerwichtigsten Dinge beizubringen, durch die man in einer lebensfeindlichen Umgebung überleben kann.«

Hudson lachte. »Highschool.«

»Korrekt.« *Autisten verstehen keine Analogien.*

»Seine größte Stärke ist die Telepathie, aber diese Stärke ist wertlos, wenn er einen Fehler macht und durch Sauerstoffmangel stirbt oder sich nicht gegen Aliens wehren kann.«

»Ich glaube nicht, dass ich auf der Highschool in Lebensgefahr gerate.«

»Richtig. Aber du könntest ›sterben‹ mit ›unglücklich sein‹ gleichsetzen. Wenn ein paar Fähigkeiten, die du dir in wenigen Monaten aneignen kannst, das beheben könnten …«

»Und du denkst, du weißt, was für Fähigkeiten das sind?«

»Du kannst mich als erfahrenen Astronauten ansehen, der im All ein paarmal fast gestorben wäre.«

»Weil du ungeschickt warst.«

»Korrekt. Man lernt besser von Menschen, die sich ihr Wissen und Können mühsam aneignen mussten, als von denen, die von Natur aus begabt sind.«

»Tja, aber du bist ein *alter* Astronaut. Die Zeiten haben sich geändert. Ich glaube nicht, dass Schule heute noch so ist wie früher.«

»Stimmt. Wir sollten den Plan also noch mal überarbeiten und sehen, welche Kompetenzen wir als zwingend notwendig erachten. Wahrscheinlich wirst du weiterhin schwimmen wollen. Und programmieren?«

»Du hast gesagt: keine Lösungen, bevor wir nach Hause fahren.«

»Ich sammle nur weitere Informationen.« Wie so oft, bekam ich das Gefühl, dass die Formulierung des Problems der schwierigste Teil gewesen war.

Wir verbrachten zwei Stunden und zwanzig Minuten in Clunes, kauften Bücher und aßen frittiertes Hühnchen.

Auf der Heimfahrt schlug Hudson mehrere Änderungen des Wochenplans vor, die mir vernünftig erschienen, aber ich hatte ihm bereits gesagt, dass ich sie vorher mit Rosie besprechen müsse.

»Warum Clunes?«, fragte Rosie. »Ihr hättet auch nach Shepparton fahren und deine Mutter besuchen können. Du hast sie seit der Beerdigung nicht mehr gesehen.«

»Exzellente Idee, aber leider kommt sie zu spät. Außerdem habe ich am Sonntag mit ihr telefoniert.« Die wöchentlichen Anrufe setzte ich auch nach dem Tod meines Vaters fort. »Und wir mussten uns auf Hudsons Problem konzentrieren, dass er in der Schule nicht glücklich ist. Das wir gelöst haben. Sofern du zustimmst.«

»Erzähl.«

»Er will nicht mehr um 5.20 Uhr aufstehen, um vor der Schule zu lesen. George wird er dann am Wochenende anrufen.«

»So weit, so gut.«

»Logischerweise kann er so abends länger aufbleiben. Er will weiterhin, wie verabredet, Phil und Eugenie besuchen.«

»Ich durchschaue deinen Plan. Her mit den schlechten Nachrichten.«

»Er will jeden Abend mit in die Bar kommen. Und er möchte dafür bezahlt werden, dass er die App für *The Library* mitentwickelt hat und jetzt betreut.«

»Was wird er dann essen? Die Frage bedeutet nicht, dass ich zustimme – ich will es nur wissen.«

»Pizza.«

»Auf keinen Fall. Er wird nicht jeden Abend Pizza essen.«

»Das war ein Spaß. Er ist zu einer Änderung seines Speisenplans bereit, aber er will in der Bar essen.«

»Wegen meiner Kochkünste?«

Bei der Vorbereitung meiner kleinen Präsentation hatte ich entschieden, Hudsons Meinung zu diesem Thema nicht bekanntzugeben. Ich machte eine hilflose Geste.

»Er kann doch nicht jeden Abend in die Bar gehen.«

»Wie lauten deine Einwände?«

»Er ist elf.« Rosie dachte nach. »Er hatte auf alles schon eine Antwort, stimmt's?«

»Korrekt. Es ist ein Familienunternehmen. Laut Gesetz darf er eine begrenzte Anzahl von Stunden dort arbeiten. Sein Vater ist anwesend, also ist er beaufsichtigt, und du kannst jederzeit dazukommen. Bevor er mitgeht, wird er seine Hausaufgaben erledigen. Falls er eine Auszeit braucht oder es eine problematische Situation gibt, kann er sich in Minhs früheres Büro zurückziehen.«

»Und wozu das alles? Abgesehen davon, dass er Geld verdient?«

»Anhand der App kann er weiter programmieren üben, und diese Fähigkeit könnte die Grundlage einer respektablen und gutbezahlten Karriere werden.«

»Das hat er gesagt?«

»Nein, das ist eine Zusatzinformation von mir. Sein Argument war, dass er in einer für gesellschaftliche Interaktionen bekannten Umgebung Sozialkompetenz üben kann. Und über die Art und Weise, wie die Leute die App benutzen, lernt er, wie sie denken. Was wiederum eine wichtige Lebenskompetenz ist.«

»Die Kunden sind aber alle Erwachsene.«

»Personen, die in gesellschaftlichem Umgang bereits versiert sind, so dass er quasi einen Fortgeschrittenenkurs absolviert. Seine Worte.«

»Hast du dir die Leute, die in die Bar kommen, mal genauer angeguckt?«

»Sie sind alle unterschiedlich. Absolut perfekt. Und – ist der Vorschlag angenommen?«

»An vier Abenden pro Woche – maximal. Ich will auch Zeit mit ihm zu Hause verbringen, und er braucht das ebenfalls.«

»Ich gehe davon aus, dass er das akzeptabel findet.«

»Freut mich zu hören. Aber wie will er überhaupt hinkommen?«

»Er möchte eine Monatskarte, damit er Straßenbahn fahren kann. Eine weitere notwendige Lebenskompetenz.«

»Ich bin mir nicht sicher, ob er dafür schon …«

Zu Beginn des Jahres hatte Hudson probehalber eine kurze Straßenbahnfahrt allein unternommen und seine Haltestelle verpasst. Wir mussten lange nach ihm suchen, und es war für ihn wie auch für Rosie ein traumatisches Erlebnis gewesen.

»Wir haben den Vorfall rekapituliert. Offenbar hattest du nicht genau genug erläutert, worauf er achten soll, während jeder Halt unverwechselbar durch Linien- und Haltestellennummer gekennzeichnet ist. Nach deinen Angaben hätte selbst ich Schwierigkeiten gehabt, mich zurechtzufinden.«

»Okay, das sehe ich ein, aber ich denke auch an seine Sicherheit …«

»Melbourne ist eine der sichersten Städte der Welt. Die Wahrscheinlichkeit, dass ein Kind in einem öffentlichen Verkehrsmittel Opfer von Gewalt wird, ist denkbar gering, erhält in den Medien jedoch überproportionale Aufmerksamkeit. So wie Angriffe durch Krokodile. Dass Hudson verletzt oder getötet wird, wäre viel wahrscheinlicher, wenn er …«

»Stopp, danke, ich hab's kapiert! Er will sein Leben mehr selbst in die Hand nehmen, eigentlich ein gutes Zeichen. Vielleicht lässt sich das dann auch auf die Schule übertragen, aber … Moment mal. Was ist eigentlich mit dem Klassenwechsel?«

Ich lächelte. »Akzeptiert.« Aus irgendeinem Grund war dieses Problem erst unlösbar, dann verhandelbar und schließlich irrelevant geworden.

»Weißt du, warum?«, meinte Rosie. »Er wollte sowieso von Rabbit weg. Und sobald er alles bekommen hatte, was er wollte, konnte er dem Wechsel getrost zustimmen.«

Kapitel 30

Dave kam einige Male in die Bar, um zu helfen, fand es jedoch schwierig, Menschen beim Genuss alkoholischer Getränke zuzusehen, ohne selbst etwas zu trinken. Ich hingegen hatte mir die Regel auferlegt, vor oder während meiner Arbeitszeit null Alkohol zu trinken. Infolgedessen hatte sich mein Alkoholkonsum erheblich reduziert.

»Ich werde zu Hause noch ein paar Klötze sägen«, verkündete Dave am Ende seiner Schicht, die sich als seine letzte erweisen sollte.

»Pass auf, dass sich das nicht zur Sucht auswächst. Vielleicht solltest du einen Psychiater aufsuchen.«

»Guck doch mal«, erwiderte er. »Neue Hose. Ich habe fast acht Kilo abgenommen. Und … Hat Hudson dir denn nichts erzählt?«

»Was erzählt?«

»Wir haben das erste Set verkauft.«

Dave nahm sein Handy und zeigte mir die Webseite.

3BS: Bechlers Beste Bauklotz-Sets. Anfassbar gut – unfassbar genial. Aus Naturholz handgefertigt von David Bechler.

»Hudson fand, dass David künstlerischer klingt als Dave.«

»Aber der Preis kann nicht stimmen. Das scheint mir unfassbar teuer.«

»Tja: handgefertigt!« Dave lachte. »Zuerst fand ich das auch, aber dann hat Hudson erzählt, was die Klamotten bei seinem Freund Carl kosten, und ich dachte: Verdammt, was soll's? Runtergehen können wir immer noch. Aber mindestens eine Person hält sie für genau so viel wert, wie wir verlangen.«

Als wir ausnahmsweise mal mit dem Auto zur Schule fuhren, sprach ich das Thema an.

»Wer hat sich den Namen ausgedacht? *Bechlers Beste Bauklötze?*«

»Dave und ich. Eigentlich wollten wir ›weltbeste‹ nehmen, weil du das immer sagst, aber dann hätte es mit den drei Bs nicht gepasst. Dafür hat uns ein anderes Lieblingswort von dir auf die Idee mit dem ›anfassbar – unfassbar‹ gebracht. Also gehört der Name auch ein bisschen dir.«

»Und die Abkürzung?«

»Die ist von mir. Dave ist ja nicht so der Mathematiker.«

»Wenn du anstatt ›dreimal B‹ ›B hoch drei‹ genommen hättest, wäre sogar die Dreidimensionalität der Klötze integriert gewesen. Wir müssen Eugenie sagen, sie muss mehr Potenzrechnen mit dir üben.«

Das Letzte war als kleiner Witz gedacht, aber Hudson konnte nicht darüber lachen.

Rosie und ich feierten unseren dreizehnten Hochzeitstag in der Bar. Es war der perfekte Ort: das Resultat eines gemeinsamen Projekts, das sowohl unser Leben als auch das unseres Sohnes verbessert hatte, und außerdem das einiger Freunde. Und – wie sich immer mehr zeigte – auch das einer wachsenden Zahl von Gästen.

Wie zu jedem Hochzeitstag schenkte ich Rosie etwas, das mit dem Motto des jeweiligen Ehejubiläums zu tun hatte: Für das dreizehnte Jahr lautete es Veilchen, also hatte ich qualitativ hochwertige Laufschuhe in Veilchenblau besorgt.

»Du musst mehr Sport machen«, sagte ich. »Wir werden älter und müssen uns bewusst darum kümmern, unsere Gesundheit zu erhalten. Denn natürlich möchte ich, dass wir beide solange wie möglich leben, damit unsere Ehe lange Bestand hat.«

Rosie lachte. »Eine gute Erklärung. Und ein gutes Geschenk. Ich hatte nachgesehen und etwas … Zartes oder Duftendes erwartet, aber … das hätte sowieso nicht zu mir gepasst.«

»Dann freust du dich über das Geschenk?«

»Wie immer: sehr. Und ich muss tatsächlich mehr Sport machen … irgendwann zwischen der Arbeit hier und meiner richtigen Arbeit und Hudson und der Hausarbeit. Wenn ich den Leuten erzähle, dass du mir jedes Jahr etwas schenkst, sind sie immer ganz neidisch. Sie sagen, du seist ja so romantisch. Und das bist du auch.« Rosie gab mir einen Kuss, den weder Hudson noch sonst jemand mitbekam, da alle mit Fernsehern, Büchern, Computern und Handys beschäftigt waren.

Die Bezeichnung »romantisch« fand ich selbst allerdings unpassend. Unser Hochzeitstag stand im Kalender, und die Themen für jedes Jahr waren leicht zu recherchieren. Außerdem hätte ich diese Tradition nicht ohne speziellen Ratschlag etabliert – einem Ratschlag, der damals fast eher wie ein Befehl klang.

Rosie schien meine Gedanken zu lesen. »Das war Genes Idee, oder?«

»Zu Anfang, ja. Das ist kein Geheimnis.«

»Ich weiß. Aber du hast ihm viel zu verdanken. *Wir* haben ihm viel zu verdanken.«

Rosies Aussage war korrekt, und dennoch ungewöhnlich. »Dabei hasst du Gene«, sagte ich.

»Ich *hasse* niemanden. Ich habe mich ziemlich über ihn aufgeregt, aber er war dein Freund, und ich habe versucht, mich nicht zwischen euch zu stellen. Ich glaube, er fehlt dir.«

Es war unser Hochzeitstag. Meine Frau hatte gerade ein ungewöhnliches Zugeständnis gemacht. Im Gegenzug schuldete ich ihr absolute Offenheit.

»Möglicherweise«, sagte ich.

»Don, vielleicht solltest du auf ihn zugehen … wieder Kontakt aufnehmen. Diese ganze Geschichte, dass du Claudia überzeugen willst, sich wieder mit ihm zu versöhnen …«

»Aber zwischen ihm und mir hat sich in den letzten elf Jahren nichts verändert, also besteht aus logischer Sicht kein Grund dazu.«

»Was ist mit dir? Hast *du* dich denn nicht verändert? Vielleicht hat er sich auch geändert. Erzähl mir nicht, alles sei noch genau wie früher. Wahrscheinlich hindert dich deine innere Einstellung daran, auf ihn zuzugehen.«

Sie deutete auf Hudson, der bei den Bücherregalen stand und sich angeregt mit Tazza und Merlin unterhielt. »Er wirkt bedeutend glücklicher. Aber du bist nicht wirklich glücklich, oder?«

Wie immer hatte Rosie einen besseren Zugang zu meinen Emotionen als ich selbst. Ich sah auf den Bildschirm. »Ich muss die nächste Bestellung bearbeiten. Dann beantworte ich deine Frage.«

Während ich die Cocktails mixte, versuchte ich, das negative Gefühl zu analysieren, das Rosie diagnostiziert hatte. Es stimmte, dass Hudson viel glücklicher wirkte, zumindest dann, wenn er in der Bar war. Ich bezweifelte jedoch, dass dies auch für die Schulzeit galt.

Hudson hatte noch immer nur eine Freundin, was null Verbesserung gegenüber dem Beginn des Hudson-Projekts bedeutete.

Die Cocktails waren fertig, und Cheng, einer der Aushilfskellner, holte das Tablett ab.

»Analyse beendet?«, wollte Rosie wissen.

»Noch nicht ganz. Ich mache mir Sorgen um die Probleme, die Rabbit angesprochen hat.«

»Hast du weiter über die Autismus-Diagnose nachgedacht? Ich weiß ja nicht, ob es dir aufgefallen ist, aber wenn Hudson morgens aufsteht, klopft er immer erst eine ganze Weile auf irgendwas herum, bestimmt zehn Minuten oder so.«

Ich nickte. Ich hatte entschieden, es ihm gegenüber nicht zu erwähnen, weil es ihm vielleicht unangenehm gewesen wäre. Auch Rosie gegenüber nicht. Vielleicht machte Hudson das schon eine ganze Weile, und es war uns jetzt erst aufgefallen, weil er später aufstand.

»Ich glaube, er macht das, um sich auf die Schule einzustimmen«, sagte Rosie. »Man nennt es auch ›Stimming‹, es ist eine Art von Selbststimulation und charakteristisch für Autisten. Wusstest du das?«

»Nein.«

»Komisch. Als ich anfing, über Autismus zu recherchieren, dachte ich: nicht nötig, Don kennt das wahrscheinlich alles in- und auswendig, darum brauche ich mich nicht zu kümmern. Aber … von dir kommt fast nichts«, sagte Rosie

»Ich habe online einiges gelesen, bis du mich unterbrochen hast. Außerdem hatte ich einmal etwas zum Asperger-Syndrom recherchiert … für einen Vortrag vor fast vierzehn Jahren. Und wir waren neulich bei diesem Informationsabend. Meine provisorische Diagnose lautet, dass er nicht autistisch ist, daher hielt ich weitere Recherchen für unnötig.«

»Aha«, meinte Rosie. »Aber … schau dir diesen Typen an.« Sie deutete auf den dünnen Mann von etwa Mitte zwanzig, der mit Hudson sprach. »Wahrscheinlich gehören viele unserer Gäste ins Spektrum. Als wir uns kennenlernten, warst du denen gar nicht so unähnlich.«

»Und ich war unglücklich«, schob ich ein.

»*Wenn* er im Spektrum ist und du willst, dass er mehr Sozialkompetenz erwirbt und mehr Freunde gewinnt, sollte er möglicherweise Hilfe von Leuten bekommen, die sich professionell damit beschäftigen.«

Ich dachte an Hudsons Klassenkameraden Dov, der laut Hudson »zombifiziert« wirkte. Und an mich selbst mit zwanzig, einsam und verloren in einer Anstalt. *Nachdem* wir professionelle Hilfe erhalten hatten. Vielleicht sogar *wegen* ihr.

Auf dem Bildschirm regte sich etwas. »Caipirinha an Tisch zwölf. Ohne Verdünnung.«

Minh war ebenso oft in der Bar wie Rosie und Hudson, obwohl sie vertraglich nicht zum Arbeiten verpflichtet war. Während der Einführungsphase engagierten wir Aushilfen, und Minh hatte sich selbst zur Einarbeitungsbeauftragten ernannt.

»Ich möchte, dass ihr den besten Cocktail zaubert, den ihr je gemixt habt. Meinetwegen was Selbsterfundenes oder einfach einen genialen Martini. Aber den besten. Jetzt sofort. Dann stellen wir ihn in die App, mit eurem Namen daneben. Und wenn ihr heute Nacht nach Hause geht, könnt ihr sagen, dass ihr noch nie eine bessere Arbeit abgeliefert habt als heute. Wozu seid ihr sonst am Leben? Und wozu bin ich sonst da?«

Die Belegschaft liebte sie, selbst nach einer solchen Übertreibung. Es war erstaunlich.

An einem Freitagabend, als Rosie, Hudson und ich dabei waren, die Bar abzuschließen, kamen Nick und Callie, unsere »Türsteher«, um sich persönlich abzumelden. Minh war wenige Minuten zuvor gegangen.

Callie lachte. »Hat Minh erzählt, was heute passiert ist?«

»In welchem Kontext?«

»So um acht gab's mal 'ne ziemliche Schlange, und diese drei Typen kamen ungefähr zur selben Zeit wie sie. Es gibt ja so Typen, die denken, dass die Frauen hier besonders leichte Beute sind. Ich find's bescheuert, aber was soll man machen?« Sie schnitt eine Grimasse.

Nick erzählte weiter: »Minh geht also zu denen hin, denn … also, Callie hat recht, und sie hat das bei denen wohl mitbekommen … und sagt: ›Tut mir leid, aber wir haben hier einen Dresscode.‹ Und diese Typen sehen sich um, und die anderen um sie herum tragen … Na, das muss ich dir ja nicht weiter beschreiben. Die drei in ihren schicken engen Hosen und spitzen Schuhen regen sich also furchtbar auf und machen Stunk, aber Minh zeigt nur auf die Leute vor ihnen und sagt: ›Bitte, da sehen Sie, was wir hier für Anforderungen stellen, klar?‹ Du kennst sie ja. Keine eins sechzig groß, aber hat diese Typen so was von im Griff … Und die kehren tatsächlich um und trollen sich.«

Alle lachten. Callie und Rosie klatschten sich ab, und Hudson und ich ebenso. Es fühlte sich an, als trügen wir alle gemeinsam zu etwas Sinnvollem bei – etwas, wofür sich der Einsatz lohnte.

Kapitel 31

An einem Freitagmorgen um 8.51 Uhr klingelte es an der Tür. Allannah stand davor, mit Blanches Bruder. Ich hatte sie eine Weile nicht gesehen, da Hudson ja mit der Straßenbahn zur Schule und auch zu Blanche nach Hause fuhr. Sie wirkte sehr aufgebracht.

»Ich kann Ihnen gar nicht sagen, wie wütend ich bin. Ich kann nicht fassen, was Sie getan haben.«

»Gibt es ein Problem?« Ich vermutete, dass es um Blanches Besuch bei der Augenärztin ging, aber es wäre strategisch ungünstig gewesen, mich dazu zu bekennen und dann festzustellen, dass ihr Ärger von etwas anderem herrührte.

»Sie haben meine Tochter in ärztliche Behandlung gegeben – eine Behandlung, die in keiner Weise nötig war. Selbst die Ärztin hat das bestätigt, richtig? Ohne meine Zustimmung – ohne die Zustimmung meines Mannes. Das ist illegal, das wissen Sie ja wohl! Die Schule könnte Hudson deswegen rauswerfen. Haben Sie das bedacht?«

Allannah redete noch eine Weile weiter, ohne signifikante Informationen hinzuzufügen. Hätte ich Hudson vor mir gehabt, hätte ich ihm eine Auszeit signalisiert, aber bei einer Erwachsenen schien mir das taktlos.

»Möchten Sie ein Getränk?«, unterbrach ich sie freundlich.

»Wie bitte? Was sagen Sie?«

»Vielleicht einen Kräutertee?«

»Sie bieten mir einen Kräutertee an?«

»Ich kann einen Sud aus Zitronenschale und Rosmarin oder Thymian zubereiten. Während wir uns eine Lösung für das Problem überlegen.«

»Haben Sie überhaupt etwas von dem mitbekommen, was ich sage? Begreifen Sie, in welchem Schlamassel Sie stecken? Sie und Rosie?«

»Natürlich. Deswegen möchte ich ja eine Lösung finden. Was vermutlich auch Ihr Ziel ist. Als Erstes sollten wir überlegen, welchen Schaden es zu beheben gilt.«

Allannah kam ins Haus, und ich gab ihrem Sohn ein paar von Daves Bauklötzen. Dann machte ich einen Aufguss aus Orangenschale und Rosmarin und gab dem Jungen die Orangenschnitze. Als ich Allannah den Tee reichte, begann sie zu weinen.

»Sie sind und bleiben mir ein Rätsel. Ich drohe Ihnen, Hudson von der Schule werfen zu lassen; ich sage, dass Gary Ihnen die Hölle heiß machen könnte … Und Sie geben uns Tee und Bauklötze und sind die Ruhe selbst.« Sie lachte. »Und ich kann noch nicht mal sagen, was für ein Schaden behoben werden sollte.«

»Also sind keinerlei Maßnahmen notwendig?«

»Wissen Sie was? Gary redet die ganze Zeit von Ruhe und Gelassenheit, aber Sie … Sie sind einfach immer ruhig und gelassen.«

»Ich nehme an, er war über Blanches Besuch bei der Augenärztin nicht glücklich.«

»Ich habe ihm gar nichts gesagt. Blanche hat mir gestern Abend davon erzählt, und ich hatte das Gefühl, ich behalte es besser für mich. Aber da ist noch etwas anderes. Sie will sich impfen lassen.«

»Darüber habe ich mit Blanche nicht gesprochen.«

»Nein, aber Hudson. Und Sie ermutigen sie, Naturwissenschaft zu studieren. Womit uns nicht besonders wohl ist, wie Sie sich vielleicht denken können.«

»Naturwissenschaft ist …«

»Keine Sorge. Wir werden wohl akzeptieren müssen, dass sie mit dem Älterwerden ihre eigenen Entscheidungen trifft. Und weil sie kein kleines Kind mehr ist, verteilen sich die Impfstoffe jetzt auf mehr Körpermasse und belasten das Immunsystem nicht so sehr, richtig?«

Ich überlegte mir die Antwort genau. »Null Evidenz einer Überlastung des Immunsystems bei älteren Kindern.«

»Dann ist es vielleicht besser, wenn ich das selbst unterschreibe, als wenn sie jemand anderen darum bitten muss. Und dass ich ihr das Handy erlaubt habe, wissen Sie ja sicher auch schon. Da haben Sie mich ebenfalls überzeugt.«

Ich hatte bis zu dem Moment nicht weiter darüber nachgedacht, aber als Hudson nach Hause kam, fragte ich ihn: »Wie konnte Blanche sich ein Handy leisten?«

Er war schon fast in seinem Zimmer, als er antwortete. »Ich habe ihr eins gekauft.«

Am Abend erzählte ich Rosie von Allannahs Besuch. Sie gab zu, dass sie wohl genau so reagiert hätte, wie Allannah es von mir erwartet hatte – aggressiv. Ich ging davon aus, dass Hudson ähnlich reagiert hätte wie ich: rational, problemorientiert … und effektiv. Dennoch hatte Rabbit geurteilt, er könne nicht mit Konflikten umgehen.

Außerdem informierte ich Rosie über Blanches Handy. Es war ein teures Geschenk für einen Elfjährigen, und ich wollte Rosies Meinung dazu hören.

»Heißt das, er selbst hat auch ein Handy?«, fragte Rosie.

»Wie kommst du darauf?«

»Wen sollte Blanche denn sonst mit ihrem Handy anrufen?«
Ich ging zu Hudson, der einem Gast die App erklärte.
»Hast du ein Handy?«, erkundigte ich mich.
Er nickte kurz und setzte sein Gespräch fort.
»Wie viel Geld hat er überhaupt?«, fragte Rosie weiter.
»Keine Ahnung. Er verkauft Bücher; er bekommt Geld von der Bar für seine Hilfe mit der App; er hat ein bisschen an Carls Homepage gearbeitet.«
»Was ist mit Dave? Hat Dave ihm was für die Unterstützung bei den Klötzen bezahlt?«
»Möglicherweise.«
»Er hat jedenfalls nicht davon erzählt. Er wird immer verschwiegener.«
»Du meinst, es besteht Gefahr, dass unser Sohn ein Geschäftsmann werden könnte? Ein Kapitalist?«
»Werden *könnte*?«

Aufgrund seiner Monatskarte und der offensichtlich sachverständigen Nutzung öffentlicher Verkehrsmittel musste Hudson von mir weder zur Schule noch zu seinen Verabredungen mit Phil, Carl oder Eugenie gebracht werden. In der Bar unterhielt er sich mit Gästen – häufig Merlin und Tazza – oder verbesserte die Programmierung der App.
Zu Hause verbrachte er die meiste Zeit in seinem Zimmer. Ich erklärte Rosie, dass dies für einen Elfjährigen normal sei.
»Du nimmst dich selbst als Maßstab«, erwiderte sie. »Als du Kind warst, gab es kein Internet. Er verbringt zwar viel Zeit mit Erwachsenen, aber er ist trotzdem noch ein Kind.«
»Ich stimme zu.«
»Könntest du vielleicht mal in seinen Computer gucken? Nur um zu sehen, was er da so macht?«
Unfassbar. Rosie bat mich, die Privatsphäre eines Familien-

mitglieds vorsätzlich zu missachten. Das war kriminell. Und nur wegen eines diffusen Verdachts. Zum Glück gab es ein konkretes Hindernis.

»Wahrscheinlich hat er ein Passwort. Er ist intelligent und wird sich eine komplexe Zeichenfolge ausgedacht haben.«

»Don, er ist elf. Viele Eltern hätten schon längst den Zugang beschränkt oder darauf bestanden, das Passwort zu erfahren.«

»So könnten wir es in Zukunft machen. Das wäre ehrlicher.«

Rosie gewann, obwohl ich sie an den Vorfall mit Hudsons Spitznamen erinnerte, bei dem wir seinen Wunsch nach Geheimhaltung missachtet und ihn so verraten hatten.

Die technische Komponente der Computersicherheit ist für gewöhnlich exzellent. Der schwächste Punkt ist immer der Mensch. Ich ging nicht davon aus, dass Hudsons Passwort auf einem Zettel unter seiner Schreibtischplatte klebte. Aber ich brauchte nur kurz in sein Zimmer zu gehen, während er eingeloggt war und Rosie ihn mit irgendetwas ablenkte, um seinen Browserverlauf auf einen USB-Stick zu kopieren.

Die Ergebnisse waren größtenteils vorhersehbar für einen elfjährigen Geschäftsmann, der Interesse an Science-Fiction hatte. Er schrieb in einem Diskussionsforum für Sammler von Science-Fiction-Büchern, besaß ein PayPal-Konto, das ich für seine Buchkäufe autorisiert hatte, und besuchte zu genau diesem Zweck auch diverse Online-Seiten. In letzter Zeit hatte es nur wenig Aktivität gegeben, was aufgrund seiner Beschäftigung mit der *Library*-App nicht überraschte.

Eine unerwartete Entdeckung waren allerdings Recherchen zum Thema Autismus einschließlich eines Diagnose-Fragebogens. Er hatte einen Fragebogen zum Selbsttest für Erwachsene benutzt und nicht die Version, die Eltern für ihre Kinder einsetzen sollten.

»Kannst du erkennen, wie er abgeschnitten hat?«, wollte Rosie wissen.

»Nein. Ich habe nur den Browserverlauf kopiert. Und sein Ergebnis ist natürlich nur von ihm selbst abrufbar.«

»Natürlich. Und reden wir mit ihm darüber?«

»Ich dachte, die Idee war, unsere kriminelle Vorgehensweise nicht zu enthüllen, um ihn nicht gegen uns aufzubringen. So wie es bei der Spitznamengeschichte passiert ist.«

»Du warst damals einverstanden. Aber wie auch immer: Vielleicht ist es an der Zeit, ihm zu sagen, wie die Schule über eine Diagnosestellung denkt.«

Hudsons Wechsel in Ms Waddingtons Klasse ging problemlos vonstatten.

»Sie ist okay«, sagte Hudson, als wir zu dritt zur Bar fuhren.

»Und du bist dem Klassenclown entkommen«, sagte ich.

»Stimmt. Jasper war unberechenbar. In der neuen Klasse hat ein anderer Junge angefangen, mich zu ärgern, und Ms Waddington hat ihn sofort zum Nachsitzen verdonnert, einfach so – bäng! Er hat gesagt, er werde es mir heimzahlen.«

»Ist diese Drohung realistisch?«

Hudson lachte. »Er ist nicht besonders groß und seine Freunde nicht … gefährlich. Also eher nicht.«

»Du sagst uns aber Bescheid, wenn er irgendetwas macht, ja?«, sagte Rosie. »Irgendetwas Blödes.«

»M-hm.«

»Haben sich sonst noch Vorteile aus dem Klassenwechsel ergeben?«, wollte ich wissen.

»Ich darf meinen Computer zum Schreiben benutzen. Und sie lässt mich hinter dem Schirm sitzen.«

»Hinter dem Bildschirm?«

»Nein, hinter so einer Abschirmung … Egal.«

»Nein, erzähl«, sagte Rosie.

»Wir sind doch gleich da.«

»Wir können warten. Erzähl uns erst von der Abschirmung«, beharrte Rosie.

»Das ist einfach ein großes fahrbares Whiteboard hinten in der Klasse. Wenn man dahinter sitzt, sieht man den Rest der Klasse nicht und kann sich besser konzentrieren. Und es ist keine Bestrafung oder so, man kann sich da freiwillig hinsetzen. Und man hört noch alles.«

»Brillante Idee«, sagte ich. »Wer hat das vorgeschlagen?«

»Ms Mingus, glaube ich, die Förderlehrerin, die immer kommt, um Dov zu helfen. Dem Jungen mit Autismus.«

Das wäre die passende Gelegenheit gewesen, um das Thema anzusprechen, aber das sagte Rosie erst, nachdem ich den Wagen geparkt hatte und Hudson ausgestiegen war.

Kapitel 32

»Bist du nicht mal mit einem freien Abend dran?« Amghad war zu einer »informellen Erkundung« in die Bar gekommen, redete jedoch die meiste Zeit mit Minh.

»Es war vereinbart, dass ich in den ersten drei Monaten jeden Abend arbeite.«

»Ja, es ist immer gut, die Messlatte erst hoch anzusetzen und es dann später lockerer anzugehen. Aber jetzt könntest du auch mal jemand anderem Gelegenheit geben, sich zu beweisen. Du bist ein ziemlicher Kontrollfreak, wie ich höre.«

»Du willst, dass ich …«

»Alles in Ordnung. Aber lass uns ab jetzt bis zum Ende der drei Monate auf fünf Abende pro Woche gehen. Für Minh ist das okay.«

»Ich werde Sonntag und Dienstag frei nehmen, weil es da laut Statistik die geringsten Bestellungen gibt«, kündigte ich an.

»Die wenigsten«, sagte Hudson. Dann lachte er. »Das hast du extra so gesagt, oder?« Es war unser erstes Familienabendessen zu Hause seit Eröffnung der Bar.

»Wie war's in der Schule?«

»Gut.«

»Hört auf, ihr beiden«, sagte Rosie. »Erzähl mir lieber noch was von der Abschirmung in eurem Klassenzimmer. Ist dieser … Ist Dov nicht ziemlich … nervig? Und möchte er nicht eigentlich allein hinter dieser Wand sitzen, als Auszeit, und jetzt bist du immer da?«

»Eigentlich nicht. Er sitzt da nur, damit er nicht geärgert werden kann. Ich ärgere ihn nicht, und er ärgert mich nicht. Im Grunde ist er ganz okay – sogar ziemlich witzig.«

»Lustig witzig oder blöd witzig?«, fragte ich nach.

»Beides.«

»Würdest du ihn als Freund bezeichnen?«

»Vielleicht. Ich meine, er ist irgendwie komisch, aber er ist ganz schön schlau. Programmieren kann er nicht. Steht dafür total auf Autos. Er weiß alles über Grandpas Porsche, also wirklich *alles.* Du kannst fragen, was du willst.«

»Wenn du ihn also als deinen Freund betrachtest, dann hättest du insgesamt zwei, korrekt?«, sagte ich. »Mit Blanche.«

»Ich habe viele Freunde. Vielleicht mehr als du. Ich bin nicht … isoliert.«

»Jetzt macht bloß keinen Wettbewerb daraus«, sagte Rosie.

»Das ist kein Wettbewerb, das ist ein Spiel«, sagte ich. »Dave.«

»Dave«, wiederholte Hudson. »Der ist auch *mein* Freund. Frag ihn.«

»Carl.«

»Dito. Dito Eugenie. Dito George.«

Hudson hatte recht. Er und George hatten in New York einige Zeit miteinander verbracht. Aber mit unseren anderen älteren Freunden hatte er sich nicht getroffen.

»Isaac und Judy Esler«, sagte ich.

»Merlin und Tazza.«

»Halt, halt«, sagte Rosie. »Ich werde mal die Regeln ändern. Ihr dürft nur Freunde nennen, die bis zu zwei Jahre älter oder jünger als ihr selbst seid.«

»Das ist unlogisch«, sagte ich. »Denn …«

Rosie gab mir das Stoppsignal. »Von vorne.«

»Blanche«, sagte Hudson.

Bereits jetzt war ich in Schwierigkeiten.

»Dave«, sagte Rosie und nickte mir zu. Offensichtlich durfte ich bei Daves Alter lügen.

»Dov.«

»Judy Esler«, sagte Rosie und nickte wieder. Judy war mindestens zehn Jahre älter als ich, aber das wusste Hudson sicher nicht. Mir schien, als hätten wir uns durch Rosies neue Regeln gegen ihn verschworen.

»Hey, zwei zu eins«, sagte Hudson.

»Er hat doch schon Judy gesagt«, wand Rosie ein. »Und Dave. Also Gleichstand.«

Hudson sah aus, als würde er angestrengt nach weiteren Freunden suchen.

»Was ich damit klarmachen will …«, begann Rosie.

»Nadia.«

»Wer?«, fragte Rosie.

»Ein Mädchen in meiner neuen Klasse. Sie ist auch eine Freundin. Wirklich – das denke ich mir nicht aus.«

Später erzählte Rosie, dass Hudson dabei rot geworden war. Ich war zu sehr damit beschäftigt gewesen, gedanklich nach Hinweisen auf Laszlos Alter zu suchen. Ehe ich welche gefunden hatte, erklärte Rosie Hudson zum Gewinner und bat mich, das Dessert zu servieren.

»Könntest du einen Kickboxer besiegen?«, wollte Hudson wissen. Er hatte mich gebeten, ihn mit dem Auto zur Schule zu fahren. Ich nahm an, dass sich die Frage auf Blanches Vater bezog, Homöopathen-Gary. Ein professioneller Kickboxer wäre tatsächlich ein beachtlicher Gegner, allerdings besaß ich keinerlei Informationen über Garys Trainingsstatus und Können.

»Das käme auf seine oder ihre Qualifikation an. Der weltbeste Kickboxer würde mich möglicherweise besiegen, und der weltschlechteste Kickboxer würde sich ganz ohne mein Zutun wohl selbst ausschalten.«

Hudson lachte. »Du hast ›möglicherweise‹ gesagt. Wie würdest du gegen den weltbesten Kickboxer kämpfen?«

»So schnell es geht. Im Idealfall, noch bevor er oder sie überhaupt merkt, dass der Kampf begonnen hat. Vermutlich mit einem Beinfeger. Auf dem Boden können Boxer meist nicht mehr viel anrichten.«

»*Warum fragst du?* So hättest du ganz einfach nachhaken können.« Rosie war sauer, dass ich Hudsons Frage ohne Gegenfrage beantwortet hatte.

»Zu meiner Schulzeit wurden häufig Diskussionen geführt, wessen Vater bei einem Kampf gewinnen würde.«

»Ja, kann sein, aber wie viele Kickboxer kennen wir? Vielleicht hat Hudson wirklich Angst vor ihm.«

Rosie wollte das Thema beim Abendessen ansprechen. »Du solltest Blanche irgendwann mal zum Essen einladen. Vielleicht sogar die ganze Familie?«

»Ihr Bruder ist bestimmt noch zu klein. Und in nächster Zeit ginge das sowieso nicht. Blanche ist mächtig sauer auf ihren Vater.«

Rosie nickte verständnisvoll, Hudson schwieg.

»Warum?«, fragte ich.

»Er hat was ganz Schlimmes gemacht. Er hat sich in ihren Computer gehackt.«

Ich sah Rosie absichtlich nicht an und beschloss, mich auf Fakten zu konzentrieren und Fragen nach Richtigkeit und Recht außen vor zu lassen.

»Wann?«, fragte ich.

»Gestern.«

»Wie? Ich nehme an, er hat sich dabei menschliche Fehlleistung zunutze gemacht und nicht Technologie.«

»Falsch. Technologie.«

Ich verspürte irrationalen Ärger, dass jemand, der mir möglicherweise im Kampfsport überlegen war, sich außerdem als Informatikexperte entpuppte. »Erzähl weiter.«

»Er hatte bei Blanche eine Videokamera installiert.«

»Was?«, sagte Rosie.

»Gehört zu ihrem Sicherheitssystem. Die haben sie schon, seit sie ein Baby war.«

»Und Blanche findet das okay?«

»Jetzt nicht mehr. Sie hat was drübergeklebt. Die Kamera war auf ihren Schreibtisch gerichtet, so dass er sehen konnte, wie sie ihr Passwort eintippt. Ihr Tablet ist ziemlich groß, also ...«

Ich war beeindruckt, behielt das aber für mich. »Eine altbekannte Technik«, sagte ich. »Hat er etwas gefunden?«

»Sie hatte viel zu Albinismus recherchiert. Klar. Und zum Impfen. Das ist zwar schon eine Weile her, aber er hat es trotzdem gefunden. Wahrscheinlich über die Autovervollständigung. Ich glaube, ihre Mum hat sie verteidigt. Deshalb hat er auch ...« Er hielt abrupt inne.

Rosie gab mir eindringlich das Stoppsignal.

Hudson fühlte sich offenbar unwohl. »Kann ich auf mein Zimmer gehen?«

»Nein«, sagte Rosie. »Ich glaube, da ist noch etwas, das du uns sagen willst.«

Hudson schwieg mehrere Sekunden lang, und ich brauchte kein zweites Signal, um ebenfalls still zu bleiben.

»Versprecht ihr, dass ihr es nicht weitererzählt? Nicht wie beim Spitznamen, den ihr einfach ausposaunt habt?«

»Nein«, sagte Rosie. »Das können wir nicht versprechen. Es gibt Dinge, über die man nicht schweigen *darf.* Wenn du uns erzählst, dass dieser Mann in irgendeiner Form gewalttätig geworden ist – Blanche oder ihrer Mutter gegenüber –, dann müssen wir etwas unternehmen. Verstehst du, warum?«

Hudson schwieg.

»Du hast es Blanche versprochen, richtig?«

Hudson nickte. So war ich als Junge auch gewesen. Auch für mich war die Regel, dass man Versprechen nicht brechen darf, absolut, und selbst heute brauchte ich starke Argumente, um davon abzuweichen. Rosie hatte gerade eines gefunden.

»Was ist wichtiger? Ein Versprechen einzuhalten oder jemanden davor zu bewahren, verletzt zu werden?«

Hudson nickte bedächtig.

»Ich weiß es nicht sicher. Sie hat nicht genau gesagt, was passiert ist. Bitte, bitte, *bitte* bringt sie nicht in Schwierigkeiten. Sie soll nicht noch mehr Probleme mit ihrem Dad kriegen.«

Rosie wollte die Polizei verständigen. Nachdem sie eine Weile mit sich gerungen hatte, entschied sie, dass sie nur einen Verdacht, aber keine Beweise hatte. Allerdings rief sie am nächsten Tag in der Schule an.

»Bronwyn hat sich alles angehört. Und sehr positiv reagiert: Vielen Dank, es ist wichtig, das zu wissen, und so weiter. Sie sagte zwar, ihnen sei bei Blanche bisher nichts aufgefallen, aber ich hatte den Eindruck, dass sie auch nicht sonderlich überrascht war. Nach dem, was du über Garys Reaktion beim Schwimmfest erzählt hast, scheint er ja auch in der Öffentlichkeit sehr impulsiv zu sein.«

»Denkst du, wir können Hudson da noch hinfahren lassen?«

»Was meinst du denn? Du bist doch derjenige, der sonst immer dabei war.«

»Blanches Vater scheint sich in ihre Treffen nicht einzumischen. Hudson ist höchstens zwei Stunden vor Ort. Und Allannah ist immer dabei.«

»Ich habe Hudson das Versprechen abgenommen, dass er Bescheid sagt, wenn ihm irgendetwas Sorgen macht. Oh, und es hat sich etwas Positives für ihn ergeben: Sie werden Blanche für das letzte Quartal ebenfalls in Ms Waddingtons Klasse geben. Einen offiziellen Grund werden sie sich noch zurechtlegen, aber sie sind der Meinung, dass diese Lehrerin eher merken wird als Rabbit, wenn etwas schiefläuft.«

Kapitel 33

Die Ferien rückten näher, und ich würde bald mehr Zeit für Hudson haben. Inzwischen hatte ich auch seine beiden neuen altersgleichen Freunde kennengelernt.

Ich fuhr ihn zu einer Verabredung mit Dov, dem autistischen Jungen. Obwohl die beiden auch öffentliche Verkehrsmittel hätten nehmen können, wollte ich wenigstens eine sorgeberechtigte Person kennenlernen und mir einen Eindruck über die häusliche Umgebung verschaffen, so wie es in einer Informationsbroschüre der Schule empfohlen wurde. Wie gut, dass ich diese Richtlinien nicht schon vor Hudsons Besuch bei Blanche gelesen hatte: Auf einer Inspektion von Garys Praxis zu bestehen, hätte vermutlich eigenartig gewirkt.

Auf der Fahrt sprachen wir über Phils Wagen. Phil brauchte den Toyota selbst, so dass ich wieder seinen Porsche fuhr. Er war ausgebeult, neu lackiert und poliert worden und sah deutlich besser aus als vorher. Phil hatte mir das Versprechen abgenommen, Rosie nicht damit fahren zu lassen, sofern nicht menschliches Leben davon abhinge und es keine andere Möglichkeit gebe.

Dov besaß ein erstaunliches Wissen über das Modell. Er merkte an, dass Fahrwerk und Karosserie in Turbobreite gefertigt seien, also breiter als gewöhnlich. Jetzt wusste ich, warum das Fahrzeug beim Einparken solche Schwierigkeiten machte.

Es war schwer, an Dov etwas Außergewöhnliches festzustellen, abgesehen davon, dass sein Körpergewicht weit über das gesunde Maß hinausging (sein geschätzter BMI lag bei dreißig) und er sich extrem gut mit Autos auskannte. Als Kind hatte ich mich mit ähnlicher Hingabe mit Teilchenphysik beschäftigt, Münzen gesammelt und ein Schachprogramm für Computer entwickelt.

Dovs Mutter hieß Becca und war *hocherfreut*, dass Dov Besuch von einem Freund bekam. Ich machte mir ein Bild von der häuslichen Umgebung, und sie erzählte mir siebenundvierzig Minuten lang viel über Dov, der in der Schule und mit sozialen Kontakten ähnliche Probleme gehabt hatte wie Hudson. Infolge unspezifischer Verhaltensauffälligkeiten war bei ihm zwei Jahre zuvor Autismus diagnostiziert worden.

»War die Diagnose eindeutig?«, erkundigte ich mich.

»Ach herrje, das wäre schön gewesen! Unser Hausarzt hat ihn an eine Psychologin überwiesen und die an einen Psychiater, und wir haben einen wahren Diagnosemarathon durchlaufen: für ADHS, Zwangsstörung, Angststörung, bipolare Störung, frühe Schizophrenie, Persönlichkeitsstörung. Sie haben sogar nachgefragt, ob er Drogen nimmt. Tja, jetzt macht er das quasi – sie haben ihm alles Mögliche verschrieben.«

»Alles Mögliche« war zweifellos eine Übertreibung, aber ich wurde an meine eigenen Erfahrungen im Bereich der Psychiatrie erinnert. Heute gab es offenbar mehr Diagnosen und Behandlungsmöglichkeiten.

»Und die momentane Diagnose lautet Autismus?«

»Das ist es, was der Psychiater für die Schule aufgeschrieben hat. Damit er die Förderlehrerin bekommt. Die übrigens ganz toll ist.«

»Halten Sie die Diagnose für gerechtfertigt und die Behandlung für wirksam?«

Becca führte mich in die Küche zurück, bevor sie antwortete. »Wie sollen wir das wissen? Er hatte eine Sprachbehinderung und wurde deswegen oft gehänselt. Ein Jahr lang bekam er Therapie und hat die Übungen gehasst, aber jetzt ist er froh, dass er sie gemacht hat.

Die Medikamente allerdings … Er hat wahnsinnig zugenommen. Er ist jetzt weniger schwierig, aber er hat auch etwas … verloren. Und er hat über die Jahre eben viele Medikamente eingenommen. Ich frage mich heute oft: War es wirklich so schlimm mit ihm, dass das alles notwendig war?«

Hudson zeigte kein Interesse, Dov erneut zu besuchen. »Er will nur über Autos reden.«

»Wäre es möglich, dass er über dich etwas Ähnliches sagt? Mit Science-Fiction statt Autos?«

»Science-Fiction lese ich gar nicht mehr so viel. Und ich mache auch viele andere Sachen.«

»Zum Beispiel?«

»Die *Library*-App. Die Bauklötze.«

»Ich dachte, mit den Klötzen hättest du nichts mehr zu tun.«

»Manno, ich kann doch nicht alles gleichzeitig machen.«

»Vielleicht interessiert Dov sich ja auch noch für was anderes. Ihr könntet ein Thema suchen, das euch beide interessiert.«

»Es ist einfacher, mir jemanden zu suchen, der sich auch für das Programmieren von Apps interessiert. Wie Tazza.«

Als ich Hudson wegen eines nachfolgenden Zahnarzttermins an der Schule abholte, lernte ich seine neue Freundin kennen. Er kam nicht wie sonst mit Blanche aus dem Gebäude, sondern mit einem anderen Mädchen.

»Wo ist Blanche?«, fragte ich.

Er ignorierte meine Frage. »Hallo, Dad. Das ist Nadia. Ist das okay, wenn ich heute mit zu ihr nach Hause gehe?«

»Du hast einen Termin beim Zahnarzt.«

»Heute? Bist du sicher? Können wir den nicht verlegen?«

»Das ist schwierig. Wäre es möglich, deine Verabredung mit Nadia zu verschieben?«

»Klar«, sagte Nadia.

»Uh«, stöhnte Hudson.

Blanche kam allein aus dem Schulgebäude, und ich winkte ihr zu, aber sie winkte nicht zurück. Möglicherweise hatte sie mich nicht gesehen.

In der letzten Schulwoche erhielt ich erneut einen Anruf von der Rektorin.

»Ich fürchte, wir haben ein Problem. Ein ziemlich ernstes Problem. Hudson geht es gut, rein körperlich, aber er ist im Krankenzimmer, und ich muss Sie bitten, herzukommen und ihn abzuholen.«

»Ist er ausgerastet?«

»Nein. Anscheinend hat er ein Messer mit zur Schule gebracht. Und einen Vogel getötet. Der Zwischenfall ist noch nicht ganz geklärt, aber natürlich absolut intolerabel.«

Ihre Aussage war für mich unglaublich. Unfassbar. Ich fuhr zur Schule, wo die Schulsekretärin Rosie und mich für den folgenden Tag für ein Gespräch bei der Schulleiterin vormerkte. Außerdem gab sie mir das Messer, das in Wahrheit das Skalpell war, das ich für zukünftige Sektionen gekauft hatte. Hudson hatte die Ausleihe nicht offiziell erbeten.

Anschließend führte die Sekretärin mich ins Krankenzimmer. Offenbar hatte Hudson geweint und war so aufgebracht, dass er keine zusammenhängende Beschreibung der Ereignisse liefern konnte. Es wäre sinnlos gewesen, ihn weiterzubefragen, ehe er seine Emotionen nicht wieder unter Kontrolle hätte. Mit Erreichen unserer Wohnung war ihm das dann weitgehend gelungen.

»Was ist passiert?«, fragte ich, als wir in der Küche saßen.

»Ich habe die Regeln gebrochen, und jetzt werde ich von der Schule verwiesen.«

»Steht das fest?«

»Das Erste ja.«

»Wir sollten das Gespräch zunächst auf Fakten beschränken. Stichhaltige Beweise auflisten, dann die Optionen wägen. Das Problem verstehen, Lösungen erarbeiten.«

»Du flippst nicht aus?«

»Meinst du, weil ich sauer bin – oder verrückt?«

»Es ist schon verrückt, dass du nicht ausflippst.«

»Flippe ich denn sonst oft aus?«

»Eher nicht, aber jetzt hatte ich das eigentlich erwartet. Ist dir denn egal, ob ich von der Schule fliege?«

»Ganz sicher nicht. Aber es wäre auch keine Katastrophe.«

»Erinnerst du dich an die Taube, die wir seziert haben?«, fragte Hudson.

»Natürlich. Blanche und ich haben sie seziert. Du hast zugesehen.«

Hudson nickte. »Dasselbe ist in der Schule passiert. Ich habe nicht gesehen, wie sie gegen die Scheibe geflogen ist, aber sie war definitiv tot. Ich habe sie nicht getötet. Es ist keine äußere Wunde zu sehen, das ist der Beweis. Aber ich wette, sie haben den Körper weggeworfen, damit sie jetzt behaupten können, es hätte eine Stichwunde gegeben.«

»Du denkst, du wirst absichtlich falsch beschuldigt?«

»Irgendjemand muss mich angeschwärzt haben. Nur ein paar andere Kinder wussten davon.«

»Vielleicht war es der Schüler, der gedroht hat, sich zu rächen – den du als nicht gefährlich eingestuft hattest.«

Hudson nickte. »Ich wollte die Taube sezieren, deshalb habe ich sie in mein Schließfach gelegt.«

»Bis du das Skalpell dabeihättest.«

Hudson nickte. »Tut mir leid, dass ich es einfach genommen habe.«

»Du hast mich nicht gefragt, weil du vorher schon wusstest, dass es falsch ist.« Während ich sprach, erkannte ich die Stimme meines Vaters wieder.

»Ich hab mich doch jetzt entschuldigt.« Und das war *meine* Stimme vor vierzig Jahren. Das Gespräch musste in aktuelle Bahnen gelenkt werden.

»Ich dachte, du hättest kein Interesse daran, selbst zu sezieren.«

»Ich wollte sehen, ob ich es kann.«

»Um deine Mitschüler zu beeindrucken und um Freunde zu gewinnen?«

»Ich wollte es einfach machen.«

Rosie kam nach ihrem Gespräch mit Hudson zu einem anderen Ergebnis: »Ich glaube nicht, dass er seinen Mitschülern was beweisen wollte. Er hatte sich vor dem Sezieren gescheut – was wahrscheinlich auf neunundneunzig Prozent aller Grundschüler zutrifft. Blanche ist in einigem ein bisschen komisch, du solltest sie also nicht als repräsentativ betrachten. Ich glaube, Hudson wollte sich einfach beweisen, dass er keine Angst davor hat. Und zwar, ohne dass du ihm über die Schulter guckst und ihn beurteilst.«

Ich hatte mich mit Claudia zum Kaffee verabredet, um Fortschritte im Hudson-Projekt zu evaluieren. Ich begann mit den jüngsten Ereignissen.

»Wenn du eine Situation verstehen willst, die dir irgendwie

verquer vorkommt, kann es hilfreich sein, dir vorzustellen, dass das, was passiert ist, genau das ist, was der oder die Betroffene – in unserem Fall Hudson – auch wollte«, sagte sie.

»Du meinst, dass Hudson Schwierigkeiten bekommen und von der Schule geworfen werden wollte? Das scheint mir vollkommen irrational, und Hudson ist normalerweise nicht irrational.«

»Überleg aber mal, was am Ende passiert ist. Hudson hat gezeigt, dass er bereit ist, eine Sektion durchzuführen, ohne es tatsächlich tun zu müssen. Er hat eine Situation provoziert, aufgrund der er die Schule vielleicht verlassen muss. Und er hat deine und Rosies Aufmerksamkeit: Was auch immer sonst gerade eure Themen sind, in den nächsten Tagen wird es nur um Hudson gehen. Womit ihr zeigt, dass ihr ihn liebt.«

»Denkst du, er könnte daran zweifeln? Unfassbar. Wir …«

»Zweifelst du je daran, dass Rosie dich wirklich liebt? Irrationale Zweifel?«

»Exzellentes Argument. Die Möglichkeit muss erwogen werden.«

»Mir scheint, dass du seiner Freundin viel Mut zugesprochen und sie gelobt hast, während du ihm gegenüber kritisch warst. Vielleicht kommt das daher, dass dir seine Entwicklung wichtiger ist als ihre, aber alles, was er in diesem Alter heraushört, ist die Kritik. Und das übersetzt er dahingehend, dass du sie mehr liebst als ihn.«

Während ich nach Hause radelte, dachte ich über Claudias Theorie nach. War es auch möglich, dass ich meine Suspendierung von der Universität unbewusst hatte herbeiführen wollen? War mir vielleicht unbewusst klar gewesen, dass mein Verhalten zu einem Disziplinarverfahren führen und ich lieber kündigen würde, als eine Entschuldigung anzubieten, deren Annahme mir im Vorfeld zugesichert worden war? Hatte ich mich im Grunde bereits dafür entschieden, in einer Bar zu arbeiten und mehr Zeit mit Hudson zu verbringen, als mit dem weiterzumachen, was ich schon mein ganzes Leben lang gemacht hatte?

Je mehr ich darüber nachdachte, desto plausibler kam es mir vor.

Kapitel 34

Am nächsten Tag ließ Rosie sich beurlauben, um den Termin mit der Schulleiterin wahrzunehmen. Nach dem Gespräch mit Judas war sie ausgesprochen wütend.

»Das war ja wieder mal abzusehen, verdammt! Erst predigt er mir lang und breit, warum ich unabkömmlich sei … Als ob ich das nicht selbst wüsste!«

»Besteht ein besonderer Grund, weshalb du heute bei der Arbeit sein solltest?«

»Heute ist das erste Treffen mit unseren Sponsoren, und Judas wollte mich als Projektleiterin natürlich dabeihaben. Außerdem gibt es noch eine schwierige Person in der Bewilligungskommission …«

»Das hast du mir gestern nicht gesagt. Ich hätte auch ohne …«

»Ja, jetzt schlag auch du in die Kerbe … Ich muss mit zur Schule, das ist nicht verhandelbar. Jedenfalls wechselte er dann die Taktik. ›Aber *wir* verstehen das vollkommen. *Natürlich* kannst du dir jederzeit freinehmen.‹ *Wir!* Er und dieses Arschloch Stefan. Er hätte auch sagen können: ›Ja, geh nur, und lass uns in der Scheiße sitzen – Stefan wird das schon hinbiegen. Wir verstehen, dass du in erster Linie Mutter bist und erst in zweiter eine Wissenschaftlerin.‹«

»Ich dachte, genau das sei deine Haltung. Dass dir das Muttersein wichtiger ist als die Arbeit.«

»Du bist mir grad überhaupt keine Hilfe.«

»Ich biete dir jede Hilfe an, die ich kann. Ich habe angeboten, allein hinzugehen. Dieses Angebot steht noch. Aber du vertraust mir nicht.«

»Ich vertraue dir, aber nicht der Schule. Im Gegenteil, ich traue denen zu, dass sie …«

»Mich übers Ohr hauen?«

»Ach, Scheiße, Don. Das ist nun mal eine wichtige Sache. Und wir müssen beide hin.«

Ein Argument hatte ich noch anzubieten, und zwar eines, das auf Empathie beruhte. »Wenn du Hudsons Erstversorgerin wärst und *ich* derjenige, der arbeiten müsste, würde ich wohl nicht zur Schule mitgehen.«

»Danke. Genau das hat Judas auch gesagt.«

Hudson hatte den Tag frei – Rosie vermutete, dass er inoffiziell suspendiert war –, und nachdem wir uns dahingehend verständigt hatten, dass er bei nur einem verbleibenden Quartal die Schule nicht schon wieder wechseln wollte (»Ich hab doch grad die Klasse gewechselt!«), setzten wir ihn in *Jarman's Gym* ab.

Wir einigten uns auf eine Linie: Wir wollten der Schule erklären, dass Hudson den Vogel nicht getötet hatte, dass er von wissenschaftlicher Neugier motiviert gewesen und im Sezieren unterrichtet worden war.

Überraschenderweise hatte Rosie Claudias Analyse beigepflichtet, sogar im Hinblick darauf, dass ich Hudson gewohnheitsmäßig kritisieren würde. »Aber sicher nicht schlimmer, als dein Dad es bei dir gemacht hat«, sagte sie. Ich betrachtete diese Einschränkung keinesfalls als Kompliment.

Wir mussten die Schule dazu bringen, von einer Bestrafung Abstand zu nehmen, da sie höchstwahrscheinlich keinen Nutzen haben würde. Hudson wusste bereits, dass er einen Fehler begangen hatte und bereute ihn sehr.

»Hätte er den Vogel wirklich getötet, wäre das was anderes«, sagte Rosie. »An der Highschool wird er im Übrigen sezieren lernen – und da behaupten sie, er sei noch nicht reif genug! Was wollen die eigentlich?«

Ich legte Rosie nahe, ihren Ärger über Judas nicht auf die Schulleiterin zu projizieren. Ich war zufrieden mit meinem weitsichtigen Ratschlag, aber Rosie reagierte darauf, indem sie ihren Ärger auf mich projizierte. Als wir die Schule erreichten, hatte sie sich wieder unter Kontrolle.

Die Rektorin, die mir immer als vernünftig und für Meinungen und Argumente offen vorgekommen war, zeigte sich deutlich unfreundlich. Es war noch eine weitere Frau anwesend – Alter etwa fünfundzwanzig, BMI aufgrund von Stress meinerseits nicht einschätzbar –, die die Schulleiterin als Schulpsychologin vorstellte.

»Ms Keen arbeitet für die weiterführende Schule, aber in einem Fall wie diesem, wo wir auf professionelle Einschätzung angewiesen sind, hilft sie uns schon mal aus. Sie ist qualifizierte Psychologin.«

»Sie sind klinische Psychologin?«, fragte Rosie. »Entschuldigung, ich habe Ihren Namen nicht mitbekommen.«

»Kellie, bitte. Ich habe einen Abschluss in Psychologie und …«

»Mr und Ms Tillman, wir sind nicht hier, um Ms Keens Qualifikation zu erörtern. Sie ist Schulpsychologin, und wir vertrauen darauf …«

»Das ist ja schön und gut«, sagte Rosie, »aber ich bin Hudsons Mutter und möchte doch gern wissen, wer mein Kind beurteilt.«

»Ms Tillman …«

»Dr. Jarman, bitte. Oder Rosie, Bronwyn. Ich sehe keinen

Grund, weshalb der gestrige Vorfall eine schulpsychologische Einschätzung erfordern sollte.«

»Nun, da bin ich leider anderer Ansicht. Hudson hat ein Messer zur Schule mitgebracht …«

»Ein Skalpell«, korrigierte Rosie.

»Wir sind nicht hier, um …«

In meiner Rolle als guter Cop unterbrach ich das Gespräch. »Sie haben völlig recht, der Begriff ›Messer‹ wird manchmal synonym für ›Skalpell‹ verwendet, etwa in dem Ausdruck: ›Sie musste sich unters Messer legen.‹ Wir sehen ein, dass Hudson eine Regel gebrochen hat, sind aber der Meinung, dass die zugrundeliegende Absicht berücksichtigt werden muss. Hätte er beispielsweise ein Messer mitgebracht, um sich sein Mittagessen …«

»Er hat das Messer mitgebracht, um ein Tier zu töten. Ihr Sohn hat kaltblütig eine Taube ermordet. Wenn er mein Kind wäre, würde ich mir große Sorgen machen. Und mich freuen, dass mir professionelle Hilfe angeboten wird.«

»Inkorrekt. Er hat das Skalpell mitgenommen, um den Vogel zu sezieren. Als wissenschaftliches Experiment.«

»Mr Tillman, ich fürchte, Sie haben nicht richtig zugehört. Er hat den Vogel getötet. Sagen Sie bitte, wie *Sie* darüber denken, Kellie.«

»Wenn ich recht verstanden habe, könnte Ihr Sohn Autismus haben. In diesem Fall würde sein Verhalten durchaus Sinn ergeben.«

»Sind Sie Expertin für Autismus?«, fragte ich.

»Mr Tillman, *bitte*«, sagte die Schulleiterin.

»Nein«, sagte ich. »Kellie setzt Autismus mit Tierquälerei gleich. Damit ist sie in ihrer Einschätzung von Hudson befangen. Ich würde gern wissen, wie sie zu dieser Verbindung kommt?«

»Ich bin keine Wissenschaftlerin, die Ihnen da jetzt … irgendwelche Statistiken nennen kann«, sagte Kellie. »Aber ich glaube, wir alle wissen, dass Menschen mit Autismus nicht zu Empathie fähig sind. Nicht wie nor… wie Menschen ohne Autismus. Mithin macht er sich keine Gedanken darüber, was das Tier empfindet.« Sie lächelte und nickte, als hätte sie eine Gleichung gelöst, die sie ursprünglich als zu schwierig betrachtet hatte. »Bei Psychopathen verhält es sich ebenso. Die kümmern sich auch nicht um die Gefühle anderer.«

»Moment mal … Übersehen wir da gerade nicht etwas?«, sagte Rosie. »Hudson hat den Vogel nicht getötet.«

»Oh, ich fürchte, doch«, sagte Bronwyn.

»Haben Sie eine Stichwunde gefunden?«, fragte ich.

»Mr Tillman …«

»Professor Tillman, bitte«, sagte Rosie.

»Professor Tillman. Wir sind hier nicht bei der Spurensicherung, und der Vogel wurde entsorgt. Aber mir wurde zugetragen, dass Hudson das Tier getötet hat.«

»Von wem?«, fragte Rosie.

»Das Kind, das die Aussage gemacht hat, ist verständlicherweise traumatisiert. Ich bin noch im Gespräch mit den Eltern. Aber die Schülerin, beziehungsweise der Schüler, war offenbar Augenzeuge, wie Hudson die Taube tötete. Es gibt keinen Grund diese Aussage anzuzweifeln. Und alles andere passt haargenau: das Messer und der Vogel in Hudsons Schließfach. Hudsons Version von dem Vorfall hat sich in dem Moment geändert, als er beschuldigt wurde.«

Bronwyns Argumentation schien einleuchtend. Aber Kellies hatte eine Lücke.

»Sie glauben also, dass Hudson lügt?«, fragte ich sie.

»Nun ja, es scheint schon so, dass er nicht offen und ehrlich …«

»Ich dachte, Autisten seien nicht fähig, zu lügen und zu täuschen«, sagte ich.

Ich konnte erkennen, dass Kellie nach einer Antwort auf meinen Einwand suchte, der natürlich nichts weiter als eine simple Verallgemeinerung war und somit ihrem Verständnis von Autismus entsprach. Aber Bronwyn ließ keine weiteren Abschweifungen zu.

»Professor Tillman«, sagte sie. »Kommen wir zum Wesentlichen. Hudson ist für die letzte Woche vor den Ferien vom Unterricht freigestellt. Wenn er danach wiederkommen soll, erwarten wir, dass er sich vorher auf Autismus testen lässt – was, wie uns sehr wohl bewusst ist, auch negativ ausfallen kann. Aber Sie haben ja von Kellie gehört, was die Alternative wäre.«

»Hudson ist also entweder Autist oder Psychopath, sehe ich das richtig?«, sagte Rosie. »Nur, weil ein Kind *behauptet*, er habe einen Vogel getötet. Ist Ihnen beiden – mit all Ihrer professionellen Verantwortung – bewusst, was eine Fehlentscheidung an dieser Stelle für einen Elfjährigen bedeuten könnte? *Haben Sie irgendeine Ahnung …*«

Ich kannte Rosie. Über kurz oder lang würde sie ein unangemessenes Wort einfügen, und das Gespräch würde ins Emotionale umschlagen.

»Ich glaube, wir brauchen eine Auszeit«, sagte ich.

»Es tut mir leid«, sagte Bronwyn. »Ich habe das schlecht formuliert, und ich verstehe, dass Sie Ihren Sohn verteidigen, so wie alle Eltern das tun würden. Aber wir führen diese Gespräche nun schon das ganze Schuljahr hindurch, nicht nur wegen *eines* Zwischenfalls, und jetzt hat die Situation sich zugespitzt. Wenn wir keine professionelle Einschätzung erhalten – von jemandem, dem auch Sie zu vertrauen bereit sind –, können wir unseren Lehrern in der weiterführenden Schule nicht zumuten, Hudson zu unterrichten. Ich denke, das ist fair, meinen Sie nicht?«

»Bis wann wollen Sie die Diagnose?«, fragte ich.

»Bis … nun ja, zum Ende des Schuljahres. Und es tut mir sehr leid, aber ich muss es noch einmal deutlich sagen: Wenn etwas Derartiges erneut passiert – auch wenn es nur in die gleiche Richtung gehen sollte –, müssen wir Sie bitten, Hudson von der Schule zu nehmen.«

An dem Abend arbeiteten wir nicht in der Bar, obwohl wir zum Dienst eingeteilt waren. Hudson rastete aus, als Rosie ihm mitteilte, dass wir den Vorwurf der Taubentötung nicht hatten entkräften können. Und das, obwohl sie hinzufügte, dass wir unsererseits noch keine endgültige Meinung dazu hätten, dass wir davon ausgingen, dass er zumindest bis zum Ende des Schuljahres auf der Schule verbleiben könne, und dass wir ihn unterstützen würden, unabhängig davon, ob er gelogen habe oder nicht.

Sein Ärger schien sich weder direkt gegen Rosie, mich, die Schulleiterin oder das beschuldigende Kind zu richten, und eher durch die Vielzahl von Personen und Ereignissen ausgelöst worden zu sein, die zu diesem – in seinen Augen – Fehlurteil geführt hatten. »Absolut total unfair.«

Hudson beharrte, er habe die Taube nicht getötet. Er gab zu, möglicherweise behauptet zu haben, er habe sie sterben sehen: Er war davon ausgegangen, dass sie auf dieselbe Weise umgekommen war wie der Vogel auf unserer Terrasse.

Ich hatte als Kind nie ein Tier getötet, aber hätte ich es getan, hätte ich meine Eltern mit Sicherheit angelogen – aus purer Scham für eine solche Tat. Es musste erwogen werden, dass Hudson genauso empfand.

Während wir mit Hudson sprachen, war mir ein Anruf von Allannah entgangen, zumindest ein Anruf unter ihrer Nummer. Als ich die Nachricht abhörte, war es nicht ihre Stimme, sondern die, die ich beim Schwimmfest hinter mir und im Laden aus dem oberen Stockwerk gehört hatte. Damals wie heute war sie aggressiv.

»Gary Kilburn. Wir hatten noch nicht das Vergnügen, aber Sie wissen, wer ich bin. Ich rufe an, um Ihnen mitzuteilen, dass unsere Tochter nichts mehr mit Ihrem Sohn zu tun haben will. Ich muss das sicher nicht weiter erläutern. Ich hoffe, Sie holen sich Hilfe, bevor er das, was er mit dem Tier gemacht hat, auch einem Menschen antut.«

Am folgenden Abend kam Rosie mit Hudson in die Bar.

»Du bist heute nicht eingeteilt«, sagte ich.

»Ich weiß. Aber Hudson wollte mit seinen Freunden sprechen und ich mit dir. Vielleicht auch mit dir, Minh. Es könnte sein, dass ich hier bald Vollzeit arbeiten muss.«

»Was ist passiert?«, fragte Minh.

»Judas.«

»Schuld kriegt immer der Boss. Und meist zu Recht.« Minh lachte.

»Wir hatten das erste Treffen mit den Sponsoren. Gestern. Ich konnte nicht hin, weil … egal. Ein Kollege ist für mich eingesprungen, und Judas hat sich hinterher über Umwege erkundigt, anscheinend waren sie total begeistert – von meinem Kollegen.«

»Na und?«, meinte Minh. »Dann werden sie von dir nur noch mehr begeistert sein.«

»Judas hat ein Problem mit einer Frau in der Bewilligungskommission. Sie ist die Konsumentenvertreterin – was bedeutet, dass sie selbst eine Vorgeschichte mit psychischer Erkrankung hat. Für Judas bedeutet das ›instabil‹. Stefan konnte sie jetzt für sich einnehmen – warum also das Risiko mit einer anderen Person eingehen?«

»Kann er das einfach so machen?«, wollte ich wissen. »Stefan wieder die Leitung übergeben?«

»Ab jetzt kann er sowieso tun und lassen, was er will. Ich werde morgen meine Kündigung einreichen.«

»Warum?«, meinte Minh. »Abgesehen davon, dass du ihm einen Denkzettel verpassen willst.«

»Na, das wäre doch mal ein guter Anfang.«

»Verstehe. Aber deine Arbeit ist wichtig …«

»Genau damit will er mich ja erpressen.«

»Warte doch noch, bis du einen anderen Job in der Hinterhand hast. Eines Tages wird jemand mit bipolarer Störung, der sich ansonsten umgebracht hätte oder zumindest nicht so entwickelt, wie er hätte können, den Weg in ein gutes Leben schaffen – und das nur wegen dir. Und demjenigen ist es ganz egal, ob dein Boss ein Arschloch war oder wie genau dein Titel in dem Projekt gelautet hat oder wer du überhaupt bist. Tu das Beste für dich und deine Träume und die Welt – und nichts, nur um deinen Boss zu bestrafen.« Minh lachte und trank einen Schluck Mojito. »Aber klar, dass ich so etwas sage. Ich bin ein Boss.«

»Aber benimmst du dich deswegen wie ein Arschloch?«

Sie lachte wieder. »Frag meine Angestellten. Die werden dir wahrscheinlich erzählen, ich sei ganz besoffen von meiner Macht.«

Als ich später im Bett lag, analysierte ich unser Leben. Vor drei Monaten war ich mit einer Reihe scheinbar unlösbarer Probleme konfrontiert gewesen. Mittlerweile hatte ich einen Weg gefunden, sie alle zu lösen – zumindest glaubte ich das. Plus das damals noch nicht erkannte Problem, dass ich mich im Familienleben zu wenig engagiert hatte.

Letzteres hatte sich grundlegend geändert: Ich verbrachte

mehr Zeit mit Hudson, und auch Rosie und ich verbrachten mehr Zeit miteinander. Ich hatte meinen Vater vor seinem Tod häufiger gesehen und etwas über ihn und unsere Beziehung zueinander gelernt. Die Bar – im Rückblick der riskanteste Teil meiner Lösungen – war ein Erfolg. Sollte sie sich weiter so positiv entwickeln, könnte ich damit eines Tages, sobald ich meinen Anteil abbezahlt hätte, genauso viel verdienen wie einst als überarbeiteter und unterqualifizierter Wissenschaftler. Der Rassismus-Vorwurf ging nach dem letzten Zeitungsartikel vermutlich den Weg des Vergessens. Dave war in Australien, verdiente Geld, verlor an Gewicht und gewann an Selbstwertgefühl.

Die noch ungelösten Probleme waren jedoch die schwerwiegendsten. Rosies Jobsituation war genauso schlecht wie damals. Hudson war unglücklich, musste damit rechnen, von der Schule verwiesen zu werden, und durfte seine beste Freundin nicht mehr besuchen. Unser Familienleben würde in nächster Zukunft wohl von diesen Problemen dominiert werden. Und obwohl ein Großteil des Hudson Projekts in fremden Händen lag, lag der Fehler offenbar bei mir.

Kapitel 35

Zwei Abende später kam Minh wieder in die Bar, und ich dankte ihr für ihren Rat bezüglich Judas. Rosie wollte ihm folgen.

»Es ist immer leichter eine Lösung zu finden, wenn man nicht Teil des Problems ist«, sagte Minh. »Wie geht es Hudson?«

Ich schilderte ihr die letzten Ereignisse.

»Vielleicht hat er die Taube getötet«, sagte Minh, »vielleicht auch nicht. In der Schule passieren eine Menge schräger Sachen. Vielleicht hat es ein anderes Kind getan, und er will es schützen. Wie hätte er das Tier überhaupt fangen sollen? Ich würde mir darüber keine Gedanken mehr machen, abgesehen von den Schwierigkeiten, die sich daraus ergeben haben. Er scheint mir nicht der Typ, der Tiere tötet, weil es ihm einen Kick verschafft. Da kannst du mir gern vertrauen.«

Hudson las ein Buch. Zum ersten Mal hatte er nicht darum gebeten »App-Hilfe« auf die Stirn geschrieben zu bekommen.

»Kennst du dich mit Kindern aus?«, fragte ich.

»Mit Hudson kenne ich mich aus. Und ich habe zwei eigene.«

Ich war überrascht – ohne jede logische Grundlage. Mir war nie in den Sinn gekommen, dass Minh Kinder haben könnte.

»Und wer kümmert sich um sie?«

»Wie oft bist du gefragt worden: ›Wer kümmert sich um Hudson?‹«

»Genau dieses Thema hat Rosie neulich erst angesprochen. Ich hätte nicht fragen sollen. Entschuldige bitte den Sexismus.«

»Schon gut. Die beste Großmutter der Welt kümmert sich um sie«, sagte Minh und lachte. »Und ich sehe sie zwischen meiner eigentlichen Arbeit und meiner Zeit hier. Da liegen sie normalerweise schon im Bett.«

»Hast du einen Partner?«

»Die Kinder haben einen Vater, und der ist in Ordnung, aber nein, ich habe keinen Partner. Das kannst du Amghad gerne sagen für den Fall, dass er sich das noch nicht zusammengereimt hat«, meinte sie und lachte wieder.

Als ich zwanzig Minuten später eine Limette auspresste, stellte sie sich neben mich. »Hey, eigentlich könntet ihr jetzt ohne die Konkurrenz anderer Familien mit schulpflichtigen Kindern eine Woche Urlaub machen.«

»Aber Rosie hat ihre Arbeit doch noch, und ich arbeite hier.«

»Wenn du willst, kannst du die Woche freinehmen. Ich hab grad mit Amghad gesprochen. Ich könnte dich vertreten, und wenn ich Hilfe brauche, kommt Amghad dazu. Vielleicht kriegt Rosie ja auch ein paar Tage frei. Sonst macht ihr Männerurlaub. Angeln und Bier trinken.«

Rosie erteilte Hudson und mir die Erlaubnis, von Montag bis Freitag vor den Schulferien wegzufahren. Sie drängte uns geradewegs dazu.

»Wir hätten das in den Ehevertrag schreiben sollen«, sagte sie. »Gelegentliche Auszeiten sind gar nicht so übel. Hast du Hudson schon gefragt?«

»Noch nicht.«

»Nimm Dave mit«, sagte sie. »Wenn nur du dabei bist, fühlt er sich vielleicht, als stünde er unter Beobachtung. Und Dave siehst du sonst auch kaum. Wo er nun einmal da ist.«

Rosie hatte recht. Seit Hudson da war, sah ich meine Freunde deutlich seltener. Der Umzug nach Australien hatte die Situation noch verschärft. Und seit Dave die Werkzeuge zur Bauklotzfertigung zu Hause hatte, kam er auch nicht mehr so oft zu mir.

Zudem fiel mir ein, dass Dave sich mit dem Angeln auskannte. Ich hatte mit meinem Vater nicht gehen können, weil ich leicht seekrank wurde.

Rosie hatte eine weitere Idee. »Das wäre vielleicht eine gute Gelegenheit, um die Sache mit der Autismus-Diagnose anzubringen.«

»Vielleicht.«

»Lass es mich umformulieren: Du musst mit ihm darüber sprechen. Es wäre nämlich gut, wenn nur einer von uns das macht, damit er zum anderen gehen kann, falls es ihn belastet.«

Das Verfahren kam mir bekannt vor. »Dann soll ich jetzt der böse Cop sein?«

»Ja, du bist dran.«

»Du darfst ihn bei der Schulleiterin spielen, und ich muss bei Hudson ran. Das scheint mir nicht ganz ausgewogen.«

»Dafür darfst du mehr Zeit mit Hudson verbringen. Du musst Hudson also sagen, dass die Schule diesen Test verlangt, und rausbekommen, wie er darüber denkt. Versuche, einen günstigen Zeitpunkt für das Thema zu finden, und nicht, es dir so schnell wie möglich vom Hals zu schaffen.«

»Dann brauche ich konkretere Anweisungen.«

»Dazu bin ich ja da.«

Hudson willigte in die Reise ein – unter bestimmten Bedingungen: Die Fahrt solle an Secondhand-Buchläden vorbeiführen; er dürfe zu jeder Mahlzeit Fleisch essen, außer wir hätten

Fisch gefangen; er müsse keinen Fisch sezieren. Daves Beteiligung machte er ebenfalls zur Bedingung.

Ich war davon ausgegangen, dass Dave zu Hause gebraucht würde, aber er und Sonia hatten mittlerweile eine professionelle Kinderbetreuerin engagiert, die ihre Stunden in der Woche einfach erhöhen würde. Die Kosten konnten aus Daves Bauklotzhandel bestritten werden.

»Du kannst auch Zina fragen«, sagte ich. »Vorausgesetzt, sie mag Angeln und Gespräche über Baseball. Und ihrem Vater beim Biertrinken zusehen.«

»Denk dran, sie hat Schule«, antwortete Dave. »Sie war ein bisschen angesäuert, dass Hudson Schulverbot bekommen hat und eine Reise machen darf. Du weißt ja, wie Mädchen sind.«

Ich hatte keine Ahnung, wie Mädchen waren. Wir nahmen Phils Toyota und fuhren nach Shepparton, um die Angelausrüstung einzuladen.

Dave stöpselte sein Handy in den USB-Anschluss des Wagens.

»Elektronische Navigation ist nicht vonnöten«, sagte ich, als plötzlich Musik über die Lautsprecheranlage ertönte.

»Was ist das?«, fragte ich.

»Musik«, sagte Dave. »Ich dachte, du hast bestimmt keine dabei.«

»Ich habe Podcasts, aber da ich annahm, dass sie nicht für alle Passagiere von Interesse sind, hatte ich nicht vor, sie abzuspielen.« *Empathie.* Empathie bedeutete auch, keinen Hardrock abzuspielen, der nicht für alle Passagiere von Interesse war.

»Ist das denn okay für dich?«, fragte Dave.

»Aus welcher Ära stammt diese Musik?«

»Das sind Guns n' Roses. Frühe Neunziger.«

»Schlecht für Hudson. Sein Musikgeschmack bildet sich gerade aus, und wenn er sich an Musik der Neunziger gewöhnt, wird er sich nicht mit seinen Altersgenossen darüber unterhalten können.«

»… spricht die Stimme der Erfahrung.«

»Korrekt. Ich hatte keinen eigenen Musikgeschmack und bin über den meiner Eltern nicht hinausgekommen.«

»Guter Punkt«, sagte Dave. »Und die Rolling Stones müssen tatsächlich nicht *noch* eine Generation weitergereicht werden. Was hörst du für Musik, Hudson?«

»Eigentlich gar keine.«

»Hast du ein Handy? Geh mal ins Internet und schau nach, welcher Sender Musik spielt, die gerade in ist.«

In *Tillman's Hardware* lief es nicht ganz wie geplant.

»Ich habe drei Ruten und drei Rollen rausgesucht«, sagte Trevor. »Gute Ausrüstung, nur ein bisschen älter, plus ein paar Schachteln Köder. Ist alles in Mums Garage.«

»Wir müssen zu Mum fahren?«

Trevor lächelte. Seit dem Tod meines Vaters hatte er sich irgendwie verändert. Ich bin eigentlich relativ unempfänglich für Körpersprache, und wenn mir die Veränderung auffiel, musste sie dramatisch sein. Dave sah sich im Lager um.

»Du bist schwul, oder?«, sagte Hudson zu Trevor.

»Woran hast du das gemerkt?«

»Dad hat es mir gesagt.«

»Gut. Stimmt, ich bin es. Ich hoffe, das geht für dich in Ordnung.«

»Irgendwie schon. In der Schule sagen sie, ich sei schwul, weil meine zwei besten Freunde Mädchen sind. Das ist komisch, oder?«

»Ich denke mal, die sagen das so, als wäre es was Schlechtes. Aber das ist es nicht, es sei denn, du schämst dich für das, was du bist. Und das ist keine gute Art zu leben. Glaubst du denn, du bist schwul?«

Hudson sah mich an.

»Don, geh du mal zu deinem Freund und such das Schleifpapier aus. Wie früher.«

»Und bist du schwul?«, fragte ich Hudson, als wir wieder im Auto saßen. Dave war von meiner Frage überrascht, weil er das vorherige Gespräch nicht mitbekommen hatte.

»Wahrscheinlich nicht«, sagte Hudson. »Onkel Trevor meint, er sei nicht ganz sicher, aber er wettet, dass ich hetero bin.«

»Was wollte er denn wissen?« Ich bezweifelte, dass Trevor in der Lage war, die sexuelle Orientierung eines Elfjährigen zu bestimmen – trotz seiner persönlichen Erfahrung.

»Vor allem, ob ich mich zu Mädchen oder Jungen hingezogen fühle. Das habe ich ihm gesagt, und er meinte: ›Wahrscheinlich nicht schwul.‹ Als er in meinem Alter war, hätte er es schon gewusst, sagt er.«

»Aber es muss noch andere Fragen gegeben haben. Ihr habt lange geredet.«

»Ich wollte wissen, ob er mal Kinder haben würde.«

»Hättest du denn gern Cousins oder Cousinen?«, fragte Dave.

»Nicht so gern. Eigentlich gar nicht. Das wären ja erst mal bloß Babys. Und später würden sie den Laden erben.«

»Immer der Geschäftsmann«, sagte Dave. »Bist du der einzige Enkel?«

»M-hm. Aber das ist jetzt auch egal. Onkel Trevor will das Geschäft nämlich verkaufen und nach Sydney gehen.«

Ich war schockiert. Erst der Tod meines Vaters, jetzt Verkauf der Eisenwarenhandlung, nachdem Trevor sein lebenslanges Ziel erreicht hatte, sie zu besitzen, und schließlich Trevors Weggang. Der einzige Grund, nach Shepparton zu fahren, wäre dann nur noch meine Mutter.

»Ich spiele mit dem Gedanken, nach Melbourne zu ziehen«, verkündete meine Mutter. Sie hatte darauf bestanden, dass wir zum Mittagessen bleiben, das aus Pressschinken und einem Salat aus fertig eingelegter Rote Bete, Dosenananas und Dosenspargel bestand. Ich erklärte Dave, dass Shepparton für seine Dosenindustrie berühmt sei.

»Ich habe ein Angebot für das Haus bekommen und werde es verkaufen. Trevor zieht sowieso aus, und für mich allein ist es zu groß.«

»Aber … du willst in Melbourne wohnen?«

»Ich werde mir irgendwo eine hübsche Wohnung suchen – in einem Viertel, wo ein bisschen was los ist. Wo viele Leute sind und Geschäfte und ich etwas unternehmen kann. Vielleicht in deiner und Rosies Nähe, damit ich auch mehr von meinem Enkel sehe.«

»Du könntest uns dein Geld geben, und wir suchen ein großes Haus mit einer extra Großmutterwohnung drin«, sagte Hudson. »Bei Nadia – einem Mädchen in meiner Schule – ist das so ähnlich, da wohnt die Oma in einem Anbau. Nadia mag sie nicht besonders, aber das ist eben der Preis.«

Meine Mutter lachte. »Ihr seid mir vielleicht ein bisschen zu … organisiert. Das hatte ich jetzt fünfundfünfzig Jahre, und ich glaube, ich kann mal eine Pause gebrauchen.«

Dave nutzte die Zeit im Auto, um Hudson auf den neuesten Stand zeitgenössischer Musik zu bringen. Aus Erfahrung wusste ich, dass dies ein zeitintensives Projekt sein würde, denn um die Musik in all ihrer Komplexität zu erfassen, war wiederholtes Anhören vonnöten. Die Musik, die gerade im Radio spielte, war mir unbekannt und für mich unergründlich. Aber sie erinnerte mich an einen weiteren, noch nicht bearbeiteten Punkt auf meiner Hudson-Liste.

»Kannst du im Takt klatschen?«, fragte ich ihn.

»Warum?«

»Weil Rhythmus wichtig ist, wenn man beim Tanzen nicht dumm dastehen möchte. Grundlegende soziale Kompetenz.«

Rosie und ich hatten einmal einen Tanzkurs belegt, und meine größte Herausforderung war gewesen, den jeweiligen Taktschlag zu erkennen und meine Bewegungen zu synchronisieren.

»Kann ich das ein andermal machen?«, fragte Hudson. »Das soll doch jetzt ein Urlaub sein.«

»Dem stimme ich zu«, sagte Dave.

Kapitel 36

Obwohl wir den See noch im Hellen erreichten, beschlossen wir, erst am nächsten Morgen zu angeln. Das Haus, das wir gemietet hatten, besaß einen Garten, und Dave schlug Hudson vor, mit seiner Angelrute dort später das Auswerfen zu üben.

Hudson und ich luden den Wagen aus. Dave war nur eingeschränkt dazu in der Lage, weil er einen Arm für seine Gehhilfe brauchte, aber er schien sie inzwischen weniger einzusetzen als früher.

»Was ist in der Kiste?«, fragte ich ihn.

»Klötze und Holzmeißel. Ich will ein paar Ideen ausprobieren. Was mich von unkontrollierten Zwischenmahlzeiten abhält.«

»Für Zwischenmahlzeiten besteht keine Gefahr. Aufgrund von nicht erfolgtem Einkauf von Zwischenmahlzeiten.«

»Lieber Freund, ich muss dir danken. Du hast mir das Leben gerettet. Mein Gewicht geht runter, ich habe einen Job. Wenn die Bestellungen so weiterlaufen und ich regelmäßig arbeite, könnte ich bald mehr verdienen als mit der Kühltechnik. Und Sonia ist glücklich.«

Dave öffnete eine 330-ml-Flasche helles Bier und hob es in meine Richtung. »Willst du auch eins?«

»Zu früh. Und Alkohol ist nicht …«

»Auf Angeltrips gelten andere Regeln. Danke, lieber Don. Und auch Hudson. Ohne meinen Juniorpartner hätte ich es nicht geschafft. Und ›Junior‹ bezieht sich dabei wirklich nur auf die Körpergröße.«

»Partner« schien mir ein unpassender Ausdruck für einen Elfjährigen, der ein paar Ideen zu Bauklötzen gehabt und eine Webseite eingerichtet hatte, aber um Daves positive Bilanz zu bekräftigen, öffnete auch ich eine Flasche und stieß mit ihm an.

Hudson kehrte mit der Angelrute aus dem Garten zurück. »Ich kann's nicht.«

»Dave kann dir zeigen, wie es geht.«

Dave stellte sein Bier ab. »Ich kann dir gar nichts zeigen, aber vielleicht kriegen wir zusammen raus, wie die das im Internet machen.«

Sie blieben eine Stunde verschwunden, während der ich das Abendessen vorbereitete.

»Hat es funktioniert?«, fragte ich, als sie zurückkamen.

Hudson lachte. »Das Video war echt schlecht, aber zusammen haben wir es geschafft.«

»Jedenfalls gut genug, um den Köder ins Wasser zu kriegen«, sagte Dave. »Danach liegt's an den Fischen. Sollen wir das Fleisch draußen grillen? Auf der Terrasse steht ein Gasgrill. Kannst du damit umgehen, Don?«

»Ich weiß, wie er funktioniert, aber nicht, wie ich die Garzeiten berechnen soll.«

»Geh wieder ins Internet, Hudson. Wir werden auf keinen Fall drinnen kochen, wenn wir draußen einen Grill haben. Was hast du für Fleisch?«

»Känguru.«

»Kommt nicht in Frage«, sagte Hudson.

Bisher hatte Hudson alle Sorten Fleisch gegessen, die ich ihm vorgesetzt hatte, aber Känguru war noch nicht dabei gewesen. Gewisse Lebensmittel abzulehnen, war ein Merkmal bei Autismus. Hätte ich sein Verhalten allerdings als Anlass genommen, das Thema anzusprechen, hätte ich das Gespräch mit dem Verhaltensmerkmal für eine möglicherweise positive Diagnose eröffnet. Meine Aufgabe war schwieriger als gedacht.

»Känguru hab ich noch nie gegessen«, sagte Dave zu Hudson, »aber ich habe einen Trick, der für jedes Fleisch funktioniert. Magst du Ketchup? Senf? Chili?«

»Ketchup«, sagte Hudson.

Dave inspizierte den Vorratsschrank. »Wir haben Glück. Wenn du das auf dem Fleisch verteilst, schmeckt es genauso wie alles andere mit Ketchup.«

Ich war entsetzt. Dave lachte. »Sieh dir deinen Dad an – der steht total unter Schock. Jetzt musst du's machen.«

»Du zuerst«, sagte Hudson.

»Gern«, sagte Dave. »Willst du denn für uns grillen?«

Am nächsten Morgen gingen wir angeln. Der Ketchup-Trick am Vorabend war nur zu Anfang nötig gewesen, später werteten sowohl Dave als auch Hudson das Essen als Erfolg. Ich war sicher, dass wir nun auch kein Problem mit dem Kaninchen und der Kalbsleber haben würden.

Daves Unkenntnis beim Angeln überraschte mich, aber er erklärte, er habe immer nur von einem Boot aus geangelt, und diese Erfahrung sei nicht auf ein Seeufer übertragbar.

»Ich dachte eigentlich, *du* wärst der Experte«, meinte er. »Du bist doch in allem ein Experte. Stimmt's, Hudson?«

Zu meinem Erstaunen nickte Hudson. Daves Aussage stand in völligem Widerspruch zu meiner Selbsteinschätzung, vor allem jenen Fähigkeiten, die körperliche Koordination erforderten. Ich schüttelte den Kopf.

»Ach, komm schon«, sagte Dave. »Computer, Karate, Drehbank … Du bist Einstein im Overall.«

»Ich habe von Natur aus kein Talent für Dinge, die körperliches Geschick erfordern. Es war sehr viel Übung erforderlich.«

»Das macht es umso beeindruckender. Als ich versucht habe abzunehmen, war mir das unsäglich peinlich, weil du anscheinend alles schaffst, was du dir vornimmst, aber ich konnte mich nicht mal davon abhalten, Burger zu essen.«

»Aber dann ist es dir gelungen.«

»Kannst du dir vorstellen, wie schwer das war? Ich hab auf meinem Nachttisch eine Liste liegen. Sie ist das erste, was ich jeden Morgen nach dem Aufwachen sehe. Da steht drauf, was ich essen darf und was nicht. Und mein Gewicht wird jeden Tag neu aufgeschrieben. Ich muss die Zahl immer wieder sehen, um weiter durchzuhalten.«

»Hast du sie dabei?«, wollte Hudson wissen. »Die Liste?«

»Jep. Aber die zeige ich dir nicht. Ist mir zu peinlich. Da stehen so Sachen wie *Keine Chips kaufen* drauf.« Er hielt inne. »Und *Sonia mag keine dicken Männer.*«

»Sie mag dich wohl«, sagte ich. »Du warst doch immer schon übergewichtig.«

»Es geht dabei nicht um Logik. Es geht um Motivation. Sieh dich an. Du hast auch abgenommen.«

Durch die Arbeit in der Bar hatte sich mein Alkoholkonsum verringert und als automatische Folge Gewichtsverlust ergeben. Da ich auch mein Kampfsporttraining wiederaufgenommen hatte, war ich momentan so gut in Form wie seit dem Unfall mit dem Austernmesser nicht mehr.

Dave sah Hudson an. »Wenn du dich anstrengst, kannst du alles schaffen, was du willst.«

Für einen Außenstehenden sahen meine Versuche, einen Köder auszuwerfen, wahrscheinlich lächerlich aus. Dave und

Hudson, die mir zusahen, bestätigten mit ihrem Lachen meine Hypothese.

Ihre eigenen Bemühungen waren weitaus erfolgreicher: Tatsächlich schien Hudson die Technik viel früher zu beherrschen als Dave. Wir machten eine Pause, um meine vorbereiteten Lunchpakete zu essen, und zu meinem Erstaunen wollte Hudson hinterher weiterangeln. Ich hatte noch immer null Erfolg.

»Lass es dir von Hudson zeigen«, sagte Dave.

Hudson demonstrierte die Technik, und nach etlichen weiteren Versuchen schaffte ich es, den Köder ins Wasser zu bekommen. »Gut gemacht, Dad«, sagte Hudson. »Und jetzt weiterüben.«

Als die Sonne langsam unterging, stand Dave auf. »Ich brauch mal eine Pause«, sagte er und ging weg. Seine Krücke ließ er liegen.

Etwa neunzig Minuten später kehrte er zurück. Mit zwei Forellen. Er und Hudson klatschten sich ab. »Ich musste mal von dem großen Kerl da weg, der mit seinem Geplansche alle Fische verscheucht hat«, meinte er.

Während ich die Forelle zubereitete, ging Hudson in den Garten, um weiterzuüben. »Er hat das prima gemacht«, sagte Dave. »Legen wir morgen wieder früh los?«

»Ich empfehle, dass wir mittags aufhören«, sagte ich. »Wenn ich den ganzen Nachmittag Zeit habe, kann ich eine interessantere Mahlzeit zubereiten.«

Dave lachte. »Gefällt's dir hier?«

»Gerade schon. Rosie wird beeindruckt sein, dass Hudson Fisch in unpanierter Form isst.«

»Dabei sein ist noch mal was ganz anderes. Aber du wirkst nicht sehr entspannt. Du machst dir Gedanken um Hudson, stimmt's?«

»Bis zum Ende der Reise muss ich mit ihm über das Autismusproblem gesprochen haben. Damit wir nach einer Lösung suchen können.«

»Für so was gibt es keine Lösungen. Und damit meine ich alles, was mit Menschen zu tun hat. Man löst eine Sache, und schon kommt ein anderes Problem daher. Ich hoffe, das war in Ordnung, als ich Hudson gesagt habe, er könnte alles schaffen, was er will. Ich glaube eigentlich nicht mehr daran, aber wenn man jung ist, muss man das.«

Dave machte zwei Bier auf. »Übrigens: Die Sache mit dem Rhythmus … Der Grund, weshalb ich das abgewiegelt habe, war, dass er mir, schon bevor du was gesagt hast, immer auf die Sitzlehne geklopft hatte. Bumm-bumm, tschakadi-bumm … genau im Takt.«

»Und das kannst du kompetent beurteilen?«

»Hey, meine Urgroßmutter war Afroamerikanerin, also hab ich das im Blut. Stimmt's?«

»Ist zwar ein Klischee, aber meinetwegen. Aber warum wollte er dann nicht klatschen? Er hätte den Test doch bestanden.«

»Vielleicht möchte er ein paar Dinge einfach für sich behalten. Wie das mit dem Schwimmen. Wenn du gewusst hättest, dass er trainiert, wärst du nicht so beeindruckt gewesen.«

Hudson kam wieder dazu. »Wie wär's, wenn du und ich deinen Dad morgen mal sein Lesepensum aufholen lassen?«, sagte Dave.

»Ich muss aber dabei sein«, sagte ich, »um …«

»Entspann dich«, sagte Dave. »Das kriegen wir schon hin.«

In den nächsten zwei Tagen gingen Dave und Hudson tagsüber angeln und kehrten zum Abendessen zurück. Am ersten Tag gab es noch einmal zwei Forellen, beide von Dave gefangen. Am zweiten Tag ließ Dave seine Krücke zurück, und am

Abend brachten die beiden fünf Fische mit, von denen Hudson zwei gefangen hatte. »Beim ersten hat Dave geholfen, aber den zweiten hab ich ganz allein gefangen.«

»Und beide ausgenommen.«

»Das war nicht so eklig wie bei der Taube«, sagte Hudson.

»Ah, das erinnert mich«, sagte Dave. »Ich weiß ein Mut-Spiel. Jeder von uns darf den anderen jeweils eine Frage stellen, und man muss wahrheitsgemäß antworten. Und alles, was hier beim Angelausflug gesagt wird, bleibt für immer unter uns.«

»Es sei denn, jemand könnte Schaden erleiden.« Ich dachte an Rosies Sorge wegen Homöopathen-Gary. Und ich musste den Ablauf genauer klären. »Da wir zu dritt sind, bedeutet das, dass jeder zwei Fragen stellen darf. Korrekt?«

»Genau. Don, du kannst Hudson die erste Frage stellen.«

»Ich glaube, ich weiß, worum es geht«, sagte Hudson zu Dave. »Weil du ›das erinnert mich‹ gesagt hast, als ich von der Taube gesprochen habe.«

»Du glaubst, es geht darum, ob du die Taube in der Schule getötet hast?«, fragte Dave. »Glaubst du, das ist das Wichtigste, das dein Vater wissen will? Und du denkst wohl auch, dass wir uns abgesprochen haben, damit er dich das fragen kann, oder?«

»M-hm.«

»Da hast du dich geirrt. In drei Punkten. Erstens haben wir das nicht geplant. Zweitens ist es nicht das, was deinen Dad am meisten interessiert. Drittens *wissen* wir beide, dass du den Vogel nicht getötet hast, und dein Dad ist nicht der Typ, der eine Frage einfach so verschwenden würde. Wenn wir uns irren, dann sagst du das besser gleich, dann zeigt das nur, was für Idioten wir waren.«

»Ihr seid keine Idioten.«

Nach Daves Kriterien wäre ich ein Idiot gewesen, denn ich war drauf und dran gewesen, eine Frage zu vergeuden.

»Du solltest anfangen«, sagte ich zu Dave.

»Wenn ich genauer darüber nachdenke, ist das vielleicht doch eine blöde Idee. Wenn wir einander etwas anvertrauen wollen, dann sollten wir das einfach tun, und es bleibt unter uns Männern. Wir brauchen keine Spiele zu spielen. Allerdings habe ich tatsächlich eine Frage, und zwar an dich, Don: Hast du noch ein anderes Fischrezept?«

»Mochtest du dieses nicht?«

»Doch, es wäre nur schön, mehr Abwechslung zu haben. Ich habe keine große Lust, morgen wieder Forellen zu fangen, wenn ich jetzt schon weiß, dass ich uns damit zu drei exakt gleichen Mahlzeiten hintereinander verdamme.«

Hudson suchte ein neues Forellenrezept im Internet, und als wir uns zum Essen auf die Terrasse setzten, unterlief Dave ein schwerwiegender – vermutlich auch illegaler – Fehler.

»Möchtest du mal einen Schluck Bier trinken, Hudson? Also, wenn das für deinen Dad okay ist.«

Es war definitiv *nicht* okay. Ich erklärte den beiden, welchen Schaden Alkohol einem noch nicht ausgereiften Gehirn zufügen konnte, und erklärte abschließend, dass ich vermutlich überhaupt keinen Alkohol trinken würde, wenn ich mein Leben noch mal leben könnte.

Dave entschuldigte sich. »Tut mir leid, da habe ich eine Grenze überschritten. Dein Dad hat recht.«

»Er trinkt weniger als früher«, sagte Hudson. »Er hat viel zu viel getrunken. Mum auch. Aber ich mag sowieso keinen Alkohol. Schmeckt scheußlich. Und brennt.«

»Woher weißt du das?«

»Hallo? Immerhin arbeite ich in einer Bar. Merlin hat mich mal probieren lassen.«

Ich wunderte mich, dass Hudson seinen Freund verpetzte, bis er hinzufügte: »Alles auf diesem Angelausflug bleibt unter uns.« Er lachte. Dann sagte er: »Er wollte mich überzeugen, *nicht* mit dem Trinken anzufangen. Er ist mittlerweile trocken – er war als Teenager auch mal drogensüchtig – und würde normalerweise nie in eine Bar gehen, aber er sagt, bei uns gibt es keinen Druck. Sogar, wenn jemand eine Runde ausgibt, kann man seinen Drink selbst wählen, und dem, der spendiert, wird nur der Preis angezeigt. Das war eine der ersten Änderungen, die ich in die App eingebaut habe.«

»Eigentlich interessant, dass wir bei ehemaligen Alkoholikern, auch Trinker genannt, von ›trocken‹ reden …«

»Außerdem ist er schwul. Tazza – also sein Partner – ist auch schwul, klar, *und* außerdem autistisch. Er sagt, hetero sei einfacher vorzutäuschen als neurotypisch. Weil Autismus überall mit reinspielt.«

Zufällig hatte Hudson das kritische Thema selbst angesprochen, aber er wechselte es wieder, ehe ich die Chance bekam zu überlegen, wie ich eine Verbindung zu seiner eigenen Situation herstellen könnte.

»Was passiert denn nun im nächsten Quartal? Wegen der Taube? Irgendwas?«

»Sie wollen, dass du zu einem Psychologen gehst.«

»Um rauszufinden, ob ich sie getötet habe? Könnte ich nicht einen Lügendetektortest machen?«

»Das ist kompliziert.«

»Sie denken, ich bin autistisch, stimmt's? Und sie wollen einen Förderlehrer für mich.«

»Korrekt.« Auf diese Frage hatten Rosie und ich keine Antwort vorbereitet, aber alles andere wäre eine Lüge gewesen. »Sie halten es für möglich. Aber sie sind keine Experten«, sagte ich.

»Und wenn ich nicht zu diesem Psychologen gehe?«

»Dann wollen sie dich nicht zur Highschool zulassen. Ich denke mal, eine staatliche Schule wird dich aufnehmen müssen.«

»Das ist absolut unfair!« Hudson war merklich wütend. »Wenn dieser Psychologe sagt, dass ich autistisch bin, und ich dann extra Förderung kriege, dann weiß das die ganze Schule.«

»Das Leben ist nicht fair«, sagte Dave. »Ich wurde mit einem Fress-Gen geboren. Und ohne ein Gen zum Kinderkriegen.«

»Du hast doch zwei Kinder.«

»Dank der Wissenschaft. Dank Leuten wie deinem Dad. Und wo du schon über Fairness redest: Er wurde quasi dafür gefeuert, dass er seinen Job ordentlich gemacht hat.«

Auf Hudsons Nachfrage erzählte ich ihm vom Genetikvorlesungseklat einschließlich meiner Sorge, dass ich Studierenden, die ohnehin schon täglich Diskriminierung erlebten, weiteres Leid zugefügt hatte.

»Mr Warren macht das auch. Ich glaube nicht, dass er absichtlich böse ist, sondern nur …«

»… unsensibel«, ergänzte ich. »Mangelnde Empathie für Menschen, die anders sind als er selbst. Nur wenige Menschen sind wirklich mit Absicht böse.«

»Aber du bist kein Rassist, oder?«

»Wer behauptet das?«, fragte Dave.

»Ach, so ein Junge in der Schule. Es stand in der Zeitung, oder?«

»Denk mal an seine Geschäftspartner. Würdest du Geschäfte mit jemandem machen, den du für weniger wert hältst?« Er lachte. »Okay, vielleicht antwortest du darauf besser nicht. Aber wir alle könnten an unserem Wohlwollen und Mitgefühl arbeiten.«

»Du solltest dir einen Anwalt nehmen«, sagte Hudson zu mir.

»*Du* solltest dir einen wegen deines Vogelproblems nehmen«, konterte Dave. »Vielleicht wirst du selbst ja mal Anwalt. Du bist ein cleverer Junge und kannst gut reden.«

Offenbar reichte es Dave noch nicht, dass er meinen Sohn zum Geschäftsmann gemacht hatte.

»Die Fähigkeit zu logischer Argumentation ist in vielen Disziplinen von Vorteil«, sagte ich, »einschließlich Naturwissenschaft und Informatik.«

Auf dem Rückweg besuchten wir einige Secondhand-Buchläden und wiederum Shepparton, um die Angelausrüstung zurückzugeben und einen weiteren Salat mit Rote Bete, Ananas und Spargel zu uns zu nehmen, diesmal mit Dosenwürstchen.

»Du hast Angeln gelernt und Grillen und Fischeausnehmen«, sagte ich kurz vor Melbourne zu Hudson. »Und du isst Fisch ohne Panade und andere Sachen, die du vorher nicht kanntest. Exzellentes Ergebnis.«

Nur eine Sache musste noch geklärt werden, bevor ich Rosie den hundertprozentigen Erfolg übermitteln konnte.

»Hast du eigentlich entschieden, ob du zu einem Psychologen gehen willst oder nicht? Du *musst* nicht, aber ich glaube, du hast verstanden, was die Konsequenzen wären.«

»Ich will nicht. Jedenfalls nicht, um auf Autismus getestet zu werden.«

»Bist du sicher?«

»Keine Sorge«, sagte er. »Ich krieg das hin.«

Kapitel 37

Nachdem er den Großteil der Ferien in seinem Zimmer oder bei Carl, Eugenie und Phil verbracht hatte, kam mir Hudson, als er am ersten Tag des letzten Schulquartals zum Frühstück erschien, irgendwie verändert vor. Er war einige Tage zuvor beim Friseur gewesen, aber da war noch etwas anderes. Es dauerte eine Weile, bis ich merkte, dass er lange Hosen trug und keine Shorts. Mit Socken.

»Du hast für ein einziges Quartal eine neue Hose gekauft?«, fragte ich. »Und ein Teil davon wird im Sommer sein, wo du vermutlich wieder kurze Hosen tragen wirst?«

»Schon okay«, meinte Hudson. »Ich hab diese hier von meinem eigenen Geld gekauft. Vielleicht trage ich sie sogar weiter, selbst wenn es heiß ist. Wie ein Erwachsener.«

»Wie manche Erwachsene«, gab ich zu bedenken. Ich selbst trug kurze Hosen, wenn es heiß war, unabhängig von der Jahreszeit.

»Die zahlen *wir* natürlich«, sagte Rosie. »Aber ich wundere mich, dass die Länge genau passt.«

»Ich habe eine Nummer größer genommen, und Carl hat sie enger machen lassen. So macht man das, wenn man groß und schlank ist.«

Ich erinnerte mich an Carls Ratschläge und begutachtete Hudsons Krawatte. Wie empfohlen, trug er sie am Hals leicht gelockert.

Dann schlang er den Rucksack über eine Schulter und machte sich auf den Weg zur Straßenbahnhaltestelle.

Am Abend erhielt ich einen Anruf von Rabbit, was mich überraschte, da er nicht mehr Hudsons Lehrer war.

»Ich wollte mich noch bedanken, weil Sie so … verständnisvoll waren wegen … des Spitznamens«, sagte er. »Aber das ist nicht der Grund, weshalb ich anrufe. Ein Mädchen in Hudsons Klasse hatte keine schönen Ferien. Sie hat ein schlechtes Gewissen wegen etwas, das sie getan hat, aber sie hat sich da wohl selbst in eine Sackgasse manövriert und weiß nicht, wie sie wieder rauskommen soll. Ich habe sie an die Schulpsychologin verwiesen.«

Es kam mir seltsam vor, dass Rabbit für ein pädagogisches Problem meinen Rat suchte. Das sagte ich ihm.

»Guter Mann, mehr kann ich nicht sagen. Erzählen Sie das bitte genau so Ihrer Frau. Soll ich es noch einmal wiederholen?«

Ich erzählte es Rosie. Der Hinweis, dass Hudsons Verräterin keinen Ausweg wusste, war für sie überflüssig.

Ich konnte Rosie überzeugen, Hudson vorerst nichts von Blanches Verrat zu sagen. Rabbit hatte mich ins Vertrauen gezogen, womöglich unerlaubt, und wie es schien, bereute Blanche die Tat. Es war vorerst sinnvoller abzuwarten, wie sich die Dinge entwickeln würden.

Im Verlauf der nächsten Zeit wurde offensichtlich, dass Hudson weitere Veränderungen vorgenommen hatte. In die Bar kam er nur noch einmal pro Woche; an diesem Tag waren jedes Mal auch Merlin und Tazza anwesend. Sie schienen eine aufrichtig freundschaftliche Beziehung mit unserem nur elfjährigen Sohn zu pflegen – ich ging davon aus, dass es vor allem um App-Entwicklung und Science-Fiction ging, Themen, bei denen Hudson mit ihnen auf Augenhöhe diskutieren konnte.

Ich musste zahlreiche Hausinspektionen bei Familien anderer Schüler vornehmen, mit denen Hudson sich angefreundet hatte. Rosie fiel auf, dass die weißen Hemden, die sie für ihn wusch, nicht zur Standard-Schuluniform-Ausrüstung gehörten, sondern qualitativ höherwertige Männeroberhemden waren. »Carl«, sagte sie.

Es war schwer zu beurteilen, ob Hudson glücklicher war. In der Bar schien er sich wohl zu fühlen. Wenn andere Kinder ihn besuchten, verbrachten sie die meiste Zeit mit Hausaufgaben oder Lesen. Aber weder Rosie noch ich hatten Einblick in die kritischste Zeit seines Tages – die Schule.

»Zumindest scheint es ihm nicht schlechter zu gehen«, meinte Rosie. »Vielleicht sollten wir ihn eine Weile seinen eigenen Weg gehen lassen, anstatt ihn führen zu wollen.«

Gegen Mitte des Schulquartals führten Rosie und ich eine emotionale (zumindest ihrerseits) Diskussion darüber, wer von uns Hudson zum Aufklärungsabend begleiten solle.

»Ich bin Ärztin«, sagte Rosie.

»Ich bin Genetiker mit mehr Erfahrung in Reproduktionsbiologie als du.«

»Ja, bei Mäusen.«

»Ich habe außerdem bei der Geburt eines Kalbes assistiert.« Das war während Rosies Schwangerschaft gewesen, als ich mich für einen Notfall hatte rüsten wollen. Dieses Rüstzeug wurde nachfolgend eingesetzt, um eine Medizinstudentin derart zu instruieren, dass sie eine Totgeburt verhindern konnte – namentlich die von Daves und Sonias Tochter Zina. Auch darauf wies ich hin.

Rosie wies ihrerseits darauf hin, dass sie die Medizinstudentin gewesen war, die tatsächlich »Hand angelegt« hatte. Ich wies darauf hin, dass der Aufklärungsabend sich wohl eher an Theorie orientiere als an »Handarbeit«.

Als Nächstes wies ich darauf hin, dass ich derjenige gewesen war, der Hudsons sexuelle Aufklärung durch ein Tierbegattungsvideo eingeleitet hatte. Rosie erklärte, dass dies zur Vorladung bei der Schulleiterin geführt habe.

»Don, ich habe einfach ein bisschen Panik, dass es zu so was wie dem … wie nennst du es immer? … Pränatalen Debakel führen könnte. Du weißt, damals in New York, als ich schwanger war. Dass du einen Vortrag übers Stillen hältst oder … Kinder, die Sex haben, oder …«

»Oh, da gibt es viele …«

»Hör zu, es steht drei zu drei oder wie auch immer. Also lass *mich* gehen.«

»In dem Schreiben stand, dass die Schule das gleichgeschlechtliche Elternteil empfiehlt.«

»Okay, dann gehen wir beide.«

»Dann hat Hudson niemanden, bei dem er sich beschweren kann, wenn es ein Debakel wird. Was übrigens die von dir empfohlene Taktik bei schwierigen Themenbereichen ist. Außerdem sollte einer von uns in die Bar gehen.«

»Genau. Aber du weißt ja, dass ich tagsüber schon einen Job habe.«

»Am Aufklärungsabend teilzunehmen ist ebenfalls ein Job. Wir sollten Hudson entscheiden lassen.«

»Okay, okay. Ich weiß, was er sagen wird. Aber versuch bitte, einfach gar nichts zu sagen. Und bitte nichts, *überhaupt* nichts, hörst du?, das auch nur im Entferntesten andeuten könnte, dass minderjährige Kinder irgendwo oder irgendwie Sex haben oder hatten. Ganz egal, wie oft das in … unserer Stammesgeschichte vorkam. *Bitte.*«

»Das ist Kontrollverhalten, Rosie. Und damit nicht erwünschtes Verhalten.«

»Okay. Wahrscheinlich leide ich immer noch unter posttraumatischem Stress wegen dieses Pränatalen Debakels. Wir hätten uns deswegen fast getrennt, weißt du noch?«

»Natürlich. Ich werde versuchen, unauffällig zu bleiben und Sex zwischen Kindern nicht zu erwähnen.«

Unauffällig zu bleiben, das sollte einfach sein. Es waren ungefähr fünfzig Elternteil-Kind-Paare anwesend und somit vermutlich der Großteil der Schülerinnen und Schüler aus der sechsten Jahrgangsstufe. Hudson ging zu Nadia.

Erwachsene und Kinder schlenderten herum, und eine Frau von etwa dreißig Jahren (geschätzter BMI vierundzwanzig) kam auf mich zu und stellte sich als Melanie Waddington vor.

»Ich habe gesehen, dass Sie mit Hudson gekommen sind, und hatte gehofft, allein mit Ihnen sprechen zu können. Ich bin seine neue Lehrerin.«

»Ich bin sein Vater.«

»Das … äh, dachte ich mir. Sie sollen wissen, dass Hudson sich richtig gut macht. Als er in die Klasse kam, wurde mir gesagt, er habe wahrscheinlich eine milde Form von Autismus – wie ich hörte, haben Sie darüber schon Gespräche geführt –, und wir haben ja noch einen Jungen, Dov … Jedenfalls hatten wir schon eine kleine Trennwand im Klassenraum aufgestellt, um ihm mehr Ruhe zu geben, und Hudson hat sich dort neben ihn gesetzt, aber … wissen Sie, ich glaube, das hat er nur aus Höflichkeit gemacht oder um nett zu sein.«

»Sie halten Hudson nicht für autistisch?«

»Ich kenne ihn ja erst seit wenigen Wochen, aber nach dem, was Neil Warren erzählt hat, hatte ich ihn mir ganz anders vorgestellt. Er ereifert sich manchmal ein bisschen, wenn er redet, aber dann fängt er sich wieder. Ich habe den Eindruck, er nutzt das letzte Quartal, um noch mal ganz neu anzufangen.«

Ich entdeckte Rabbit Warren und fing ihn ab, um ein Update zur Taubenverschwörung zu erhalten. Noch immer hoffte ich auf einen konkreten Beweis, dass Hudson den Vogel nicht getötet hatte. Rabbit hatte keine weiteren Neuigkeiten, sagte jedoch, ich hätte ihm wegen eines anderen Themas einen Anruf erspart.

»Immer besser, von Angesicht zu Angesicht zu sprechen«, sagte er.

Meiner Meinung nach war diese Methode der Kontaktaufnahme ganz und gar nicht die bessere, zum Beispiel, wenn sie lange Reisen zu belanglosen Themen erforderlich machte oder beide Parteien zu Gewalt neigten.

»Ich habe Hudson immer noch in Sport, und ich muss sagen, dass es, abgesehen von der Überraschung beim Schwimmfest, keine großartige Verbesserung gegeben hat. Allerdings hat ihn das Grüne Haus zum Kapitän für den Geländelauf gewählt.«

»Für die Leichtathletik-Note?«

»Nein, die haben wir im ersten Quartal gemacht, und wenn ich mich recht erinnere, war Hudson an dem Tag krank. Jetzt geht es um eine einmalige Veranstaltung. Wir versuchen, alle Kinder zur Teilnahme zu bewegen, und jedes Haus wählt einen Kapitän. Hudson hat sich freiwillig gemeldet, und die Kinder haben sich für ihn entschieden.«

»Das sind exzellente Neuigkeiten. Ein deutliches Zeichen für einen verbesserten sozialen Status. Besten Dank für die Information.«

»Na ja, um ehrlich zu sein, bin ich mir da nicht so sicher. Haben Sie ihn mal laufen sehen?«

Hudsons Laufstil war unkonventionell, mit auf dem Rücken

verschränkten Händen. Nun, da Rabbit es erwähnte, wurde mir klar, dass er damit negativ auffallen könnte und dass es auf meiner Liste der zu erarbeitenden Kompetenzen hätte stehen müssen.

»Machen Sie sich Sorgen, weil er nicht schnell genug läuft? Das ist auf Grundschulniveau sicher nicht ausschlaggebend.«

»Ich mache mir Sorgen, dass sie ihn nur aus Spaß gewählt haben. Um sich über ihn lustig zu machen.«

Hudson und ich saßen in einer der mittleren Reihen. Als Allannah kam, setzte sie sich neben mich, und Blanche setzte sich auf ihre andere Seite.

Das Aufklärungsseminar wurde von zwei speziell geschulten Moderatoren geleitet, einem Mann und einer Frau, war visuell sehr anschaulich gestaltet. Einige Details wurden vereinfacht dargestellt, aber das war für ein Grundschulpublikum vermutlich notwendig. Zuerst ging es vor allem um körperliche Entwicklung und Respekt vor anderen zu haben, unabhängig von ihrem Geschlecht und ihrer sexuellen Orientierung.

»Jetzt kommen wir zu einer wichtigen Frage: In welchem Alter ist eine Schwangerschaft möglich? Sind Ärzte anwesend?«

Jemand deutete auf seine Sitznachbarin, aber die sagte: »Ich bin Gesichtschirurgin. Das ist wohl eher was für jemanden aus der Reproduktionsmedizin.«

»Ich wette, Sie wissen das«, raunte Allannah mir zu.

»Ungefähr, ja.«

Sie deutete auf mich. Die weibliche Moderatorin bemerkte ihre Geste.

»Und Sie sind …?«, fragte die Aufklärungsspezialistin.

»Genetiker.«

»O Gott«, stöhnte Hudson leise neben mir.

»Können Sie uns dann sagen, ab wann es möglich ist, schwanger zu werden?«

»Nicht aufgrund der Tatsache, dass ich Genetiker bin, sondern aufgrund breitgefächerter Lektüre.«

Erst herrschte Stille, dann lachten einige.

Ich elaborierte: »Also: ja.«

»Und die Antwort lautet …«

»Sechs Wochen. Vorausgesetzt, Sie sind eine Maus.«

Diesmal erntete ich lautes Lachen.

»Okay«, meinte Hudson. »Der war gut.«

»Und wenn Sie ein Mensch sind?«

»Natürlich besteht laut Statistik eine Häufigkeitsverteilung. An dem einen Ende, also bei vorzeitiger Pubertät, gibt es nachgewiesene Fälle, in denen sechsjährige Mädchen entbunden haben.«

Wie zu erwarten, ging ein Raunen durch den Raum.

»Aber im Durchschnitt erlangt ein wohlgenährtes menschliches Weibchen seine Geschlechtsreife mit etwa zwölf bis dreizehn Jahren. Wenn ein Mädchen in dem Alter Sex hat, besteht eine signifikante Chance auf eine Schwangerschaft.« Ich hatte genau das getan, was Rosie mir verboten hatte: Sex von Minderjährigen erwähnt. Das musste ich irgendwie kompensieren, und glücklicherweise hatte ich die perfekte Ablenkungsmethode parat: eine persönliche Anekdote.

»Selbstverständlich haben in dem Alter nur wenige Menschen Sex. In meinem Fall war es mit vierzig.«

Der Raum explodierte vor Lachen, und diesmal wusste ich: Sie lachten *über* mich.

Ich war buchstäblich wieder in der Grundschule und fühlte mich unwohl beim Thema Sex. Ich hatte es mit der Rolle als Klassenclown versucht und mich selbst bloßgestellt. Und jetzt machte ein Raum voller Grundschulkinder – sowie auch ihre Eltern, wie ich sah – sich über mich lustig.

Das Szenario, das ich mir einst in meinen Zwanzigern ausgemalt hatte, sah anders aus: Ich kehrte mit dem Wissen und der Erfahrung eines Erwachsenen in die Schule zurück und reagierte in einer heiklen Situation mit einem passenden, aufschlussreichen Kommentar, der meine Reife und Intelligenz völlig überzeugend zur Schau stellte.

Mir gingen viele Gedanken auf einmal durch meinen Kopf: Statistiken über Alter und erste sexuelle Erfahrungen, die ich nicht parat hatte; meine persönlichen Mängel, über die man sich amüsierte, während sie mir über viele Jahre Kummer verursacht hatten; der Vergleich meiner eigenen erfolgreichen Beziehung mit der schönsten Frau der Welt mit den möglicherweise unglücklichen Partnerschaften der anwesenden Erwachsenen.

Keiner der Gedanken mündete in eine für diese Situation angemessene prägnante Bemerkung. Währenddessen stöhnte Hudson neben mir immer wieder: »O Gott!« *Autisten neigen dazu, eine Phrase mehrfach unbewusst zu wiederholen.*

Ich sah, dass die Moderatoren leise miteinander sprachen, und als das Gelächter allmählich verebbte, begannen sie zu klatschen und ermutigten alle, es ihnen gleichzutun. Der Mann bedeutete mir aufzustehen.

»Ich möchte, dass alle hier im Raum verstehen, was gerade passiert ist«, sagte er, als das Klatschen nachließ, »weil es sehr wichtig ist. Dieser Herr hat eine persönliche Erfahrung preisgegeben, die ihm möglicherweise peinlich war, und alle haben gelacht. Denn das tun wir, wenn jemand über Dinge spricht, die uns selbst unangenehm sind. Wir lachen lieber über andere.

Aber das bedeutet nicht, dass wir ihn nicht mögen oder schätzen. Vielleicht kommt uns der Gedanke: Wenn ich über etwas sprechen würde, das mir Sorgen macht oder peinlich ist – nicht in einem Raum voller Leute, denn wir sind nicht alle so mutig wie dieser Mann, sondern vielleicht mit einem guten Freund –, dann wäre das eigentlich gar nicht so schlimm. Mein Freund würde mich trotzdem noch mögen und schätzen, auch wenn er vielleicht lachen müsste. Dieser Mann hatte den Mut, etwas Persönliches preiszugeben. Dafür bitte noch einmal eine Runde Applaus.«

Ich setzte mich wieder hin, und Allannah drückte meine Hand. »Sie sind ein erstaunlicher Mann«, sagte sie.

Nach dem Vortrag wurden qualitativ minderwertiger Tee und Kaffee serviert. Allannah und ich setzten unsere Unterhaltung fort, während Hudson sich mit anderen Kindern austauschte. Blanche stand abseits und aß einen Keks.

Allannah hatte ein blaues Auge – sie sei gestürzt –, aber ansonsten gehe es ihr gut. Sie sprach das Thema »Taube« nicht an, erzählte mir jedoch, ihr Mann wisse mittlerweile über den Besuch bei der Augenärztin Bescheid und auch über meine Vermittlerrolle dabei. Er war nicht erfreut darüber.

»Wie hat er davon erfahren?«

»Blanche hat sich verplappert. Aber besser, dass sie *das* erzählt hat als das andere.«

»Die Impfungen?«

Allannah nickte. »Ich bin froh, dass Sie heute Abend gekommen sind.«

»Rosie hatte Angst, ich könnte etwas Unangemessenes sagen«, sagte ich. »Sexuelle Aufklärung ist ein Minenfeld.«

Allannah lachte. »Sie sind der cleverste Mann, den ich kenne. Gary hätte niemals getan, was Sie getan haben.«

»Wie ist es gelaufen?«, fragte Rosie, als Hudson und ich nach Hause kamen. »Hat dein Vater euch beide blamiert?«

»Total«, sagte Hudson. »Kann ich was essen?«

Als Hudson in seinem Zimmer war, gab ich Rosie eine Zusammenfassung des Abends, und sie reagierte gemäßigt positiv. »Das haben die Moderatoren ja gut hingebogen«, sagte sie. Außerdem wurden wir uns einig, dass Hudsons Wahl zum Kapitän für das Geländerennen positiv war.

»Kann ja sein, dass Rabbit sich Sorgen um Hudson macht«, sagte sie, »aber vielleicht hat er nach dem Schwimmfest eher Sorge, dass Hudson gut abschneidet und so beweist, dass er mit seiner Einschätzung falschliegt.«

»Stimmt. Hudsons Ausdauer sollte ihm beim Laufen zugutekommen. Trotzdem wird er weitertrainieren müssen.«

»Überlass das mal ruhig ihm und Phil. Hast du Blanche gesehen?«

»Kurz. Sie war mit ihrer Mutter da.«

»Gab es irgendwelche Anzeichen, dass sie zu Hause Probleme haben?«

»Wie sollte ich das …« Aber natürlich! Das Auge! Ich hätte die Situation aus meiner eigenen Schulzeit ableiten können. Schüler, die gemobbt wurden, meldeten ihre Peiniger nicht, weil ein Eingreifen der Schulleitung nur kurzfristigen Erfolg bot, sie ihren Drangsalierern aber weiterhin täglich begegneten.

Rosie sagte, ich solle Allannah sofort anrufen, aber ich wies darauf hin, dass sie kein Handy besaß und Homöopathen-Gary Anrufe auf dem Festnetz vermutlich mitbekam, entweder direkt oder über das Überwachungssystem.

»Don, der Typ ist echt krank. Und gefährlich. Hudson wird dort definitiv nie wieder hingehen.«

Kapitel 38

In der Grundschule war ich regelmäßig zum Schulleiter bestellt worden, vor allem von meinem Religionslehrer. Es wurde regelrecht zu einem Ritual, dass ich einen »respektlosen« oder »grotesken« Kommentar über den Allmächtigen oder die Heilige Schrift machte und auf der Wartebank vor dem Büro des Rektors sitzen musste, auf der ich dann bis zum Ende der Stunde ein Buch las. Hätte man mich dauerhaft vom Unterricht entschuldigt, wäre das für alle sicher einfacher gewesen – stattdessen musste ich mir jede Woche einen neuen beleidigenden Kommentar zurechtlegen.

Mittlerweile waren Besuche bei der Schulleitung auch in der Gegenwart fast schon zur Routine geworden. Für den kommenden Besuch hatte es geheißen, dass Hudson selbst gerade keine Probleme habe, Rosie und ich aber möglicherweise bei einer Situation helfen könnten, die ihn betreffe.

»Klingt nach einem Einsatz für den guten Cop«, sagte Rosie. »Aber lass dich nicht einwickeln.«

Die Rektorin erwartete mich schon vor ihrem Büro und führte mich zu den Mädchentoiletten. Nachdem sie sich vergewissert hatte, dass sie leer waren, bat sie mich hinein.

»Wäre es möglich, dass Sie mir das Problem von hier aus beschreiben und ich nicht hineingehen muss?«, fragte ich. In meinem ganzen Leben hatte ich noch nie eine Damentoilette betreten.

»Also gut, ich verstehe Ihre Zurückhaltung. Jemand hat ›Hudson ist unschuldig‹ an die Klowand geschrieben. Ich gehe nicht davon aus, dass es Hudson selbst war, denn ich kann mir nicht vorstellen, dass er das Risiko eingeht, die Mädchentoilette zu betreten. Genau wie Sie.«

»Wenn es nicht Hudson war, was kann ich dann zu diesem Fall beitragen?«

»Es geht nicht nur um den Spruch an der Wand; die Sache ist ausgeufert: Man hat im Religionsunterricht darüber gesprochen. Wie Sie wissen, basiert unser Unterricht eher auf Ethik, und die Kinder finden, dass Hudson ungerecht behandelt wurde. Also wenden sich die Religionslehrer jetzt an uns.«

»Geht es um die Abwägung von ›Du sollst nicht falsch Zeugnis reden‹ und ›Du sollst nicht töten‹, was eben nicht immer für Vögel gilt?«

»Ja, ich nehme an, dass Hudson die Diskussion ein bisschen provoziert hat. Die Schülerin, die damals die Aussage gemacht hat, wirkt recht verzweifelt.«

Ich wünschte, ich hätte von meinen Klassenkameraden damals auch diese Art von Unterstützung erhalten.

»Ich empfehle die Anwendung juristischer Prinzipien. Hudson konnte keine Schuld am Tod des Vogels nachgewiesen werden. Sie könnten also sagen, dass Hudsons Wort gegen Blanches stand, und …«, sagte ich.

»Woher wissen Sie … Wie kommen Sie darauf, dass es sich um Blanche handelt?« Ein Mädchen näherte sich den Toiletten, und Bronwyn ging mit mir ein Stück den Gang hinunter. »Herrgott nochmal, ich wünschte, diese ganze Heimlichtuerei hätte ein Ende. Das Mädchen wird von Kellie betreut – Sie kennen sie, die Schulpsychologin –, und die hat natürlich Schweigepflicht. Vielleicht ist sie auch nur so fertig, weil sie ihren Freund verpetzt hat, aber …«

»Es geht darum, ob man klarstellt, dass Blanche gelogen hat, was bei Kindern – und auch Erwachsenen – vorkommt … oder ob man Hudson fälschlicherweise nicht nur der Lüge bezichtigt, sondern zusätzlich eines Vergehens, das auf einen gravierenden Persönlichkeitsdefekt hinweisen könnte … eine Diagnose, die ihm möglicherweise lebenslangen Schaden zufügt, ganz abgesehen von der unmittelbaren Auswirkung, nicht auf die Highschool wechseln zu dürfen.«

»Auf die Highschool-Problematik möchte ich nicht erneut eingehen. Wie Sie wissen, bestand besagtes Problem schon lange vor der Taube.« Sie überlegte. »Offen gestanden, bin ich mir mittlerweile unsicher, ob Ihr Sohn den Vogel getötet hat oder nicht.«

Das Ergebnis war unbefriedigend, aber ich bezweifelte, dass Rosie etwas anderes erreicht hätte. Als ich ging, schüttelte Bronwyn mir die Hand und dankte in Anbetracht der Auswirkungen auf Hudson für mein Verständnis.

»Ich kann mir nicht vorstellen, dass mein Gespräch mit dem anderen Elternpaar so freundlich verlaufen wird«, sagte sie.

Ihre Angst vor einem Gespräch mit Homöopathen-Gary war begründet.

Ich wartete vor der Schule und fing Allannah ab, als sie gerade aus dem Auto stieg. Sie wollte mich umarmen, besann sich dann aber und wich einen Schritt zurück.

»Hey, Sie haben auf mich gewartet!« Sie lächelte.

»Hat Ihr Mann Ihnen die Verletzung am Auge zugefügt?«

»Bitte nicht, Don. Sie sollten sich da raushalten.«

»Ich habe mit Rosie darüber gesprochen. Wenn wir etwas tun können, sind wir für Sie da. Wir würden gern helfen.«

»Rosie …« Sie schloss ihren Wagen ab, schob die Schlüssel

in ihre Handtasche, beugte sich zu Blanches Bruder hinunter und zupfte eine ganze Weile an seiner Kleidung.

»Wenn Sie Zeit zum Nachdenken brauchen«, sagte ich, »müssen Sie keine anderen Aktivitäten vorschützen. Ich kann warten, während Sie einfach dastehen oder ein wenig umhergehen.«

Sie lachte. »Don, Sie sind ein Unikum. Und das ist sehr lieb von Ihnen, aber … Gary hat ein Aggressivitätsproblem. Er kann sich nicht so beherrschen, wie er es möchte, aber er arbeitet daran. Wenn er mir wirklich hätte weh tun wollen, hätte er mehr als das hier gemacht. Und er tut so vielen Leuten so viel Gutes.«

Allannah setzte das utilitaristische Schaden-Nutzen-Kalkül ein, das, wie ihr bewusst sein musste, in der realen Welt wenig Gewicht hatte. So war meine gute Arbeit an der Universität nicht in die Gesamtbeurteilung eingeflossen, als der Eklat um die Genetikvorlesung losbrach. Offenbar bemerkte Allannah ihren Irrtum, denn sie griff auf eine andere Erklärung zurück.

»Wenn Sie wüssten, was er als Kind durchgemacht hat …«

»Das ist ebenfalls kein Grund für Gewalttätigkeit.«

»Es gibt für alles einen Grund. Selbst dafür, eine Taube zu töten. Entschuldigung … Aber die Kinder hat er nie geschlagen. Und … bitte, bitte, sagen Sie niemandem in der Schule etwas davon, aber als ich Gary kennenlernte, hatte ich ein Drogenproblem. Gary kannte das ebenfalls, aber dann hat er die Homöopathie entdeckt und sein ganzes Leben umgekrempelt. Er hat mir da rausgeholfen. Es hat nicht gleich beim ersten Mal geklappt. Auch nicht beim zweiten. Aber er ist drangeblieben. Ohne ihn wäre ich jetzt nicht hier. Wie auch immer Sie über Homöopathie denken mögen … Gary und ich sind der lebende Beweis, dass sie funktioniert.«

»Sind Sie sicher, dass wir nicht in irgendeiner Weise helfen können?«

»Wenn Sie sich einmischen, Don, würden sie uns als Paar nicht helfen. Und Rosie wäre sicher auch nicht glücklich darüber.«

Rosie war wütend, sowohl über die Haltung der Rektorin als auch die Allannah-Situation. »Ich will, dass du die Polizei verständigst. Die werden nicht sofort was unternehmen. Du kriegst also keinen Ärger mit Allannah, falls du dir deswegen Sorgen machst. Aber falls noch mal was passiert, haben sie dazu schon eine Aktennotiz.«

»Einverstanden. Ich gehe morgen hin.«

Und was die Schule betraf, wollte sie ebenfalls sofort reagieren. »Sie sind nicht mehr überzeugt, dass er es getan hat, aber sie machen sich mehr Sorgen um ihr Ansehen, wenn sie den Fehler zugeben müssten, als um Hudsons Wohlergehen. Wir nehmen ihn von der Schule. Sofort. Er kann auf die staatliche Schule gehen. Es sind ja nur noch ein paar Wochen, und dann sehen wir weiter.«

»Wir sollten mit Hudson sprechen. Außerdem wird jetzt niemand mehr in der Schule sein.«

Rosie schob ihr Handy wieder in die Tasche. »Die Stimme der Vernunft.«

»Und der Empathie. Alle schulischen Entscheidungen sollten letztlich Hudsons Wohlergehen dienen. Wie du ja schon sagtest.«

Rosie lächelte mich an. »Du wirst echt gut darin«, meinte sie. »Weltbester Ehemann.«

Hudson wollte die Schule nicht verlassen. »Die anderen Kinder sind okay«, sagte er. »Und ich glaube, alle Schulen sind gleich. Das Leben ist eben nicht fair.«

»Knallharte Erkenntnis für einen Elfjährigen«, meinte Rosie später.

»Er zitiert Dave. Aber bestimmt hat er vorher schon Unfairness erlebt.«

»Du hast recht. Als meine Mum starb, war ich acht. Ich fand das auch ziemlich unfair.«

Am nächsten Morgen suchte ich das nächste Polizeirevier auf, und sie reagierten genau so, wie Rosie es vorhergesagt hatte. Der diensthabende Polizist, ein Mann in meinem Alter, begleitete mich noch zur Tür.

»Sie haben das Richtige getan«, sagte er. »Aber wenn ich Ihnen noch einen Rat geben darf: Manche Kerle mögen es nicht, wenn ihre Frauen gutaussehende männliche Freunde haben. Vor allem nicht solche, die sie bei der Polizei verpfeifen. Verstehen Sie, was ich meine?«

»Nein.«

»Passen Sie auf sich auf. Wenn sie mehr als nur eine gute Freundin ist, denken Sie noch mal drüber nach. Und sagen Sie ihr nicht, dass Sie bei uns waren.«

Kapitel 39

Drei Tage nach meinem Besuch der Mädchentoiletten textete Hudson mir von Eugenie aus: *Kann ich zum Abendessen bleiben? Ist für Eugenies Mum ok.*

Ich textete meine Zustimmung, aber als Rosie nach Hause kam, bestand sie darauf, dass ich Eugenies Mum anrufe, also Claudia.

»Rosie wollte, dass ich nachfrage, ob mit Hudson alles in Ordnung ist. Ich nehme an, du hättest mich kontaktiert, wenn dem nicht so wäre.«

»Hm, ja und nein. Ich bin froh, dass du anrufst. Hudson hat heute offenbar was Unschönes erlebt und es Eugenie erzählt, und sie hat ihn noch mal eine Treppe weiter geschickt, also zu mir.«

»Ihr habt doch immer ebenerdig gewohnt. Seid ihr umgezogen? Oder habt ihr angebaut?«

»Metaphorisch gesprochen die Treppe rauf. Zu einer höheren, also erfahreneren, Instanz.«

»Er brauchte eine professionelle Psychologin?«

»Er wollte mit jemand Unabhängigem sprechen. Ich möchte jetzt gerne von dir wissen, ob ich das, was er mir erzählt, vertraulich behandeln darf, oder ob du willst, dass ich es dir erzähle. Ich soll ihm sagen, wie du dich entscheidest.«

»Was empfiehlst du?«

»Ich empfehle, ihm zu sagen, dass er weiter vertraulich mit

mir sprechen kann, aber natürlich werde ich ihn ermuntern, zu gegebener Zeit so viel wie möglich auch dir zu sagen. Ergibt das Sinn?«

»Vollkommen. Ist eine Taube involviert?«

»Ja.«

Ich wartete, bis wir am nächsten Abend zu dritt am Esstisch saßen.

»Worüber haben du und Claudia gestern gesprochen?«

»Don …«, sagte Rosie, aber Hudson antwortete bereits.

»Sie hat gesagt, wenn es um anderer Leute Gefühle geht, besonders um die von Mädchen, wärst du ein ziemlicher Klotz.«

»Das scheint mir von einer Psychologin eine unfassbare Verletzung der Schweigepflicht.«

»Das ist bei allen Männern so. Liegt an unseren Genen. Aber wir schneiden nur deshalb so schlecht ab, weil Frauen darin so gut sind.«

»Das hat Claudia gesagt?«, fragte Rosie. »Klingt eher wie Gene.«

»Jedenfalls hab ich auch was Klotziges gemacht. Mit Blanche. Sie war meine einzige Freundin, und dann hab ich angefangen, mich auch mit anderen zu treffen, und nicht darüber nachgedacht, dass ich für sie der einzige Freund war. Und in meiner Klasse ist ein Mädchen, das alle für … scharf halten … und cool …«

»Das wäre dann wohl Nadia, oder?«, meinte Rosie.

»Ja. Genau die. Jedenfalls dachte Blanche, ich würde sie – also Blanche – nicht mehr mögen, und ich glaube, wenn sie das mit mir so gemacht hätte, wäre es mir genauso beschissen gegangen. Also hat sie ihrer Mutter von der Augenärztin erzählt. Und in der Schule, dass sie mich angeblich gesehen hätte, wie ich die Taube umbringe.«

»Puh. Und wie geht es dir jetzt damit?«, fragte Rosie.

»Wie hast du das herausgefunden?«, fragte ich.

»Sie hat mir eine Nachricht geschrieben und sich entschuldigt.«

»Das war ganz schön mutig von ihr«, sagte Rosie.

»Das findet Eugenies Mum auch. Und Eugenie.«

»Und was denkst *du?*«, fragte Rosie.

»Wir haben beide Mist gebaut. Wir sollten damit abschließen und es hinter uns lassen, weil sich Ärger auf alles andere auswirkt. So ungefähr hat Eugenies Mum das gesagt, und ich stimme ihr zu.«

»Und was machst du jetzt?«, fragte ich.

»Ich habe mit Blanche gesprochen. Wir wollen versuchen, wieder Freunde zu sein, aber ich kann nicht zu ihr nach Hause, und sie darf auch nicht hierher, weil sie ihren Eltern nicht die Wahrheit gesagt hat.«

»Und der Schulleiterin?«, fragte Rosie.

»Nein. Dann würde sie eine Menge Ärger bekommen, weil sie gelogen hat.«

»Vielleicht nicht, wenn sie es von sich aus sagt«, meinte Rosie. »Oder du könntest der Schulleiterin von ihrem Brief erzählen.«

Hudson wirkte schockiert, so wie ich es auch gewesen wäre. Rosie mochte sich in Psychologie besser auskennen, aber sie hatte vergessen, welche Regeln in der Schule galten. Dort war Verrat das schlimmste aller Verbrechen.

Im letzten Schulquartal schienen ungewöhnlich viele von Hudsons Klassenkameraden Geburtstag zu haben, da Hudson fast jedes Wochenende eine Feier besuchte, manchmal sogar zwei. Ich stellte die Hypothese auf, dass die Kinder infolge von häufigerem Sex oder nachlässiger Verhütung in den Sommerferien gezeugt worden waren.

Wie sich herausstellte, lag ich mit meiner These falsch. Das ganze Schuljahr über hatten Geburtstage stattgefunden und waren gefeiert worden, nur war Hudson zu den meisten nicht eingeladen gewesen und hatte bei den übrigen entschieden, nicht hinzugehen.

Seit unserem Angelausflug war er beliebter und gesellschaftlich aktiver geworden. Über Carl hatte er sich ein neues Outfit besorgt, mit Jeans und sportschuhähnlichen Schuhen, die für sportliche Aktivitäten allerdings kaum geeignet schienen.

Er trug seinen Schulrucksack wieder an beiden Riemen, was zunächst wie ein Rückschritt wirkte, aber er erklärte, Carls Ratschlag sei veraltet gewesen.

»Seit *21 Jump Street* ist es cooler, den Rucksack wieder *so* zu tragen«, sagte er. »Und die Serie ist schon eine Weile her.«

Rosie fing ihn ab, als er zu Blakes Geburtstag aufbrechen wollte, dem Jungen, den er beim Schwimmfest besiegt hatte.

»Was hast du ihm gekauft?«, fragte Rosie und deutete auf ein langes Paket, das Hudson an einer Schnur trug, die an dessen beiden Enden befestigt war.

»Ach, einen Schläger.«

»Einen Cricketschläger?«

Hudson nickte.

»Bist du sicher, dass das die richtige Größe ist?«

»Er hat mir gesagt, welchen er will. Das ist ein guter.«

»War er teuer?«

»Ich hab noch was von meinem eigenen Geld dazugetan.«

»Wie viel?«

»Weiß ich nicht mehr.«

Ich hätte das Gespräch an diesem Punkt abgebrochen, aber Rosie ließ nicht locker. »Ungefähr.«

»Hundert?«

»Er hat hundert Dollar gekostet?«

»Nein, ich hab hundert dazugetan. Ungefähr.«

»Und woher hattest du das Geld?«

»Dave zahlt mir was für meine Hilfe mit den Bauklötzen. Ich muss jetzt los, sonst verpasse ich die Straßenbahn.«

Am Telefon erklärte Dave, Hudson habe mit seinem Beitrag deutlich untertrieben – wie auch mit seinem Entgelt. »Er hat nicht nur die Webseite eingerichtet. Er hatte die Idee, er hat sich den Markennamen ausgedacht, er war derjenige, der mich gedrängt hat, etwa viermal so viel zu fordern, als ich ursprünglich veranschlagt hatte. Seine fünfzig Prozent hat er sich redlich verdient.«

»Fünfzig Prozent? Von wie viel?«

»Vom Gewinn. Verkäufe minus Materialkosten. Wir sind Partner. Fifty-fifty. Um ehrlich zu sein, hätte ich nie gedacht, dass wir so viel verdienen, aber jetzt habe ich einen College-Fonds für Zina, und ich schätze, Hudson hat einen eigenen angelegt. Ich dachte, du wüsstest Bescheid.«

»Das klingt unfassbar. Wo du doch die ganze Arbeit machst.«

»Allein hätte ich nie so viel Geld verdient. Und es war geteiltes Risiko. Ich hatte schon mal ein Unternehmen, ich weiß, wie das läuft. Du wirst sehen, Hudson wird eines Tages Microsoft leiten.«

Ich informierte Rosie.

»Er kauft sich Freunde«, sagte sie. »Jetzt erwarten alle teure Geschenke von ihm.«

»Wir könnten ihm das für die Zukunft verbieten.«

»Könnten wir. Er kann den anderen Kindern sagen, dass er keine teuren Geschenke mehr machen darf. Und dann werden die Einladungen wahrscheinlich ausbleiben.«

»Das wäre möglicherweise eine wichtige Lektion zu menschlichem Verhalten«, sagte ich.

»Ich bin sicher, dass er die schon kennt. Eine bessere Lektion wäre es, wenn er keine teuren Geschenke mehr kaufen würde und die Einladungen trotzdem weiter kämen. Ja, es wäre eindeutig besser, wenn die Welt so funktionieren würde.« Sie stellte Hudsons Teller in die Spülmaschine.

»Wir haben uns Sorgen gemacht, dass er keine Freunde hatte«, sagte sie. »Jetzt hat er zumindest Anschluss gefunden, wenn auch auf eine Art und Weise, die wir nicht gutheißen. Vielleicht erwachsen daraus ja trotzdem echte Freundschaften.«

Wir kamen überein, dass wir mit dem Verbot bis zum Ende des Schuljahres, das noch sechs Wochen entfernt lag, warten würden. Für die Highschool mochten dann neue Regeln gelten. Eine auf den ersten Blick gute Entscheidung, aber ich ging trotzdem mit einem unguten Gefühl ins Bett. Hudson lief Gefahr, die Art von Mensch zu werden, die ich mein Leben lang verabscheut hatte.

Kapitel 40

»Komm mal her«, rief Rosie.

»Was machst du in Hudsons Zimmer?«, rief ich. Hudson wollte vermutlich nicht, dass ich sein Zimmer in seiner Abwesenheit betrat – da sollte noch mal einer behaupten, ich hätte keine Empathie –, und so unterließ ich es auch. Als Rosie mich überredet hatte, seinen Computer zu hacken, hatte ich eine Ausnahme gemacht und immer noch Gewissensbisse deswegen. Er war momentan nicht im Haus, weil er meiner Mutter in ihrer neuen Wohnung in Fairfield den Internetzugang einrichtete – im Tausch gegen hausgemachten Karamellkuchen.

»Ich mache sauber«, sagte Rosie, »übrigens eine der Aufgaben, die mein Mann übernehmen wollte, als er seine reguläre Arbeitsstelle aufgab. Das Zimmer ist ein Saustall. Und du könntest ihm sagen, dass er öfter duschen muss.«

Ich hatte mittlerweile die Tür zu Hudsons Zimmer erreicht. »Ich dachte, wir lassen ihn lieber er selbst sein, anstatt ihn nach unseren Vorstellungen zu formen.«

»Sag ihm, er soll jeden Tag duschen, und kauf ihm ein Deo. Aber das ist nicht der Grund, weshalb ich dich gerufen habe. Komm her und sieh dir das an.«

Ich musste mich auf Hudsons Bett legen, um den Zettel zu lesen, den er an seinen Nachtschrank geklebt hatte.

Jeden Tag laufen gehen
Mit Blanche reden
Partys
Nicht über die App reden
Keine Ausraster
Angeber kann keiner leiden
KLAPPE HALTEN

Neben *Partys* stand die Zahl acht, die vorherigen Ziffern waren durchgestrichen. Vermutlich war dies die Anzahl der besuchten Veranstaltungen, mit einem Kostenaufwand von $ 340 für Geschenke von uns und, wenn man den Preis für den Cricketschläger hochrechnete, etwa $ 800 von Hudson. Auf der unteren Hälfte des Zettels stand eine Zahlenreihe in absteigender Folge, Beginn bei 64. Alle Zahlen oberhalb von 23 waren durchgestrichen.

Ich wusste sofort, was es war. Als Kind hatte ich denselben Countdown geführt, allerdings mental.

»Anzahl der noch verbleibenden Schultage bis zu den Ferien«, sagte ich. »Ich glaube, die Idee hat er von Dave. Von unserem Angelausflug. Dave notiert sein Gewicht, und …«

»Okay, okay, ich hab's verstanden.« Rosie sprach lauter als nötig, und ich hörte Frustration heraus. Über mich. Ich stand vom Bett auf.

»Das ist so traurig«, sagte Rosie. »Was tun wir ihm nur an?«

»Es geht ums Anpassen«, sagte ich. »Wir haben versucht, ihm zu helfen, aber er hat erkannt, dass er sich selbst helfen muss. Ich glaube, Psychologen sind sich einig, dass Veränderungen mit persönlichem Engagement einhergehen müs…«

»Danke, Don, ich bin Doktor der Psychologie. Ich brauche keine Lektion über Motivation. Ich bin nur traurig, dass er das alles überhaupt machen muss. Ich liebe ihn so, wie er ist.«

»Ich stimme dir zu. Und ich liebe ihn auch. Aber die Welt tut es nicht. Die Schulwelt, zumindest. Und auch ein großer Teil der anderen nicht.«

»Genau das war dein Leben, oder?«

»Als ich jung war, ja. Es war nicht nur so, dass die Welt mich nicht leiden konnte. *Ich* konnte mich nicht leiden. Ich *wollte* mich ändern.«

»Vielleicht hättest du das nicht gewollt, wenn du so akzeptiert worden wärst, wie du bist. Aber jetzt geht es dir gut, oder?«

»Natürlich.« Die Antwort kam automatisch: Ich war glücklich mit Rosie und Hudson und der Bar. Dennoch musste ich sie einschränken: »Abgesehen davon, dass ich meinen Job verloren habe und meinen besten Freund und fast auch dich infolge des Pränatalen Debakels, und abgesehen von der Angst, ich könnte wegen sexuellen Missbrauchs oder Rassismus oder Frauenfeindlichkeit angeklagt werden oder wegen eines gesellschaftlichen Missverständnisses von der Polizei erschossen werden.«

»Wow«, sagte Rosie. »Das tut mir wirklich leid. Ich kann mich nur erneut dafür entschuldigen.«

»Du warst nur bei einem der Punkte involviert. Aber wenn Hudson Probleme dieser Art zu lösen versucht, auch wenn sie eher seinem Umfeld zuzuschreiben sind als ihm, dann sollten wir ihn unterstützen.«

»Dov geht nächstes Jahr auf die St Benedict«, sagte Hudson. »Das ist eine spezielle Schule, aber nicht nur für … intellektuell eingeschränkte Kinder. Sie nehmen auch intelligente Kinder, die in einer traditionellen schulischen Umgebung Probleme haben, ihr Potential voll auszuschöpfen.«

Es war Hudsons Abend in der Bar, aber seine Freunde waren noch nicht anwesend.

»Klingt, als hättest du dich darüber informiert«, sagte Rosie.

»Dovs Mum hatte eine spezielle Broschüre. Er möchte, dass ich da auch hingehe.«

»Warum du?«

»Weil ich früher mit ihm hinter der Abtrennung gesessen habe. Wir sind so was wie Freunde. Also, eigentlich Freunde.«

»Würdest du dir die Schule gern mal ansehen?«, fragte Rosie. »Und mit einem Lehrer oder einer Lehrerin sprechen?«

»Vielleicht.«

Ich war schockiert. Trotz des bislang demonstrierten Unwillens der Schule, Hudson zur Highschool zuzulassen, zweifelte ich nicht daran, dass er an einer staatlichen Schule angenommen werden würde, deren Schulleitern es laut Aussagen der Presse nicht einmal erlaubt war, Drogendealer, Messerstecher und potentielle Terroristen abzuweisen.

Und es gab auch noch andere private Schulen. Aber eine *Sonder*schule? Dies wäre der endgültige Beweis dafür gewesen, dass das Hudson-Projekt gescheitert war. Und Rosie schien die Idee auch noch zu unterstützen!

Als Hudson gegangen war, teilte ich ihr meine Überlegungen mit.

»Wir sollten ihn sich die Schule ansehen lassen«, sagte sie. »Ich sage ja nicht, dass er da hingehen soll, aber wo auch immer er am Ende landet, wird es in irgendeiner Form schwierig für ihn werden. Er soll nicht denken, dass er es irgendwo anders besser gehabt hätte und nur nicht ausprobieren durfte.«

Der Schulleiter von St Benedict, Barry O'Connor, bestellte uns für 17.30 Uhr, so dass Rosie mitkommen konnte, ohne sich von der Arbeit freinehmen zu müssen. Hudson begleitete uns.

»Ihnen ist sicher bekannt, dass dies eine katholische Schule ist«, sagte Barry, den ich auf um die Mitte fünfzig schätzte und leicht übergewichtig (BMI etwa siebenundzwanzig). Rosie lachte, als hätte sie das tatsächlich gewusst. »Aber wir haben Kinder mit sehr unterschiedlichem konfessionellem Hintergrund.«

Barry hielt einen kurzen Vortrag, in dem er betonte, dass die Schule Vielfalt fördere. Es klang ähnlich wie Bronwyns Vortrag vor Hudsons Einschulung, aber Barry illustrierte seinen Diskurs mit zahlreichen Beispielen, einschließlich einigen zu Autismus.

Ob Hudson den diagnostischen Kriterien für Autismus nun entsprach oder nicht, war es ermutigend zu wissen, dass individuelle Eigenarten auf Verständnis stießen. Neurotypische kritisierten Autisten wegen ihres Mangels an Empathie – *ihnen* gegenüber –, gaben sich aber selten Mühe mit ihrer Empathie gegenüber autistischen Menschen.

Ich war mit meinen Gedanken vom Gespräch abgeschweift.

»Wie gut schneiden die Schülerinnen und Schüler hier ab, die studieren wollen? Ich meine, die besten«, fragte Hudson gerade.

»Denkst du an ein spezielles Studienfach?«, wollte Barry wissen.

»Vielleicht Jura.«

Jura! Daran war Dave schuld.

»Und warum interessierst du dich besonders für dieses Fach?«, hakte Barry weiter nach.

»Wegen allem, das überall so passiert – auch in der Schule. Man wird wegen irgendwas beschuldigt, und das ist nicht fair.«

Rosie hatte offenbar recht gehabt. Die Taubenverschwörung war an Hudson nicht spurlos vorübergegangen.

»Ich muss sagen, das ist eine gute Erklärung«, sagte Barry. Er sah Hudson eindringlich an. »Du brauchst gute Noten – wirklich gute Noten –, um direkt nach der Schule Jura studieren zu können. Manche unserer Schüler schaffen das, aber wenn du das jetzt schon ins Auge fasst, bist du an deiner jetzigen Schule wahrscheinlich besser dran. Falls du mit den sozialen Aspekten des Berufs klarkommst.«

Er wandte sich an Rosie und mich. »Viele unserer Schüler sind sogenannte Spätzünder: Sie erreichen großartige Dinge, manchmal auch im Bereich Jura oder Medizin oder Wirtschaft, aber oftmals erst nach einer gewissen Umbruchphase, mit Ende zwanzig, Anfang dreißig. Und natürlich erfüllen uns diese Erfolge mit Stolz.«

Jetzt sah er wieder zu Hudson. Barry war ein Experte in fokussierter Gesprächsführung. »Hast du sonst noch Fragen?«

Hudson nickte. »Wie ist das Verhältnis von Jungen zu Mädchen auf Ihrer Schule?«

»Wir waren nicht immer koedukativ, und es braucht wohl noch eine Weile, bis sich genauso viele Mädchen wie Jungen anmelden. Du hast von Kindern gesprochen, die auf den üblichen Schulen Probleme haben … tja, wir haben eine Menge Jungen.«

»Wie lautet das Verhältnis?«, fragte Hudson erneut.

»Wir haben ungefähr achtzig Prozent Jungen.«

Auf der Rückfahrt wollte Rosie wissen, warum er das gefragt habe.

»Ich brauche Übung mit … im Umgang mit … Mädchen«, sagte er. »Damit ich kein Spätzünder werde.« Er lachte. »So wie Dad.«

»Und insgesamt? Wie ist dein Eindruck?«, fragte ich.

»Ich glaube, die Schule ist gut für Dov. Aber ich werde wohl lieber auf die staatliche Highschool gehen. Zumindest sehe ich das im Augenblick so.«

Kapitel 41

In den zwei Wochen vor dem Geländelauf konzentrierte Hudson sich auf seine Rolle als Mannschaftskapitän. Er setzte sogar mit seiner Arbeit an der Bar-App aus, die mittlerweile allerdings stabil funktionierte. Wir mussten ein Formular unterschreiben, demnach ging das Rennen über zwei Kilometer und teils unebenes Gelände.

»Ich werde nicht gewinnen«, sagte er. »Ich habe trainiert, aber es gibt Kinder, die Sport machen, seit sie zwei Jahre alt sind oder so, und die sind natürlich schneller. Es geht nach Punkten: zehn Punkte für den Gewinner, neun für den zweiten, acht für …«

»Danke, das System ist klar. Sieben Punkte für den vierten, korrekt?«

»Korrekt. Aber jeder, der ins Ziel läuft, bekommt einen Punkt. Ich muss es schaffen, dass jeder aus unserem Haus bis zum Ende mitläuft und nicht unterwegs aufhört, was passieren kann, wenn man zu früh zu schnell läuft. Das ist der häufigste Fehler. Der erste Schritt sind die Einwilligungsformulare. Ich kümmere mich darum, dass alle unterschrieben abgegeben werden.«

Hudson arbeitete immer noch an seinem Plan, als Rosie nach Hause kam.

»Gleichmäßiges langsames Laufen ist das Beste, und dann ein Endspurt. Lieber langsam anzufangen als schnell. Und man sollte die zweite Hälfte schneller laufen als die erste. Es ist einfacher, am Ende aufzuholen, als am Anfang eine Führung auszubauen«, zählte er auf.

»Uff«, meinte Rosie, als Hudson sich schließlich anderen Aufgaben widmete. »Ich schätze mal, er will etwas beweisen. Wenn sein Team gewinnt, wird Rabbit von seinem Argument ›kein guter Teamplayer‹ abweichen müssen.«

»Was ein Hauptfaktor bei der informellen Autismusdiagnose der Schule war.«

»Aber er wird von seiner vorgefassten Meinung trotzdem nicht abweichen.«

Rosie nahm sich von der Arbeit frei (»Mir ist inzwischen egal, was Judas denkt«), um beim Rennen dabei zu sein. Phil, als Hudsons Coach, kam ebenfalls. Wir bezogen unsere Plätze auf der kleinen Tribüne eines öffentlichen Sportplatzes. Die Teilnehmer würden nach ihrer Strecke über das schwierige »unebene Gelände« eine letzte Runde um das Sportfeld laufen müssen.

Phil sah sich um. »Das Arschloch aus dem Blauen Haus kann ich nirgends entdecken«, sagte er.

»Ich nehme an, die Sehbehinderung seiner Tochter spricht gegen ihre Teilnahme. Zum Glück ist sie nicht in Hudsons Haus.«

Wir hörten den Startschuss, und etwa acht Minuten später trafen die ersten Läufer im Stadion ein – ein Kind in deutlicher Führung, gefolgt von drei weiteren – und begannen ihre Abschlussrunde.

»Hudson sollte auch bald kommen«, sagte Phil etwa zwei Minuten später, nachdem er auf seine Armbanduhr gesehen hatte, die im Stoppuhrmodus lief.

Weitere Teilnehmer erreichten den Sportplatz, Hudson war

nicht darunter. Phil wurde nervös. Die Gewinnerin überquerte die Ziellinie und nach ihr die zwei Mädchen und der Junge, die mit ihr zusammen die Aschenbahn erreicht hatten. Vermutlich waren dies die Schülerinnen und Schüler, von denen Hudson gesprochen hatte – sie demonstrierten deutlich den Wert ausgefeilten Trainings. Der nachfolgende Läufer hatte noch mehr als eine halbe Runde vor sich, und hinter ihm trabten in unterschiedlichen Abständen eine große Anzahl weiterer Teilnehmer.

Endlich erreichte Hudson das Stadion, und der Grund für seine Verspätung wurde offensichtlich: Er hielt ein Mädchen an der Hand, das ich anhand der dunklen Sonnenbrille, den weißen Haaren und dem blauen T-Shirt ihres Schul-Hauses als Blanche identifizierte. Auf seiner anderen Seite lief ein übergewichtiger Junge, Dov, im grünen T-Shirt. Er war erkennbar erschöpft. Hudson klopfte ihm auf den Rücken und deutete nach vorn.

Es gab lauten Applaus und Anfeuerungsrufe, vermutlich wegen Blanches Mut zur Teilnahme. Dann ereignete sich die nächste Sensation. Kurz nachdem sie die Aschenbahn erreicht hatten, ließ Hudson Blanches Hand los und steigerte sein Tempo. Dov übernahm die Rolle des Hand-Halters, und Hudson begann, einen Läufer nach dem anderen zu überholen. Phil feuerte ihn dabei aus vollem Halse an, und die übrigen Zuschauer fielen mit ein.

»Na, los«, sagte Phil dann, aber nicht zu Hudson, sondern zu uns. Er drehte sich um und schlängelte sich durch das Publikum auf der Tribüne. Wir folgten ihm, auch als er sich Richtung Ziellinie in Trab setzte. »Sie werden ihn alle umarmen wollen«, sagte er. »Aber ich möchte nicht, dass sie ihm damit den Erfolg verderben.«

Hudson lief über die Ziellinie, blieb keuchend stehen und

stützte sich auf den Knien ab, um wieder zu Atem zu kommen. Phil breitete die Arme aus, um ihn vor unerwünschtem Körperkontakt zu bewahren, und als Hudson sich wieder aufrichtete, schüttelte er ihm die Hand. Mir fiel auf, dass Hudson ihm fest ins Gesicht sah und sich bemühte, das Händeschütteln korrekt auszuführen.

»Großartige Leistung«, sagte Phil. »Du hast alle Läufer vor dir noch überholt.«

»Habt ihr ein Mädchen mit grünem T-Shirt gesehen? Sehr, sehr groß?«

»Sie hat gewonnen.«

Hudson boxte in die Luft und blieb dann neben dem Ziel stehen, bis alle die Linie überquert hatten. Blanche und Dov waren nicht die letzten. Hudson reckte beide Daumen hoch und schüttelte Freund und Freundin die Hand. Nun kam auch Allannah, umarmte Blanche und Dov und gab Hudson dadurch ausreichend Vorwarnung, dass er rechtzeitig die Hand vorstrecken konnte. Um Hudson herum standen mehr Leute als um die Gewinnerin, und Rosie, Phil und ich traten ein wenig in den Hintergrund.

»Das ist Blanches Mutter, oder?«, sagte Rosie.

»Korrekt.«

»Sie ist jung, aber … deinen Erzählungen zufolge hatte ich so was wie eine glorreiche Göttin erwartet.«

»Sie sieht aus, als würde sie weinen. Vermutlich vor Glück, weil Blanche das Rennen durchgestanden hat.«

Hinter mir hörte ich eine mir unbekannte Stimme: »Ich kann absolut nachvollziehen, warum er Kapitän geworden ist. Beschämt uns alle … Wir feuern lauthals das jeweilige Team unserer Kinder an, aber er kümmert sich um ein Mädchen aus einem anderen Haus. Der wird eines Tages mal Premierminister. Hoffe ich zumindest.«

»Tja, das würden wir auch gern so sehen, aber leider wirft ihm das Leben einige unschöne Herausforderungen in den Weg. Immerhin ist das hier für alle Kinder eine tolle Lektion. Sie sehen, was er erreicht – bei allem, mit dem er klarkommen muss –, und … nun ja, es ist bestimmt sehr inspirierend für sie.«

Die zweite Stimme kannte ich durchaus. Es war Bronwyns.

Zwei Tage nach dem Rennen brachte Hudson eine Nachricht mit nach Hause.

Wir möchten alle Eltern informieren, dass im letzten Quartal ein Schüler eine Woche lang vom Unterricht freigestellt wurde, weil er ein scharfes Schneideinstrument zur Schule mitgebracht hatte. Wir weisen darauf hin, dass es strikt verboten ist, Messer oder ähnliche Objekte mitzuführen, die für andere eine Gefahr darstellen könnten. Über den Vorfall kamen allerdings einige Fehlinformationen in Umlauf, und wir möchten klarlegen, dass der Schüler weder Mensch noch Tier bedroht oder gefährdet hat. Wir können auch davon ausgehen, dass dies nicht beabsichtigt war. Nach einer Woche der Freistellung hat der Schüler den Schulbesuch wiederaufgenommen. Wir werden keine weiteren Maßnahmen ergreifen.

»Dann hat Blanche wohl gebeichtet«, sagte Rosie. »Hat Hudson das gelesen?«

»Natürlich.«

»Und was hat er gesagt?«

»Er wollte wissen, ob er nun ohne Autismusdiagnose auf die Highschool zugelassen wird.«

»Und?«

»Ich denke, dass ›keine weiteren Maßnahmen‹ ›keine Veränderung‹ bedeuten. In dieser Hinsicht hatte Bronwyn sich recht klar geäußert.«

Rabbit dachte anders. »Tut mir leid, dass ich es beim Geländelauf nicht geschafft habe, Sie anzusprechen«, sagte er am Telefon.

»Die Flöhe«, erwiderte ich.

Er lachte. »Kor*rekt.* Aber ich wollte Sie ermutigen, noch mal mit Bronwyn zu reden. Die Richtigstellung in der Geschichte um die Taube überrascht mich nicht, aber ich glaube, darum ging es für sie ohnehin nicht allein. Auf jeden Fall haben wir viele positive Rückmeldungen von Eltern zu Hudsons Hilfestellung für Blanche.«

Er hielt inne, dann sagte er: »Wusste Hudson eigentlich, dass Blanche es war, die ihn verpfiffen hat?«

»Ja, aber er hat ihr verziehen.«

»Das ist doch ein weiteres gutes Argument, um das Highschool-Thema neu aufzurollen. An Ihrer Stelle würde ich gleich einen Termin mit Bronwyn vereinbaren.«

»Ein exzellenter Ratschlag.«

»Diese Kinder sind uns wirklich wichtig. Wenn Sie noch eine Minute Zeit haben, könnte ich Ihnen was erzählen, das Sie wahrscheinlich bemerkenswerter finden werden als ich zum damaligen Zeitpunkt.«

»Sie können gern länger als eine Minute reden, wenn dadurch mehr interessante Details eingefügt werden können.«

»Genau. Also, wir haben Cricket gespielt – und übrigens ist Hudson in diesem Quartal längst nicht mehr der schlechteste Fänger. Ich hatte die Jungs aus zwei Klassen in meinem Unterricht, und einer sagte über irgendetwas, das ihm nicht gefiel: ›Das ist ja so schwul!‹ Mit diesem Ausdruck habe ich ein Problem, also ließ ich alle hinsetzen und erklärte sehr ausführlich, was Schwulsein eigentlich bedeutet.

Wir hatten jemanden in der Familie … ach, egal, aber wissen Sie: Die kriegen diese ganze Sexualerziehung und verstehen es trotzdem nicht richtig. Na ja, am Ende meines kleinen Vortrags wussten sie jedenfalls Bescheid.

Nun gibt es da einen Jungen, der Hudson eine Zeitlang ziemlich geärgert hat, als er noch in meiner Klasse war. Er hat sich immer hinter Hudson gestellt und ihn an den Haaren gezupft und gezogen, und jetzt platzt Hudson auf einmal heraus: ›Hey, deshalb hat Jasper immer mit meinem Haar gespielt: Er ist schwul.‹

Sie wissen ja, wie Kinder in dem Alter sind. Sie haben nur gelacht und gelacht und wollten gar nicht wieder aufhören – und zwar nicht über Hudson, sondern über Jasper. Das war jetzt nicht gerade das, was ich mir nach dem Gespräch gewünscht hätte, aber …« Rabbit brach ab.

»Gibt es ein Problem?«

»Mir passte es natürlich nicht, dass Schwulsein wiederum als etwas Negatives dargestellt wurde, aber ich glaube, der Grund, weshalb alle lachten, war, dass sie Hudson als eine Art Wahrheitsapostel ansehen. Wenn ich jetzt allerdings darüber nachdenke, frage ich mich … ob er das nicht extra gemacht hat. Als würde er genau das … ausnutzen. Entschuldigung, Sie haben wahrscheinlich keine Ahnung, wovon ich spreche.«

Ich wusste ganz genau, wovon Rabbit sprach.

Wir brauchten keinen Termin bei Bronwyn. Als ich sie anrief, gab sie zu verstehen, dass die Autismusdiagnose nicht mehr nötig sei.

»Mir wurde mitgeteilt – von Leuten, die mehr davon verstehen als ich –, dass das, was er für Blanche getan hat – vor allem nach dem, was *sie* getan hat –, überhaupt nicht zu Autismus passt. Und auch nicht, dass er jemandem aus einem anderen

Haus hilft, wo er doch für sein Haus die Punkte einfahren wollte. Kellie war es sehr peinlich, dass sie ihn falsch eingeschätzt hatte.«

Kellies Annahme, Autismus stehe im Widerspruch zu Altruismus und Sorge um andere, hatte Hudson zum Vorteil gereicht, war jedoch grundlegend falsch. Laszlo war einer der selbstlosesten und großzügigsten Menschen, die ich kannte.

»Aber da ist noch etwas. Kellie hat darum gebeten, dass ich nachfrage, ob er gecoacht wurde.«

Ich zögerte, sah jedoch keinen Grund die Wahrheit zu verschweigen. »Er wurde gecoacht.«

Bronwyn atmete schnell und heftig ein.

»Sein Großvater leitet ein Sportstudio und hat ihn trainiert. Aber soweit ich verstanden habe, trainieren andere Teilnehmer bereits sehr viel länger unter professioneller Anleitung.«

Jetzt lachte Bronwyn. »Ich dachte eher, wegen der Sache mit Blanche.«

»Das wäre mir nie in den Sinn gekommen.«

»Ich glaube Ihnen.«

Ich verstand den Sinn von Kellies Frage nicht. Niemand ist in allen Bereichen Experte. Es ist ein Zeichen von Intelligenz, wenn wir unsere Grenzen erkennen, und von Reife, wenn wir uns nötigenfalls Hilfe suchen.

Ich wartete bis zum Abendessen, um Rosie die Neuigkeiten mitzuteilen, und öffnete dafür extra eine Flasche Champagner.

»Was gibt es denn zu feiern?«, wollte Rosie wissen.

»Das erfolgreiche Ende des Hudson-Projekts.« Seine Aufnahme in die Highschool war gesichert, die Notwendigkeit einer Bedingung der Autismusdiagnose war sowohl von der Schulpsychologin wie auch der Schulleiterin und Hudsons Lehrer zurückgenommen worden. Von Bronwyns Entscheidung hatte ich Hudson bereits erzählt, und er hatte sich gefreut. Korrigiere: Er hat gejubelt, was er durch ein triumphalen Fausthieb in die Luft demonstrierte.

Hudson hatte seine Zulassung zur Highschool durch eine deutlich verbesserte Sozialkompetenz erreicht – das hatten sein Umgang mit dem Taubenproblem und der Geländelauf bewiesen. Außerdem war er körperlich koordinierter.

Und es ließen sich weitere errungene Kompetenzen auflisten, von denen viele für soziale Interaktionen und gesellschaftliche Akzeptanz relevant waren: Angeln, Grillen, Ballfangen, Fahrradfahren, Joggen, Schwimmen, Teamleitung, Geschenkeaussuchen, und noch einiges mehr. Am Schluss fügte ich der Liste noch »eigenständiges Denken« hinzu.

Die Schule schien seine Fortschritte zu erkennen und zu würdigen. »Bei der Abschlussfeier soll ich eine Rede halten«, sagte Hudson. »Das dürfen nur wenige Kinder. Erst stand ich gar nicht auf der Liste, aber Ms Williams hat mich noch mit draufgesetzt.«

»Und wie geht es dir damit?«, fragte Rosie.

»Gut. Die meisten anderen haben Angst.«

»Du nicht?«

»Ich rede gern.«

»Dürfen Dave und Sonia auch zu deiner Feier kommen? Vielleicht sogar mit Zina?«, fragte ich.

»Klar. Aber wieso?«

»Sie kennen dich, seit du ein Baby warst«, sagte Rosie. »Sie würden deinen Abschluss gern mit dir feiern.«

»Außerdem haben wir zugesagt, zu Zinas Theateraufführung zu gehen. Somit müssen sie auch zusagen, wenn wir sie einladen.«

Kapitel 42

Mit Zinas Kostüm hatte es ein Problem gegeben, und sie hatte sich geweigert aufzutreten. Sonia konnte sie am Ende doch noch dazu überreden.

Hudson hatte ein Buch mitgenommen, in das er während fast der gesamten Vorstellung vertieft war. Bei Zinas Auftritt zwang Rosie ihn allerdings zum Zuschauen. Die Aufführung war *fürchterlich*, und der einzige Grund für uns, sie anzuschauen, war Zina. Die spielte einen Teenager, der aus New York zu Besuch kam, soweit ich erkennen konnte, erforderte ihre Rolle aber kein besonderes Kostüm.

Nach dem Ereignis überließen wir Hudson Dave und Sonias Babysitterin und gingen in ein griechisches Lokal essen. Es war unser erstes gemeinsames Essen seit ihrer Ankunft in Melbourne. Kurz vor Weihnachten würden sie wieder nach New York zurückkehren.

»Im Geiste seid ihr ja immer bei uns gewesen … ihr habt uns gerettet, wisst ihr das?«, sagte Sonia.

»Ich denke, Dave hat sich selbst gerettet«, sagte Rosie.

Seit unserem Angelausflug bewegte Dave sich ohne seine Krücke. »Aber das Kühlgerätegeschäft werde ich nicht wieder aufnehmen«, sagte er.

»Bringen die Holzklötze denn genügend ein?«

»So sieht es zumindest aus. Wenn es nicht mehr so gut läuft, finde ich sicher etwas anderes, das ich bauen kann.«

»Dann brauchst du dein Einkommen auch nicht mehr zu teilen«, sagte Rosie. »Das sage ich jetzt mal in meiner Eigenschaft als Hudsons Mutter, die um sein Wohl besorgt ist.«

»Dave hat mich immer auf dem Laufenden gehalten, was bei euch so alles los war«, sagte Sonia zu Rosie. »Du hast bestimmt darüber nachgedacht, wieder Teilzeit zu arbeiten, oder?«

»Eine Weile schon, aber mittlerweile geht es Hudson ja erheblich besser. Und Don hat ihn ganz toll unterstützt.«

»Er ist erheblich reifer geworden«, sagte Dave.

»Zina macht sich auch ganz schön«, sagte Sonia. »Ist elf und wirkt schon fast wie siebzehn. Schade, dass die beiden nicht öfter was zusammen unternehmen konnten.«

»Warum?«, fragte ich. »Sie scheinen doch ganz unterschiedliche Interessen zu haben.«

»Da hast du wahrscheinlich recht«, meinte Sonia. »Mädchen reifen ja auch noch mal schneller als Jungen.«

»Wie hat Hudson die Aufführung gefallen?«, wollte Dave wissen.

Rosie übernahm die Antwort. »Frag lieber nicht, was ein elfjähriger Junge vom Schultheaterauftritt eines elfjährigen Mädchens denkt. Kommt ihr zu Hudsons Abschlussfeier?«

»Klar. Aber ich sage mal, dass der heutige Abend wohl kaum zu toppen ist.«

»Ich glaube, Hudson ist doch ziemlich aufgeregt wegen seiner Rede«, sagte Rosie, während wir Minh zeigten, wie man einen Smoked Sazerac zubereitet. Die Bar lief mittlerweile wunderbar, so dass wir es inzwischen ähnlich wie Minh halten konnten – die Unternehmerschaft genießen, ohne extrem viel dafür arbeiten zu müssen. Nachdem ich Hudson heimlich dafür kritisiert hatte, als freier Unternehmer Geld zu scheffeln, passierte mir nun fast das Gleiche.

»Er hat doch zu verstehen gegeben, dass er zuversichtlich sei«, sagte ich. »Ist dir etwas Gegenteiliges aufgefallen?«

»Ja. Haufenweise zerknüllte Notizblätter.«

»Er will seine Rede auf Papier schreiben?« Irgendetwas stimmte nicht.

Hudson steuerte gerade zwei Frauen an, die auf dem Weg zur Theke waren. Zwar nahmen wir immer noch persönliche Bestellungen entgegen, aber Hudson versuchte stets, neue Kundinnen und Kunden sofort auf die Vorzüge der App aufmerksam zu machen, und bot seine Hilfe an.

Die beiden Frauen sprachen nur kurz mit Hudson, aber lange genug, dass mir etwas auffiel.

»Ich glaube, die linke ist diejenige, die mir bei der Vorlesung die Frage zur Genetik der Rassen gestellt und dann das Video aufgenommen hat. Und die andere ist möglicherweise die Freundin, die neben ihr saß.«

»Bist du sicher?«, fragte Rosie.

»Nein.«

»Okay, verzieh dich mal kurz, und lass mich das machen.«

»Was willst du sagen?«

»Weiß ich noch nicht. Geh jetzt!«

Ich zog mich zwischen Theke und Küche zurück, wo ich wegen des geringen Geräuschpegels dem Gespräch lauschen konnte. Minh stand hinter Rosie an der Theke und mixte Drinks.

»Entschuldigung«, sagte die Stimme, die mit einiger Gewissheit der Frau gehörte, die mich zu den genetischen Grundlagen von Rassenzugehörigkeit befragt hatte, »ich würde gern wissen … Die Frau, die da gerade den Cocktail mixt – könnten Sie mir ihren Namen sagen?«

»Warum?«, fragte Rosie.

»Das klingt jetzt vielleicht komisch, aber ich hatte gerade ein Bewerbungsgespräch …«

»Für ihren absoluten *Traum*job«, warf die andere ein. »Und den wird sie auch kriegen.«

»Hör auf. Aber … sie sieht der Frau, die mich interviewt hat, so dermaßen ähnlich …«

»Für einen Job hier im Lokal?«, fragte Rosie nach.

»Nein, in einem Genlabor. Ich habe gerade meinen Abschluss gemacht und will unbedingt im Bereich Genomchirurgie arbeiten. Mein zweites Gespräch war bei der Geschäftsführerin …« Sie deutete auf Minh.

»Hm, kaum vorstellbar, dass eine leitende Genetikerin in einer Bar arbeitet, oder?«, meinte Rosie. »Sie ist Vietnamesin, und die sehen ja alle ein bisschen gleich aus, stimmt's?« Rosie begann zu lachen und lachte so lange, bis die zwei Frauen einstimmten.

»Na, kommen Sie«, sagte Rosie. »Das müssen Sie doch zugeben, oder?«

»Schätze, schon.«

»Obwohl … Wenn ich so darüber nachdenke«, fuhr Rosie fort, »hätte ich das wahrscheinlich nicht sagen sollen. Klingt irgendwie rassistisch, finden Sie nicht? Auch wenn Sie mir gerade zugestimmt haben. Was meinst du denn, Don?«

Ich stellte mich neben Rosie.

»Ach, du Scheiße«, sagte die erste Frau.

»Don hat seinen Job als Genetiker verloren, weil er des Rassismus beschuldigt wurde. Man muss heute wirklich vorsichtig sein. Aber jetzt gehört ihm diese Bar. Zusammen mit Dang Minh, die Sie, wenn ich das recht verstanden habe, bereits kennen. Sie sind Partner. Sie steht hinter mir.«

»Oh, Scheiße«, sagte die Frau wieder.

»Tja, die Genetikwelt ist klein, hm?«, sagte Rosie.

»Bitte«, sagte die Frau. »Ich hatte doch nur … ich wollte einfach … Also, dieser Job bedeutet mir echt viel, jetzt …«

»Don hat sein Job auch viel bedeutet«, entgegnete Rosie.

Das stimmte zwar, aber es klang gerade wie eine Drohung, dass ich meinen direkten Draht zu Minh nutzen könnte, um Rache zu üben.

»Natürlich werde ich mich in die Stellenauswahl nicht einmischen«, sagte ich.

»Werden Sie nicht? O Gott, meinen Sie das ehrlich?«

»Selbstverständlich. Alles andere wäre unethisch. Wenn Sie für diese Stelle die beste Bewerberin sind, dann hoffe ich, dass Minh Sie einstellen wird. In der Genetik brauchen wir die besten Leute. Möchten Sie einen Drink bestellen?«

»Weißt du eigentlich, wie frustrierend du bist?«, fragte Rosie, nachdem die beiden gegangen waren, ohne etwas zu bestellen. Dann lachte sie. »Eigentlich bin ich ganz froh, dass du sie vom Haken gelassen hast. Ich war ihr früher gar nicht mal so unähnlich.«

»Früher? Willst du damit sagen, du hast dich verändert?«

»Brauchst du für deine Rede Hilfe?«, fragte ich Hudson.

»Du kannst mir nicht helfen. Was sie von mir wollen, ist unmöglich …«

»Was wollen sie denn? Mit einer klaren Anforderungsbeschreibung können wir evaluieren, ob es eine Lösung geben kann. Wenn nicht, können wir die Schule bitten, ihre Spezifikation zu ändern.«

»Sie wollen, dass ich erzähle, warum ich Blanches Hand gehalten habe. Beim Geländelauf. Anstatt mich nur aufs Gewinnen zu konzentrieren. Nur darüber soll ich reden.«

»Gibt es ein Problem dabei, den Grund zu nennen? Die Zuhörer interessiert bestimmt, warum du das gemacht hast. Vermutlich waren Freundschaft oder Altruismus der Grund.«

»Na, toll. Ich soll also sagen: ›Ich habe Blanche beim Geländelauf geholfen, weil sie meine Freundin ist.‹ Oder: ›Ich habe Blanche beim Geländelauf geholfen, weil ich alturi…‹«

»Aus altruistischen Gründen. Wenn man etwas macht, weil es in sich gut oder von Nutzen ist, und nicht, weil man selbst einen Vorteil daraus gewinnt. Für einen wohltätigen Zweck spenden, zum Beispiel. Anonym.«

»Ich muss aber *zwei Minuten* reden!«

»Ist der Inhalt verhandelbar?«

»*Theoretisch* kann ich natürlich sagen, was ich will. Aber das ist eben das, was die Schulleiterin vorgeschlagen hat. Wir sollten in ihr Büro kommen, alle zusammen, und sie hat ›vorgeschlagen‹, worüber jeder Einzelne sprechen soll.« Hudson setzte mit den Fingern Anführungszeichen in die Luft. »Rate mal, worüber Blanche reden soll.«

»Ich weiß nur, dass Blanche Naturwissenschaftlerin werden will …«

»Denk mal wie die Schulleiterin. Blanche soll natürlich darüber sprechen, wie sie mit ihrer Behinderung klarkommt. Und bei mir wird es darum gehen, dass ich versuche, das zu tun, was man von mir erwartet und möglichst nicht aufzufallen.«

»Du hast dich doch schon für die Highschool qualifiziert. Du kannst eine Pause vom Anpassen machen.«

Das war vermutlich nicht der beste Rat, aber er kam spontan, weil ich mich ein Leben lang angepasst hatte.

Mithin sollte jede Pause vom Anpassungsdruck ohne zu zögern genutzt werden.

Es war nie leicht für mich, Hudsons Gesichtsausdruck zu interpretieren, aber ich nahm Erleichterung wahr. Wir waren auf dem Weg, das Problem gemeinsam zu lösen. Vater und Sohn.

»Kannst du mich zu Eugenie bringen?«, fragte Hudson. »Ich werde mal mit ihr darüber reden.«

Kapitel 43

Am Tag von Hudsons Abschlussfeier kam Rosie um 14.46 Uhr von der Arbeit. »Für heute habe ich genug«, sagte sie. »Ich habe meinen Teil getan.«

»War die Präsentation erfolgreich?«

»Es lief irgendwie eigenartig. Stefan hat alles vorgetragen, aber die meisten Fragen hat der Ausschuss dann mir gestellt. Stefan hat das so interpretiert, dass sie mit ihm zufrieden waren und nur noch mal bei Nummer Zwei nachprüfen wollten, ob alles seine Richtigkeit hat, aber …«

»Glaubst du, ihr kriegt die Mittel?«

»Ich weiß es nicht. Wie ich schon sagte: Es war irgendwie seltsam.«

Vierzehn Minuten später klingelte mein Handy: Simon Lefebvre. Judas. Rosie war zum Friseur gegangen.

»Don, kannst du sprechen?«

»Natürlich.« Was für eine Frage!

»Ich meine, bist du allein?«

»Gibt es ein Problem?«

»Du musst mit Rosie sprechen. Dringend.«

»Geht sie nicht ans Handy? Ich kann die Nummer ihres Friseurs raussuchen …«

Simon zögerte. »Ich würde das lieber über dich machen. Bei dir weiß ich, dass du … rational bleibst.«

»Gibt es ein Problem?«

»Ich brauche sie in einer Stunde wieder hier beim Bewilligungsausschuss. Hör zu, ich hab gute Neuigkeiten: Ich lasse sie das Projekt leiten. Sie hat mir gesagt, dass sie genau das will, und ich habe es mir noch mal überlegt. Anscheinend war ihre Präsentation heute brillant, und auch sonst war sie immer voll engagiert …«

»Warum hast du sie am Anfang zurückgestuft?«

»Spielt das jetzt noch eine Rolle? Na ja, ich dachte, bei all den Problemen mit … eurem Sohn … dass ich ihr einen Gefallen tue.«

Ich überlegte. Der Grund, den er Rosie genannt hatte, hatte mit einem potentiell unzuverlässigen Mitglied des Komitees zu tun, nicht mit der Sorge um Hudson.

»Don?«, fragte Simon.

»Sag mir die Wahrheit«, forderte ich, »oder ich beende dieses Gespräch sofort. Es ist unmöglich, auf der Grundlage von falschen Informationen eine optimale Lösung zu erarbeiten.«

»Don, das klingt gar nicht nach dir. Dass du jemanden nicht beim Wort nimmst. Wir kennen uns seit …«

»Korrekt. Es ist atypisch für mich. Normalerweise gehe ich von der Ehrlichkeit der Menschen aus, aber diese Einstellung muss nach diversen Erfahrungen nachjustiert werden. Du bist ein gewohnheitsmäßiger Lügner und daher nicht vertrauenswürdig.« Meine Erfahrungen mit Gene hatten mir eine wertvolle, wenn auch schmerzhafte Lektion erteilt.

»Na, das halte ich doch aber für ein bisschen übertr…« Er brach seinen Protest ab – aus offensichtlichen Gründen. »Also gut, Don, du bist ein rationaler Mensch, du wirst das verstehen. Es ging mir tatsächlich um die Probleme, die ihr mit …«

»Hudson.«

»… Hudson habt. Rosie musste sich freinehmen, auf Teilzeit reduzieren, in Vollzeit zurückgehen, zu Schulterminen sausen

… Stefan ist jeden Tag hier, von neun bis fünf, ganz nach Plan. Er kann sich voll auf seine Arbeit konzentrieren. Wenn du die Wahl gehabt hättest – wen hättest du genommen?«

»Die Frage ist lächerlich. Sie setzt voraus, dass es nur um diese Kriterien ging. Und dir waren die Rahmenbedingungen bekannt, als du Rosie eingestellt hast.«

»Na gut. Stefan ist Psychologe. Ich brauchte einen Arzt für die medizinische Glaubwürdigkeit der Studie. Rosie ist dagegen eine exzellente Wissenschaftlerin. Da hast du die Wahrheit.«

»Warum willst du sie jetzt wieder in die Leitung berufen?« Judas hatte zu Beginn des Gesprächs einen Grund genannt, aber ich hielt es für sinnvoll, noch einmal nachzufragen.

»Sie ist … Die Sponsoren haben anscheinend noch eine andere Firma als Partner ins Boot geholt – die ebenfalls Geld zur Verfügung stellen würde –, und als sie denen vom Wechsel in der Projektleitung erzählten, haben die mit ihrem Ausstieg gedroht.«

»Wieso ist es denen so wichtig, wer das Projekt leitet?«

»Mal ganz unter uns: Ich würde sagen, das ist so ein Frauending. Diese andere Firma ist ein medizinisches Forschungsunternehmen, das von einer Vietnamesin geleitet wird.«

Hudson begleitete mich zum Friseurgeschäft, in dem eine Mitarbeiterin Rosie gerade eine Paste auf das Haar strich.

»Du musst deinen Termin hier beenden. Für ein zweites Projektgespräch. Simon hat dich wieder als Leiterin eingesetzt.«

»Ich bin hier aber noch nicht …«

Ich erklärte die Situation.

»Zu spät«, sagte sie. »Und ich bin total sauer, dass er dich angerufen hat. Hätte er mich angerufen, hätte ich aufgelegt.«

»Genau das war ihm wohl bewusst. Clever von ihm. Du hättest aber deine Haarwaschentschuldigung vorbringen können. Sogar ohne zu lügen.«

»Wie auch immer. Heute hält Hudson seine Rede. Das ist meine Chance zu zeigen, was mir wichtiger ist.«

»Nachdem Hudson aufgrund der Relevanz deiner Forschungsarbeit den Wechsel der Elternverantwortlichkeit hat hinnehmen müssen, wäre es jetzt extrem ärgerlich …«

»Ja, schon gut. Aber das ist heute ein wichtiger Abend. Ich möchte wirklich unbedingt dabei sein.«

»Du musst zu deinem Gespräch«, sagte Hudson. »Ich will nicht, dass Leute Selbstmord begehen, weil du heute lieber meine Rede hören wolltest.«

»Genug. Ich gehe ja. Wann bist du heute Abend dran?«

»Die Reden sind der letzte Punkt der Veranstaltung. Und ich bin der Erste, weil ich am wenigsten Angst habe. Aber Dad wird ja da sein. Und Grandpa kann ein Video machen, wenn du es nicht schaffst. Und auch, *wenn* du es schaffst.«

»Wo ist deine Rede?«, fragte ich, als wir aufbrachen.

Hudson tippte an seinen Kopf.

»Was, wenn du den Faden verlierst?«

»Ich habe ein gutes Gedächtnis. Und der Text hat eine bestimmte Struktur. Eine Rede lernt man am besten, wenn man sie in Blöcke aufteilt, die man sich wie bei einer Eisenbahn vorstellen kann …«

»Das Güterwagen-Prinzip.«

»Ja, Güterwagen – alle verbunden und nummeriert …«

Auf dem Weg zu meiner Mutter, die wir abholten, und weiter bis zur Schule erklärte Hudson diese spezielle Mnemotechnik.

Als wir ankamen, war der Saal fast voll. Phil, Dave und Sonia warteten bereits, aber ohne Zina, die sich krank fühlte.

Während wir unsere Plätze einnahmen, kam ein Mann um die vierzig auf uns zu, im Anzug, aber ohne Krawatte, der sich als Ewan Harle vorstellte.

»Ich bin der Schulleiter der weiterführenden Schule. Also, der künftige Schulleiter. Bronwyn hat mich auf Sie aufmerksam gemacht, und ich hatte gehofft, Sie und Rosie sprechen zu können.«

»Rosie muss einen Notfalltermin wahrnehmen.«

»Das tut mir leid. Sie ist Ärztin, oder?«

»Korrekt.«

»Na, dann hoffe ich, dass es dem Patienten bald wieder gutgeht.«

»Sie ist in der wissenschaftlichen Forschung tätig. Es sind Tausende von Patienten betroffen.«

Ewan Harle nickte. »Eine schlagfertige Antwort. Ich bin darüber informiert worden, was mit Ihrem Sohn passiert ist, und wollte im Namen der Schule um Entschuldigung bitten. Nicht nur wegen des Vogels und des Messers.«

»Des Skalpells.«

»Ah, das wusste ich nicht. Wie ich hörte, bestand die … indirekte Aufforderung, Ihren Sohn durch eine Psychologin einschätzen zu lassen. Dazu kann ich nur sagen, wenn Sie und Rosie und Hudson sich dazu entschließen sollten und es der Schule die Möglichkeit der gezielten Förderung bietet, dann werden wir eng mit Ihnen zusammenarbeiten.«

»Den mag ich«, sagte meine Mutter, die sich in der Lage fühlt, Menschen auf der Grundlage von so gut wie null Informationen einzuschätzen. »Er kannte Hudsons Namen.«

Ewan Harle hatte sich zu Bronwyn auf die Bühne gesellt, offensichtlich aber nur zu zeremoniellen Zwecken, eine wirklich unglaubliche Verschwendung professioneller Zeit.

Die ersten Programmpunkte ähnelten in Art und Gehalt

denen von Zinas Schulfeier, sie waren aber kürzer und von höherem Niveau, da ausschließlich Sechstklässler daran teilnahmen. Eine Perkussioncombo trat auf, in der Hudson Bongos spielte – und das allem Anschein nach kompetent. Damit war, wenn auch ohne mein Zutun, ein weiterer Punkt auf der Liste erfolgreich abgehakt.

Dave lehnte sich in meine Richtung. »Hab ich dir doch gesagt, dass er Rhythmusgefühl hat.« Er lachte. »Das hat er mit George geübt.«

Es war damals also kein morgendliches Stimming gewesen, sondern Trommeln. Selbst Rosie und ich hatten den Fehler begangen, in Hudsons Verhalten nach Anzeichen von Autismus zu suchen.

»Ist Ihre Frau noch bei ihrem Termin?« Ewan Harle hatte die Bühne verlassen, offenbar, um mit mir zu sprechen.

Ich sah auf mein Handy. »Sie ist unterwegs.«

Der letzte Programmpunkt lautete: »Sechs der Besten aus der Sechsten«. Auf dem gedruckten Programmzettel war Hudsons zusätzliche Rede nicht mehr berücksichtigt worden. Man hätte die korrekte Zahl beibehalten können, indem man Blanches Rede gestrichen hätte. Aufgrund ihrer Beteiligung an der Taubenverschwörung war sie ebenfalls eine Woche lang von der Schule suspendiert worden. Aber ich hielt die Entscheidung der Schule für richtig, sie heute nicht auszuschließen.

Blanches Verhalten war unethisch gewesen, aber sie war erst elf. Auch ich hatte mit elf Jahren Fehler begangen. Außerdem hatte Blanche den von ihr verursachten Schaden wiedergutgemacht, und das nicht ohne Nachteil für sie selbst.

Mein Handy vibrierte. *Stecke im Stau fest.*

Hudson hatte gesagt, er sei der erste Redner. Phil hielt die Videokamera auf die Bühne gerichtet, und meine Mutter stupste mich unnötigerweise an, um meine Aufmerksamkeit zu wecken.

Doch anstelle von Hudson erschien die Schulleiterin und stellte Blake vor, Schwimmchampion und Cricketschlägerbesitzer. Blake hielt seine Rede, das Publikum applaudierte, dann stellte Bronwyn den zweiten Schüler vor. Dann eine dritte und vierte Schülerin. Vielleicht war mit Hudson irgendetwas nicht in Ordnung. Ein Ausraster? Panik? Krankheit aufgrund des psychischen Drucks?

Ich sah wieder auf das Programm, auf dem Hudson nicht vermerkt war, und plötzlich überkam mich die Erkenntnis: Hudson war nie vorgesehen gewesen. Er hatte uns beeindrucken wollen und war übers Ziel hinausgeschossen. Vielleicht hatte er es vorher noch beichten wollen, aber dann war Rosies Projektkrise dazwischengekommen. Und nun bestand keine Möglichkeit mehr, die Täuschung rückgängig zu machen. Was würde er jetzt tun? Wo war er überhaupt? Als der fünfte Schüler die Bühne betrat, versuchte ich, die aufsteigende Panik in den Griff zu bekommen.

Meine Mutter sprang auf. Ich hielt nach Hudson Ausschau, aber es war Rosie, die durch die Seitentür trat. Sie entdeckte uns und schlängelte sich zu dem Platz durch, den ich neben mir freigehalten hatte. Ich wollte die Situation erklären, aber Rosie deutete zur Bühne.

Offenbar gab es hier einen weiteren hervorragenden Problemlöser, der in letzter Sekunde einen festgelegten Ablaufplan umschmeißen konnte. Ewan Harle sah direkt zu uns hin und reckte beide Daumen in die Höhe.

Kapitel 44

Die Schulleiterin stellte Hudson vor, indem sie auf seine besondere Hilfestellung für Blanche beim Geländerennen hinwies. Hudson hatte recht gehabt. Hätte er seine Rede nach der offiziellen Vorgabe vorbereitet, wäre Bronwyns Worten nur wenig hinzuzufügen gewesen. Zudem hatten viele aus dem Publikum das Rennen sicher selbst gesehen.

Hudson trat auf. Er war erkennbar nervös, aber weniger als die Schülerinnen und Schüler vor ihm. Sie alle hatten am Podest gestanden und ihre Texte abgelesen, Hudson hingegen nahm das Mikrophon vom Ständer und stellte sich mitten auf die Bühne.

»O Gott, das sieht ja nach einem TED-Talk aus!«, sagte Rosie.

Eine leise Stimme war zu hören, aber laut genug, dass das Publikum es mitbekam: »Psycho.« Es war *die* Stimme. Homöopathen-Gary.

»Er wird Ihnen schon nichts tun.« Die Stimme meiner Mutter war lauter, und es gab Gelächter.

Hudson schien davon nichts mitbekommen zu haben. Er hatte bereits zu sprechen begonnen, schneller und artikulierter als die vorherigen Kinder. Es war seine normale Art zu sprechen, aber der Unterschied war enorm. Ich kalkulierte, dass er auf diese Weise siebzig Prozent mehr Inhalt in seiner Rede unterbringen konnte.

»Vor drei Monaten wurde ich suspendiert, weil man dachte, ich hätte einen Vogel getötet. Ihm mit einem Skalpell die Kehle durchgeschnitten. Manche dachten, ich hätte das getan, weil ich autistisch bin und eines Tages einen Menschen töten könnte.«

»Hundertprozentige Aufmerksamkeit ist ihm gewiss«, raunte Phil. Ich dachte, dass »Kehle durchgeschnitten« die Art von bildhaftem Detail war, das Gene eingefügt hätte, um eine Vorlesung dramatischer zu gestalten. Ein Anwalt würde es vielleicht genauso machen.

Rosie hielt meine Hand, fest. Meine Mutter griff nach der anderen. Falls ich hätte applaudieren müssen, wäre ich nicht dazu in der Lage gewesen.

»Ich habe den Vogel nicht getötet. Sonst hätte Ms Williams mich bestimmt nicht gefragt, ob ich heute hier reden will.« Hudson lächelte und machte zum ersten Mal eine kleine Pause. Es wurde gelacht. Hudson nickte, und ich dachte bei mir, dass er es genau so einstudiert hatte: *Pause machen und bis xy zählen.* Eugenie hatte ihn exzellent vorbereitet, aber schon Rabbit hatte ihn als kompetenten Redner bezeichnet.

»Dieses Jahr habe ich über mich erfahren, dass ich autistisch bin, und ich habe erfahren, dass viele Menschen Autisten für eigenartig oder gefühllos halten oder für nicht gut genug, um auf eine normale Highschool zu gehen.«

Meine linke Hand – die, die von Rosie gehalten wurde – stand plötzlich unter erhöhtem Druck. Die Griffstärke meiner Mutter blieb unverändert.

Ich konzentrierte mich auf Hudson. Am Anfang hatte er seine freie Hand zur Faust geballt, nun aber hielt er zwei Finger abgespreizt. Zwei Güterwagen, zwei Punkte: der Vogel; Diskriminierung von Autismus. Gemäß der menschlichen Anatomie war es naheliegend, dass er maximal noch drei Punkte anfügen würde.

Finger Nummer drei: »Meine Eltern und Lehrer haben sich sehr viel Mühe gegeben, damit ich lerne, mich einzufügen und anzupassen, weil sie nicht wollten, dass die Leute mich für autistisch halten. Im letzten Quartal habe ich beschlossen, zu zeigen, dass ich alles kann, was ›normale‹ Menschen auch können« – er betonte das Wort durch einhändige Anführungszeichen in der Luft –, »und ich glaube, das ist mir auch gelungen, denn ich wurde zur weiterführenden Schule zugelassen.«

Er erntete lang anhaltenden Applaus. Ich klatschte nicht, ebenso wenig Rosie oder meine Mutter, und das nicht nur, weil unsere Hände zu Verbindungszwecken genutzt wurden. Nachdem ich sechs Monate damit zugebracht hatte, Hudson beim Sich-Einfügen zu helfen, fühlte ich mich jetzt mit dem Ergebnis unwohl. Außerdem sah ich, dass er seine Rede noch nicht beendet hatte, sondern darauf wartete, dass der Applaus verebbte. Sein vierter Finger war ausgestreckt.

»Aber das war viel Arbeit, die ich auch gut für andere Dinge hätte nutzen können, etwa um gute Noten zu kriegen oder in die Kneipe zu gehen.« Mehr Gelächter. »Die Bar ist unser Familienunternehmen, und mein Vater hat sie so eingerichtet, dass autistische Menschen sich dort wohl fühlen.«

Finger Nummer fünf: »Ich habe durch die Bar gelernt, dass Autisten sich nicht verändern müssen sollten, und mein Ziel ist es, die Welt zu einem besseren Ort für Menschen zu machen, die anders sind.«

Das Publikum klatschte wiederum sehr lange. Offenbar war niemandem aufgefallen, dass Hudson seine Faust wieder geschlossen und erneut den Daumen abgespreizt hatte. Seine Redezeit musste fast um sein.

»Im nächsten Schuljahr möchte ich eine spezielle Schule besuchen, damit ich üben kann, ich selbst zu sein, ohne den Druck, etwas vorzuspielen, das ich nicht wirklich bin, und wenn ich das geschafft habe, möchte ich hierher zurückkommen, um die besten Chancen auf ein Jurastudium zu bekommen und dabei ich selbst zu bleiben, damit ich mich für Menschen einsetzen kann, die das selbst nicht können. Wenn das für Mr Harle okay ist.«

Er drehte sich zum Schulleiter der Highschool-Abteilung um, und das Publikum begann wieder zu lachen und zu klatschen. Hudson rührte sich nicht von der Stelle, bis Ewan Harle lächelte und nickte. Dann trat Hudson von der Bühne, und das Publikum spendete erneut Applaus. Bronwyn verließ die Bühne ebenfalls und kehrte mit dem Mikrophon zurück, das Hudson mitgenommen hatte.

»Hervorragend«, sagte Phil. »Hat den Rektor in Zugzwang gebracht. Wird mal ein guter Anwalt.«

Bronwyn klemmte das Mikrophon wieder in die Halterung. »Wie es aussieht, steht den Lehrern der weiterführenden Schule eine aufregende Zeit bevor, aber vielleicht überdenkt Hudson seine Entscheidung ja noch einmal und bleibt im nächsten Jahr doch hier«, sagte sie. »Unsere Schule fördert Vielfalt, das ist unser Anspruch, und wir hatten auch in der Vergangenheit Eltern und Kinder, die uns ausdrücklich daran erinnert haben. Das hat uns immer wieder bestärkt. Ich bin sicher, Hudsons Eltern sind stolz, wie viel Reife er dabei gezeigt hat, seinen Weg zu finden.«

Die Phrasen waren ähnlich denen, die das Lehrpersonal während meiner eigenen schulischen und akademischen Laufbahn in mehr oder weniger regelmäßigen Abständen benutzt und die ich ebenso regelmäßig ignoriert hatte. Nun aber – zweifellos, weil sie sich auf unseren Sohn bezogen –, merkte ich, dass ich feuchte Augen bekam. Rosie klammerte sich mittlerweile an meinen Arm. Meine Mutter nickte.

Die letzte Sprecherin war – natürlich – Blanche, die samt

ihrem überdimensionalen Laptop von Dov die schlecht beleuchteten Stufen hinaufbegleitet wurde. Bronwyn stellte sie vor und wies auf ihre Sehbehinderung hin, die für jeden im Publikum klar erkennbar war.

Blanche war nervöser, als Hudson gewesen war, und brauchte einige Sekunden, um sich zu fangen.

»Zunächst einmal möchte ich nicht, dass irgendjemand denkt, ich würde mit Hudson gehen.« Es war die Art von Bemerkung, bei der man erwarten konnte, dass Grundschüler darüber lachten, und das taten sie auch, desgleichen ihre Eltern, die durch die Umgebung offenkundig infantilisiert wurden.

Blanche lächelte. »Das hat sie mit Absicht gemacht«, sagte Rosie. »Cleveres Mädchen.«

»Aber«, fuhr sie fort, »wir haben unsere Reden zusammen vorbereitet, also wusste ich, was er sagen würde. Alles, was er gesagt hat, stimmt. Und er ist wirklich ein prima Kerl, außer dass er ständig nur an Raumfahrt und Computerprogrammierung denkt und weniger an Körperhygiene.«

Wieder Gelächter. »In diesem Jahr sind mir vier wichtige Dinge klargeworden.« Ich sah zu ihren Fingern, aber sie las den Text ab und brauchte nicht zu zählen.

»Erstens, dass ich Naturwissenschaftlerin werden will und dass das auch bei Sehbehinderung möglich ist – sogar, wenn man blind ist.

Zweitens, dass unsere Eltern und Lehrer eine Menge mehr wissen als wir, aber eben auch nicht alles. Und das ist ein Problem, wenn man noch nicht erwachsen und bei einer bestimmten, wichtigen Sache unsicher ist. Dann muss man recherchieren und selbst eine Entscheidung treffen. Mein Dad hält nicht viel von Schulmedizin, also habe ich allein entschieden, wegen meiner Augen zu einer Ärztin zu gehen.« Sie blickte eine Weile auf ihren Laptop, dann direkt ins Publikum. »Und mich impfen zu lassen.«

Einige Reihen hinter mir hörte ich Gary hörbar durch zusammengepresste Lippen ausatmen, wie damals, als Phil ihn beim Schwimmfest provoziert hatte.

»Drittens: Ich habe oft mit Hudson abgehangen, und wahrscheinlich bin ich auch autistisch. Bei Mädchen ist das schwieriger festzustellen, und bei mir fällt es sowieso nicht übermäßig auf, weil das große Ding bei mir der Albinismus ist. Aber ich habe den Test gemacht und … ratet mal.

Viertens: Es gibt richtig, richtig nette Menschen. Das meiste von dem, worüber ich bis jetzt gesprochen habe, habe ich durch Hudson und seinen Vater erfahren, der – Hudson hat gemeint, ich darf das ruhig sagen – genauso ein feiner Kerl ist wie Hudson und vielleicht noch ein bisschen spezieller.«

Sie sah auf. »Das jetzt steht nicht mehr in meiner Rede, aber ich hoffe, dass Hudson nächstes Jahr doch mit auf unsere Highschool kommt, weil, dann können … *denn* dann können er und Dov und ich uns gegenseitig helfen. Ich danke Ihnen.«

Wiederum gab es einen Riesenapplaus. Hudson hatte recht gehabt, dass es mich nicht störte, als »speziell« bezeichnet zu werden. Doch obwohl im letzten Jahr einige Leute dieses Wort gebraucht hatten, um Hudson zu beschreiben, hatte ich selbst ihn nie als »speziell« betrachtet – was vielleicht daher kam, dass wir beide auf dieselbe Art speziell waren.

»Wow«, meinte Rosie. »Hattest du irgendeine Ahnung, dass er das sagen würde? Oder Blanche?«

Ich schüttelte den Kopf.

»Pst«, raunte meine Mutter, während die Schulleiterin weitere Platitüden von sich gab. Anschließend fand die eigentliche Verabschiedungszeremonie statt, die vorbei war, bevor ich verarbeitet hatte, dass Hudson sich selbst als autistisch eingestuft und zudem beschlossen hatte, es öffentlich zu verkünden. Und Blanche ebenso.

Als wir aufstanden, um den Saal zu verlassen, beglückwünschten Dave und Phil mich zu Hudsons Rede, und Sonia umarmte Rosie auf die gleiche Art und Weise, wie sie die Trauergäste bei der Beerdigung meines Vaters umarmt hatte. Mir fiel auf, dass Rosies Haar seltsam aussah: mit zwei verschiedenen Rottönen.

Über Sonias Schulter hinweg sagte Rosie zu mir: »Blanches Vater wird zu ihrem Vortrag wohl eher gemischte Gefühle haben.«

Rosie lag falsch. Homöopathen-Garys Gefühle waren ganz und gar negativ. Ich identifizierte seine Stimme, als wir zu unserem zuvor vereinbarten Treffpunkt vor dem Gebäude gingen. »Du kleines Stück Scheiße.«

Dann sah ich, mit wem er sprach: mit *Hudson.* Er redete aggressiv und potentiell bedrohlich gegenüber einem *Kind. Meinem* Kind. Ich fühlte mich auf einen Schlag wütender, als ich es meiner Erinnerung nach je gewesen war: Doch bestand nicht das Risiko eines Ausrasters, sondern das eines körperlichen Angriffs.

Endlich sah ich Homöopathen-Gary leibhaftig vor mir. Er sah fast so aus, wie ich ihn mir vorgestellt hatte, nur ein wenig … massiger – nicht so groß wie ich, aber kräftiger gebaut.

Hätte Hudson Kampfkunsttraining gehabt, hätte er gewusst, wie er reagieren musste: mit Weglaufen. Stattdessen blieb er neben Blanche stehen, nur wenige Meter von Gary entfernt. Während ich mich näherte, stellte Allannah sich zwischen Gary und die Kinder, und halb schob, halb schubste Gary sie aus dem Weg.

Phil trat auf Gary zu und hielt ihn an beiden Schultern fest. Gary befreite sich gekonnt, ging auf Abstand und trat Phil mit geübter Präzision extrem hart gegen das Knie. Phil ging zu Boden, und Rosie sagte laut vernehmbar: »Ich rufe die Polizei.«

»Die können ihn gerne festnehmen«, sagte Gary und deutete auf Phil, der Schmerzen zu haben schien. »Ich habe das Recht, mich selbst zu verteidigen.« Dann wandte er sich wieder an Hudson. »Ich bin noch nicht fertig mit dir.«

»Doch, bist du«, sagte Allannah. »Wir fahren nach Hause. Jetzt gleich.«

»Bleib, wo du bist und misch dich nicht ein, bevor ich mit diesem kleinen Scheißer fertig bin.«

Allannah ging zu Gary und umklammerte seinen Arm. Er rührte sich nicht von der Stelle und sah Hudson an.

Es schien mir unvorstellbar, dass er ein Kind angreifen würde, aber ich wollte kein Risiko eingehen. Er war bereits Phil und Allannah gegenüber tätlich geworden.

»Geh wieder rein«, sagte ich zu Hudson.

»Tu, was dein Vater sagt«, sagte Rosie.

Hudson ging los, blieb aber knapp hinter Rosie stehen.

Jetzt musterte Gary mich. Wütend. Aggressiv.

»Sie! Sie sind das miese Schwein, das meine Tochter vergiftet hat. Sie haben zugelassen, dass ihr Gewalt angetan wurde.«

»Inkorrekt.«

»Von Ärzten. Und ständig sind Sie um meine Frau herumscharwenzelt. Sie kriegen gerade Nachwuchs, stimmt's?«

Ich brauchte einen Moment, um mich an Allannahs Ausrede für die Umarmung in ihrem Geschäft zu erinnern.

Gary deutete auf Hudson. »Vielleicht überlegen Sie sich das mit dem Impfen dann beim nächsten Mal.«

Gäste, die die Abschlussfeier verlassen hatten, umringten uns. Ich fühlte mich an meine Schulzeit erinnert, als die von Schülern lautstark skandierte Aufforderung zu »kämpfen«

schnell eine sensationslüsterne Meute angezogen hatte, bis ein Lehrer kam, um die Widersacher entweder mit physischen Mitteln oder unter Androhung von Strafe zu trennen.

In diesem Fall war Rabbit der Lehrer. »Das reicht«, sagte er und legte eine Hand auf Garys Schulter. Gary zuckte unter der Berührung zusammen und machte eine schleudernde Armbewegung, mit der er Rabbit am Kopf traf, was er später problemlos als unbeabsichtigt hätte deklarieren können.

»Will es noch jemand versuchen?«, fragte Gary und sah mich an.

»Meinen Sie mich?«, erwiderte ich. Die Frage sollte lediglich der Klärung dienen, aber sie klang herausfordernd.

»Nicht, Don«, sagte Allannah.

Ich hatte meine Kampfkunsttechnik nie in einem echten Kampf verwandt. Einmal hatte ich zwei Türsteher davon abhalten können, mich anzugreifen, aber das war im Grunde ein Missverständnis gewesen. Es war nichts Schlimmes passiert, und wir hatten uns im Anschluss die Hände gereicht. Außerdem hatte es einmal eine handgreifliche Begegnung mit zwei Polizisten auf einem New Yorker Spielplatz gegeben, was ebenfalls auf einem Missverständnis beruhte, und es wurde keine Anzeige erstattet. Als ich Phil damals die Nase gebrochen hatte, trugen wir Boxhandschuhe, also war es formal ein offizieller Kampfwettbewerb gewesen – mit anderen Worten: Sport.

Das oberste Gebot im Kampfsport lautet, körperlichen Konflikten möglichst aus dem Weg zu gehen. Ich wusste nicht, wie kompetent Gary als Gegner war. Als ehemaliger professioneller Kickboxer war er mir wahrscheinlich überlegen. Und Phil hatte er schnell und gezielt ausgeschaltet. Rosie kniete neben ihrem Vater und telefonierte.

»Es reicht jetzt«, sagte Rabbit. »Ich möchte Sie alle bitten, nach Hause zu gehen.« Ewan Harle stand neben ihm.

Niemand rührte sich. Wir hatten nicht nach Hause, sondern Pizza essen gehen wollen, aber das konnte Rabbit nicht wissen.

Gary fixierte mich. »Sie würden es gern versuchen, oder? Ist das Ihr Kumpel da am Boden?« Er ließ die Arme sinken, so dass sie scheinbar entspannt neben dem Körper hingen – ein durchschaubarer Versuch, harmlos zu wirken und mich in den Kampf zu locken. Er lächelte. »Nein? Das dachte ich mir. Sie werden weglaufen. Ja, laufen Sie nur zu ihm, Sie wertloses Stück Scheiße. Sie Dreckskerl!« Er trat einen Schritt auf mich zu, ich wich zurück.

»Don«, sagte Allannah, »bitte gehen Sie. Er ist Kickboxer.«

»Halt's Maul«, fuhr Gary sie an und trat wieder einen Schritt auf mich zu. Ich wich erneut zurück.

»Wenn du ihm auch nur ein Haar krümmst, verlasse ich dich«, sagte Allannah, vermutlich zu Gary, da sie und ich keine feste Beziehung führten.

Wenn ich Allannahs Empfehlung wegzugehen nicht folgen würde, wäre das eine implizite Zustimmung zum Kampf. Mögliche Verletzungen hätte ich mir dann selbst zuzuschreiben, überlegte ich.

In meiner Eigenschaft als Kampfkunstlehrer würde ich, falls ein Kampf unvermeidbar wäre, zur Deeskalation einen Beinfeger einsetzen, den ich gut beherrschte. Diese Technik würde aller Voraussicht nach keinen ernsthaften Schaden anrichten und hatte den Vorteil, dass sie beim Kickboxen häufig als illegal galt – mein Gegner würde also nicht unbedingt damit rechnen und keine entsprechende Gegenwehr parat haben.

Kickboxtechniken waren vom Boden aus wenig effektiv, und mit der Demütigung, zu Fall gebracht worden zu sein, wäre die Sache für Gary hoffentlich erledigt. Ich würde den Kampf gewonnen haben und auch am nächsten Tag noch guten Gewissens in den Spiegel sehen können, weil ich Garys Übererregtheit – unter der er seine weiteren Handlungen höchstwahrscheinlich bereut hätte – nicht ausgenutzt hatte.

Unglücklicherweise war das Bein, das aufgrund der Geometrie unserer Standorte für den Feger am besten geeignet war, beim Austernmesserunglück verletzt worden, und es bestand die Gefahr einer erneuten Verschlimmerung. Wegzugehen war immer noch die bessere Lösung.

Gary nahm ganz lässig und wie beiläufig die Position für seinen Kniekick ein. Da hörte ich hinter mir eine männliche Stimme: »Mach ihn fertig, den Bastard.« Vermutlich lag es an der original englischen Aussprache von »Bastard«, dass ich an Georges Geschichte über den Peiniger aus seiner Schulzeit erinnert wurde, der ihn einmal krankenhausreif geschlagen hatte und nie dafür bestraft worden war. In schwierigen Situationen hatte ich bisher immer dem Rat meiner Freunde vertraut, und obwohl der echte George in New York war, reagierte ich nun automatisch.

Ich ging einen Schritt vor, um Garys Knietritt zu vereiteln, womit er nicht gerechnet hatte, weil ich vorher immer zurückgewichen war. Seine momentane Überraschung nutzte ich, um ihm einen harten Schlag auf das linke Auge zu verpassen. Er war stark und routiniert genug, um nicht zu fallen, reagierte jedoch nicht rechtzeitig, um meine andere Faust abzublocken, mit der ich ihm nun auf das rechte Auge schlug. Während er noch desorientiert zögerte, benutzte ich mein unversehrtes Bein für den Beinfeger und brachte ihn zu Boden.

In diesem Moment gingen Rabbit und Ewan Harle dazwischen, und ich gab zu verstehen, dass ich nicht vorhatte, Gary weitere Verletzungen zuzufügen. Ich zitterte, und meine Hände schmerzten, aber ich ging davon aus, dass ich keine Knochen gebrochen hatte, zumindest keine eigenen.

»Alles okay, Kumpel?«, fragte Dave. Er legte mir einen Arm um die Schulter, was ich seltsamerweise einmal als nicht allzu unangenehm empfand. Neben ihm stand George. Der echte George aus New York. Er lächelte.

»Bin heute Morgen eingeflogen«, sagte er. »Bin im Hotel dann eingeschlafen und hätte das hier fast verpasst.«

Dave lachte. »Ich muss gestehen, ich habe mich geirrt. Eure war eindeutig die bessere Abschlussfeier.«

Kapitel 45

»Du hast aber gesagt, wir gehen Pizza essen!«

Ein Rettungswagen hatte Phil ins Krankenhaus gebracht. Er war froh, dass ich mich nicht vor dem Kampf gedrückt hatte, und meinte, sein Knie müsse ohnehin operiert werden, es sei also halb so wild. Außerdem gab er mir die Schlüssel für den Porsche.

»Aber bitte nicht Rosie fahren lassen.«

Gary hatte die schulmedizinische Erstversorgung seiner Verletzungen zugelassen, und zwar von der Frau, die sich beim Sexualkundeabend als Chirurgin vorgestellt hatte.

Rosie lachte. »Jetzt wird er überall erzählen müssen, er sei zweimal hingefallen.« Ihre Laune hatte sich schlagartig gebessert, nachdem ich erklärt hatte, dass niemand – einschließlich Allannah – ein Kind von mir erwarte.

Meine rechte Hand war mit einem Papiertaschentuch umwickelt, damit das Blut nicht auf meine Kleidung tropfte, aber laut Rosie war keine meiner Hände gebrochen.

Falls die Polizei oder die Schulbehörde die Sache untersuchen wollten, so hatte Rabbit versichert, werde er – korrekterweise – aussagen, dass Gary sich aggressiv und missbräuchlich verhalten und eindeutige Angriffsabsicht demonstriert habe.

Und nun stand ich mit den unverletzten Mitgliedern unserer Gruppe außerhalb des Schulzauns, und Sonia schlug vor, nach Hause zu fahren. Sofort. Ohne Pizza. Nach allem, was geschehen war, wollte sie dem Abend eine weitere Änderung hinzufügen. Das durfte nicht sein!

»Das Pizzaversprechen bleibt bestehen«, erwiderte ich Hudson.

Ich reservierte einen Tisch in unserer Lieblingspizzeria und entschied, allein in Phils Wagen zu fahren, um nachdenken zu können. Die vehemente Gewaltanwendung machte mir noch immer zu schaffen. Abgesehen vom symbolischen Triumph der Wissenschaft über Pseudowissenschaft, war es ein denkbar schlechtes Beispiel für Hudson und jedes andere Kind gewesen, das uns beobachtet haben könnte. In Anbetracht der Tatsache, dass ich immer noch unter Stress stand, war es nicht verwunderlich, dass ich beim Einparken die ungewöhnlichen Ausmaße des Porsche vergaß.

Die übrigen Mitglieder unserer Gruppe saßen bereits bei Getränken am Tisch, als ich schließlich alles geklärt und dem anderen Fahrer Phils Kontaktdaten übermittelt hatte.

»War meine Rede okay?«, fragte Hudson sofort.

»Ich habe ihm schon gesagt, dass er großartig war«, raunte Rosie mir zu. »Dave und Sonia und George und deine Mutter haben das bestätigt, und ich habe außerdem gesagt, das Phil die Rede für so gut hielt, dass man dafür schon mal ins Krankenhaus gehen kann. Dein Sohn hat quasi schon stehende Ovationen erhalten, aber von seinem Vater möchte er es natürlich auch noch hören.«

Da in diesem Moment der Kellner kam, um unsere Bestellungen aufzunehmen, hatte ich Zeit, mir meine Antwort zurechtzulegen.

»Ein Desaster«, sagte ich dann. »Du hast mit keinem Wort Altruismus erwähnt.«

Hudson sah mich überrascht an, dann lächelte er. »Ha, ha.«

»Du hast erkannt, dass das ein Witz war?«

»Da-ad!«

»Aber wie kannst du dann autistisch sein? Autisten verstehen keine Witze.«

»Das ist ein Vorurteil. Die Leute denken, wenn jemand Autist ist, dass er dann alles immer ganz wört…«

»Moment mal, Don«, sagte Rosie. »Du hast seine Frage nicht beantwortet. Nicht richtig.«

»Beste Grundschulabschlussrede der Welt«, sagte ich. »Außerordentlich viel Information in Anbetracht des Zeitlimits von zwei Minuten, logische, gut nachvollziehbare Struktur … und sie hat Menschen aller Altersstrukturen gefesselt. Einschließlich mich.«

Hudson wirkte ungemein zufrieden, was ich seltsam fand, da er doch schon sechs positive Rückmeldungen erhalten hatte.

»Ich habe viel Hilfe gehabt.«

»Von Eugenie?«

»M-hm … von ihrer ganzen Familie. Nicht nur bei der Rede. Bei allem, was ich dieses Schuljahr gemacht habe. Wärst du einverstanden, wenn ich sie auch hierher einlade? Sie haben noch nichts gegessen, weil Eugenie auf meine Nachricht wartet.«

»Mach schon«, sagte Rosie zu Hudson.

Hudson sah zu Rosie und Rosie zu Hudson. Dann sah Hudson zu mir. »Der Vater von Eugenie und Carl hat mir auch geholfen. Jede Menge. Ich hatte Mum gefragt, und sie hat gesagt, das sei okay.«

Ich brauchte ein paar Sekunden, um die Information zu verarbeiten. Eugenies und Carls Vater war *Gene*. Mein Sohn stand mit ihm in Kontakt. Mit Rosies Erlaubnis.

Rosie musste mir meine Verwirrung angesehen haben. »Eugenie fand, dass Hudson vor einer extrem großen Herausforderung steht und dass ihr Vater mehr als jeder andere weiß, wie man … mit dem System spielt.«

Sie schenkte mir Wein nach. »Dich hat er auch gecoacht, oder? Ohne ihn hätte ich zum Hochzeitstag bestimmt keine Laufschuhe bekommen. Ich wäre noch nicht mal mit dir verheiratet. Und es gäbe keinen Hudson …«

»Korrekt. Aber …«

»Aber du kannst ihm nach elf Jahren immer noch nicht vergeben, weil ›sich nichts geändert hat‹?«

»Du trägst ihm seit elf Jahren etwas nach?«, fragte meine Mutter. »Donald!«

»Kann ich ihnen Bescheid geben?«, wollte Hudson wissen.

Ich nickte.

Hudson schrieb eine Nachricht, dann fragte ich ihn: »Was hat Gene dir beigebracht?«

Er zuckte die Achseln. »Viel.«

Rosie sah ihn nachdenklich an. »Als du beim Geländelauf Blanches Hand genommen hast – war das seine Idee?«

Hudson nickte.

»Deshalb wolltest du in der Rede nichts darüber sagen.«

Erneutes Nicken.

»War das, um gut dazustehen?«, hakte Rosie nach. »Um alle zu beeindrucken, weil du dich um Blanche kümmerst?«

»Hey«, sagte Dave, »was spielt das noch für eine Rolle? Klingt, als hätte Hudson etwas Gutes getan …«

»Das schon«, unterbrach Sonia, »aber Rosie befürchtet vielleicht, dass er es aus den falschen Gründen getan hat.«

Ich spürte Verärgerung, nicht wegen Gene, sondern weil Hudsons Motive hinterfragt wurden. Für manche Menschen war es nicht nur ausschlaggebend, etwas Gutes oder Sinnvolles zu tun: Es sollten dabei auch die zugrundeliegenden *Gefühle* stimmen.

»Ich bin zur Highschool zugelassen«, sagte Hudson. »Hätte ich Blanches Hand nicht gehalten, wäre das vielleicht nicht passiert. Ich musste zeigen, dass ich was für andere tue.«

Rosie nickte bedächtig, und Hudson fuhr fort.

»Blanche wollte laufen, aber sie hatte Angst hinzufallen. Sie gehörte zum Blauen Haus, und ich war Kapitän vom Grünen Haus, aber sie ist meine Freundin, also wollte ich ihr helfen. Erst wollte ich nur Dov beauftragen, ihre Hand zu halten, was er sowieso gern wollte, weil er auf sie steht – deshalb ist er überhaupt auch nur mitgelaufen. Er war grün, also machte das Blanche als extra blaue Läuferin wett, aber Gene meinte, ich solle das mit der Hand lieber selbst machen, auch wenn ich dadurch langsamer werde, damit jeder wisse, dass es meine Idee war. Denn bei allem dürften wir das große Ziel nicht aus den Augen verlieren, und das lautete ›Zulassung zur Highschool‹. Also habe ich mir überlegt, dass ich dann ja am Ende schneller laufen könnte, weil Grandpa sowieso meinte …«

Ich unterbrach. »Das ist ein unglaublich komplexes Problem … mit Hypothesen zu den Reaktionen von einigen Personen. Ganz klar, dass Hudson Unterstützung brauchte. Und die Lösung hat einen großartigen Erfolg gebracht.«

»Ja, wir haben alle Faktoren einzeln aufgelistet«, sagte Hudson.

Als ich sah, dass Sonia noch etwas sagen wollte, gestikulierte ich das »Cut«-Signal, um anzuzeigen, dass die Diskussion jetzt besser beendet würde. Ich konnte Gene für vieles kritisieren, hatte aber null Zweifel an seiner Expertise in Selbstdarstellung, die er nun erfolgreich auf Hudson übertragen hatte, um gängige Vorurteile zu entkräften.

Mich interessierte jetzt nur noch eine einzige Frage: »Bist du sicher, dass du autistisch bist?«

Hudson bekam keine Gelegenheit zu antworten, weil in diesem Moment nicht nur unser Essen kam, sondern auch die gesamte Familie Barlow: Gene, Claudia, Eugenie und Carl, wiedervereint. Dave und George, die Gene aus unserer New Yorker Männerrundenzeit kannten, standen sofort auf und nahmen ihn in die Arme, was ich nach so langer Zeit unfassbar fand. Carl und Hudson klatschten sich ab.

Claudia begrüßte mich per Handschlag. »Wieso kommen du und Gene zusammen her?«, fragte ich sie. »Seid ihr wieder zusammen?«

Claudia lachte, was meine Frage nicht beantwortete. »Wie ich höre, ist die Rede gut gelaufen.«

»Wie kannst du das gehört haben? Du hast hier noch niemanden gesprochen, außer gerade mit mir, und wir haben keine Informationen ausgetauscht.«

»Hudson hat Eugenie gleich im Anschluss eine Nachricht geschickt. Aber: Wie geht es *dir*? Anscheinend gab es eine … Auseinandersetzung?«

Allmählich wurde es unüberschaubar. Unzählige Fragen waren unbeantwortet, unzählige Informationen mussten noch ausgetauscht werden, und nun fügte Claudia weitere Themen hinzu. Zum Glück befand ich mich unter Freunden und Familienmitgliedern, sonst hätte ich mit Sicherheit irgendeine Form von Zusammenbruch infolge von Überlastung erlitten. Wir mussten die Themen in eine Prioritätenrangfolge bringen und nacheinander abarbeiten.

Ich begann mit dem dringendsten. »Welche Pizza möchtet ihr?«

Rosie bat den Kellner, den Tisch zu erweitern, um Platz für die mittlerweile dreizehn Gäste unserer Gruppe zu schaffen, denn plötzlich standen noch zwei weitere Bekannte in der Tür: Merlin und Tazza, Hudsons Freunde aus der Bar. Es bestand das Risiko, dass sie weitere Gesprächsthemen in die Runde bringen würden. Und jeder von uns hatte einen anderen Wissensstand.

Rosie fand eine Lösung. »Don, ich werde kurz mal alle auf den neuesten Stand bringen, während du dich mit Gene aussprechen kannst … da drüben, vielleicht?« Sie deutete auf einen Tisch in der Ecke.

»Was ist mit unseren Pizzen?«

»Die schicke ich da hin.«

»Und wer bringt Gene auf den neuesten Stand?«

»Du. Gib ihm eine Zusammenfassung. Obwohl … Korrigiere: Das kann Claudia nachher machen.«

»Aber Claudia und Gene …«

»Don: Zum Tisch. Gene: Geh mit.«

»Du siehst gut aus«, sagte Gene.

»Meine äußere Erscheinung spiegelt meine innere Verfassung offenbar nur ungenügend. Ich war in einen Kampf verwickelt, den ich hätte vermeiden sollen.«

Gene lachte. »Don, danke, dass ich hier sein und an Hudsons großem Moment teilhaben darf. Er ist ein toller Junge, und ich bedaure, dass ich ihn nicht habe aufwachsen sehen … ich habe ihm geholfen, um etwas wiedergutzumachen.«

»Was denn? Ich habe damals doch einen Fehler gemacht.«

»Wohl kaum. Du hast die Wahrheit gesagt. Wie immer.«

»Ich habe deine Beziehung zerstört.«

»Die Voraussetzungen dafür habe ich aber selbst geschaffen. Wenn Lydia meine Vergangenheit also nicht akzeptieren konnte … Und davor hatte ich dich manipuliert, damit du für mich lügst. Zu meiner Entschuldigung kann ich einzig und allein sagen, dass ich dadurch weiter Kontakt zu Carl halten konnte, der in der Zeit einen Vater brauchte.«

Ich dachte spontan an Hudsons Selbstdiagnose zurück. Gene fuhr fort.

»Ich habe Hudson ermuntert, sich wieder mit seiner Freundin Blanche zu versöhnen, auch wenn das nicht zwingend mit seinem Highschoolprojekt zu tun hatte – ihm dabei zu helfen, war eigentlich mein Auftrag. Claudia würde sagen, dass die Sache mit Blanche eine Projektion war.«

»Na, habt ihr zwei euch wieder versöhnt?« Das kam von meiner Mutter. Sie wartete die Antwort nicht ab. »Ihr denkt einfach immer zu viel. Jetzt gebt euch endlich die Hand und kommt wieder an den Tisch zurück.«

Gene lächelte, und mir blieb keine andere Wahl, als das zu tun, was meine Mutter gesagt hatte.

Das Pizzaessen war in vollem Gange. Rosie erklärte, dass (1) alle Gäste über die Ereignisse des Abends Bescheid wüssten, (2) alle sich für Hudson freuten und (3) Autismus kein Thema gewesen sei. Wie es schien, hatten sie damit auf mich gewartet.

»Wie kannst du sicher sein, dass du autistisch bist?«, wiederholte ich meine Frage an Hudson.

»Ich habe den Test gemacht, online. Ich bin definitiv im Spektrum.«

»Der Autismus-Spektrum-Quotient-Test ist nur eines von zahlreichen Testverfahren. Und zudem nicht als Selbsttest für Elfjährige gedacht …«

Ich brach ab, weil Hudson mich plötzlich so ansah wie an dem Abend, als ich ihm sagte, dass Rosie Vollzeit arbeiten und ich ihn von nun an hauptsächlich versorgen würde. Und wie damals in New York, als Rosie und ich verkündeten, wir würden aus New York wegziehen. Noch bevor er etwas sagte, hatte ich das Problem erkannt. Es gab jede Menge Tests für Autismus, aber ich wusste, welchen er benutzt hatte.

»Du hast meinen Computer gehackt, *Dad!*« Er schlug die Hände vors Gesicht.

Ich wusste nicht, was ich antworten sollte. Ich hätte Rosie die Schuld geben können, aber das hätte Hudson nur gegen uns *beide* aufgebracht.

Rosie begann mit: »Hudson …«

»Ich will nicht, dass du mit mir sprichst.«

»Warte.« Gene mischte sich ein. »Das war nicht dein Dad, Hudson. Das war ich. An dem Abend, als du mit uns gegessen hast. Du hattest deinen Laptop angelassen, als du zur Toilette gegangen bist, und …«

»Was? Warum?«, fragte Hudson.

»Überrascht dich das etwa? Du solltest mich doch mittlerweile gut genug kennen. Warum sollte ich nicht mal eben deinen Computer überprüfen, wenn ich den Verdacht habe, dass du mir etwas verheimlichst? Und dann deiner Mutter erzählen, was ich gefunden habe, um ein paar Punkte gutzumachen?«

»Schön zu sehen, dass du dich nicht verändert hast«, meinte George.

Während Gene seine Lüge weiterspann, sahen Rosie und ich einander an. Ethisch betrachtet, hatte ich keine andere Wahl, als ihn zu stoppen. Mein Gehirn war auf Ehrlichkeit programmiert. Aber … heute Abend wollten wir feiern. Würde ich Gene korrigieren, wäre Hudsons Vertrauen in mich zerstört.

Ich stand auf und ging auf die Straße. Wenige Sekunden später kam Rosie mir nach.

»Tut mir leid«, sagte sie. »Ich habe es verbockt …«

»Ich war damit einverstanden. Aber dann haben wir es versäumt, entsprechend auf die Information zu reagieren.«

»Wie meinst du das?«

»Dass er selbst die Möglichkeit erwägt, autistisch zu sein.«

»Die Schule hatte das Thema schon aufs Tapet gebracht, weißt du noch? Don … du bist nicht glücklich über das, was er heute Abend gesagt hat, oder?«

»Eugenie, Carl, Phil und ich … auch George und Dave sowie Claudia und Gene … alle haben geholfen, dass er …«

»Sich anpasst?«

»Korrekt. Er hat Freunde gewonnen, sich in konventionelle Schulaktivitäten eingebracht, die Ablehnung der Highschool abgewendet …«

»Nicht ohne meine Hilfe.«

»Natürlich«, sagte ich.

»Mich beunruhigt seine Rede nicht. Ich muss seine Worte immer noch verarbeiten, aber sie sind alle so stolz auf ihn. Und das sollten wir auch sein. Wollten wir denn, dass er so wird wie Trevor und sich sein halbes Leben lang verstecken muss?«, sagte Rosie.

Logisch betrachtet hatte Rosie recht. Ich ließ die letzten sechs Monate vor meinem geistigen Auge vorüberziehen, ab dem Zeitpunkt, da ich meinen Job aufgegeben hatte, um Hudson zu helfen *sich anzupassen* – indem er neurotypisches Verhalten an den Tag legte.

»Aber im Grunde haben wir gegen ihn gearbeitet«, sagte ich, »gegen das, was Hudson wirklich wollte. Und all unsere Bemühungen haben es ihm nur noch schwerer gemacht.«

»Nein, da irrst du dich«, sagte Rosie. »Welche Fehler auch immer wir gemacht haben – er hat sie ganz selbstbewusst überwunden und sein eigenes Ding durchgezogen. Er hat tolle Ideen, er ist ein anständiger Kerl, er kommt klar mit dem, was er ist. Und nichts davon hast du ihm durch irgendein Projekt beigebracht – sondern durch deine Art, du selbst zu sein. Was du mit der Bar erreicht hast. Deine Bereitschaft, über eigene

Erfahrungen zu reden. Deine Tat heute Abend. Du bist sein Held.«

»Du glaubst also nicht, dass seine Selbstzuweisung ins Autismus-Spektrum negative Konsequenzen haben wird?«

»Ganz sicher – aber der ständige Versuch, jemand zu sein, der er nicht ist, wäre ebenso negativ. Und die Einstellung gegenüber Autismus ändert sich. Nimm Blanche. Ich weiß nicht, ob sie tatsächlich autistisch ist oder nicht, aber sie möchte gern zu deinem Stamm gehören.«

»Ich bin gegen Tribalismus. Der ist …« Ich brach ab, als mir bewusst wurde, was Rosie damit meinte. *»Meinem …?«*

»Was auch immer. Du bist, wer du bist. Und ich weiß, wer du bist. Dasselbe gilt für Hudson. Wichtig ist nur, dass du Hudson oder dein Projekt nicht als gescheitert betrachtest.«

»Natürlich nicht.«

»So natürlich ist das gar nicht. Lass uns mal wieder reingehen. Aber du musst darüber nachdenken.«

Auf dem Weg zum Tisch dachte ich darüber nach. Und traf zwei Entscheidungen.

Die erste war, Gene zu umarmen. Es war nicht angenehm, vor allem, weil er saß und Pizza und Wein vor sich hatte, aber ich wollte ihm unbedingt dafür danken, dass er gelogen hatte, um meine Beziehung zu meinem Sohn zu retten. Und um mich selbst daran zu erinnern, dass ich viele Dinge gelernt hatte, die nicht unbedingt meiner Natur entsprachen. So wie Hudson. Und dass ich froh über diese Dinge war.

Merlin schlug mit dem Messer gegen sein Glas. »Könnten bitte alle mal einen Moment lang ruhig sein? Tazza möchte was sagen.«

Tazza räusperte sich. Mehrere Male. »Ich möchte Hudson zu seinem Comingout gratulieren. Das war eine mutige und gute Sache. Aber noch etwas anderes ist super, ob wir nun ›offene‹

Autisten sind oder nicht ...« Er machte eine Handbewegung, um auf unsere gesamte Runde zu deuten, vielleicht aber auch nur auf George, Gene, Dave und mich, die wir nebeneinander saßen. »... dass wir einander gefunden haben.«

Alle anderen wollten nur über den Kampf reden.

»Was hat Mr Warren gesagt?«, fragte Hudson. »Er ist eine Sportskanone – er hat mal Cricket für *Victoria* gespielt –, und Blanches Vater hat ihn einfach umgesäbelt wie einen Grashalm. Und dann ...« Er mimte zwei Schläge und ließ sich rücklings gegen seine Stuhllehne fallen, vermutlich, um den Beinfeger nachzustellen, ohne dafür aufstehen zu müssen.

»Blanches Vater war sehr überrascht«, antwortete ich, als Hudson wieder aufrecht saß. »Er hatte mich als komischen Kauz abgestempelt, als Nerd, und war dem Vorurteil erlegen, dass Nerds keine sportliche Kompetenz besitzen. Und Allannah – Blanches Mutter – hatte mich gewarnt, dass mein Gegner ein Kickboxer sei. Rabbit war davon ausgegangen, dass ich verliere.«

»Rabbit? Du nennst ihn Rabbit? Ha, ha, jedenfalls lag er da ja mal so was von falsch!«

»Korrekt.«

Ich hatte noch etwas sagen wollen, als Konsequenz meiner zweiten Entscheidung. Und gerade jetzt war mir die Aufmerksamkeit des ganzen Tisches sicher: meiner Partnerin, meines Sohnes, meiner Mutter, meiner engsten Freunde und meiner Verbündeten, Tazza und Merlin. Wenn ich es jetzt nicht sagte, würde ich es wohl niemals tun. Ich holte tief Luft, fand dann aber nicht die richtigen Worte – oder auch nicht den Mut.

Die Gespräche setzten wieder ein. Der Moment war verstrichen. Aber dann schien George – mit einem Gespür, das ich ihm nie zugetraut hätte – zu merken, was mit mir los war, und fing mit seinem Besteck ein wildes Trommelsolo an: auf dem Holztisch, den Tellern und Gläsern. Und während sich alle Gäste und das gesamte Personal der Pizzeria auf den ehemaligen Rockstar konzentrierten, setzten sich die Worte in meinem Kopf zusammen. Und als George seine Einlage mit einem Trommelwirbel auf dem Tisch beendete und dann mit einer Hand auf mich deutete, sagte ich: »Einen Aspie darf man eben niemals unterschätzen.«

Epilog

Ich nahm den Job bei Minh an. Er bot die Möglichkeit zu ungemein spannender Arbeit, und mir wurde klar, dass ich jahrelang Angst gehabt hatte, das soziale Umfeld zu verlassen, in dem ich mich sicher fühlte.

Nach einem Gespräch mit Ewan Harle beschloss Hudson, doch auf die »nicht besondere« Highschool zu gehen. Meine Mutter erklärte sich bereit, ihn bei der Organisation nachmittäglicher Aktivitäten nach der Schule zu unterstützen.

Nach außen hin hatte sich fast nichts geändert, seit ich entschieden hatte, mich als Aspie – als *autistisch* – zu bekennen. Ich zweifelte nicht daran, dass ich recht viele Eigenschaften mit vielen anderen Menschen teilte – unter anderen mit Hudson, Laszlo, Aktivistin Liz, Dov, Tazza und wahrscheinlich auch mit Blanche und Gene – und dass das Etikett »Autismus« diese Eigenarten am besten auf den Punkt brachte. Die Fragebögen und Checklisten, nach denen ich neurotypisch war, fragten bestenfalls nur einen Teil dieser Eigenschaften ab und drehten sich vor allem um »problematisches Verhalten«: eben jenes, das ich durch meine lebenslangen Versuche der Anpassung modifiziert hatte.

So wie Rosie es auch bei Hudson festgestellt hatte, fühlte ich mich seit meiner Selbstdiagnose »mit mir selbst wohler«. Auch hatte sich meine innere Einstellung geändert: Früher hatte ich mir gewünscht, die Welt wäre anders, aber immer angenommen, dass es an mir läge, mich anzupassen. Ohne Hudson wäre das vermutlich so geblieben, aber mein Sohn hatte noch achtzig oder mehr Lebensjahre vor sich. Im Lauf dieser Zeit könnte sich die Welt ändern, und aus ethischer Sicht war ich sogar verpflichtet, dazu beizutragen. Ich hatte meine Antwort auf Aktivistinnen-Liz' Frage gefunden: *Auf wessen Seite stehst du?*

An meinem ersten Arbeitstag versammelte Minh die achtunddreißig Mitarbeiter ihrer Firma im Konferenzraum.

»Alle außer Don haben diese Ansprache schon einmal gehört. Also …« Sie drehte sich mit geschlossenen Augen und ausgestrecktem Arm im Kreis. Als sie stehenblieb, deutete sie auf die Frau, deren Frage vor sechs Monaten Auslöser für den Genetikvorlesungseklat gewesen war. Mit ihrer Bewerbung hatte sie offenbar Erfolg gehabt. Ich hatte sie vorher nicht bemerkt, weil ich mit einem neuen Kollegen in ein Gespräch vertieft gewesen war.

»Du bist dran, Laura«, sagte Minh.

Laura sah zu mir, dann zu Minh. »Tut mir leid, ich hatte noch keine Gelegenheit, sie auswendig zu lernen. Ich …«

Minh wartete ihre weitere Antwort nicht ab, sondern drehte sich erneut im Kreis und deutete dann auf einen großen schlanken Mann um die Dreißig. »Faraj.«

Faraj zitierte eine vermutlich standardisierte Ansprache, die ebenso gut hätte ausgedruckt und mir überreicht werden können. Allerdings wäre es unmöglich gewesen, dabei seinen Enthusiasmus einzufangen.

»Das hier ist wahrscheinlich die wichtigste Arbeit, die du – die wir – jemals tun werden. Eines schönen Tages wird in diesem Labor etwas entstehen, das die Welt zum Besseren verändert, und zwar im ganz großen Stil. Vielleicht wird es dazu beitragen, Malaria auszurotten oder die Amöbenruhr – oder sogar Aids oder Schizophrenie. Vielleicht auch irgendein Problem, von dem kaum jemand dachte, dass Genomchirurgie damit fertig werden könnte … etwa der Klimawandel. Und wir alle werden Teil dieser Lösung sein. Selbst wenn die Veränderung nicht direkt in diesem Labor entsteht, sind wir Teil eines weltweiten Wunsches danach, Teil einer Gemeinschaft, die sich dafür einsetzt. Und wenn unsere Arbeit zusätzlichen Gewinn einbringt, investieren wir den wiederum in andere Forschungsinitiativen, um unsere Welt immer weiterzuverbessern.

Wir werden uns dabei von keinen profanen Kinkerlitzchen aufhalten lassen. Wenn wir mal Probleme kriegen – mit der Technik, mit den Rohstoffen, mit*einander* –, dann lösen wir sie und lassen sie hinter uns. Wenn wir dabei Hilfe brauchen, werden wir uns nicht scheuen, darum zu bitten, weil das, was wir hier tun, so viel bedeutsamer ist als alle Probleme.«

In jedem anderen Berufsfeld hätte Farajs Ansprache überheblich geklungen, aber wir arbeiteten nun mal an Genomchirurgie. Ich fühlte mich *erhaben.*

Nachdem ich die ganze Rede stichpunktartig notiert hatte, war niemand mehr im Raum. Bis auf Laura. Sie ging auf mich zu, und ich meinte zu erkennen, dass sie unglücklich war, vielleicht auch verärgert.

»Sie arbeiten tatsächlich ebenfalls hier. Niemand hat mir was gesagt. Ich hab meine Beschwerde zurückgezogen, nachdem mich diese … Frau … in der Bar auf den Topf gesetzt hat. Jetzt haben Sie doch, was Sie wollten. Ich dachte, Sie gehen wieder in Ihren alten Job zurück.«

»Haben Sie ein Problem mit meiner Anwesenheit?«

»Ich wollte die Geschichte hinter mir lassen. Und ich dachte, Sie auch. Sie wussten doch, dass ich mich hier beworben hatte. Ich will nicht jeden Tag zur Arbeit gehen und mit Ihrem Ärger über diese Sache konfrontiert sein.«

»Ich empfinde keinen Ärger.«

»Das kann doch nicht sein. Ich dachte damals, Sie zitieren auf meine Frage vielleicht irgendeine rassistische Abhandlung oder ein Studienergebnis. Mehr wollte ich nicht, nur irgendwas für einen Blog. Und dann haben Sie diese ganze Übung gemacht und mir etwas an die Hand gegeben, das ich nutzen konnte. Es ging ja nicht gegen Sie persönlich. Aber Sie haben Ihren Job verloren. Sie *müssen* doch wütend sein.«

Plötzlich wurde mir alles klar. »Sie haben mir diese Frage gestellt, um mich aufs Glatteis zu führen?«

»Ich wollte Ihre Überzeugungen hören und sie öffentlich machen.«

»Meine Frau und … eine weitere Person haben von Anfang an die Meinung vertreten, Sie hätten Ihre Frage nicht nur aus wissenschaftlicher Neugier gestellt, sondern irgendwelche Hintergedanken dabei gehabt. Das schien mir nicht plausibel, da ich grundsätzlich von Ehrlichkeit ausgehe. Was vermutlich mit meinem Autismus zusammenhängt.«

»Wie Sie sehen, habe ich im großen Stil Mist gebaut. Die halbe Uni hasst mich …«

»Lassen Sie uns fortan auf das konzentrieren, was vor uns liegt: etwa die Modifikation des Moskitogenoms, welche die Behandlung einzelner Malariafälle obsolet machen wird.«

Es war der Versuch, auf intellektuellem Weg eine Versöhnung herbeizuführen. Trotzdem blieben die Fakten: Sie hatte mich dazu verleitet, meinen Studenten Leid zuzufügen, damit sie sich hinterher darüber beschweren konnte; sie hatte meinen Ruf geschädigt; ich hatte ihretwegen meinen Job verloren. Und jetzt wollte sie nicht mit mir arbeiten, und ich nicht mit ihr.

Wir hatten ein Problem.

Sieben Monate zuvor hatte ich fünf Probleme erkannt und sie kraft meiner Erfahrungen und Fähigkeiten – die mich in einem Moment der Arroganz dazu verführt hatten, mich selbst als weltbesten Problemlöser zu betiteln – lösen wollen. Vor dem Beginn meiner neuen Lebensphase, namentlich der Arbeit mit Minh, setzte ich mich zur nachträglichen Evaluation meines Problemlöseprojekts mit den zwei Hauptbeteiligten zusammen. Wir öffneten eine Flasche Sekt, um auf die Bewilligung von Rosies Förderantrag anzustoßen, und es schien vernünftig, mit dem Rest der Flasche die Lösung der ursprünglichen Probleme zu feiern.

»Welche Probleme?«, wollte Hudson wissen.

»Nummer eins: Das Job-Inkompetenz-Problem. Gelöst, indem ich gekündigt und Laszlo als meinen Nachfolger ernannt habe.«

»Einfach so«, sagte Rosie.

»Korrekt. Problem Nummer zwei: Der Genetikvorlesungseklat – der sich, fast wie erwartet, von ganz allein gelöst hat – wie ein Gordischer Knoten.« Ich wandte mich an Hudson: »Das sagt man, wenn sich ein komplexes Problem durch eine einzige Aktion lösen lässt.«

»Ja, quasi durch Weglaufen«, sagte Rosie. »Vorbedingung war allerdings, dass die Bar ein Erfolg wird. Wofür du Minh und Amghad danken musst, mit einem winzig kleinen bisschen Hilfe von Hudson und mir.«

Amghad hatte ein attraktives Übernahmeangebot für die Bar erhalten, aber *The Library* war inzwischen ein wichtiger Teil unseres Lebens und dem vieler Gäste geworden, und er brauchte ja einen Grund, um mit Minh in Kontakt zu bleiben.

»Okay, einverstanden. Hudsons intellektueller Input in die App war entscheidend, und du hast freie Arbeitszeit zur Verfügung gestellt.«

»Richtig. *Und* deine ehemalige Studentin in ihre Schranken verwiesen – sonst hättest du immer noch diese Beschwerde am Hals.«

»Möglicherweise. Problem Nummer drei war Dave. Auch das ist vollständig gelöst.«

»Durch mich«, sagte Hudson.

»Ja, aber eigentlich hätte Dave in der Bar arbeiten sollen und …«, sagte Rosie.

»Trotzdem ist das Problem gelöst«, führte ich das Gespräch wieder zum Thema zurück. »Nummer vier: Die Rosie-Kreuzigung.«

»Was?«, fragte Hudson.

»Deine Mutter musste wieder Vollzeit arbeiten.«

»Na ja, das wurde von uns beiden zusammen gelöst«, sagte Hudson. »Du hast deine Arbeit gekündigt, und ich musste damit klarkommen.«

»So, so«, sagte Rosie. »Und ich musste lediglich ein Weltklasse-Pilotprojekt leiten, einen Förderantrag formulieren und alles einem Sponsor unterbreiten, der erfahrungsgemäß nur einem von zehn Anträgen zustimmt. Nicht der Rede wert, also.«

»Du könntest trotzdem ein bisschen stolz auf dich sein«, sagte ich. »Du hast auf jeden Fall etwas beigetragen. Nummer fünf …«

Rosie gab das doppelte Stoppsignal. »Hey, hey: Sarkasmusalarm. Denk noch mal nach.«

»So, so« zu Beginn einer Aussage war ein Hinweis, den Hudson und ich hätten bemerken müssen. Rosie stellte klar, dass ihr Beitrag größer gewesen sei, als man es ihren konkreten Worten habe entnehmen können, aber sie bestritt nicht, dass die Probleme gelöst waren.

»Exzellent«, sagte ich. »Nummer fünf war das wichtigste

Problem. Hudsons Eingewöhnungs- und Anpassungsproblem.« Ich sah Hudson direkt an: »Dass du die Schule nicht mochtest … das Gefühl hattest, am falschen Ort zu sein.«

»Du hast das für das Wichtigste gehalten? Und deswegen deinen *Job* gekündigt?«

»Korrekt. Ich wollte, dass du glücklich bist.«

»Tja, aber das ist ein Problem, das du niemals lösen wirst«, sagte Rosie. »Sofern du es überhaupt ein Problem nennen kannst.« Sie wandte sich an Hudson. »Dein Dad wollte dir nur helfen, so wie das alle Eltern wollen. Aber du bist derjenige, der die ganze Arbeit erledigt hat.«

Hudson aß ein Stück unpanierten Fisch und schob sich eine Gabel hundertprozentiges Selleriepüree in den Mund. »Jetzt ist alles besser«, sagte er. »Und alle haben geholfen. Eine Zeitlang dachte ich, ihr wolltet lieber ein anderes Kind, so wie Zina oder Blake oder … Blanche.«

»Das hast du wirklich gedacht?«, fragte Rosie.

»Jetzt nicht mehr. Zina wäre ganz schön nervig.«

»Wie geht es Blanche?«

»Ich darf sie nicht mehr sehen, das wisst ihr doch. Wie soll ich also … Na gut, wir telefonieren ab und zu. Sie geht nächstes Jahr definitiv auf die Highschool. Und Dov auch. Den entsprechenden Notenschnitt haben wir.« Er lachte. »Blanches Eltern werden sich nicht trennen. Ihre Mum sagt, ihr Dad sei so wegen seiner Gene und … wegen noch was anderem.«

»Umwelt«, sagte ich. »Einschließlich Erziehung.« Ich war nicht glücklich, meine eigenen Argumente in diesem Kontext anwenden zu müssen.

»Genau. Jedenfalls meinte sie, er hat einfach rot gesehen, aber es werde nie wieder passieren.«

»Ich sollte mal mit Allannah reden.«

»Das würde Blanches Dad sicher nicht gefallen.«

»Da könntest du recht haben«, sagte Rosie. »Dein Dad hat mehr als genug getan.«

Sie leerte ihr Glas. »Was du aus dem Problemlöseprojekt deines Vaters lernen kannst, ist, dass es für die Probleme von uns Menschen selten simple Lösungen gibt. Manchmal müssen wir uns einfach …«

»Durchwursteln«, sagte ich.

Rosie lachte laut auf. »Das heißt nicht, dass ich dir nicht zustimme. Ich hätte nur nicht gedacht, dass du dieses Wort je benutzen würdest.«

»Im Gegenteil: Das Durchwursteln ist eine anerkannte Problemlösetechnik. Lindblom, 1959.«

»Tja, und genau das haben wir gemacht. Als Familie.«

Das war das Problem, das ich fast übersehen hätte – das größte Problem von allen: der Familienzusammenhalt. Der momentane Zusammenhalt war mehr als zufriedenstellend, aber mit Sicherheit waren auf Dauer weiteres Beobachten, Problemlösen und Durchwursteln vonnöten.

Ich hatte die Espressomaschine aktiviert und bot an, Laura einen Kaffee zu machen. Ihr Bedürfnis nach Koffein schien deutlich höher als ihr Drang, mich zu meiden. Vielleicht hoffte sie auch, ich würde eine Lösung für unser Problem finden. Was ich tatsächlich versuchte.

Meine Abneigung dagegen, mit ihr zu arbeiten, entsprang einem Gefühl. Als Gene mich hintergangen hatte, mit weitaus harmloseren Konsequenzen, hatte ich unsere Freundschaft aufgekündigt. Es war eine emotionale Reaktion gewesen, und mir war bewusst, dass ich unter dem massiven Einfluss von Gefühlen nicht in der Lage war, vernünftige Entscheidungen zu treffen.

Ich war Naturwissenschaftler. Ich war Autist. *Das* waren

meine Kernkompetenzen. Ich musste Abstand gewinnen. Was würde ich, von außen betrachtet, wollen, das ich tue? Besser noch, da ich sechs Monate lang jeden Tag darüber nachgedacht hatte: Was würde ich wollen, das Hudson täte?

Ich hatte einen Geistesblitz. Vor genau so einem Problem hatte Hudson bereits gestanden: bei der Taubenverschwörung.

Mit einiger Hilfe hatte er eine Lösung gefunden, und so unangenehm es für mich auch wäre, sie jetzt in meinem Kontext anzuwenden, musste ich doch zugeben, dass es funktioniert hatte.

Ich reichte Laura ihren Kaffee. »Wir haben beide Mist gebaut«, sagte ich, »und sollten das einfach hinter uns lassen. Vergeben und vergessen. Denn der ständige Ärger darüber würde alle andere Arbeit behindern.«

»Das also ist Ihre Lösung? Einfach vergessen und weitermachen?«

»Wenn es einmal Unstimmigkeiten gibt, können wir immer noch darüber diskutieren. Als Wissenschaftler, ganz rational. Während wir in der Zwischenzeit weiter daran arbeiten, die Welt zu verbessern.«

Laura schüttelte den Kopf, aber ich diagnostizierte eher Verwirrung als Ablehnung und widerstand dem Drang, weitere Argumente hinzuzufügen.

Sie trank ihren Kaffee aus und stellte die Tasse ab. »Also gut. Wenn Sie das können, kann ich das auch.«

»Problem gelöst?«

Sie lachte. »Problem gelöst.«

Es wäre eine Katastrophe gewesen, wenn Laszlos Asperger ihn daran gehindert hätte, ein Heilmittel für Krebs zu finden; wenn Rosies Mutterschaft zu ihrem Ausschluss aus dem Projekt über Bipolare Störungen geführt hätte; und wenn Hudsons autistische Züge ihm den Zugang zur Highschool verwehrt hätten und damit auch sein Engagement als Menschenrechtler und vielleicht sogar – wie die anonyme Stimme beim Geländelauf prophezeit hatte – die spätere Wahl zum Premierminister, als der er die Macht haben würde, das System zu verändern. Und wenn Laura und ich, nur weil wir ein persönliches Problem nicht aus der Welt schaffen konnten, die Welt durch unsere Arbeit nicht verbessern würden.

Ich würde nie dieses intuitive Verständnis für anderer Leute Gefühle entwickeln, das man offenbar braucht, um gut mit zwischenmenschlichen Konflikten klarzukommen, aber ich konnte Vernunft, Erfahrung und hart erarbeitetes Wissen über menschliches Verhalten einsetzen, und diese Kompetenzen reichten vollkommen aus.

Ich hatte allen Grund zu der Annahme, dass mein Sohn stolz auf mich gewesen wäre.

Danksagung

Und wieder gibt es eine lange Liste von Leuten, denen ich danken möchte.

Ganz oben steht, wie immer, meine Ehefrau und Partnerin beim Schreiben, Anne Buist. Beim Drehbuchschreiben habe ich gelernt, dass zwei Köpfe eine Geschichte besser erarbeiten können als einer, und ihr Kopf war der zweite. Ihr Lohn waren Don Tillmans abschätzige Bemerkungen über ihren Berufsstand, aber selbst sie würde zugeben, dass Psychiater sich beim Erkennen und Behandeln von Autismus nicht nur mit Ruhm bekleckert haben.

In den letzten Jahren gab es erheblich mehr Diskussionen zum Thema Autismus unter erheblich mehr Beteiligung autistischer Menschen. Über Fachkonferenzen, Seminare und auch soziale Medien konnte ich die Berichte vieler betroffener Personen hören und mich mit ihnen austauschen und bekam so einen Überblick über ihre besonderen Probleme sowie den aktuellen Stand medizinischer und soziologischer Forschung. Nur ungern nenne ich einzelne Namen, damit ein »Dankeschön« nicht als Bekräftigung einer bestimmten Haltung interpretiert wird (denn so ist es nicht gemeint), aber dennoch danke ich ganz besonders Tony Attwood, Stephanie Evans, Kerry Magro, Katherine May, Jeanette Purkis, Louise Sheehy, Thorkil Sonne und T. Rob Wyatt.

Von meinen ersten Lesern erhielt ich das erwartungsgemäß vielfältige und hilfreiche Feedback.

Das Team von Text Publishing hat mich nun schon durch fünf Romane begleitet, und ich danke Verleger Michael Heyward für sein unerschütterliches Vertrauen. Mein Lektor David Winter ist ein absoluter Profi, und mittlerweile freue ich mich auf seine Korrekturen weitaus mehr, als dass ich sie fürchte. Kirsty Wilson, Shalini Kunahlan und Jane Watkins sorgen dafür, dass meine Bücher auf dem australischen Markt sichtbar sind, Anne Beilby, Emily Booth und Khadija Caffoor kümmern sich um die Verbreitung in der übrigen Welt – momentan sind sie in vierzig Sprachen erhältlich, und es werden immer mehr. Das australische Cover stammt wiederum von W. H. Chong.

Ich danke auch meinen internationalen Verlegern, vor allem Cordelia Borchardt (S. Fischer Verlag, Deutschland), Maxine Hitchcock und Jillian Taylor (Penguin Random House, UK) sowie Jennifer Lambert (HarperCollins, Kanada), für ihr kompetentes und hilfreiches Feedback.

Mein Dank gilt, aus vielen Gründen, auch Krysia Birman, Kerrie Hancox und Lee Kofman.

Zu guter Letzt möchte ich anmerken, dass diese Romanreihe eher auf Lebenserfahrung – meiner eigenen und der anderer – denn auf Wissenschaft basiert. Ich danke allen – wirklich allen –, die dazu beigetragen haben.

Graeme Simsion

Das Rosie-Projekt

Roman

Aus dem australischen Englisch von Annette Hahn

Band 19700

Der Weltbestseller! Don Tillman sucht die Frau fürs Leben: »Muss pünktlich sein, logisch denken und gerne Fahrrad fahren. Wenn Sie rauchen, trinken und an Horoskope glauben, ist Ausfüllen des Fragebogens zwecklos.« Als Don Rosie trifft (unpünktlich, Barkeeperin, Raucherin), entdeckt er: Gefühle haben ihre eigene Logik.

»Ein witziger, bewegender,
großartiger Roman darüber, worin die
eigenen Stärken liegen und wie man mit sich
selbst im Einklang sein kann.«
Bill Gates

fi 19700 / 1

Salvatore Matteo Giacomuzzi
Einstein in Innsbruck